DER TOD DES GLADIATORS

Die Fälle des Gladiators Leonidas, Band 2

ASHLEY GARDNER
OLIVER HOFFMANN

JA / AG Publishing

Originaltitel: A Gladiator's Tale © 2021 Jennifer Ashley

Copyright für die deutsche Übersetzung: © 2022 Oliver Hoffmann

Lektorat: Ute-Christine Geiler, Birte Lilienthal, Agentur Libelli

Korrektorat: Sonja Glück

Deutsche Erstausgabe

Cover: Kim Killion

Buchdesign und Satz: Vellum

KAPITEL 1

Februarius, 63 n. Chr.

Ich brauche deine Hilfe, Leonidas."

Aemilianus, mein früherer Ausbilder, hob eine große Hand, während ich in der Tür zu meinen Räumlichkeiten über einer Weinhandlung am unteren Hang des Quirinals innehielt. Ich kam gerade aus den Bädern zurück, meine frisch gereinigte Haut roch nach Öl, die feuchte Tunika klebte mir am Rücken.

Aemil betrachtete mich mit seinen verschiedenfarbigen Augen. Er hatte ein scharf geschnittenes Gesicht, und sein eines Ohr war vernarbt und fehlte halb. Während er auf meinem Schemel an meinem Tisch saß, hatte sich Cassia, die Schreiberin, die mit mir zusammenlebte, an die Balkontür zurückgezogen und beobachtete ihn wachsam.

Aemil hatte mich vom grobschlächtigen Jüngling, der zwar Kraft, aber kein großes Geschick besaß, zum *primus palus* seines *ludus* aufgebaut. Ich war ein Champion gewesen, der berühmteste Gladiator meiner Zeit.

Seit ich bei den Saturnalien die *rudis* erhalten und den Circus Gai als freier Mann verlassen hatte, hatte Aemil immer wieder deutlich gemacht, dass er alles tun würde, um mich als Ausbilder zu rekrutieren.

Als ich Luft holte, um ihn hinauszuwerfen, versicherte mir Aemil schnell: „Ich bin nicht hier, um dich zu überreden, zurückzukehren. Du musst mir helfen, jemanden zu finden. Drei Männer. Gladiatoren."

Das überraschte mich so, dass ich die Schimpfworte für mich behielt, die mir schon auf der Zunge gelegen hatten. „Finden?" Ich fragte mich, ob er mich gerade gebeten hatte, ihm bei der Rekrutierung neuer Kämpfer zu helfen. „Was für Gladiatoren?"

„Ajax, Rufus und Herakles." Aemil saß mir breitbeinig auf dem Schemel gegenüber, die Handflächen auf den großen Knien. „Finden wie in *ausfindig machen*. Sie sind verschwunden."

Meine Überraschung wuchs. „Du meinst, sie sind geflohen?" Aemil war hart, doch seine Gladiatoren bekamen gutes Essen und waren in einigermaßen komfortablen Zellen untergebracht. Er war nicht grausam zu ihnen, denn gebrochene Männer konnten nicht kämpfen, auch wenn er sie nicht gerade sanft anfasste. Nur wenige versuchten, aus seinem *ludus* zu fliehen.

„Sie sind nicht wegge*laufen*, sondern wegge*blieben*", erklärte Aemil ungeduldig. „Sie haben den *ludus* bei Tageslicht verlassen, um Dinge zu erledigen oder in Rufus' Fall seine Frau zu besuchen. Davon sind sie nicht zurückgekehrt."

Es war nicht ungewöhnlich, dass hochrangige Gladiatoren den *ludus* verlassen durften, entweder um als Leibwächter zu arbeiten oder um eine Geliebte oder Gemahlin zu besuchen. Mein engster Freund Xerxes, ein sehr beliebter Gladiator, hatte geheiratet und war mit seiner Frau auf einen Bauernhof in der Nähe von Rom gezogen. Marcella lebte immer noch dort, jetzt, da Xerxes tot war.

„Sie sind zusammen weggegangen?", fragte ich.

„Nein." Aemil runzelte die Stirn. „Hör auf, mich ständig zu unterbrechen. Sie sind mit meiner Erlaubnis gegangen, einzeln, und nicht zurückgekehrt. Wie du weißt, gestehe ich all meinen

Kämpfern einen gewissen Spielraum zu, um sich auszuschlafen, ehe sie wieder in den *ludus* gestolpert kommen, aber vier Tage sind zu viel. Ich vermute, dass sie ihren Vollrausch ausschlafen, weil sie getrunken oder herumgevögelt haben, doch es ist schlecht fürs Geschäft, wenn sie nicht da sind, wo ich Zugriff auf sie habe."

Aus dem Augenwinkel sah ich, wie Cassia leise zum Tisch trat, eine Wachstafel öffnete und mit ihrem Griffel etwas notierte.

„Die Stadtkohorte kann sie aufspüren und dir zurückbringen", schlug ich vor, ohne mich zu bewegen.

„Die will ich nicht." Aemil schnalzte abschätzig mit der Zunge. „Wenn die Männer in Schwierigkeiten stecken, will ich nicht, dass man sie vor einen Magistrat oder ins Tullianum schleppt. Ich brauche sie."

Aemilianus war Geschäftsmann durch und durch. Als ehemaliger Gladiator brachte er seinen Männern bei, wie man das Publikum unterhielt, während man um sein Leben kämpfte, und seine Gladiatoren gewannen Preise und brachten ihm Geld und Ansehen ein.

„Wann genau sind sie jeweils aufgebrochen?" Ich fragte nicht für mich selbst, sondern damit Cassia es aufschreiben konnte. Ihre Finger zuckten, begierig, weitere Informationen festzuhalten.

Aemil strich sich über sein stoppelkurzes braunes Haar. Er war Gallier, groß und stark, mit einem blauen und einem braungrünen Auge. Mein ehemaliger Ausbilder war ein harter Mann und mochte keine übermäßig komplexen Probleme.

„Ajax vor vier Tagen direkt nach dem Frühstück. Rufus am selben Tag, etwa um die sechste Stunde. Herakles in der darauffolgenden Nacht. Rufus ist zu seiner Frau gegangen, Ajax wollte sich in der Subura amüsieren, und Herakles hat mir nicht erzählt, was er vorhatte. Er hatte sich eine Nacht der Ausschweifungen verdient, also vermute ich, er wollte in ein *lupanar*, wie Ajax, oder vielleicht zu irgendeiner Frau."

Cassias Griffel kratzte in der Stille, nachdem er geendet hatte, über die Wachstafel.

„Dann sollten die *vigiles* sie finden können.“ Ich wischte mir einige verirrte Wassertropfen vom Arm. Ich hatte mir die neu eröffneten Nerothermen und ihr elegantes marmornes *frigidarium* gegönnt. Im Gegensatz zu Cassia hatte ich keinerlei Interesse an den Kunstwerken des Badekomplexes oder der Bibliothek, sondern war in den großen Becken geschwommen und hatte auf dem weitläufigen Übungsplatz geschwitzt.

„Hast du nicht gehört, was ich gerade gesagt habe?“ Mein früherer Ausbilder erhob sich. Er war größer als die meisten Römer, und sein Kopf streifte die niedrige Decke. „Ich will, dass *du* sie findest. Bring sie zu mir zurück, und dann entscheide *ich*, wie ich sie bestrafe.“

Er würde ihnen die Hölle heißmachen, aber sie am Leben lassen, wollte er damit sagen. Aemil hatte die Kunst der Einschüchterung perfektioniert.

Ich fragte mich, warum die drei nicht wieder aufgetaucht waren, wusste andererseits jedoch, dass sie sicher ihre Gründe hatten. Alle drei waren starke, fähige Männer, in den obersten Rängen des *ludus* und entsprechend arrogant. Vermutlich lagen sie in feinen Betten und ließen sich von Frauen verwöhnen.

„Warum wendest du dich damit an mich, Aemil?“, erkundigte ich mich. Die drei würden nicht zurückkehren, nur weil ich sie dazu drängte.

„Weil du eine Sklavin hast, die gut darin ist, Dinge herauszufinden. Wenn jemand anders die Männer erwischt, blüht ihnen die Hinrichtung, wie du genau weißt. Ajax und Herakles sind keine römischen Bürger. Willst du, dass sie gekreuzigt werden?“

Ajax und Herakles waren nach einer Schlacht in einem entlegenen Winkel des Römischen Reiches in Kriegsgefangenschaft geraten. Aemil hatte sie nach ihrer Ankunft in Rom gekauft, sie ihrer Namen beraubt und sie nach griechischen Kriegern benannt. Die beiden waren zwar keine Griechen, sondern stammten von einem Stamm irgendwo in Pannonien ab, aber die Zuschauer der Spiele mochten antike Helden.

Römer starben bei Hinrichtungen durch das Schwert oder durch Strangulation. Wer kein Bürger Roms war, fand auf unterschiedliche und grausame Weise den Tod.

Ich wollte nicht zusehen müssen, wie wilde Bestien zwei Männer, die ich gut kannte und mit denen ich trainiert hatte, zerrissen oder wie sie ein Schwert oder geschmolzenes Metall in die Kehle bekamen. Aemil wusste das. Er war, wie gesagt, ein Meister der Nötigung.

Mein ehemaliger Ausbilder hielt meinem Blick stand. „Tu mir den Gefallen, Leonidas. Mir und ihnen."

Cassia gab einen Laut von sich, der so leise war, dass Aemil ihn nicht hörte, doch ich verstand genau, was er bedeutete.

„Ein Gefallen kommt nicht infrage", erklärte ich. „Ich will bezahlt werden."

Aemil verzog die Mundwinkel. „Das hat deine Sklavin da auch schon gesagt."

Cassia hielt den Kopf über ihr Täfelchen gebeugt und schwieg.

Ich lebte in diesem kleinen Raum, einer L-förmigen Wohnung mit einem Alkoven, in dem sich mein Bett befand, und Fensterläden, die nachts den Balkon verschlossen, und zahlte für dieses Privileg Miete an den Weinhändler unten im Haus. Ein Gönner hatte mich freigekauft, mir Cassia zur Verfügung gestellt und diese Wohnung für uns gefunden, aber meinen Lebensunterhalt musste ich selbst verdienen. Der Mittelsmann meines unbekannten Wohltäters hatte gesagt, ich solle auf Anweisungen warten, was er von mir wolle.

Aemil hatte mich Ende Dezember freigelassen, jetzt war es der zweite Monat des Jahres, Februarius, ein Tag nach den Nonen, und bis jetzt hatten wir noch nichts von meinem Gönner gehört.

Cassia verbrachte die Zeit damit, Aufträge für mich zu finden, meist als Leibwächter für Kaufleute oder Patrizier. Sie achtete darauf, dass das Honorar angemessen war und ich es auch erhielt. Oft versuchten meine Auftraggeber, die Bezahlung hinauszuzögern, doch Cassia konnte trotz ihrer sanften Stimme und bescheidenen Art selbst den widerspenstigsten Klienten Münzen entlocken.

„Wir müssen essen“, entgegnete ich geradeheraus.

Aemil sah sich in dem spartanisch eingerichteten Zimmer um. Wir hatten einen Tisch und drei Schemel, ein Bett für mich, eine Pritsche für Cassia in der Nähe der Balkontür und einen weiteren Tisch, der als Schrein für unsere Vorfahren diente. In einer breiten Kommode befanden sich unsere spärlichen Besitztümer, und auf einem wackligen Regal über dem Tisch lag ein Holzschwert mit der Inschrift meines Namens. Die *rudis*, Symbol meiner Freiheit.

Den dritten Schemel hatte Cassia erst vor Kurzem angeschafft, weil sie meinte, wenn Klienten zu uns kämen, bräuchten sie einen Sitzplatz, während wir verhandelten. Dieser Schemel stand am Fußende des Tisches, aber Aemil hatte sich für meinen entschieden.

„Von deinem Gönner halte ich nicht viel.“ Aemil verschränkte die Arme vor der breiten Brust. „Du solltest dich auf Seidenlaken rekeln, in Eselsmilch baden und Gebäck und gezuckerte Aprikosen essen. Nicht auf einem rauen Schemel hocken und Linsen fressen.“ In seinen Augen glomm eine Listigkeit, die mir wohlbekannt war. „Komm zurück in den *ludus* und arbeite für mich, Leonidas. Du könntest in einem viel schöneren Haus leben und so viel Frauen und Essen haben, wie du willst. Ich werde sogar das Geld mit dir teilen, das die Gladiatoren gewinnen, die du unterrichtest. Wenn Leonidas, der Spartaner, die Männer ausbildet, kann ich einen noch höheren Preis für sie verlangen.“

Das hatte er mir in den letzten Monaten schon wiederholt vorgeschlagen, doch ich hatte immer wieder abgelehnt. So auch dieses Mal. Statt zu diskutieren, schüttelte ich einfach den Kopf.

Aemil schien das nicht zu entmutigen. „Eines Tages wirst du

mein Angebot annehmen. Jetzt musst du allerdings erst mal diese verdammten Gladiatoren finden und sie an den Eiern zurück in den *ludus* schleifen. Ich zahle dir dafür einen Sesterz pro Mann."

„Einen Denar", konterte ich. Cassias angedeutetes Nicken bestärkte mich in meiner Forderung. „Für einen Sesterz bekomme ich höchstens eine Flasche Wein."

Aemils Blick wurde hart. „Also gut. Einen Denar. Aber nur, wenn sie aufrecht stehen und kampfbereit sind. Wenn du sie sturzbetrunken und bewegungsunfähig zurückbringst, fällt das Honorar halb so hoch aus."

Mit anderen Worten, es war meine Aufgabe, sie auszunüchtern, sobald ich sie aufgespürt hatte.

Ich zuckte die Achseln, um meine Zustimmung zu signalisieren.

„Ausgezeichnet. Fang am besten gleich an." Mit diesem letzten Befehl wuchtete sich Aemil von dem Schemel hoch, warf mir noch einen scharfen Blick zu und stapfte hinaus.

Ich wartete, bis er die Treppe hinunter und auf die Straße gegangen und die Außentür hinter ihm zugeschlagen war, ehe ich die Tür am oberen Ende der Treppe schloss, um mit Cassia allein zu sein.

Sie war auf den Balkon getreten, eine flache Fläche, die das Dach des darunter liegenden Weinladens bildete. Ich gesellte mich zu ihr, und wir verfolgten, wie Aemil die enge Gasse entlang zum Vicus Longus schritt, der an ihrem Ende lag. Römer, die Besorgungen machten, wichen dem massigen, wütenden Mann hastig aus.

Ich rieb mir den rasierten Schädel. „Am besten fange ich beim *ludus* an. Die Torwächter werden besser als die meisten anderen wissen, wohin die Männer gegangen sind. Hoffentlich finde ich sie schnell, und wir sind um drei Denare reicher."

Cassia war darüber erfreut, das sah ich, aber sie erwiderte meinen Blick nur still.

Ich betrachtete sie einen Moment lang, die hellbraune Haut,

die dunklen Augen, die schwarzen Locken, die sie im Nacken zu einem Zopf zusammengenommen hatte, damit sie ihr nicht ins Gesicht fielen. Ihre Tunika war das schlichte Gewand einer Sklavin, das an den Schultern zusammengebunden war und ihr bis zu den Füßen fiel, die in Sandalen steckten, doch sie hielt es sauber und faltenfrei, würdevoll und ordentlich wie jede Matrone.

Als ich sie zu lange anstarrte, hob Cassia die Brauen, als frage sie sich, was es an ihr zu sehen gäbe.

Ich drehte mich um und ging wieder hinein, vergewisserte mich, dass ich Münzen und ein Messer in der Tasche hatte, die ich am Gürtel trug, ehe ich mich auf den Weg durch die wimmelnden Massen Roms machte.

AEMILS *LUDUS* LAG IN TRANSTIBERIM, AUF DER ANDEREN SEITE des Flusses im Westen. Ich überquerte die wie immer belebte Pons Agrippae und wandte mich nach Süden, als ich die andere Seite des Tibers erreichte.

Der *ludus* war ein ausgedehntes kasernenähnliches Gebäude, das einen rechteckigen Übungsplatz umgab. In dieser behelfsmäßigen Arena hatten mehrere Gladiatorenpaare Platz für Übungskämpfe, während die Neulinge mit Holzschwertern auf Pfähle einschlugen und das Hauen und Stechen lernten.

Das Gebäude aus Holz und Stein hatte ein Tor aus dicken Bohlen, das angeheuerte Schläger bewachten, um die Neugierigen draußen zu halten. Sie schützten den *ludus* auch vor Eindringlingen, die sich einschleichen wollten, um einen Favoriten auszuschalten, indem sie ihm ein Getränk verabreichten, das ihn schläfrig werden ließ, schwächte oder gar tötete.

Die Wächter waren jung, kräftig und körperlich leistungsfähig, und obwohl sie sich gelangweilt an das Tor lehnen mochten, waren sie aufmerksam und sofort in Alarmbereitschaft, wenn irgendetwas vorfiel.

Der Mann, der an diesem Nachmittag Dienst hatte, hieß

Septimius und begrüßte mich enthusiastisch. „Willkommen zu Hause, Leonidas. Bist du hier, um Aemils Träume wahr werden zu lassen?"

Er fragte mich das jedes Mal, wenn ich hier auftauchte, und ich machte mir nicht mehr die Mühe zu antworten. „Nein, ich bin deinetwegen hier."

„Oh, da fühle ich mich aber geschmeichelt." Septimius war ein grobschlächtiger Mann mit drahtigem braunem Haar, das sich im Nacken kräuselte, dunklen Augen und Fäusten groß wie Schinken. Er hatte mich oft stillschweigend lange nach der Sperrstunde zurück in den *ludus* schlüpfen lassen. „Hast du mich vermisst?"

„Ja", entgegnete ich ehrlich. Septimius war gutmütig und freundlich, ohne kriecherisch zu sein, doch ich hatte auch erlebt, wie er einen Mann zu Brei geschlagen hatte, der wiederholt versucht hatte, die Mauer zu erklimmen, um seinen Lieblingsgladiator aufzusuchen. „Ich will dich etwas über Ajax, Herakles und Rufus fragen. Warst du der Letzte, der sie hier gesehen hat?"

„Ah." Septimius lehnte sich an den Torpfosten und stocherte mit dem Daumennagel in seinen Zähnen herum. „Aemil lässt dich hinter ihnen herjagen, was? Ich weiß nicht, wo die drei sind."

„Du hast sie doch wahrscheinlich rausgelassen. Oder war es Plinius?"

„Nein, ich." Septimius schaute die Straße entlang, auf der es von Sklaven wimmelte, die Besorgungen für ihre Herren erledigten, von Männern, die zur nächsten *popina* unterwegs waren, um zu trinken und zu spielen, und von Plebejerinnen, die einkauften. An der Ecke versuchte ein dünner, geplagter Lehrer, die Aufmerksamkeit von sechs Kindern zu erringen, die mit Stöckchen in Bretter geritzte Buchstaben nachzeichneten.

„Wann sind sie gegangen?" Das hatte Aemil mir bereits gesagt, ich wollte allerdings Septimius' Version hören.

„Vor fünf ... nein, das war vor vier Tagen. Am letzten Januarius, zu unterschiedlichen Zeiten. Ich erinnere mich daran, weil

Plinius krank war und ich für ihn eingesprungen bin. Sie hatten alle Pässe, und ich habe sie rausgelassen."

„Aber sie sind nicht zurückgekommen."

„Nein." Septimius nahm den Daumen aus dem Mund und spuckte auf die Straße. „Wenn du mich fragst, sorgt sich Aemil umsonst. Wahrscheinlich geben sie ihr Preisgeld von den Saturnalien aus. Rufus hat versucht, seine Frau zum Umzug in eine bessere Wohnung zu überreden, also kümmert er sich wahrscheinlich darum, dass ihr Hausrat in ein unteres Stockwerk ihrer *insula* gebracht werden. Ich würde vermuten, Ajax und Herakles schlafen sich nach ein paar Nächten der Ausschweifung aus. Ajax vögelt alles, was sich bewegt. Vielleicht hat er sich dafür ein paar Schläge eingehandelt."

Ich musste Septimius recht geben. Die wahrscheinlichste Erklärung war, dass die Männer durch ganz übliche Dinge aufgehalten worden waren: eine neu angemietete Wohnung oder die Folgen von Alkohol und Hurerei.

„Hat dir einer von ihnen gesagt, wohin sie wollten? Außer Rufus natürlich."

„Was heißt hier natürlich?" Septimius grinste. „Rufus ist nicht gerade der Inbegriff ehelicher Treue. Aber tatsächlich hat er behauptet, er wolle nach Hause zu Chryseis – seiner Frau. Ajax war auf dem Weg in die Subura. Herakles wollte es mir nicht verraten, doch ich glaube, er hat eine adlige Geliebte mit einer Villa am Fluss."

Plötzlich riss eine Pranke, die zu einem hünenhaften Gladiator mit kurz geschorenem dunklem Haar und harten braunen Augen gehörte, das Tor von innen auf. Er hieß Regulus, und ich hatte ihn einmal als Freund bezeichnet. Jetzt war er *primus palus* unter Aemils Gladiatoren, eine Position, die er von mir geerbt hatte.

„Redest du von den Idioten, die verschwunden sind?", fragte er.

Septimius wich einen Schritt zurück. Regulus machte ihm Angst, denn er ging ohne Unterschied auf jeden los, wenn er wütend war. Torwächter waren für ihn Freiwild, und solange Regulus sie nicht dienstuntauglich prügelte, hielt Aemil ihn nicht auf.

„Weißt du, wo sie sind?“, wandte ich mich an Regulus.

Vor nicht allzu langer Zeit waren Regulus und ich eng befreundet gewesen, hatten zusammen gezecht, *lupanaria* besucht und uns aus Spaß an der Freude geprügelt. Das hatte an dem Tag aufgehört, an dem er mich angefleht hatte, ihn zu töten, und ich mich geweigert hatte.

„Ich weiß genau, wo sie sind“, knurrte Regulus. „Tot, denkst du nicht? Diese selbstsüchtigen Drecksäcke sind wahrscheinlich verreckt und haben sich zu den Elysischen Feldern verpisst.“

KAPITEL 2

Während ich ihn überrascht betrachtete, funkelte Regulus mich finster an. Selbst Septimius wich einen Schritt zurück.

„Warum glaubst du, dass sie tot sind?", fragte ich ruhig.

Regulus zögerte, als hätte er erwartet, dass ich seine Aussage ohne Rückfrage akzeptieren würde. Wenige Monate zuvor hätte ich ihn vielleicht ausgelacht oder mit „Warum? Hast du sie umgebracht?" geantwortet und ihm etwas zu trinken ausgegeben.

„Herakles sehnt sich nach einem ruhmreichen Tod", erwiderte Regulus. „Er würde so etwas Dummes anstellen, wie vom Kapitol zu springen und zu tun, als könne er fliegen. Ajax kämpft gegen jeden, der ihm über den Weg läuft. Rufus' Ehefrau bringt ihn um, wenn sie von seinen Mätressen erfährt."

„Ich wette, sie weiß bereits davon", warf Septimius gut gelaunt ein. „Und Ajax gewinnt seine Kämpfe meist."

„Ajax ist ein Vollidiot." Ich sah an Regulus' blutunterlaufenen Augen und seinem Schwanken, dass er bereits gezecht hatte. „Wenn er in den nächsten Spielen gegen mich antritt, ist er geliefert."

Ajax war der drittbeste Gladiator im *ludus* und wollte unbedingt *primus palus* werden. Rufus war *secundus*, nachdem Regulus auf meinen Platz aufgerückt war. Es war Aemils Entscheidung, wen er zu seinen besten Kämpfern erklärte, aber es gab immer Rivalitäten unter den Männern.

Herakles, der vom Können her Ajax ebenbürtig war, hatte sich nie ganz an das Gladiatorendasein gewöhnt. Er hatte den Stolz der wilden Völker, die das Leben der Soldaten an der römischen Grenze so aufregend machten, und er hatte seine Verachtung für Rom nie abgelegt. Römer waren für ihn Eroberer. Herakles sprach manchmal davon, sich seine Freiheit erkaufen zu wollen, doch häufiger verkündete er, er werde in der Arena sterben und dabei mehrere römische Hunde mitnehmen.

Viele von den Gladiatoren hier waren wie Herakles Kriegsgefangene aus fernen Außenposten des Reichs, aber er verabscheute jeden, der den römischen Lebensstil pflegte. Er hatte mich, den in Rom Geborenen, auf Anhieb gehasst.

„Mir werden sie nicht fehlen", fuhr Regulus fort.

Wenn die drei entflohen waren oder Ärger verursachten, würde auch Aemil dafür geradestehen müssen, entweder mit einer hohen Geldstrafe, weil er seine Sklaven nicht im Zaum hielt, oder mit Gefängnis oder gar seinem Leben, je nachdem, was die Gladiatoren welchem Römer antaten.

„Hatte Ajax eine bevorzugte Gespielin?" Ich richtete meine Frage an Septimius und Regulus gleichermaßen und ignorierte die Großmäuligkeit des Letzteren.

„Stimmt. Irgendeine Frau könnte ihn an ihrer Brust erstickt haben." Regulus wedelte mit einem Arm und stützte sich an der Wand ab, als er dabei das Gleichgewicht verlor. „Such ihn in der Subura."

Das hatte auch Septimius mir schon geraten. Ich wandte mich an diesen und bemerkte, dass er sich außerhalb von Regulus' Reichweite hielt. „In welcher Villa lebt Herakles' Gönnerin?"

„Weiß ich nicht." Septimius' Antwort kam schnell, aber ich war mir unsicher, ob er nicht vielleicht log. „Ich glaube, Nonus Marcianus weiß es."

Nonus Marcianus war der *medicus,* der die Gladiatoren verarztete, wenn sie in der Arena verletzt wurden. Er nähte Wunden, richtete Knochen und gab ihnen Tränke, die sie ins Leben zurückholten.

Marcianus, ein *eques,* hatte, obwohl er für Aemil arbeitete, eine Praxis bei den Plebejern auf dem Aventin. Er hatte mir erzählt, dass er gerne Menschen half, die sich keinen teuren Privatarzt leisten konnten, und dass er bei der Behandlung von Gladiatoren viel über Anatomie und Medizin gelernt habe. Er war bescheiden, verfügte jedoch über Autorität, sodass nur wenige ihm widersprachen.

„Ist er denn hier?“ Ich sah durch das Tor auf den Übungsplatz. Die Luft war kühl, aber die Sonne schien warm auf meine Schultern.

„Keine Ahnung“, blaffte Regulus. „Ich bin nicht dein Laufbursche.“ Er schob sich an mir vorbei und knurrte Septimius an: „Richte Aemil aus, ich hol mir ein Abendessen.“

Septimius schaute ihm wütend nach. Aemil musste Regulus die Erlaubnis gegeben haben, den *ludus* zu verlassen, denn Septimius sagte kein Wort, als mein ehemaliger Freund die Straße entlangschlenderte.

Ein Junge, der dem Lehrer, der den Kindern lesen und schreiben beibrachte, entkommen war, stürzte auf Regulus zu und machte große Augen, als er einen echten Gladiator vor sich sah. Regulus warf ihm einen finsteren Blick zu, blieb jedoch stehen und ritzte seinen Namen in das Stück Ziegelstein, das der Knabe ihm entgegenstreckte. Er mochte keine überschwängliche Lobhudelei, aber er wusste, wie er das römische Publikum dazu bringen konnte, ihm zuzujubeln.

„Der *medicus* ist vor etwa einer Stunde gekommen“, berichtete Septimius, als Regulus weg war und der Junge zu seinem verärgerten Lehrer zurückgeeilt war. „Einer der *tiros* hat sich verletzt.“

Obwohl Aemil seit den Saturnalien keine Gladiatoren mehr in Spielen eingesetzt hatte, ließ er sie regelmäßig trainieren, und das konnte ebenso brutal sein wie die eigentlichen Kämpfe.

Ich nickte Septimius zu und betrat den *ludus*.

Wie stets überkam mich dabei das Gefühl, als wäre ich nie weggewesen. Der Übungsplatz war voll, vor allem mit jüngeren Gladiatoren, die an den Pfosten trainierten. Zwei erfahrenere Kämpfer übten sich im Werfen der beschwerten Netze.

Meine Füße wollten mich zu dem Regal tragen, wo die Holzschwerter warteten, und meine Hand erinnerte sich an das Gewicht der Waffen und wie sie sich um ihr Heft geschlossen hatten. Ich würde mir einen neueren Gladiator aussuchen und ihn zwingen, sich mir zu stellen, um ihm zu zeigen, wie man überlebte, indem ich ohne Gnade auf ihn losging.

Danach würde ich den humpelnden, blutenden Burschen vermutlich in die nächste *popina* mitnehmen und seine Schmerzen mit Alkohol lindern, doch auf dem Trainingsplatz würde ich ihn nicht schonen. Entweder lernten sie, sich zu wehren und hart zu kämpfen, oder sie starben bei ihren ersten echten Spielen.

Ich zwang mich, die Netzwerfer nicht nach ihrem Geschick und die Schwertkämpfer nicht nach ihren Schlägen zu beurteilen. Ich war *secutor* gewesen und hatte mit einem Kurzschwert gekämpft, wobei mein linker Arm in eine gepolsterte Rüstung gehüllt gewesen war. Aber Aemil bildete jeden in mehreren Bereichen aus, für den Fall, dass ein Kämpfer einen Gefallenen ersetzen musste, also hatte ich einige Erfahrung als *retiarius*.

Ein schummriges Gebäude beherbergte die Zellen der Gladiatoren. Die meisten waren leer, denn die Männer befanden sich auf dem Übungsplatz oder faulenzten in der Sonne und beobachteten das Training.

Ich stieß eine vergitterte Tür auf.

Dies war meine Zelle gewesen. Ich hatte die letzten zwei Jahre, die ich bei Aemil verbracht hatte, hier gelebt und kannte jeden Winkel. Regulus hatte die Zelle übernommen, nachdem ich gegangen war, und seine Ersatzkleidung hing an Haken, die in die Steinwand geschlagen waren.

Ich sah zur Decke empor. Mein bester Freund Xerxes hatte

sie eines Tages aus Spaß mit erotischen Strichmännchen bekritzelt und vor Lachen gebrüllt, als ich mich zum Schlafen hingelegt hatte und die Flamme meiner Öllampe über die Zeichnungen gehuscht war. Ich hatte aufgeschrien, und Xerxes hatte sich gar nicht mehr beruhigen können.

Regulus hatte die meisten davon weggekratzt. Nur eine war noch übrig, in der hinteren Ecke, wo der Stein zu rau war, als dass man die Kritzeleien leicht hätte entfernen können: ein Gladiator mit einem großen Phallus, der einem Mädchen hinterherjagte.

Zorn brannte in meinem Magen. Ich regte mich nicht leicht auf, aber jegliches Mitleid, das ich für Regulus empfunden hatte, verflog. Er hatte ausgelöscht, was Xerxes geschaffen hatte, und damit einen Teil des Mannes vernichtet, den ich wie einen Bruder geliebt hatte.

Ich hätte nicht nachschauen sollen. Wütend schlug ich die Tür zu und schritt weiter.

„Leonidas?“, rief Marcianus mir zu, als ich an der Zelle vorbeikam, die ihm als Behandlungszimmer diente.

Ich blieb stehen und erinnerte mich an meinen Auftrag. Drinnen verband Marcianus gerade den geschienten Arm eines breitschultrigen jungen Mannes mit dem blonden Haar und der großen Statur der Menschen aus dem hohen Norden.

„Praxus hat einen Volltreffer am Arm abbekommen“, erklärte Marcianus gut gelaunt. „Ein glatter Bruch.“

Praxus, der sich erst nach meinem Weggang dem *ludus* angeschlossen hatte, war hochgewachsen, noch grün hinter den Ohren und mit dem großen Selbstvertrauen eines Jünglings gesegnet, der glaubte, niemand könne ihn besiegen. Er zuckte zusammen, als Marcianus den Verband festzog, doch gab sich weiterhin tapfer.

„Es ist nicht so schlimm.“ Praxus sprach mit starkem Akzent, sein Latein war kaum zu verstehen.

„Trainiere mehr mit einem Schild oder einem Armschutz“, riet ich ihm. „Mit einem gebrochenen Knochen fliegst du aus der Arena. Du hättest keine Chance auf ein Preisgeld, und Aemil könnte dich Wasser oder Exkremente schleppen lassen, bis er glaubt, dass du deine Lektion gelernt hast."

Praxus sah mich ernst an. „Dann werde ich üben, wie du sagst."

„Aber erst in einigen Wochen", ermahnte ihn Marcianus in seinem unbekümmerten Tonfall. „Der Knochen muss erst wieder zusammenwachsen. Eine Weile kein Training für dich. Warum bist du gekommen, Leonidas? Willst du mir assistieren?"

„Nein, ich will die verschwundenen Gladiatoren finden ", antwortete ich und ignorierte seinen Scherz. „Haben sie dir vielleicht gesagt, wo sie hinwollten? Ajax und Herakles, meine ich." Rufus würde ich daheim bei seiner Gemahlin suchen.

Das Lächeln des Arztes erlosch. „Ich finde, das geht nur sie etwas an."

Marcianus missfiel es, dass man die Gladiatoren wie Tiere einpferchte. Es machte ihm Spaß, sie zusammenzuflicken, doch er vertrat die Ansicht, dass alle Gladiatoren sich freiwillig einem *ludus* anschließen und ihn wieder verlassen können sollten, wenn sie es wünschten. Viele freie Männer schlugen wie Rufus die Gladiatorenlaufbahn ein, weil sie sich Reichtum und Ruhm erhofften, aber die meisten waren Sklaven oder kamen in einen *ludus*, um der Hinrichtung zu entgehen, wie es bei mir der Fall gewesen war.

„Besser ich finde sie als Aemil", entgegnete ich. „Oder gar die Stadtkohorte."

„Sie sind noch nicht so lange weg, und es sind keine Spiele geplant", wandte Marcianus ein.

„Wenn sie nur würfeln oder zechen, kann Aemil entscheiden, was zu tun ist." Ich hielt inne. „Er scheint sich wirklich Sorgen zu machen."

Marcianus schnaubte. „Wenn du versuchst, Aemil als Glucke hinzustellen – vergiss es, und lass die Männer in Ruhe."

Während ich noch überlegte, wie ich Marcianus die Informationen entlocken konnte, schaltete sich Praxus ein.

„Nach Herakles suchst du am besten in einer Villa nördlich der Pons Agrippae", sagte er. „Er hat mir von einem großen Haus dort erzählt, dessen Weinkeller die Ausmaße eines Theaters hat."

Sowohl Marcianus als auch ich wandten uns erstaunt zu Praxus um. Der Bursche war höchstens sechzehn und sehr groß, aber zugleich schlaksig wie jemand, dessen Körper gerade erst anfing, die Dimensionen eines Erwachsenen anzunehmen.

„Woher weißt du das?", wollte Marcianus wissen. Er legte den Verband mit behutsamen Bewegungen zu Ende an, doch ich erkannte, dass ihm missfiel, dass mir Praxus die Informationen gegeben hatte.

„Herakles hat es mir erzählt. Mit vielen Leuten redet er nicht, mit mir aber schon. Wahrscheinlich weil ich kein Römer bin."

Die meisten Gladiatoren stammten von außerhalb Roms, doch Herakles musste diesen jungen Mann aus Nordgermanien mögen, weil beide von den äußersten Rändern des Reiches stammten.

„Wo genau finde ich diese Villa?", fragte ich.

Praxus stellte einen Fuß auf die Pritsche und lehnte sich an die Wand hinter ihm. „Auf der anderen Flussseite, gegenüber dem *trigarium*. Eine der großen Villen auf dem Hügel am Westufer."

Das *trigarium* war eine Wagenrennbahn. Sie war nicht annähernd so groß wie der Circus Maximus, eher ein Übungsplatz, auf dem auch kleinere Rennen stattfanden.

Marcianus verzog missbilligend das Gesicht, aber er sagte nichts, während er den Rest der Verbände zusammenfaltete und Praxus einen Trank reichte. „Das wird den Schmerz lindern", versprach er.

„Ich habe keine Schmerzen", lehnte Praxus entrüstet ab.

Marcianus hielt ihm den Becher unter die Nase. „Vielleicht noch nicht, doch wenn der Schock nachlässt und du schlafen willst, wird das helfen. Mehr Schlaf wird dafür sorgen, dass du schneller wieder gesund wirst."

Praxus zuckte die Achseln, nahm aber den Becher. Ich war früher auch häufiger in den Genuss von Marcianus' Tränken gekommen und war normalerweise innerhalb weniger Minuten eingeschlafen.

Praxus stürzte das Gebräu in einem Zug hinunter. „Schmeckt ja furchtbar." Er schaffte es, Marcianus den Becher zurückzugeben, ehe er sich auf die Pritsche fallen ließ.

Ich beobachtete mit distanziertem Interesse, wie Praxus' großer Leib sich entspannte und ihm die Augen zufielen. Im nächsten Moment drang ein Schnarchen aus seinem offenen Mund.

Marcianus wischte den Becher aus und stellte ihn zurück ins Regal. „Such nach Herakles und den anderen, wenn du musst, Leonidas. Doch sag Aemil nichts, bis du weißt, was sie treiben. Er muss sie nicht auspeitschen, wenn sie nur Zeit mit ihrer Geliebten verbringen."

„Ich würde sie ja in Ruhe lassen." Ich zögerte und fragte mich, warum ich mich vor Marcianus rechtfertigte. „Aber ich brauche das Entgelt, das mir Aemil in Aussicht gestellt hat."

„Hat dich dein Gönner immer noch nicht mit Reichtümern überschüttet?" Marcianus hatte seinen Humor wiedergefunden.

„Bisher nicht. Wenn er das denn je vorhat." Ich hatte ein paar Ideen, wer mein anonymer und ziemlich geiziger Wohltäter sein mochte, doch bis jetzt hatte ich wenig Konkretes herausbringen können. „Ich habe seit ein paar Wochen keine Arbeit mehr, und wenn Cassia sagt, unsere Mittel schwinden, dann glaube ich ihr."

Marcianus' Miene wurde sanfter. „Cassia ist eine gescheite junge Frau. Grüß sie von mir."

Marcianus und Cassia hatten sich angefreundet – beide sprachen fließend Griechisch und waren in den Wissenschaften und der Medizin bewandert. Ich nahm an, dass Cassia sich gerne mit

Marcianus unterhielt, nachdem sie es tagelang mit einem ungebildeten Gladiator hatte aushalten müssen.

„Ich werde Aemil nichts sagen, bis ich mehr weiß", versprach ich. „Wenn sie morgen einfach wieder zum Training auftauchen, reagiert er vielleicht etwas weniger harsch."

„Hoffen wir's. Schönen Tag noch."

Auch ich verabschiedete mich von Marcianus, der stets freundlich zu mir war, und ging. Hinter mir schnarchte Praxus weiter.

Ich schritt den Säulengang entlang, mied meine alte Zelle und verließ den *ludus* durch das Tor. Septimius verabschiedete mich freundlich, sein Groll über Regulus war verflogen.

Mit einer seltsamen Endgültigkeit schlug das Tor hinter mir zu. Drinnen waren ein Leben und eine Routine, die ich viele Jahre lang gekannt hatte. Draußen herrschte Unsicherheit, das Ringen um genug Geld, um mich und Cassia zu ernähren. Mein neues Leben konnte genauso plötzlich enden wie das, das ich hinter mir gelassen hatte.

Ich war nicht sicher, welches besser war.

Ich beschloss, als Erstes nach Ajax zu suchen, und begab mich zu den Bordellen der Subura. In der Subura kannte ich mich aus, denn ich hatte dort viel Zeit in einem *lupanar* verbracht, das eine Frau namens Floriana geführt hatte. Das Haus stand jetzt leer, die Frauen waren weg, aber ich kannte noch andere.

Auf der Pons Agrippae herrschte reges Treiben, als ich sie überquerte, denn die Menschen eilten aus Rom hinaus oder in die Stadt hinein, um bei Einbruch der Dunkelheit zu Hause zu sein. Im Februarius ging die Sonne um die zwölfte Stunde unter, und so wie der Himmel aussah, war es bald so weit.

Auf meinem Weg warf ich einen Blick stromaufwärts. Villen säumten den Tiber, ihre Terrassengärten erstreckten sich hügelabwärts Richtung Fluss. In welcher hielt sich Herakles wohl gerade auf?

Der Strom der Passanten trug mich zum Campus Martius. Bei Tag hätte ich einfach den Campus überquert, um den Menschenmassen auf den Foren zu entgehen, doch nach Einbruch der Dämmerung war es besser, in den belebteren Bereichen zu bleiben.

Es wurde bereits dunkel, als ich am Pompeius-Theater und dem Campus Flaminius vorbei nach Süden abbog. Ich folgte dem Gedränge auf das Kapitol, und als ich mich dem Forum Romanum näherte, lichtete sich die Menge etwas, da die Läden dort inzwischen geschlossen waren.

Üblicherweise wandte ich mich vom Forum aus nach Norden, den Hügel hinauf zu der kleinen Gasse, in der ich wohnte. Cassia würde daheim sein und das Abendessen vorbereiten, sich Notizen auf ihren Täfelchen machen und eine Ballade vor sich hinsingen.

In unserem Leben hatte sich eine Routine entwickelt – Cassia holte Wasser und Essen für unsere Mahlzeiten, dann verbrachte sie die Zeit nach dem Frühstück damit, unsere Finanzen durchzugehen und zu entscheiden, wie viel ich für meinen nächsten Auftrag verlangen musste. Daraufhin begab ich mich gewöhnlich zum Forum, um nach Männern Ausschau zu halten, die Bewachung brauchten. Manchmal war ich erfolgreich, manchmal nicht. Dann zog ich weiter in die Bäder und trainierte, um mich fit zu halten, so wie heute, bevor ich zurückgekehrt war und Aemil an meinem Tisch vorgefunden hatte.

Am liebsten wäre ich nach Hause zurückgekehrt, zu meinem Linseneintopf, dem Gemüse und den süßen Leckereien, die Cassia auf dem Heimweg erstanden hatte. Ich hätte mir angehört, mit wem sie an diesem Tag gesprochen hatte und was in Rom geschah – Cassia schien immer Bescheid zu wissen.

Der Drang war so stark, dass meine Glieder schmerzten, als ich mich abwandte und am Fuße des Quirinals entlang zur Subura lief.

Die meisten Menschen schreckten davor zurück, sich hier bei Dunkelheit aufzuhalten, aber ich hatte das schon oft getan. Ich kam an dem Gebäude vorbei, in dem früher Florianas *lupanar* untergebracht gewesen war. Man hatte das Haus größtenteils abgerissen, und die Läden, die dort statt des Bordells entstehen sollten, befanden sich noch im Bau.

Als ich daran vorbeiging, musste ich an meinen Freund Gnaeus Gallus denken, einen *architectus*. Er hatte mir angeboten, mich als seinen Assistenten einzustellen, doch ich hatte abgelehnt. Erstens, weil ich bezweifelte, dass er mehr bezahlen konnte, als ich als Leibwächter verdiente, und zweitens, weil ich nicht sicher war, ob ich zu meinem alten Leben zurückkehren sollte – dem Leben vor dem *ludus*. Eine Baustelle zu betreten war für mich bittersüß.

Die Wand des nächsten *lupanar* zierte ein gemalter Satyr, der eine nackte Frau verfolgte. Vor der Tür warteten Männer ungeduldig darauf, dass sie an die Reihe kamen.

„He, Leonidas! Für wen entscheidest du dich heute Abend?“, grüßte mich ein stämmiger Mann, den ich oft bei Floriana gesehen hatte.

Mein Achselzucken brachte ihn zum Lachen, weil er wahrscheinlich dachte, ich würde die Frauen in einer Reihe antreten lassen und mir aussuchen, welche ich wollte. Ich bahnte mir einen Weg durch die Traube der Männer und duckte mich unter dem niedrigen Türsturz hindurch ins Innere.

„Wir sind voll.“ Eine Frau mit grellroter Perücke, die lockig war wie die der vornehmsten Patriziermatronen, durchbohrte mich mit ihrem Blick. „Ach, du bist es, Leonidas. Dich habe ich ja seit Monaten nicht mehr gesehen. Sind wir dir jetzt plötzlich gut genug?“

Sie meinte diese unfreundliche Begrüßung völlig ernst. Ich war ein gut zahlender Kunde gewesen, hatte allerdings Florianas Bordell bevorzugt.

„Ich bin auf der Suche nach Ajax.“ Es gab keinen Grund, nicht direkt zur Sache zu kommen.

„Der ist nicht hier."

Die Frau wandte sich ab – sie war fertig mit mir. Ich hielt sie am Arm fest, was mir einen finsteren Blick und einen Schlag mit der flachen Hand einbrachte, woraufhin ich sie losließ.

„Es ist wichtig. War er in den letzten vier Tagen hier?"

„Klar. Ich bin ihn gar nicht mehr losgeworden, aber wenigstens hat er bezahlt. Gestern Nacht ist er gegangen."

„Weißt du, wohin?"

„Nein." Argwöhnisch verengten sich ihre dunkel umrandeten Augen. „Warum sollte ich? Weshalb die Frage?"

„Wenn Ajax wieder auftaucht, sag ihm, ich suche ihn, und er soll zu mir auf den Quirinal kommen."

„Ich bin doch keine Dienstbotin."

Wieder wandte die Frau sich von mir ab. Ich packte sie erneut am Arm, aber diesmal hielt ich ihr einen Sesterz vor das verkniffene Gesicht.

„Sag es ihm." Ich drückte ihr die Münze in die Hand und ließ sie los.

Ich hätte wissen wollen, mit welcher Frau er die meiste Zeit verbracht hatte, doch die Kabinen waren alle besetzt, und den ekstatischen Schreien und dem Stöhnen nach zu urteilen, das hinter den Vorhängen zu hören war, waren die Mädchen beschäftigt.

Also verließ ich das Haus mit dem Ziel, mir das nächste vorzunehmen.

„Das ging schnell", rief der korpulente Mann lachend. „Bis bald, Leonidas." Meine Antwort war ein knappes Winken.

Im nächsten *lupanar* erzielte ich ein ähnliches Ergebnis. Ajax hatte es zwei Nächte zuvor besucht, aber seitdem hatte ihn niemand mehr gesehen. Hier konnte ich mit den Frauen sprechen, mit denen er Zeit verbracht hatte. Ajax sei wie immer sehr potent gewesen, sagten sie mir und erklärten dann, er habe nach seinem Besuch hier in ein anderes Haus gehen wollen, da er noch viel Energie gehabt habe.

Wahrscheinlich in das erste, das ich überprüft hatte. Ich

bedankte mich bei den Frauen, gab ihnen und der Hausherrin ein paar Münzen und verließ sie.

Ich suchte weiter. Es war jetzt völlig dunkel, und das einzige Licht, das meinen Weg erleuchtete, stammte von den wenigen Öllampen, die schwach hier und da in Türöffnungen flackerten. Ein paar Lichtpunkte wiesen den Herren aus den gehobeneren Schichten den Weg durch das Viertel, doch die meisten anständigen Männer waren um diese Zeit entweder zu Hause oder speisten im Haus einer anderen wohlhabenden Familie. In der Subura war man entweder wegen der Bordelle oder weil man den Stadtteil auf dem Weg woandershin durchqueren musste.

Eine Gruppe Passanten, angeführt von einem aufmerksamen Wachmann mit einer Laterne, kam hinter mir her. Liktoren mit Bündeln von Kurzspeeren über den Schultern trugen finstere Mienen zur Schau. Inmitten dieser Eskorte gingen zwei rundliche Patrizier in mit Purpurstreifen gesäumten Togen und unterhielten sich lautstark, als hätten sie keine Angst, nach Einbruch der Dunkelheit durch diese Straßen zu spazieren.

Ich musste in eine Seitengasse ausweichen, um sie vorbeizulassen. Die Gasse war eng und düster, und ich drückte mich an eine Wand, um zu warten, bis die Gruppe vorbei war.

Meine Sandale landete auf etwas, das leise metallisch klirrte. Es konnte alles Mögliche sein – ein weggeworfener Becher, eine beschädigte Laterne, eine heruntergefallene Münze.

Außergewöhnlich für die Subura. Alles, was aus Metall war, insbesondere Münzen, wurde hier aufgehoben, gehortet oder auf dem nächsten Markt versilbert.

Als der Laternenträger vorbeiging, fiel sein Lichtstrahl auf das, was da zu meinen Füßen lag.

Ich erstarrte. Der Laternenträger eilte weiter, gefolgt von den Liktoren und Patriziern.

In diesem kurzen Augenblick hatte ich Licht auf dem Bronzehelm eines Gladiators schimmern sehen, das Gitter der Augenlöcher dunkel und still. Daneben lag ein Arm, der den kleinen Schild eines *secutors* umklammerte. Darunter hatte ich zwei

Beine mit bronzenen Schienen ausmachen können, die mit den Reliefs eines kämpfenden Mannes verziert waren. Keine dieser Gliedmaßen war mit dem Rumpf verbunden, der nur einen Lendenschurz trug.

Das Licht der Laterne verschwand, und Dunkel legte sich wie ein Leichentuch über mich. Hier lag ein Gladiator, allerdings in mehreren Teilen.

KAPITEL 3

Ich rannte aus der Gasse, stürmte in das nächstbeste *lupanar*, schnappte mir die erstbeste Lampe und war wieder draußen, bevor mir jemand eine Frage stellen konnte.

Trotz meiner unübersehbaren Aufregung folgte mir niemand. Man wollte nicht wissen, was ich in der Finsternis trieb. In der Subura war es ungesund, zu neugierig zu sein.

Ich leuchtete mit der Öllampe den Boden der Gasse aus – ein schmaler Durchgang zwischen zwei Gebäuden, der sich keilförmig verengte und an einem Gebäude an der Straße dahinter endete.

Der Gladiator, der zu meinen Füßen lag, war Ajax. Ich erkannte die große runde Narbe an der Innenseite seines rechten Arms, die ihm ein Speer eines *retiarius* zugefügt hatte.

Jemand hatte seinen Leichnam präzise zerlegt – Arme, Beine, Kopf, Torso. Die Teile lagen nicht wahllos verstreut, sondern waren ordentlich in der schmalen Gasse übereinandergestapelt worden. Sein Kopf, umhüllt von seinem Helm, ruhte neben dem Gliederhaufen.

Ich stand da wie gelähmt und starrte auf Ajax' Überreste hinab.

Im Laufe meiner Karriere war ich Zeuge zahlreicher grausamer Tode geworden. Zu den Spielen gehörten auch Hinrichtungen, bei denen man Verbrecher auf kreative Art und Weise exekutierte. Gladiatoren hackten einander bei ihren Kämpfen manchmal regelrecht in Stücke, und wilde Tiere zerfleischten ab und an die Männer, die gegen sie antraten. Den ganzen Tag über wurden Leichen und Leichenteile aus der Arena geschleppt, und das Blut trocknete im Sand.

Hier war nicht viel Blut, und die Leichenteile waren angeordnet wie Knochen in einem Beinhaus.

Ich hätte an die vielen Möglichkeiten gewöhnt sein sollen, wie ein Mensch zur Leiche werden konnte. Aber aus irgendeinem Grund hob sich mir der Magen. Ich wandte mich ab und erbrach mein Mittagessen auf die Steine.

Ich blieb lange in der Gasse, schwer gegen die Wand gestützt, bis meine Lampe erlosch, weil das Öl aufgebraucht war.

Ajax war tot. Nicht nur tot, sondern sorgfältig zerteilt. Danach hatte ihn dann jemand hierhergebracht und alles in Szene gesetzt. Kein Blut bedeckte die Steine, was hieß, dass man ihn nicht hier getötet oder zerstückelt hatte.

Warum? Weshalb hatte man ihn ausgerechnet hier abgelegt? Wenn jemand ein Verbrechen vertuschen wollte, warf er die Leiche in den Fluss oder fuhr sie aufs Land hinaus und verscharrte sie. Man ließ sie nicht einfach in der Subura liegen, damit irgendein Pechvogel über sie stolperte.

Ich rappelte mich auf, und hinter meinen Augen pochte Schmerz. Keiner, der vorbeikam, schaute in die Gasse, niemand fragte sich, warum ich mich hier aufhielt. Es war sicherer, den Blick nach vorn zu richten und nichts zu bemerken.

Was sollte ich jetzt tun? Wenn ich Alarm schlug, Aufmerksamkeit erregte, würde jemand zu den *vigiles* rennen. Ich kannte einen *vigil* in diesem Viertel, einen jungen Mann namens Avitus. Er konnte mir helfen.

Nein, er würde es seinem Hauptmann melden müssen. Man würde mich verhören. Genau wie Aemil. Möglicherweise würde man alle Gladiatoren, einschließlich des neuen Mannes Praxus verdächtigen. Die Magistrate würden vielleicht behaupten, die Männer hätten einen Gegner ausschalten wollen, den sie nie besiegen konnten. Oder sie würden Aemil zwingen, seinen *ludus* zu schließen, und die Gladiatoren würden auf andere Schulen verteilt. Am Ende könnte sogar einer oder mehrere hingerichtet werden, weil die Magistrate jemanden brauchten, dem sie das Verbrechen in die Schuhe schieben konnten. Gladiatoren mochten berühmt sein und verehrt werden, aber letztlich war ihr Leben wenig wert.

In der Gasse lag Unrat, weggeworfene und zerbrochene Tongefäße und ein Tuch, das so schmutzig und zerrissen war, dass es selbst die Lumpensammler nicht mehr haben wollten.

Ich holte mir das Tuch und breitete es, so gut es ging, über Ajax' Leiche. Mit dem Fuß schob ich die Scherben zusammen und schichtete sie so auf, dass er von der Straße aus nicht zu sehen war.

Erst als ich sicher war, dass in der Finsternis nichts mehr zu erkennen war, verließ ich die Gasse. Ich begab mich zurück in das *lupanar*, um die Lampe zurückzugeben, und machte mich dann auf den Weg zum *ludus*.

Diesmal war ich schneller dort, denn die Straßen waren wie ausgestorben. Die meisten Menschen hatten sich aus Sicherheitsgründen in ihre Häuser zurückgezogen, auch wenn die Weinstuben und Tavernen überfüllt waren. Die Karren mit den nächtlichen Lieferungen waren noch nicht in die Stadt eingefahren, doch sie würden bald kommen.

Septimius war auf seinem Posten. „Schon wieder da, Leonidas?“, begann er, verstummte aber, als er meinen grimmigen Gesichtsausdruck bemerkte.

„Ich muss sofort zur Aemil. Lass mich ein.“

Septimius gehorchte widerspruchslos, musterte mich allerdings neugierig.

Aemil aß mit Marcianus in seinem *officium* zu Abend. Er hatte Bücher und Tafeln beiseitegeschoben, um Platz für die Schüsseln mit Gemüse, herzhaftem Fleisch, Bohnen und Aprikosen zu schaffen.

„Ich habe Ajax gefunden“, verkündete ich ohne Umschweife. „In der Subura.“

Marcianus, der gerade eine Aprikose zum Mund führen wollte, erstarrte, und Honig lief auf seine Finger. Aemil schaute mich finster an.

„Ja? In welchem Bordell? Ich zerre ihn da raus – sobald ich aufgegessen habe.“

„Er ist tot“, entgegnete ich. „Ich habe seine Leiche gefunden.“ Ich wandte mich ab und verließ den Raum. „Du wirst einen Karren brauchen.“

AEMIL FLUCHTE ABWECHSELND IN DERBSTEM STRAẞENLATEIN und in dem von ihm verwendeten gallischen Dialekt, während er sich über Ajax' Leiche beugte und das Licht von Marcianus' Lampe über die Szene huschte.

Ich hatte das Tuch von Ajax' Leichnam gezogen und mich dann am Ende der Gasse positioniert, um das, was wir taten, vor Neugierigen auf der Hauptstraße zu verbergen. So eilten die Passanten einfach weiter, ohne etwas zu bemerken.

„Du hast recht, dies ist nicht der Tatort“, bestätigte Marcianus leise. „Keinerlei Blut, und gewaschen hat man ihn auch. Ich würde sagen, die Beinschienen und den Helm hat man ihm nach dem Tod angelegt, aber ich müsste ihn erst untersuchen, um mir da sicher zu sein.“

Aemil fluchte weiter und trug nichts Hilfreiches zu unserem Gespräch bei.

Marcianus' Stimme klang klar und ruhig, wie sie es immer tat, selbst wenn er die schwersten Wunden behandelte oder die Schmerzen sterbender Gladiatoren linderte. Seine Miene zeigte jedoch den gleichen Schock wie vermutlich meine, als ich in ihre Mahlzeit geplatzt war.

Endlich erhob sich Aemil, und in seinen Augen stand eine Grimmigkeit, die ich dort noch nie zuvor gesehen hatte. Aemil war ein harter Mann, aber jetzt nahm ich eine Gnadenlosigkeit in ihm wahr, der er normalerweise nicht nachgab.

„Wir schaffen ihn zurück." Aemil, der so groß war wie ich, blickte mir direkt in die Augen. „Finde heraus, wer das war, Leonidas, und bring ihn mir."

Ich zögerte. Es war nicht meine Aufgabe, Mörder zu jagen, schon gar nicht einen so irren wie den, der Ajax das angetan hatte, doch ich nickte. Es gefiel mir nicht, dass in Rom ein Killer herumlief, der einen so fähigen Kämpfer wie Ajax einfach töten konnte.

„Finde außerdem den Rest meiner verdammten Gladiatoren", knurrte Aemil.

Er marschierte an uns vorbei auf die Straße und überließ es Marcianus und mir, Ajax' Leichnam in den Karren zu legen und ihn wieder mit dem zerfetzten Tuch und einem weiteren, das Marcianus mitgebracht hatte, zu bedecken.

„So wie sich seine Gliedmaßen anfühlen, ist er schon mindestens einen Tag tot", meinte Marcianus. „Aber auch darüber kann ich mir erst Gewissheit verschaffen, wenn ich ihn mir genauer anschaue."

„Ajax war gestern Abend in einem *lupanar* in der Straße hier, hat mir die Frau erzählt, die es betreibt."

„Das grenzt die Sache ein." Marcianus wandte sich an Aemil, der am Eingang der Gasse wartete. „Bist du sicher, dass du ihn im *ludus* haben willst?"

Aemils Blick wurde noch härter. „Wo sollen wir ihn denn sonst hinbringen?"

„In meine Räumlichkeiten. Ich habe dort mehr Instrumente und kann ihn genauer untersuchen."

„Wozu soll das gut sein?", blaffte Aemil.

Marcianus begegnete seiner Aggression mit gewohnt kühlem

Kopf. „Ich könnte herausfinden, wie er gestorben ist und womit man ihn zerstückelt hat. Ob er dieses Gewand trug, als er starb, oder ob jemand seine Leiche angekleidet hat. Nützliche Informationen."

Aemil brummte nur unwirsch und drehte sich weg.

„Marcia lebt noch immer bei dir", flüsterte ich. Marcia war eine junge Frau, die Marcianus aus Mitleid aufgenommen hatte und die sich seither als seine Assistentin betätigte. „Sie sollte das nicht sehen."

„Marcia ist hart im Nehmen und eine sehr effiziente Hilfe", sagte Marcianus unbesorgt. „Sie kann außerdem sehr verschwiegen sein."

Das hieß wohl, sie würde nicht schreiend wegrennen und die Stadtkohorte rufen, wenn sie mit einer zerstückelten Leiche konfrontiert wurde.

Marcianus fuhr fort: „Meine Praxis ist außerdem näher, und wir müssen weder den Fluss überqueren noch durch ein Tor." In beiden Fällen liefen wir Gefahr, dass die Wachen uns anhielten und sich nach unserem Treiben erkundigten oder, schlimmer noch, unter das Tuch schauten.

Aemil erwiderte barsch: „Gut. Dann los."

Er willigte ein, auf der einen Seite des Handwagens zu ziehen, während ich die andere übernahm. Wir folgten Marcianus, der leichtfüßig die Straße in Richtung Aventin hinunterschritt.

Wir erreichten ohne Zwischenfälle Marcianus' kleines Haus, wo er seine Praxis betrieb. Nachdem wir die eingewickelten Teile von Ajax' Leichnam in sein Hinterzimmer getragen hatten, schickte Marcianus mich und Aemil fort.

„Ihr könnt nichts mehr tun", erklärte er resolut. „Ich werde euch wissen lassen, wenn ich etwas herausfinde."

Aemil knurrte nur wieder und ging.

Wie Marcianus prophezeit hatte, war Marcia zwar zusammengezuckt, als sie entdeckt hatte, was sich unter der Plane befand, legte nun aber Marcianus' Instrumente auf einem Beistelltisch aus und füllte wortlos eine Schüssel mit Wasser aus einem Krug. Mit ihrer schlichten, knöchellangen Tunika und dem hochgesteckten Haar wirkte sie eher wie eine junge Dienstmagd als das Freudenmädchen, das sie gewesen war.

Mir fiel nichts ein, was ich zu ihr oder Marcianus hätte sagen können, also ließ ich sie allein und folgte Aemil.

„Du hast mir das Abendessen ruiniert." Aemil wurde kaum langsamer, als ich ihn einholte, blieb dann jedoch unvermittelt stehen. Neben uns plätscherte aus den Mäulern dreier bronzener Fische Wasser in das Bassin eines Brunnens. „Herkules steh uns bei, Leonidas. Wer tut denn so etwas?"

Ich betrachtete die angelaufene grüne Bronze am Maul des einen Fisches. „Jemand, der Gladiatoren verabscheut?"

„Ich verabscheue Magistrate." Aemil wandte den Kopf und schaute zurück zu Marcianus' hell erleuchtetem Fenster. „Trotzdem würde ich keinen ermorden, zerstückeln und ihn anschließend in eine Toga hüllen."

„Jemand, der vor allem Ajax verabscheut hat", präzisierte ich, nur um etwas zu sagen.

„Dann finde ihn. Nimm deine Sklavin, die alles aufschreibt, und finde Rufus, Herakles und Regulus. Der ist jetzt auch verschwunden."

„Ich habe ihn den *ludus* verlassen sehen. Er hat behauptet, er hätte deine Erlaubnis."

„Das war gelogen." Aemil seufzte. „Ich lasse Regulus viele Freiheiten, wenn keine Spiele anstehen. Normalerweise geht er bloß zu einer *popina* in der Nähe des *ludus*, doch er war noch nicht wieder da, als Septimius die Tore verschlossen hat."

„Ich werde ihn suchen", versprach ich.

„Ihr beide seid jetzt Todfeinde, das ist mir durchaus klar." Aemil schürzte die Lippen. „Aber bring ihn bitte ohne allzu viele blaue Flecken zurück. Regulus ist wertvoll, mein bester Mann – mögen die Götter mir gnädig sein."

Aemil musterte mich von Kopf bis Fuß, als wolle er mir die Schuld für Regulus' schlechte Laune geben, doch dann schüttelte er den Kopf.

„Gute Nacht." Er verschwand in der Dunkelheit, und unter seinen Stiefeln knirschte der lose Kies der Straße.

Ich sah ihm nach, bis seine Tunika zu einem weißen Fleck verschwamm, dann lenkte ich meine Schritte in Richtung der Foren und der Straße zu der Wohnung, die ich nun mein Zuhause nannte.

ALS ICH DAS ZIMMER ÜBER DER WEINHANDLUNG BETRAT, hatte Cassia bereits Eintopf und Brot aufgetischt. Eine kühle Brise wehte vom Balkon herein, aber die Fensterläden waren nicht geschlossen, da sie für Cassia zu schwer waren.

Sie saß am Tisch über ihre Täfelchen gebeugt und wartete mit dem Essen auf mich. Ihr Haar war ordentlich frisiert, die Stirnlocken gebändigt, ihre weiße Leinentunika fleckenlos. Sie blickte auf, als ich eintrat, nachdem sie sich sorgfältig die Stunde meiner Rückkehr notiert hatte.

Ich blieb in der Tür stehen und musterte das Essen ohne Interesse.

„Hast du etwas herausgefunden?" Zu jeder anderen Zeit hätte mich die Wissbegierde in Cassias Stimme amüsiert. Ihr Stift schwebte in der Luft, bereit, alles zu notieren, was ich zu sagen hatte.

„Ich habe Ajax gefunden." Meine Stimme war schwer und hallte dumpf durch den Raum. Unten zog ein Maulesel laut klappernd einen Karren über die Straße, und der Viehtreiber rief dem Weinhändler etwas zu.

„So schnell?" Cassia erhob sich, doch ihr Eifer verflog, als sie meinen Gesichtsausdruck sah. „Was ist geschehen?"

Ich beschrieb es ihr. In allen Details. Die Farbe wich aus ihren Wangen, während ich sprach, und sie setzte sich langsam wieder.

Mord war in Rom an der Tagesordnung. In den dunklen Gassen wimmelte es von Straßenräubern, die einen Mann für ein paar Sesterzen abzustechen bereit waren – Raubüberfälle, die in Gewalt ausarteten, forderten viele Opfer. Manchmal schlugen streitende Männer in den *popina*e in betrunkener Wut einander auch tot.

Aber das hier war etwas anderes. Ein bestialischer Mord, beinahe wie ein dargebrachtes Blutopfer.

Als ich verstummte, goss Cassia eilig Wein aus einem Krug in einen Becher und schob ihn mir zu.

Ich ließ mich schwer auf meinen Schemel fallen und leerte den Becher in einem Zug. Den Wein schmeckte ich kaum, und jetzt schwappte er als saure Lache in meinem Magen herum.

„Wie furchtbar." Cassias Stimme war kaum hörbar.

Ich nahm den Krug und schenkte mir nach. „Ajax hatte wirklich etwas Besseres verdient. Es ist beinahe, als habe man ihn verhöhnen wollen."

„Erzähl mir von ihm." Cassia hob leise ihren Griffel. „Ich meine, war er ein guter Gladiator? Hat er ein leichtes Mordopfer abgegeben?"

„Nein." Diesmal nippte ich an dem Wein, anstatt ihn hinunterzustürzen, und stellte den Becher vorsichtig ab. „Er war einer von Aemils Besten. Nach Regulus kommt Rufus, dann Ajax und dann Herakles. Ajax hat bloß wenige Kämpfe verloren, und selbst da war er nicht schwer verletzt. Ein guter Kämpfer."

„Wer könnte einen solchen Mann töten?"

„Nur ein anderer guter Kämpfer." Mein Mund verzog sich zu einer harten Linie. „Ein Gladiator oder Soldat, einer, der sehr gut im Nahkampf ist."

„Beispielsweise ein Prätorianer?"

„Ja." Ihr Gedankengang gefiel mir nicht. „Willst du damit sagen, jemand hat ihn vielleicht für einen Schaukampf angeheuert? Gegen einen erfahrenen Prätorianer, um zu sehen, was passieren würde? Auf dem Palatin?"

In den Augen von Nero, dem *princeps* von Rom, Adoptivsohn des Claudius, wäre so etwas vermutlich eine großartige Unterhaltung gewesen. Er hätte auch nicht verhindert, dass der Zweikampf mit dem Tod endete, wenn er es nicht gewollt hätte.

„Durchaus möglich." Cassia gewann ein Stück weit ihre Fassung zurück. „Allerdings hätte der *princeps* Ajax' Leiche wahrscheinlich an den *ludus* zurückgeschickt, vielleicht mit einer Nachricht oder einem Geschenk als Wiedergutmachung für die Tötung von einem von Aemils besten Kämpfern. Selbst wenn Nero nicht daran gedacht hätte, sein Majordomus hätte es getan. Ich hatte eher an eine aus dem Ruder gelaufene Privatangelegenheit gedacht. Aber Marcianus glaubt, man habe ihm die Kampfkleidung erst nach seinem Tode angelegt?"

Ich erinnerte mich, dass Marcianus so etwas gemurmelt hatte. „Davon ist er zumindest ausgegangen. Wenn er Ajax untersucht hat, wird er mehr wissen."

„Der Arme." Es blieb unklar, ob Cassia Ajax oder Marcianus meinte. „Der Mörder muss Ajax überrascht haben. Er könnte ihn auch vorher mit Alkohol abgefüllt oder ihm irgendwas verabreicht haben."

Ich hatte den Kelch gehoben, um einen weiteren Schluck zu nehmen, stellte ihn jedoch hastig wieder ab. „Warum sollte jemand Ajax betrunken machen oder ihm Schlafkraut unterjubeln, ihn dann töten und ..." Ich wedelte mit der Hand, um es nicht noch einmal beschreiben zu müssen.

„Ja, es ist sehr seltsam." Cassia notierte sich etwas, wobei der Griffel auf dem weichen Wachs kaum Geräusche erzeugte.

„Was schreibst du da?", fragte ich leicht gereizt.

„Eine Liste von Möglichkeiten. Keine ist im Augenblick wahrscheinlicher als die anderen." Cassia hob den Kopf, das Ende des Stiftes an die Unterlippe gelegt. „Hast du einen Hinweis darauf gefunden, wo die beiden anderen Gladiatoren sind? Herakles und Rufus?"

„Regulus nicht zu vergessen. Aemil glaubt, er sei ebenfalls verschwunden, doch ich bezweifle das. Regulus wird sich vom *ludus* fernhalten, einfach um Aemil zu ärgern. Ich hatte noch keine Zeit, nach den anderen zu suchen. Herakles hat eine hochgeborene Geliebte am Westufer des Tibers, und Rufus hat eine Ehefrau und offenbar Mätressen. Bei denen sollten sie einigermaßen in Sicherheit sein." Das hoffte ich zumindest. „Ajax hatte in den letzten Tagen diverse *lupanaria* besucht. Vielleicht hat er dort jemanden getroffen, der ihn herausgelockt hat, um ihn zu ermorden."

„Oder er könnte in einem der Bordelle gestorben sein."

Ich dachte an meine Begegnung mit den Frauen in den beiden *lupanaria*, die ich aufgesucht hatte, und schüttelte den Kopf. „Die Frauen dort hätten dann wegen meiner Fragen viel mehr Angst gehabt. Sie waren über meine Störung des Geschäftsbetriebs verärgert, hatten aber vorher keinen Gedanken daran verschwendet, was aus Ajax geworden war."

Cassia wandte sich wieder ihren Notizen zu. „Dann gehen wir davon aus, dass er entweder in einem der Häuser oder beim Verlassen des letzten Hauses jemandem begegnet ist. Jemand, der ihn woanders hingebracht hat."

„Ihn anderswohin eingeladen hat", korrigierte ich. „Er ist freiwillig mitgekommen. Hätte er sich gewehrt, hätte es einen Kampf gegeben, und daran hätten sich die Leute erinnert."

„Sehr gut beobachtet", lobte Cassia und machte sich eine Notiz.

„Aemil hat mich angewiesen, den Mörder für ihn zu finden. Er will die Stadtkohorte nicht hinzuziehen."

„Warum nicht? Was will er denn mit dem Mörder anstellen, wenn wir ihn finden?"

Mir fiel auf, dass sie „wenn" sagte und nicht „falls". Außerdem entging mir das „wir" nicht. „Ich weiß es nicht. Vielleicht liefert er ihn den Magistraten aus."

„Das kommt ganz darauf an, wer der Mörder ist."

Sie hatte recht. Wenn es sich bei dem Mörder um einen

Banditen oder Räuber handelte, würde Aemil den Mann einfach töten und die Leiche in den Fluss werfen. Die Magistrate würden das zwar missbilligen, aber es wäre ihnen insgesamt ziemlich egal. Niemand hatte viel Sympathie für Räuber, die alle anderen Menschen als mögliche Opfer betrachteten.

War dieser mörderische Wahnsinnige jedoch von guter Herkunft oder gar ein *eques*, stellte sich die Lage ganz anders dar. Ein Patrizier oder *eques* hätte Familie, Geld und Fürsprecher.

Nur warum sollte ein Patrizier oder *eques* einen Gladiator ermorden und ihn zerstückelt in einer Seitengasse in der Subura liegen lassen? Zudem sorgfältig mit seiner Gladiatorenrüstung bekleidet?

„Das ergibt keinen Sinn", erklärte ich, nachdem ich in meinen Überlegungen an dem Punkt angekommen war.

„Da stimme ich dir zu." Cassia nickte entschieden.

„Gladiatoren kämpfen immer in bestimmten Rollen", überlegte ich laut. „Als legendäre Krieger. Thraker, *myrmillo*, *provocator*. Der *retiarius* ist ein Fischer oder manchmal auch Poseidon selbst, der den *secutor* jagt. Während der Republik waren die Gladiatoren als Angehörige von Völkern verkleidet, die die römische Armee erobert hatte – die Thraker stammen aus dieser Zeit. Das hat mir Marcianus erzählt." Ich fuhr mit den Fingern über die rissige Tischplatte. „Wir sind echte Kämpfer, doch alles an unseren Gefechten ist inszeniert. Die Verkleidungen, unsere Namen, unser Kampfstil. Wir treten in einer Arena vor Publikum gegeneinander an, nicht auf einem Schlachtfeld." Ich hielt wieder inne und versuchte zu entscheiden, wie ich fortfahren wollte. „So war es auch bei Ajax' Leiche. Es war künstlich. Unecht."

„Aber gleichzeitig nur allzu echt", flüsterte Cassia.

Zu meiner Erleichterung hatte sie auf Anhieb verstanden, was ich meinte.

Nach meiner langen Rede war ich durstig, und ich trank meinen Wein. Zwei Kelche kurz hintereinander sorgten dafür, dass ich noch müder wurde – meine Zuflucht vor zu viel Schrecken war der Schlaf.

Ich hatte außerdem Hunger. So erschüttert ich auch von Ajax' Tod war, mein Körper, der es gewohnt war, eine Belastung nach der anderen auf sich zu nehmen und dann weiterzumachen, forderte nahrhafte Stärkung.

Rasch zog ich meine Schüssel zu mir heran und verzehrte meinen Eintopf. Ich schmeckte kaum etwas, doch ich hatte mich in der Gasse erbrochen und musste meinen Magen wieder füllen.

„Wir sollten die anderen Gladiatoren suchen, um sicherzustellen, dass es ihnen gut geht." Cassia bemerkte meine hängenden Schultern und fuhr sanfter fort: „Morgen, meine ich. Weißt du, wo diese adlige Frau wohnt, mit der Herakles sich trifft?"

Mir fielen Praxus' Worte wieder ein. „Irgendwo nördlich der Pons Agrippae, am Westufer. In der Nähe gibt es eine große Weinhandlung."

„Oh." Cassia riss überrascht die Augen auf. „Das ist die Villa Flores."

Ich legte den Löffel weg. „Du kennst sie?"

„Aber ja." Ihr Blick wirkte fast ein wenig wehmütig. „Meine Herrin und ihr Gatte waren dort oft zu Gast, wenn sie Rom einen Besuch abgestattet haben. Mein Vater und ich haben sie dann und wann begleitet. Ich kenne die Villa und ihre Bewohner gut." Der Hauch eines Lächelns spielte um ihre Lippen. „Ich glaube, ich kann ohne große Mühe hineingelangen und herausfinden, was mit Herakles geschehen ist."

KAPITEL 4

Cassia sagte das, als wäre es kein Problem, in die Villa einer wohlhabenden Frau einzudringen. „Wie?“, fragte ich.

Cassia musterte mich gelassen. „Das erzähle ich dir später. Du hast einen Schock erlitten, Leonidas, und solltest schlafen. Jetzt kann ich dort ohnehin nicht hin, also hat das bis morgen Zeit.“

Frustriert starrte ich sie an, obwohl ich wusste, dass sie recht hatte. Ich war todmüde, meine Augen brannten, die vertraute Erschöpfung, die auf jede Aufregung folgte, überkam mich. Cassia kritzelte wieder auf ihren Täfelchen herum und summte leise eine kleine Melodie.

Ich stemmte mich hoch, steckte die Bretter der Fensterläden in ihre Schlitze im Boden und ging zu Bett. Am nächsten Morgen würde ich in Erfahrung bringen, was sie vorhatte.

Cassia waren Villen nicht fremd, dachte ich, während ich mir die Sandalen abstreifte und mich auf meiner Schlafstatt ausstreckte. Sie war auf einem großen Anwesen in Kampanien aufgewachsen, weit weg von der rauen Welt der Straßen Roms. Ihr Vater war der Schreiber und Buchhalter der Familie gewesen, und obwohl er ein Sklave gewesen war, hatte er besser gelebt als die meisten anderen. Der Mann hatte augenscheinlich eine

Familie gründen können, obwohl Cassia nie von ihrer Mutter gesprochen hatte.

Cassias helle Stimme sang mich auf Griechisch in den Schlaf. Ich träumte davon, wie sie in ihrer aufmerksamen Art durch den Wandelgang einer solchen Villa spazierte, hoch oben auf einem Hügel, mit der Bucht von Neapel in ihrer blauen Pracht vor sich. In diesem Traum gehörte ihr das Haus, sie trug das Seidenkleid einer Matrone, und die goldenen Ohrringe, die ihr ein dankbarer Patrizier Anfang des Jahres geschenkt hatte, glitzerten in ihrem Haar. Ein Gladiator, der wie ich aussah, versuchte, in dieses Haus zu gelangen, und ein höhnisch lachender Majordomus wies ihn ab, während Cassias Blick gelassen auf der Szene ruhte.

Als ich aus dem Schlaf aufschreckte, war es bereits Morgen, und das Sonnenlicht fiel durch das winzige Fenster über mir. Marcianus half Cassia gerade dabei, einen der Bretterläden zum Balkon zu öffnen.

Benommen rappelte ich mich auf und rieb mir das Gesicht. Marcianus lehnte den sperrigen Fensterladen mühsam an die Wand.

Ich hatte in meiner Tunika geschlafen, die ich zurechtzog, während ich barfuß zu Marcianus ging.

„Was hast du herausgefunden?“, fragte ich.

„Auch dir einen guten Morgen“, sagte Marcianus freundlich. „Mögen deine Ahnen dieses Haus segnen.“

Ich brummte, nickte aber entschuldigend. „Tut mir leid, ich hatte eine unruhige Nacht.“

„Das ist verständlich. Die Sache mit Ajax war für uns alle ein ziemlicher Schock.“

Cassia goss Marcianus verdünnten Wein ein und winkte ihn zu dem für Gäste reservierten Stuhl. Ein frischer Blumenstrauß lag auf dem Schrein unserer Ahnen, der Wasserkrug war feucht, als hätte jemand gerade frisches Wasser geholt, und das Sonnenlicht schimmerte auf der Bronzeskulptur einer mit blauen Steinen besetzten Hand, eine Gabe desselben Patriziers, der Cassia die Ohrringe geschenkt hatte.

„Ich weiß, euch interessiert, was ich herausgefunden habe“, erklärte Marcianus in seiner unaufgeregten Art, während er einen Schluck Wein nahm. „Ich hatte recht – Ajax wurde nach seinem Tod in die Rüstung gekleidet. Das verrät mir unter anderem die Art und Weise, wie die Träger Abdrücke auf seiner Haut hinterlassen haben – oder auch nicht.“

Er machte eine Pause, um zu trinken, ehe er fortfuhr: „Es sieht so aus, als hätte man ihn mit einem Schlag auf den Kopf niedergestreckt. Es gibt eine große Wunde an seinem Schädel, der Knochen darunter ist gebrochen. Die könnte er sich zugezogen haben, als er gegen etwas Hartes fiel, auch auf einen Steinboden, doch das glaube ich nicht. Es ist auch keine Schwertwunde, sondern stammt von etwas Langem und Schmalem. In seinem Magen befanden sich Reste einer ziemlich reichhaltigen Mahlzeit. Fleisch und Aprikosen, Datteln, ein paar andere Dinge, die ich nicht identifizieren konnte, und interessanterweise Goldspuren.“

Cassia zuckte zusammen, notierte die Fakten allerdings trotzdem pflichtbewusst. Ich, der abgehärtete Gladiator, nahm schnell einen Schluck Wein, während ich versuchte, mir nicht vorzustellen, wie Marcianus im Magen eines Mannes herumwühlte und dessen Inhalt analysierte.

Dann seufzte ich: „Jemand hat ihm ein gutes Essen serviert und ihn dann beim Weggehen niedergeschlagen?“

„Möglich.“ Marcianus nickte.

„Aber wieso Goldspuren?“, fragte ich.

Cassia antwortete: „Blattgold. Man überzieht Backwaren oder Früchte damit. Damit man seinen Gästen goldene Speisen servieren kann.“

„Gold ist nicht giftig“, stellte Marcianus aufgeräumt fest. „Dazu kommt noch, dass es sich in so einem Fall lediglich um eine winzige Menge Gold handelt. Außerdem hätte er nicht genug Zeit gehabt, um daran zu sterben. Der Tod trat ein, bevor es den Verdauungstrakt erreicht hatte.“

„Dann hat er mit einer wohlhabenden Frau gegessen“, spekulierte ich. „Oder mit einem reichen Mann. Nachdem er das letzte *lupanar* in der Subura verlassen hatte?"

„Ein üppiges Abendessen oder ein Frühstück." Marcianus spreizte die Finger. „Er hatte noch nicht lange in der Gasse gelegen – er war recht sauber, und die Gasse war voller Unrat –, aber ich würde sagen, er hat vorletzte Nacht oder gestern Morgen sein Ende gefunden. Armer Bursche." Marcianus seufzte. „Ajax war nicht der netteste Mensch, doch das hat er nicht verdient."

Ajax war arrogant gewesen, wie die meisten großen Gladiatoren, und jeder überlebte Kampf hatte ihm mehr Selbstbewusstsein verliehen. Wie Herakles hielt auch er sich für den Römern überlegen und behauptete, die Quadi, sein Stamm, seien weitaus wilder, als einer von uns es je sein könnte. Ajax hatte Schmeicheleien geliebt und sich in seinem Ruhm gesonnt.

„Ich kann mir vorstellen, dass er eine Einladung zum Essen gerne angenommen hätte", mutmaßte ich. „Ajax hat sich gerne feiern lassen."

„Er hat nichts geahnt", fuhr Marcianus fort. „Wie gesagt, er ist wahrscheinlich von seiner Mahlzeit aufgestanden, da kam auch schon der Schlag. Es gibt keinerlei Hinweise auf Gegenwehr oder eine körperliche Auseinandersetzung."

Also ein kaltblütig geplanter Mord. Kein aus dem Ruder gelaufener Zweikampf, kein Ajax, der jemanden im Zorn angegriffen hatte und im Gegenzug zu hart getroffen worden war.

„Kein Unfall", schlussfolgerte ich.

Marcianus schüttelte den Kopf. „Es besteht eine geringe Möglichkeit, dass sein Angreifer ihn nicht umbringen wollte. Eine sehr geringe. Jemand könnte ihn aus Spaß mit einem Rohrstück geschlagen und dabei zu viel Kraft aufgewendet haben. Oder er war wütend auf ihn und wollte ihm einfach nur wehtun."

Cassia hob den Blick, den Stift schreibbereit. „Wenn wir herausfinden, wo er gegessen hat, finden wir wahrscheinlich auch seinen Mörder."

„Höchstwahrscheinlich." Marcianus schenkte sich Wein

nach, ehe Cassia nach dem Krug greifen konnte. „Es ist möglich, dass ihm jemand auf der Straße aufgelauert hat, als er aus dem Haus trat, in dem er sich befand, aber es ist sehr viel wahrscheinlicher, dass er in diesem Haus gestorben ist. Sein Leichnam war sauber – ein *domus* oder eine Villa hätte den Platz oder die Nebengebäude, um ihn zu waschen."

Mir lief es eiskalt über den Rücken. „Du meinst, dass jemand Ajax zum Essen eingeladen hat – oder dazu, die Nacht mit ihm zu verbringen, wenn die Mahlzeit, die du gefunden hast, das Frühstück war. Man hat ihn üppig bewirtet, und als er sich dann umgedreht hat, um den Tisch oder das *triclinium* zu verlassen, hat jemand ihn so heftig auf den Kopf geschlagen, dass er starb. Danach hat man ihm die Kleidung ausgezogen, die er trug, seinen Körper zerstückelt, ihm eine Gladiatorenrüstung angelegt und die Leichenteile zurück in die Subura gebracht, wo man sie so wie Knochen in einem Beinhaus arrangiert hat."

Ich brach ab, mein Mund war trocken. Cassia und Marcianus waren verstummt, als ich gesprochen hatte, weil meine Worte das schreckliche Verbrechen so real hatten werden lassen.

„Wer würde so etwas tun?", fragte Cassia leise. „Und warum?"

Marcianus schob seinen Becher weg. „Deshalb bin ich lieber *medicus*. Ich sehe den Leichnam und was mit ihm geschehen ist. Doch ich mache mir keine Gedanken darüber, welche moralischen Mängel ein Mensch haben muss, um so grausam sein zu können."

Diese Fähigkeit, seine Arbeit von der Realität des Lebens zu trennen, hatte es ihm ermöglicht, für den *ludus* zu arbeiten, wurde mir klar. Marcianus konzentrierte sich darauf, unsere Wunden zu nähen, das Blut wegzuwischen und gebrochene Knochen zu richten, nicht auf die schreckliche Theatralik der Spiele.

Cassia legte ihren Griffel mit einem leisen Klicken zur Seite. „Die Frage ist, ob dieser Mörder so wütend auf Ajax war, dass er ihn im Tod verspotten wollte. Oder geht es ihm um Gladiatoren allgemein?"

Ich hätte große Angst oder Furcht empfinden müssen, als ich Cassias Frage hörte. Jemand in Rom jagte möglicherweise Gladiatoren und hatte sich dabei auf diese seltsame Mordmethode verlegt. Vielleicht unterschied diese Person nicht zwischen aktuellen und ehemaligen Gladiatoren.

Aber so wie der Schritt in die Arena eine betäubende Wirkung auf mich hatte, so wie ich dort nur aufs Überleben konzentriert war, fühlte ich mich seltsam leer, als ich Cassias und Marcianus' Blicke erwiderte.

„Ich werde Rufus und Herakles finden", sagte ich. „Und Regulus." Regulus mit seinem großen Stolz mochte allzu leicht in die Falle eines für ihn veranstalteten Gelages tappen. Ich fragte mich allerdings, ob er so leichtsinnig sein würde, einem anderen den Rücken zuzukehren. Er war großspurig, doch nicht unvorsichtig.

„Tu das", stimmte mir Marcianus zu, der zu seiner üblichen Forschheit zurückfand. „Ich werde Aemil Bericht erstatten und Ajax' Leiche für die Beerdigung zum *ludus* schaffen."

Die Organisation der Gladiatoren – unsere *collegia* – würde dafür sorgen, dass es einen Grabstein für Ajax gab. Wir zahlten in einen Fonds ein, aus dem die Kosten für die Bestattung bezahlt und kleine Renten für hinterlassene Frauen und Kinder finanziert wurden. Xerxes' Witwe hatte nach seinem Tod ein paar Sesterzen von diesem Geld erhalten. Man würde Ajax außerhalb der Stadtmauern auf dem Platz begraben, den Aemil für die Mitglieder des *ludus* erworben hatte.

„Ich werde mich in der Villa Flores nach Herakles erkundigen", erbot sich Cassia, als wäre dies ein vernünftiger Vorschlag. „Leonidas wird Rufus' Gemahlin finden und sich versichern, dass er bei ihr ist."

„Kommt nicht infrage."

Cassia sah mich verblüfft und mit gerunzelter Stirn an. „Wie gesagt, ich kenne die Bewohner dieser Villa. Ich werde allein mehr herausfinden."

„In einer Villa, in der ein Gladiator seine Henkersmahlzeit

gegessen haben könnte?“ Ich ballte eine Faust auf dem Tisch. „Nein.“

„Ich muss Leonidas leider zustimmen“, meldete sich Marcianus zu Wort. „Das ist auf jeden Fall zu gefährlich für dich. Man lässt dich vielleicht gar nicht erst ein oder wirft dich sogar hinaus, wenn deine Fragen die Herrin oder den Herrn erzürnen. Und wenn Herakles tatsächlich der Geliebte der Hausherrin ist oder Ajax es war, wird sie dir diese Information niemals geben.“

Marcianus sprach aus, was ich nicht hatte formulieren können.

Cassia betrachtete uns mit einer Geduld, die, wie ich inzwischen wusste, bedeutete, dass sie weit mehr begriffen hatte als jeder andere im Raum.

„Ich habe nicht vor, die Hausherrin zu befragen“, stellte sie klar. „Sie würde niemals einer Sklavin Rede und Antwort stehen, und wie Nonus Marcianus schon erklärt hat, würde sie mich aus der Villa werfen lassen. Aber ich kenne ihre Dienerschaft, einige von ihnen sogar recht gut. Ich werde nicht mit der Herrin des Hauses sprechen – sie wird nie erfahren, dass ich dort war.“

Wahrscheinlich nicht. Als Gladiator führte man mich, wann immer ich in das *domus* eines Patriziers eingeladen war, in die öffentlichen Räume, um mein Können unter Beweis zu stellen, Kämpfe zu erörtern oder mit einer der hochgeborenen Frauen ins Bett zu gehen. Ich drückte mich niemals mit den Bediensteten in der Küche oder in den Hinterzimmern des Hauses herum.

Obwohl eine Schreiberin in der Hierarchie weit über einem Gladiator rangierte, erwartete man von Cassia, dass sie sich mit dem übrigen Personal im Hintergrund hielt, es sei denn, man bat sie ausdrücklich um etwas anderes. Ich hatte Ruhm ohne Status, sie hatte Status ohne Ruhm.

„Es ist trotzdem gefährlich“, widersprach ich heftig. „Sklaven müssen ihrem Herrn und ihrer Herrin alles erzählen, was diese wissen wollen, zum Beispiel, warum eine Schreiberin, die für ihre

Freunde in Kampanien gearbeitet hat, gekommen ist, um ihre Diener auszuhorchen."

„Der Herr der Villa Flores ist vor ein paar Jahren verstorben." Cassia hob ihren Griffel, und eine dünne Haarsträhne löste sich aus ihrem Dutt. „Die Herrin Domitiana Sabina lebt noch immer in dem Haus, obwohl es eigentlich ihrem Sohn gehört, der in der Provinz Hispania weilt. Sie nimmt sich Liebhaber aus den Reihen der Schauspieler, Wagenlenker und Gladiatoren. Das sagen ihre Sklavinnen und Sklaven. Sie schämen sich sehr für ihr Benehmen, und ich bin sicher, dass sie ihr nichts von meinem Besuch berichten werden. Domitiana Sabina hat ihren Respekt verloren."

Cassias zusammengepresste Lippen verrieten mir, dass dies das Schlimmste war, was einer Dame des Hauses passieren konnte.

„Aha." Marcianus entspannte sich ein wenig. „Wenn du dort Freunde hast, mit denen du reden kannst, könnte es klappen." Er drehte sich zu mir um. „Sie wird nur hingehen, um sich zu vergewissern, ob Herakles dort ist oder war und wo er jetzt ist." Als ich etwas einwenden wollte, hob Marcianus eine schlanke Hand. „Ich werde sie begleiten."

„Das ist nicht nötig", erwiderte Cassia schnell. „Ich errege allein viel weniger Aufsehen."

„Unfug. Ein *medicus* ist im Haus eines Patriziers immer willkommen. Ich kann behaupten, ich hätte gehört, jemand sei krank oder verletzt, sei aber vielleicht im falschen Haus gelandet. Die Dame wird dann ohne Skrupel über ihre eigenen Wehwehchen oder Verdauungsstörungen sprechen."

Marcianus lachte, als müssten wir das amüsant finden. Cassia lächelte höflich, doch ich erkannte, dass sie über seine Beharrlichkeit verärgert war.

„Entweder wird er dich begleiten", verkündete ich, „oder ich."

Cassia öffnete den Mund, um Einspruch zu erheben, bemerkte dann meinen angespannten Kiefer und verstummte.

„Na gut. Ich gebe zu, Nonus Marcianus wird unauffälliger sein.“

„Geradezu unglaublich unauffällig.“ Marcianus sprang auf. „Wir sollten sofort aufbrechen. Ajax war vielleicht ein bewusst gewähltes Opfer, aber wenn Gladiatoren allgemein das Ziel sind, müssen wir sie alle als bedroht betrachten.“

„Es gibt doch in Rom noch andere *ludi*, oder?“, fragte Cassia, deren Besorgtheit wiederkehrte. „Vielleicht sollten wir sie warnen.“

„Das kann Aemil erledigen“, antwortete Marcianus. „Wenn nicht, werde ich es tun. Rufus’ Frau lebt in einer *insula* auf dem Aventin, Leonidas. Geh auf der Straße, die vor meinem Haus verläuft, in Richtung Fluss. Die *insula* liegt dort, wo die Aqua Appia die Straße kreuzt. Ich habe Rufus ein paar Mal nach Hause begleitet und ihm auf seiner Türschwelle eine gute Nacht gewünscht.“

Ich wollte zu bedenken geben, dass dann besser Marcianus Rufus besuchen sollte, während ich Cassia begleitete.

Aber sie hatte recht. Ein berühmter Gladiator würde in der Villa auffallen, während sie sich in den Bereich der Bediensteten hinein- und wieder hinausschleichen konnte, ohne dass die Familie etwas mitbekam. Marcianus war zwar ein ruhiger, bescheidener Mann, doch er hatte eine Entschlossenheit an sich, der nur wenige etwas entgegenzusetzen hatten.

„Hin und zurück ohne jeden Umweg“, mahnte ich die beiden. „Wir treffen uns bei Marcianus, und ich werde Ajax zu Aemil bringen.“

„Ausgezeichnet.“ Marcianus leerte seinen Wein und stellte den Becher auf den Tisch. „Sollen wir dann, meine Liebe? Ich habe einige neue mathematische Abhandlungen aus Athen erhalten, die dich interessieren könnten. Es geht um Geometrie, aber einige davon haben recht faszinierende Anwendungen in der Medizin. Wir können uns unterwegs darüber unterhalten, wenn du möchtest.“

Cassia strahlte. Sie las gern, und es war ein Genuss für sie, sich mit einem gelehrten Mann über zivilisierte Dinge zu unterhalten. Wäre Cassia ein Mann gewesen, wäre sie jetzt ein gefragter Schreiber und Lehrer gewesen, der eine Bibliothek mit Schriftrollen für einen Patrizier zusammentrug. So wäre sie viel glücklicher gewesen. Das sah ich in ihrem Gesicht, als sie Marcianus anschaute.

Wir verließen die Wohnung gemeinsam und stiegen die Treppe zur Straße hinunter. Der Weinhändler hob gerade eine Amphore in den Handkarren eines stämmigen Sklaven, der sie zu seinem Herrn bringen würde.

Der schmächtige, kahlköpfige Mann mit den buschigen, dunklen Augenbrauen nickte mir im Vorübergehen zu. Er sprach selten mit uns, duldete unsere Gegenwart einfach stumm und nahm unsere Miete in Empfang.

Ich trennte mich am Kreuzungsschrein, wo die Alta Semita und der Vicus Salutis zusammentrafen, von Cassia und Marcianus. Von dort aus machte ich mich auf den Weg zum Aventin, und sie begaben sich über den Campus Martius auf die andere Seite des Flusses.

Ohne Rücksprache mit ihnen beschloss ich, meinen Besuch bei Rufus' Ehefrau rasch hinter mich zu bringen und zur Villa weiterzueilen, um die beiden im Auge zu behalten. So konnte ich außer Sicht bleiben, war aber zur Stelle, um sie bei Bedarf zu retten.

Marcianus verabschiedete sich beiläufig von mir. Cassia warf mir einen misstrauischen Blick zu, als ich ihnen ohne weitere Widerworte zum Abschied zuwinkte, dann eilte sie Marcianus hinterher und erkundigte sich interessiert nach den Abhandlungen, von denen er ihr erzählt hatte.

Am Fuße des Hügels bog ich hinter das Forum Augusti ab, dessen hohe Mauer das Säulengebäude von der schäbigen Straße abschirmte. Ein Torbogen führte zum Forum, doch ich wollte den Menschenmassen aus dem Weg gehen, die sich dort ebenso wie im Forum Romanum aufhalten würden.

Also schritt ich durch die Carinae und das niedrige Tal im

Schatten des Palatins und schaute zu dem Hügel mit seinen mehreren *domus* auf der Spitze.

Seit meinem letzten Abenteuer in seinem opulenten Haus hatte ich nichts mehr vom *princeps* gehört, aber ich war weder überrascht noch beunruhigt, dass er seitdem nicht nach mir geschickt hatte. Neros Augenmerk richtete sich immer nur auf die Dinge, die ihn gerade beschäftigten, und seine Interessen änderten sich von Monat zu Monat.

Ich setzte meinen Weg zwischen dem Palatin und dem Caelischen Hügel fort, vorbei am Circus Maximus und zum Aventin.

Die unteren Hänge dieses Hügels waren, wie die meisten in Rom, mit billigen *insulae* und Läden bedeckt, die jetzt von Freigelassenen und Sklaven bevölkert waren, die Vorräte und Lebensmittel für den Tag einkauften.

Ich folgte Marcianus' Anweisungen, ging am Brunnen der drei Fische vorbei und dann zu seinem Haus. Ein Fensterladen stand offen, und ich entdeckte Marcia, die darin herumwerkelte.

Kurz fragte ich mich, ob Marcianus in Marcia etwas anderes sah als eine fleißige Assistentin und inoffizielle Auszubildende. Marcianus war kein Mann mit körperlichen Begierden – zumindest keinen offensichtlichen –, sein Interesse galt Büchern, Medizin und Sprachen. Aber ich fragte mich das trotzdem.

Die Straße verengte sich ein Stück hinter Marcianus' Haus und wich den Säulen des Aquädukts, die sich über mir erhoben.

Die *insula* hinter der Kreuzung war hoch, mindestens fünf Stockwerke, mit zwei Läden im Erdgeschoss, von denen in einem Körbe und im anderen Metallkisten und Kupfergefäße verkauft wurden. Der Kupferschmied saß an seiner Werkbank und bearbeitete mit seinem Hammer in gleichmäßigen Schlägen das Metall, das wie eine verstimmte Glocke klang.

In der Werkstatt des Korbmachers war es viel ruhiger. Er, seine Frau und seine Tochter konzentrierten sich stirnrunzelnd auf die Schilfrohre in ihren Händen, die sie geschickt verflochten.

Ich hielt auf der Schwelle inne und sprach den Mann an. „Ich suche eine Frau namens Chryseis."

Der Korbflechter schaute mich ausdruckslos an, als hätte er meine Worte nicht verstanden. Seine Gemahlin antwortete mit starkem Akzent an seiner Stelle. „Die! Sie hat den ganzen Tag alle angebrüllt, geschimpft und aus dem Fenster geflucht. Was willst du von ihr?"

„Sie ist die Frau eines Freundes", improvisierte ich.

„Ach ja, der Gladiator." Die Frau schürzte die Lippen. Der Ehemann und die Tochter flochten in völliger Stille weiter, die Augen auf ihre Aufgabe gerichtet. „Seit Tagen geht er hier ein und aus, und die beiden schreien einander an. Er hat irgendwann endlich die Klappe gehalten, aber sie brüllt weiter. Im fünften Stock. Möge Fortuna dir hold sein."

An der Eingangstür stand eine kleine Statue der Göttin. Ich berührte sie als Glücksbringer, bedankte mich, tauchte in die kühle Dunkelheit der *insula* ein und begann meinen Aufstieg.

KAPITEL 5

Die Treppe zum ersten Stock der *insula* wirkte stabil, die Stufen waren gefliest. Ein Mosaik, das eine Jagdszene darstellte, schmückte den Treppenabsatz zwischen zwei polierten Holztüren mit bronzenen Scharnieren und runden Knäufen in der Mitte.

Als ich in die nächste Etage hinaufstieg, verschlechterte sich die Ausstattung. Die Stufen waren nicht mehr mit Fliesen bedeckt, und das Material bröckelte, als ich darauftrat. In die Wände rechts und links von mir waren Schriftzeichen gekritzelt, grob im Vorübergehen eingeritzt. Den Treppenabsatz im dritten Stock beherrschte die derbe Skizze eines Mannes, der von hinten in eine Frau eindrang.

Im fünften fand ich zwei Türen, beide aus verzogenen Brettern, deren Scharniere und Knäufe vom Alter schwarz waren. Eine der Türen stand offen, die andere war mit einem makellosen neuen Schloss versehen.

Ich hielt auf dem Treppenabsatz inne. Die Stufen führten noch ein Stockwerk weiter, und aus den Rissen im Dach des nächsten Geschosses drang ein eisiger Hauch. „Chryseis?“, fragte ich in die offene Tür hinein.

Die Tür hinter mir wurde aufgestoßen, und eine Frau von

großer Schönheit stand auf der Schwelle. Sie hatte schwarzes, natürlich gelocktes Haar – die dichte Mähne war keine Perücke –, das das Gesicht einer Göttin umrahmte, das einen Bildhauer in Versuchung geführt hätte, es festzuhalten. Dunkle Augen, hart wie Onyx, betrachteten mich kühl.

„Was willst du hier?“ Ihre Stimme war scharf und spröde.

„Bist du Chryseis?“, erkundigte ich mich.

„Wer will das wissen?“ Sie musterte mich von Kopf bis Fuß. „Bei den Göttern, du bist Leonidas, nicht wahr? Der Freigelassene?“

Ich nickte.

„Wenn du Rufus suchst, der ist nicht hier.“ Sie lehnte sich an den Türrahmen, einen Arm über dem Kopf – eine verführerische Pose, aber ihre Miene blieb finster. Ihre Stola war nur an einer Schulter befestigt und umspielte einen Körper mit üppigen Kurven. Insgesamt wirkte Chryseis allerdings alles andere als einladend. „Du bist doch nicht etwa gekommen, um dich in seinem Namen zu entschuldigen, oder? Dann spar dir den Atem. Richte ihm aus, er kann seine Schlampen haben, aber er soll nicht erwarten, dass er sich dann hinterher hier in ein gemachtes Bett legen kann. Klar?“

„Ich habe ihn nicht gesehen“, warf ich ein, als sie Luft holen musste. „Niemand hat das. Wann ist er von hier aufgebrochen?“

Chryseis schien nicht im Geringsten besorgt zu sein, dass ihr Gatte verschwunden sein könnte. „Gestern Abend. Heißt das, er ist nicht zum *ludus* zurückgekehrt? Ich wette, Aemil wird ihn furchtbar verprügeln.“ Ihre Augen glitzerten schadenfroh, doch ihr Mund entspannte sich nicht.

„Ist er nicht“, bestätigte ich, und mein Unbehagen wuchs. „Wann genau ist er gegangen? Hat er dir verraten, wo er hinwollte?“

„Das musste er gar nicht“, erwiderte Chryseis scharf. „Er hat zwei Huren in Transtiberim, über einer Weinhandlung an der Via Aurelia. Er denkt, ich hätte keine Ahnung, wo er sie untergebracht hat, aber ich weiß es. Sie teilen sich das Zimmer, und er nimmt sie beide. Er behauptet immer, er wolle damit aufhören, doch er tut es nie. Ich weiß nicht, was er an diesen flachbrüstigen, dürren, haarigen Schlampen findet. Sag ihm, wenn er sie nicht aufgibt, wird er das hier nie wieder sehen."

Sie ließ die lockere Stola von der Schulter gleiten und hielt sie an der Taille fest, sodass ihre prallen runden Brüste zum Vorschein kamen, deren dunkle Spitzen sich deutlich von ihrer Haut abhoben. Ein Bildhauer würden auch diese in Marmor verewigen wollen.

Ich tat, als bemerke ich es nicht. „Chryseis, ich muss die beiden unbedingt finden."

„Ach ja?" Chryseis machte einen Schritt auf mich zu, aber ihre Stimme wurde nicht sanfter. „Willst du mich, Leonidas?"

Ich blieb wie angewurzelt stehen, und in ihrer Miene spiegelte sich Überraschung.

„Bevorzugst du Männer?" Chryseis schob ihre Stola mit schnellen, effizienten Bewegungen wieder zurecht und befestigte den Stoff mit einer goldenen Fibel an ihrer Schulter. „Wenn du scharf auf Rufus bist, dann viel Glück. Mein Mann wird dich keines Blickes würdigen. Der Kerl ist völlig vernarrt in diese beiden Flittchen."

Ich antwortete nicht. Sollte sie doch glauben, was sie wollte. In den letzten Monaten hatte ich wenig Interesse an Frauen gehabt – von Männern ganz zu schweigen –, meine Zeit als Frauenheld war vorbei. Die Taubheit, die sich nach dem Gewinn der *rudis* über mich gelegt hatte, hatte dazu geführt, dass ich mein Bett nur noch zum Schlafen benutzte.

Aber selbst wenn ich so liebestoll wie in meiner Jugend gewesen wäre, hätte mich Chryseis nicht in Versuchung geführt. Sie war von großer Schönheit, doch gleichzeitig war die Kälte, die sie verströmte, schneidend wie ein Obsidianmesser. Diese Frau gehörte zu der Sorte, die einen Liebhaber nicht um seiner selbst willen genoss, sondern weil sie ihn kontrollieren und dazu bringen konnte, Dinge für sie zu tun.

Ich hatte Frauen kennengelernt, deren Gesichter so schlicht

waren, dass sie fast schon hässlich wirkten, aber sie waren warm und hingebungsvoll gewesen, und dann bemerkte ich nicht mehr, dass sie nicht schön waren. Sie waren viel verlockender und begehrenswerter als Chryseis, die genauso gut aus Marmor hätte gemeißelt sein können. So viel Schönheit und keinerlei Wärme.

„Wenn Rufus sich hier blicken lässt, sag ihm, er soll sofort zum *ludus* kommen", schärfte ich ihr ein.

Chryseis hob die perfekt geformten Brauen. „Ist Aemil wirklich so wütend? Vielleicht begleite ich Rufus, um zu sehen, was Aemil mit ihm anstellt."

„Hauptsache, er taucht wieder auf." Ich überlegte, ob ich ihr von Ajax berichten sollte, fragte mich jedoch, was das bringen sollte. Vielleicht würde sie Rufus das gleiche Schicksal wünschen oder in Panik geraten und zu den Kohorten rennen.

„Einen schönen Tag noch, Leonidas." Sie verschränkte die Arme, und ihre Brüste zeichneten sich unter dem durchsichtigen Stoff ab. „Wenn du mich willst, komm wieder, und danach erzähle ich Rufus alles haargenau."

Ich hatte keine Lust, zwischen diese Frau und Rufus zu geraten. Deshalb verabschiedete ich mich nicht von ihr, sondern wandte mich wortlos ab und ging zur Treppe.

Aus der offenen Tür gegenüber von Chryseis' Wohnung lugte ein Mädchen von etwa zehn Sommern. Kochdünste wehten heraus. Das Mädchen hatte langes, offenes Haar und einen zu dünnen Körper und blinzelte hektisch, als es mich sah.

Ich nickte dem Kind höflich zu und machte mich auf den Weg die Treppe hinunter. Hinter mir schnaubte Chryseis angewidert und knallte die Tür zu.

Das Mädchen beobachtete mich immer noch, als ich den nächsten Treppenabsatz erreichte, und starrte mir mit neugierigen dunklen Augen nach. Ich nickte ihm erneut zu und stieg dann die Treppe weiter hinunter, meine Schritte im Takt des Kupferschmiedehammers unter mir.

Unten angekommen bedankte ich mich bei der Frau im Korbladen, deren Mann und Tochter weiterhin über ihre Arbeit gebeugt waren, und ging weiter in Richtung Transtiberim, auf der Suche nach Rufus' Gespielinnen.

Die Pons Sublicius, eine antike Brücke, überspannte den Tiber in der Nähe der Porta Triemina, eines Tors, durch das ich vor nicht allzu langer Zeit Rom auf einer Reise nach Ostia Attica verlassen hatte, wohin ich einen ehemaligen Senator begleitet hatte.

Die Brücke hatte steinerne Pfeiler, aber der Brückenbogen selbst war aus Holz, wackelig, alt und oft repariert. Als ich sie überquerte, hatte ich einen guten Blick auf die Pons Aemilius ein Stück flussaufwärts – eine gewölbte Steinbrücke, die viel stabiler war.

Transtiberim verschluckte mich, als ich am anderen Ende der Pons Sublicius anlangte. Die vielen Gebäude versperrten die Sicht auf den Fluss und auch auf die nahe gelegene *naumachia*, einen künstlich angelegten See für die Inszenierung von Seeschlachten.

Die *popina* an der Via Aurelia war mit Schriftzügen an den Außenwänden und einem pseudogriechischen Gemälde mit kämpfenden Helden verziert. Eine winzige Treppe führte neben dem offenen Tresen nach oben, und ich stieg hinauf, in der Hoffnung, sie werde mich zur richtigen Wohnung bringen.

Als ich den ersten Stock erreichte, hörte ich lautes Frauengelächter und klopfte mit der Faust an die klapprige Tür.

Schritte eilten von innen darauf zu. „Wer ist da?", rief eine Frau viel eifriger und neugieriger als Chryseis.

„Mein Name ist Leonidas. Ich bin ein Freund von Rufus."

Die wackelige Tür knarrte, als sie aufgerissen wurde, und eine kleine junge Frau mit ungekämmtem braunem Haar grinste mich an. „Es ist tatsächlich Leonidas, der Spartaner", rief sie, während sie die Tür ganz öffnete. „Willkommen in unserem bescheidenen Heim, Leonidas. Dein Besuch ehrt uns."

Die Wohnung war in der Tat bescheiden. Ein Zimmer mit unebenen Steinwänden und einem schiefen Steinboden erwartete mich, die einzige Quelle für Licht und Frischluft ein Fenster, das hoch in der Wand eingelassen war. In dem schummrigen Raum standen ein Tisch, Hocker und eine einzelne breite Pritsche.

Eine weitere junge Frau mit ähnlichen Gesichtszügen wie die erste sprang vom Tisch auf, und auf der Pritsche saß im Schneidersitz ein schlanker junger Mann, einen Krug in der Hand. Rufus war nirgends zu entdecken.

„Willkommen“, sagte auch die zweite Frau. „Gaius, entkorke den Wein, und schenk Leonidas einen Becher ein.“

Die erste junge Frau zog mich am Arm zum Tisch. „Wir haben frisches Brot und Weintrauben, falls Gaius sie nicht schon alle aufgegessen hat. Er ist unser Vetter, aber er hält sich für unseren *pater familias*, der Nichtsnutz.“

Ich gestattete ihr, mich zu einem Hocker zu führen. Die zweite Frau schenkte mir Wein aus dem Krug ein, den Gaius ihr dienstbeflissen gereicht hatte, während die erste mir einen mehrfach angeschlagenen Teller mit Brot und einen Korb mit ein paar Trauben hinschob.

„Ich bin auf der Suche nach Rufus“, brachte ich heraus.

Die erste Frau lächelte. „Schickt Chryseis dich? Wenn ja, werden wir dir nichts sagen. Mein Name ist übrigens Merope. Das ist meine Schwester Martolia.“ Sie wies mit dem Daumen auf die zweite junge Frau, die mir freundlich zunickte.

Ich nahm höflich einen Schluck von dem Wein, der sauer und ölig schmeckte. „Ich war gerade bei Chryseis, aber sie wusste nicht, wo Rufus ist.“

Die beiden Mädchen brachen in Gelächter aus. „Du warst bei Chryseis? Dann verstehst du sicher, warum Rufus so gern Zeit mit uns verbringt. Bei der wird er keine Freude finden.“

„Ich glaube, er mag einfach Abwechslung“, meldete sich Gaius ruhig von der Pritsche her.

Martolia warf mit einer verschrumpelten Traube nach ihm. „Spaßverderber. Rufus kommt schlecht gelaunt her, und wenn er wieder geht, ist er viel fröhlicher.“

„Rufus ist ein guter Mann“, vertraute mir Merope an. „Als ein

Karren Gaius angefahren und ihm den Arm gebrochen hat, hat Rufus ihn zu einem Arzt getragen und den Mann dafür bezahlt, dass er ihm den Knochen gerichtet und ihm ein Schlafmittel gegeben hat. Zeig Leonidas deinen Arm, Gaius."

Gaius hob gehorsam einen dünnen Arm, der unversehrt und heil aussah. „Ich habe nie gesagt, dass er nicht freundlich ist. Nur dass er seine Frau verlassen könnte, wenn er so unglücklich mit ihr wäre."

„Das tut er nicht, weil Chryseis Geld hat." Martolia setzte sich wieder an den Tisch und beugte sich zu mir. „Jede Menge Geld."

Chryseis hatte die Schwestern als flachbrüstige, dürre, haarige Schlampen beschrieben. Die beiden waren tatsächlich dünn, was zeigte, dass ein Mahl aus Brot und Trauben bei ihnen selten war, und ihr Haar hing in ungepflegten Strähnen herab. Sie trugen Tuniken, die weitaus bescheidener als Chryseis' Stola waren und ebenso wie ihr schlichtes Keramikgeschirr mehrfach ausgebessert.

Trotzdem lächelten mich die Schwestern an und boten mir an, das Wenige, das sie hatten, mit mir zu teilen. Sie freuten sich, mich zu sehen, als wäre ich ein reicher Patrizier, der ihre kleine Wohnung beehrte.

„Chryseis ist reich?", fragte ich überrascht, während mir Martolia Wein nachgoss. „Sie lebt in einer *insula* auf dem Aventin. Rufus hat versucht, sie zu überreden, an einen schöneren Ort umzuziehen."

„Sie gibt nicht gern Geld aus", verkündete Merope. „Sie hortet es lieber. Chryseis besitzt ein Lager im Emporium und ist Miteigentümerin eines Schiffs, das Gewürze transportiert. Damit hat sie ein Vermögen gemacht. Was glaubst du, warum Rufus sie zur Frau nehmen wollte?"

„Warum wollte sie denn Rufus zum Mann nehmen?" Das war für mich die interessantere Frage. Rufus war nicht besonders attraktiv, sein hartes Gesicht wies zu viele Kampfnarben auf, und seine Stimme war laut und kratzig. Chryseis dagegen war eine Schönheit.

Gaius schaltete sich ein: „Sie wollte unbedingt einen Gladiator. Wahrscheinlich damit sie vor ihren Freundinnen mit ihm angeben kann."

Ich dachte an die spröde Frau in der Wohnungstür und an den kalten Wind, der vom Stockwerk darüber die Treppe herunterwehte. Wahrscheinlich wollte Chryseis damit prahlen, dass sie einen wilden Gladiator gezähmt hatte, und Rufus hatte vermutlich gedacht, er würde mit ihr ein komfortables Leben führen.

Rufus konnte als freier Mann, der einen Vertrag mit Aemil hatte, heiraten, wenn er wollte. Vielleicht hatte er Chryseis gewählt, um sich für seinen Ruhestand finanziell abzusichern. Dann hatte er zu spät erkannt, dass seine Frau geizig war, und Chryseis zu spät, dass sie Rufus nicht kontrollieren konnte.

„Wie habt ihr ihn kennengelernt?", fragte ich die Schwestern.

„Das war Gaius", entgegnete Merope. „Rufus ist in die *popina* gekommen, wo Gaius arbeitet. Gaius ist zuerst sein Liebhaber gewesen, dann hat er ihn uns vorgestellt."

„Gladiatoren stinken", erklärte Gaius und errötete, als er meinen Blick bemerkte. „Zumindest Rufus. Also habe ich ihn an meine Cousinen weitergereicht."

„Ach, wir mögen ihn", sagte Martolia. „Wir schicken ihn in die Bäder, und dann riecht er gut. Warum musst du mit ihm sprechen, Leonidas? Kannst du nicht im *ludus* mit ihm reden?"

Ich überlegte, wie viel ich ihnen anvertrauen sollte. Eigentlich wollte ich die Tragödie um Ajax nicht in diesen heiteren Raum bringen, aber ich wollte auch, dass sie sich der Gefahr bewusst waren.

„Aemil sucht ihn. Er ist nicht wie vereinbart in den *ludus* zurückgekehrt."

Die beiden jungen Frauen schienen verwirrt. „Dann ist er bei Chryseis", meinte Merope. „Er muss zumindest *etwas* Zeit mit ihr verbringen, damit sie ihn nicht enterbt."

„Sie hat ihn ebenfalls länger nicht gesehen, und ich mache mir Sorgen", sagte ich. „Genau wie Aemil."

Meropes Lächeln erlosch. „Was ist los? Ist etwas passiert?"

Ich atmete tief aus und wählte meine Worte mit Bedacht. „Heute Nacht hat jemand den Gladiator Ajax ermordet."

Die Wärme verflüchtigte sich aus dem Raum, als sei ein Wintersturm hindurchgefegt. Merope und Martolia rückten näher an mich heran, und Gaius verstummte, schaute mich an.

„Jemand hat ihn getötet, meinst du?", flüsterte Merope. „Im Kampf?"

„Nein, das meine ich nicht." Ich wollte ihnen die weiteren Einzelheiten ersparen, also hielt ich den Mund.

Merope und Martolia hatten einen schnelleren Verstand als die reiche Chryseis. Meropes Lippen bebten. „Befürchtest du, dass Rufus dasselbe passiert ist?"

„Keine Ahnung. Ich würde mich einfach besser fühlen, wenn ich wüsste, wo er ist."

Die jungen Frauen wechselten angsterfüllte Blicke. Rom war eine gefährliche Stadt. Die Verzweifelten machten Jagd auf alle, die zum Opfer taugten, und eine Gruppe konnte selbst den härtesten Mann zu Fall bringen.

Merope schluckte. „Wir werden nach ihm suchen."

„Nein", widersprach ich sofort. „Sagt mir, wohin er wollte, und *ich* werde ihn suchen."

„Zu dritt geht es schneller", antwortete Merope. „Wir kennen jeden Ort, an dem er sich verstecken könnte, Plätze, die du niemals finden wirst. Wir werden uns umsehen und im *ludus* Bescheid geben."

„Gebt mir auf dem Quirinal Bescheid." Ich beschrieb ihnen die Lage des Weinladens und der darüberliegenden Wohnung. „Benachrichtigt mich oder Cassia."

Martolias Neugier überwog ihre Beunruhigung. „Wer ist das?"

Ich räusperte mich. Es fiel mir immer schwer zu erklären, wer Cassia war. „Eine Schreiberin, die für mich arbeitet."

„Eine Schreiberin?“, wiederholte Martolia. Beide Mädchen und Gaius musterten mich interessiert.

„Sie ist eine gute Freundin und sehr klug.“ Ich stand auf. „Danke für den Wein. Wenn ihr Rufus findet, behaltet ihn hier, wenn er nicht zum *ludus* zurückkehren will, und informiert mich.“

Die jungen Frauen nickten, und Gaius blickte mich besorgt an.

„Wir fangen sofort an zu suchen“, versprach Merope. „Danke.“

In der Tür blieb ich stehen. „Wofür denn?“

Merope schenkte mir die Andeutung eines Lächelns. „Dass du uns aufgesucht hast. Statt uns zu ignorieren, weil wir keine reichen Schreckschrauben sind.“

Ich schaute mich in dem kleinen Raum mit den grob zusammengezimmerten Möbeln und den wenigen, sorgfältig aufbewahrten Habseligkeiten um. Die Schwestern schmiegten sich aneinander, und Gaius knackte mit den Fingerknöcheln, als könne er sich damit davon abhalten, das Schlimmste zu befürchten.

Ich verstand, warum Rufus diesen Ort mochte. Hier gab es Gelächter, Zuneigung und Fürsorge statt Geiz und Kälte.

„Ihr habt es verdient, das zu wissen“, sagte ich. „Seid vorsichtig. Da draußen ist jemand sehr Gefährliches unterwegs.“

Die drei wurden wieder ernst und nickten.

Ich vermutete, dass sie ziemlich gewitzt waren, aber ich hatte trotzdem ein ungutes Gefühl, als ich sie verließ. Hoffentlich würde ich Rufus bald finden, damit die beiden temperamentvollen Damen und ihr Vetter ihn hier in Frieden empfangen konnten.

Auf dem Weg nach Norden in Richtung Pons Agrippae und der Villa, zu der Cassia und Marcianus gewollt hatten, überprüfte ich jede *popina* und jedes Gasthaus, ob Rufus dort etwas aß oder trank oder in einem der Hinterzimmer schlief.

Niemand, mit dem ich sprach, hatte ihn gesehen. Rufus war ein häufiger Gast dieser Lokale, aber in den letzten Tagen hatte er keins davon besucht.

Ich sagte mir, dass Merope und Martolia recht hatten, dass sie sicher weitere versteckte Orte kannten, an die sich Rufus zurückziehen könnte, und überließ ihnen Transtiberim.

Stattdessen folgte ich einem Pfad entlang des Flusses und schloss mich Bauern und Händlern an, die sich auf den Weg zu ihren Heimatdörfern machten. Die Reichen kauften immer mehr Ackerland in der Nähe Roms auf, um riesige Villen mit viel Platz bauen zu können, was die Bauern immer weiter in die Ferne trieb. Doch nun standen auch diese Villen durch die zunehmende Ausdehnung der Stadt immer weniger frei.

Der Villa Flores war es bisher gelungen, die Invasion von *insulae*, Läden, *popinae* und anderen *domus* abzuwehren. Sie thronte allein auf der Spitze eines niedrigen Hügels, und ihre Gärten führten über mehrere Terrassen von den hinteren Mauern zum Tiber hinunter. Ich entdeckte ein *deambulatorium* – einen Wandelgang –, der im Garten begann und an der anderen Seite des Hauses verschwand.

Der Garten enthielt Reihen von Laubbäumen und Sträuchern, die jetzt im Winter kahl waren, aber im Sommer verbarg der üppige Bewuchs sicher mehr oder weniger das gesamte Haus und die Straße, die zu ihm führte.

Ich näherte mich einem Tor in der Mauer, die die Straße säumte. Die Mauer war von außen glatt und staubig vom Sand, den die Füße der Passanten, ob Mensch oder Tier, aufgewirbelt hatten. Das hohe Gittertor war mit einem Fallriegel verschlossen. Bäume ragten über die Mauer auf und versprachen stille, friedvolle Wege dahinter.

Ehe ich mich entscheiden konnte, was ich dem Türsklaven sagen sollte, nachdem ich an das Tor geklopft hatte, glitten die Riegel zurück, und die massive Holzkonstruktion schwang auf.

Drei Männer, die ich kannte, traten heraus. Ihre kräftigen Körper und die Messer in ihren Gürteln verrieten, dass sie Leibwächter waren.

Hinter ihnen schritt ein Mann, den ich ebenfalls kannte. Er hieß Sextus Livius und hatte mir einmal erklärt, er sei einer der reichsten Männer in ganz Rom.

Als er mich sah, riss er die dunklen Augen im von dichtem schwarzem Haar umrahmten Gesicht weit auf. „Leonidas?“, fragte er verblüfft. „Was bei allen Göttern führt dich denn hierher?“

KAPITEL 6

Ich hätte Livius am liebsten dieselbe Frage gestellt. „Geschäfte", antwortete ich rasch.

Livius durchbohrte mich mit seinem Blick. Wie bei unserer ersten Begegnung einen Monat zuvor trug er eine schlichte Tunika aus feinem Leinen, einen Mantel, der nachlässig über seinen Arm gehängt war, und goldene Armbänder.

„Was für Geschäfte?", fragte er beiläufig, aber ich sah, dass er tatsächlich eine Antwort von mir erwartete. Wohlhabende Männer mochten es, wenn man ihnen gehorchte, selbst wenn sie ihr Leben als Sklaven begonnen hatten.

Ich schaute auf den großen Garten und den Säulenweg hinter ihm, der zur Villa führte, und beschloss, mich ihm anzuvertrauen. Er hatte mir schon früher geholfen und verfügte über Ressourcen, zu denen ich nicht einmal ansatzweise Zugang hatte.

„In Wirklichkeit suche ich einen anderen Gladiator", erklärte ich leise. „Gerüchten zufolge ist er hier."

„Meinst du Herakles? Er ist tatsächlich da drin. Die Hausherrin behauptet, er sei gekommen, um Gäste zu unterhalten, doch ich glaube, er unterhält sie persönlich." Sein Grinsen verriet mir, was er von dem fadenscheinigen Vorwand der Frau hielt.

Ich war sehr erleichtert. Zumindest würde ich Herakles nicht zerstückelt in einer Gasse vorfinden.

„Ich muss mit ihm sprechen."

Livius' Interesse wuchs. „Ich gebe zu, jetzt möchte ich unbedingt wissen, warum. Da du ohne Einladung niemals da reinkommst, werde ich dich hineinbegleiten."

Ich war zu erpicht darauf, Herakles zu sehen, um sein großzügiges Angebot abzulehnen. „Das ist nett von dir."

„Mitnichten. Du hast mir einen Gefallen getan, und ich habe gesagt, ich werde ihn eines Tages nur allzu gern erwidern."

Livius hob herrisch das Kinn, woraufhin seine Leibwächter sich ausdruckslos umdrehten. Zwei gingen vor ihm durch das Tor, und der dritte ließ ihm den Vortritt.

Ich folgte Livius, mir blieb auch kaum etwas anderes übrig.

Hinter dem Tor erstreckte sich ein langer, von Marmorsäulen gesäumter Weg, der von sorgfältig geformten und beschnittenen Bäumen eingefasst war. Hecken grenzten den Weg zu beiden Seiten von Beeten ab, in denen die fruchtbare Erde umgegraben worden war, mit der Bepflanzung wohl aber auf wärmere Nächte gewartet wurde.

Wir schlenderten den Weg entlang, der mit Mosaiken mit Gartenszenen gepflastert war, darunter auch die unvermeidliche Darstellung von Bacchus auf einem Streitwagen mit Füllhorn, Amphoren mit fließendem Wein und spärlich bekleideten Frauen, die ihn umtanzten.

Vor uns erhob sich die Villa inmitten des Lustgartens, der mit Ausnahme der Flussseite von Mauern umschlossen war. Zwei große Türen, rot lackiert und vergoldet, standen zum Atrium hin offen.

Der Türhüter war wachsamer als viele andere und nahm Haltung an, als Livius und ich auf ihn zuschritten.

„Herr." Der Türsklave verneigte sich tief, dann straffte er die Schultern unter der sehr weißen Leinentunika.

„Sag deiner Herrin, ich möchte sie um einen letzten Gefallen bitten." Livius sprach beiläufig und ohne Eile. Eine Münze erschien in seiner Hand, obwohl ich nicht gesehen hatte, dass er sie aus einem Beutel geholt hatte.

Der Türsklave nahm die Münze und verbeugte sich erneut. „Jawohl, Herr. Danke, Herr. Ich werde nachfragen, Herr."

Livius nahm keine Notiz von seiner Unterwürfigkeit. Er schlenderte ins Atrium, während der Türhüter davonlief, einen Raum, der dreimal so groß war wie die gesamte Wohnung, in der Cassia und ich lebten.

In der Mitte des Atriums befand sich das *impluvium*, ein quadratisches Becken, das Regenwasser auffing. Dieses war mit einem plätschernden Brunnen in Form eines Mädchens ausgestattet, das Wasser aus einem Krug goss, wobei ihr langes Haar über eine entblößte Brust fiel.

Das Haus erhob sich zwei Etagen über mir, mit einem Balkon, der sich über die gesamte Länge des Atriums zog und dessen Brüstung aus kunstvoll geschnitztem Holz bestand.

Die Wände im Erdgeschoss zierten bunte Fresken von Gärten, durch die elegante Menschen spazierten, oder Jagdszenen mit lebensechten Hirschen, die vor Männern mit Bögen flohen. Ein anderes Bild zeigte einen Mann und eine Frau, die einander sehnsüchtig durch ein Loch in einer Gartenmauer betrachteten.

„Das sind Pyramus und Thisbe", sagte Livius neben mir. „Sie verliebten sich ineinander, als sie durch einen Mauerriss miteinander sprachen. Ovid hat die Geschichte aufgeschrieben, und ich habe sie als aufsässiger Jugendlicher gelesen. Die beiden sterben natürlich tragisch, wie in jeder guten Liebesgeschichte."

Ich drehte mich zu ihm um und wollte ihn gerade fragen, warum ein tragischer Tod irgendeine Geschichte gut machte, als der Türhüter zurückkam und uns signalisierte, ihm zu folgen.

Er führte uns durch ein Portal mit Giebeln in einen langen Korridor. Zu unserer Linken erstreckte sich ein Innenhof mit einem weiteren Brunnen, diesmal länglich, durch den Neptun in seinem Wagen raste.

Rechts führte eine Treppe in die nächste Etage, die in kühler Dunkelheit lag. Unter der Treppe öffnete sich ein schmaler Gang, über den man wahrscheinlich zum Dienstbotentrakt und zu den Küchen gelangte. Ich meinte, in den Schatten eine schlanke Gestalt in einer langen Tunika zu erkennen, aber ich war mir nicht sicher.

Der Türhüter geleitete uns durch ein offenes Tor am Ende dieses Korridors in die Hauptgärten. Die erste Terrasse, die mit einer Brüstung versehen war, hatte einen großen Mosaikboden und eine Reihe von Bäumen und Grünpflanzen an beiden Enden. Auf der nächsten Terrasse, die über eine flache Treppe zu erreichen war, gab es inmitten von exakt gestutzten Hecken Springbrunnen. Auf der rechten Seite der Terrassen lag ein Weinberg, dessen kahle Rebstöcke auf den Frühling warteten.

Vor uns schlängelte sich der glitzernde Fluss träge um die Hügel Roms. Von hier aus schaute man auf die Ställe und den Übungsplatz für die Wagengespanne auf der anderen Seite des Tibers, und in der Ferne zeichnete sich die runde Wölbung des Theaters des Pompeius ab.

Auf der zweiten Terrasse wartete eine Frau in einer Mauernische mit roten und goldenen Vorhängen, die man zum Schutz vor Wind und Kälte zuziehen konnte.

In der Nische befanden sich drei Liegen, auf deren mittlerer die Frau hingestreckt war. Herakles lag auf dem Diwan zu ihrer Rechten, den Oberkörper elegant aufgerichtet, ein Knie angezogen, auf das er nachlässig einen Arm stützte. Er erinnerte mich an einen ruhenden Leoparden, ein schönes Tier, das sich im Nu in eine wilde, unberechenbare Raubkatze verwandeln konnte.

Auf dem Diwan zur Linken der Dame saß Nonus Marcianus. Er hielt einen goldenen Becher in den schlanken Händen und trug seine übliche gelassene Miene zur Schau.

„Ich habe ihn schon ein paar Mal zusammengeflickt", erklärte er gerade und nickte in Richtung Herakles. „Die Narbe da quer über seinen Unterarm – ich musste den Arm aufschneiden, um den Knochen zu richten und mich der Bänder anzunehmen, und ihn dann wieder zunähen."

Herakles drehte pflichtbewusst den Arm und zeigte eine scharfe weiße Linie quer über dessen Innenseite.

„Hat er geschrien?", fragte die Dame, bei der es sich um Domitiana Sabina handeln musste, gespannt. Keine Leidenschaft, nur Interesse.

„Er hat nicht geschrien, sondern mich verflucht, angebrüllt und gedroht, mich und all meine Nachkommen zu töten." Marcianus lachte. „Natürlich war das meiste, was er sagte, auf Pannonisch, also habe ich keine Ahnung, welche Plagen er auf mich niederregnen lassen wollte."

„Tapferer Junge", lobte Domitiana und strich träge mit einer Hand über Herakles' Oberschenkel.

Sie war nicht mehr ganz jung, vielleicht Mitte vierzig, doch ihr Körper war weiter jugendlich schlank und ihre Gesichtshaut glatt, es sei denn, Kosmetik verdeckte geschickt die Falten. Domitiana trug eine Perücke mit sorgfältig gekämmten blonden Locken, die so kunstvoll frisiert waren, dass sie natürlich aussahen.

„Ich hatte große Schmerzen", warf Herakles mit tiefer Stimme ein. Sein Akzent war gerade stark genug, um zu verraten, dass er aus einem fernen Land stammte, aber nicht so stark, dass seine Geliebte Schwierigkeiten gehabt hätte, ihn zu verstehen. „Ich schäme mich nicht, Marcianus beschimpft zu haben. Doch ich bin ihm dankbar." Ohne sich zu erheben, deutete er eine Verbeugung vor Marcianus an, die allerdings alles andere als ehrerbietig wirkte.

Domitiana bemerkte ihren Diener und dann Livius und mich hinter ihm. Sie richtete ihre schimmernde rote Seidenstola.

„Sextus Livius, du bist wieder da", stellte sie mit einem strahlenden Lächeln fest. „Hast du mir noch einen Gladiator mitgebracht?" Sie musterte mich mit dunklen Augen, die nicht so hart waren wie die von Chryseis, aber auch nicht annähernd so freundlich wie die von Merope und ihrer Schwester. „Du bist Leonidas, der Spartaner, nicht wahr? Oder besser gesagt, du warst es.“

Ich verbeugte mich und hoffte, einen höflicheren Eindruck zu machen als Herakles.

„Entschuldige die Störung“, bat Livius geschmeidig. Es war klar, dass Domitiana das nicht als solche empfand – Livius war jung, attraktiv und wohlhabend. „Wir müssen mit Herakles sprechen.“

„Tatsächlich? Ich würde ja darauf bestehen, den Grund zu erfahren, doch der geht mich nichts an.“ Domitianas Lächeln ließ sie um Jahre jünger wirken. „Gut, Herakles, du kannst gehen. Denk daran, zwei Tage vor den Iden ist mein Gastmahl. Wenn Aemilianus zu stur ist, um dir freizugeben, werde ich mit ihm reden.“

Sie meinte damit, sie würde Aemil bezahlen, wenn es nötig war, damit Herakles sie besuchen konnte.

Domitiana wedelte mit einer schlanken Hand, an der Gold und Edelsteine im Sonnenlicht blitzten. „Es war mir eine Freude, dich kennenzulernen, Nonus Marcianus. Sag meinem Majordomus auf dem Weg nach draußen, er soll dir ein Zeichen meiner Dankbarkeit geben.“

Marcianus erhob sich, während sich Herakles zögernd vom Diwan hochstemmte. „Das ist nicht nötig, Herrin“, versicherte ihr Marcianus.

„Unfug. Ich habe mich bei dir über meine Verdauung beschwert, und du bist ein gut ausgebildeter Arzt. Es ist nur angemessen, dass ich ein Honorar für deine Zeit zahle. Einen schönen Tag noch.“

Sie schnippte mit den Fingern. Drei Sklaven kamen von der oberen Terrasse, um ihr Wein zu bringen, ein Kissen zurechtzurücken und ihr eine Schale mit duftendem Wasser hinzustellen, damit sie ihre Hände baden konnte. Domitiana lehnte sich weiter auf ihrem Sofa zurück und schloss die Augen – sie war fertig mit uns.

Ein vierter Sklave führte uns weg, während der Türhüter sich wieder auf seinen Posten begab. Ich genoss die Aussicht, als wir zur höhergelegenen Terrasse hinaufstiegen, und wunderte mich, dass die Entfernung den Schmutz und den Gestank Roms in schimmernde, dunstige Schönheit verwandeln konnte.

Keiner von uns sprach ein Wort, als wir dem Sklaven zurück ins Haus folgten, vorbei am Peristyl und ins Atrium. Dort flüsterte der Sklave einem großen, dünnen Mann etwas zu, der Marcianus daraufhin einen Beutel reichte, in dem es klimperte. Marcianus murmelte seinen Dank und steckte die Münzen ein.

Nachdem der Sklave uns auf den staubigen Weg vor der Villa geführt und das Tor geschlossen hatte, sah mich Herakles – groß, mit goldbraunem Haar und haselnussbraunen Augen – finster an.

„Dank dir, Leonidas, muss ich jetzt ein weiches Bett gegen eine harte Holzpritsche eintauschen. Was willst du hier?"

Ich hätte es vorgezogen, nicht auf offener Straße und inmitten von Passanten über Ajax zu diskutieren, aber Marcianus wandte sich Herakles mit ernster Miene zu.

„Du schwebst in großer Gefahr", sagte er. „Komm sofort mit uns zurück in den *ludus*."

„In was für einer Gefahr?", verlangte Herakles zu wissen.

„Ajax ist tot", entgegnete Marcianus ohne Umschweife. „Doch dies ist nicht der richtige Ort, um darüber zu sprechen."

Er machte sich auf, wobei ihm Herakles und Livius entgeistert hinterherstarrten. Ich folgte ihm.

„Was ist mit Cassia? Wir können sie nicht hier zurücklassen."

„Das werden wir auch nicht. Sie wird etwa ... hier erscheinen." Marcianus blieb vor einer unscheinbaren Tür in der Außenmauer der Villa stehen.

Gleich darauf knarrte die Tür, und Cassia trat heraus, wobei sie sich einen Zipfel ihres Mantels über den Kopf zog.

„Ich finde, du solltest dich erklären, Leonidas." Livius hatte uns eingeholt, seine Leibwächter blieben auf eine Handbewegung von ihm ein kleines Stück zurück.

Herakles hielt sich nahe bei Livius, sein Blick finster. Es

nützte wohl nichts. Also berichtete ich ihnen in ruhigem Ton, was geschehen war, und Marcianus fügte einige Details hinzu. Cassia zog sich ihren Mantel ins Gesicht und schwieg.

Als ich geendet hatte, starrte mich Herakles mit offenem Mund an. „Bei Jupiter und Minerva. Was ist das für eine Hexerei?“

Ich hatte nicht daran gedacht, bis Herakles die Worte aussprach, aber die Art und Weise, wie Ajax zu Tode gekommen war, mochte durchaus das Ergebnis eines grausamen Zaubers gewesen sein.

„Hexerei oder Wahnsinn“, sagte Livius.

Marcianus musterte ihn von Kopf bis Fuß. „Darf ich fragen, wer du bist, Herr? Du warst bei Domitiana Sabina zu Besuch, doch ich habe deinen Namen nicht mitbekommen.“

„Das ist Sextus Livius“, unterbrach ich ihn, ehe Livius antworten konnte. „Er ist ein Freund.“

Ich war mir nicht sicher, ob es Livius gefallen würde, wenn ich ihn so bezeichnete, aber ich wusste nicht, wie ich ihm gerecht werden sollte. *Der sehr mächtige und sehr reiche uneheliche Sohn eines Mannes, mit dem ich schon früher einmal zu tun hatte* schien mir eine unzureichende Erklärung zu sein.

Livius bestritt den Begriff nicht. „Ich bin ein Freigelassener, der gewaltiges Glück gehabt hat.“

„Mein Name ist Nonus Marcianus, ich bin *medicus*.“

Livius nickte ihm zu, es war eher eine Verbeugung. „Es ist mir eine Ehre, Herr.“

Marcianus war als *eques* um ein Vielfaches ranghöher als ein Freigelassener. Livius konnte, egal wie viel Geld er verdiente, nie ein hohes Amt bekleiden, in bestimmte Schichten einheiraten oder als etwas anderes als ein ehemaliger Sklave gelten. Dennoch trug Livius mehr Gold an den Handgelenken, als Marcianus in einem Jahr verdiente, selbst wenn er hochgeschätzte Gladiatoren zusammenflickte.

Herakles trat unruhig von einem Bein auf das andere. „Können wir zu Ajax zurückkommen, den jemand wie Brennholz zerhackt hat? Du hast gesagt, er hätte mit einem reichen Mann gespeist. Mit einem wie ihm?“ Er warf Livius einen argwöhnischen Blick zu. „Es sieht einem römischen Hund ähnlich, einen meiner Landsleute zu zerstückeln.“

„Oder unsere Gastgeberin“, spekulierte ich.

Herakles schnaubte. „Domitiana? Die könnte keiner Fliege etwas zuleide tun. Dabei könnte sie sich ja die Nägel ruinieren.“

„Reiche Frauen können Männer anheuern, die Probleme für sie aus der Welt schaffen“, gab Marcianus zu bedenken. „Ich schlage vor, wir besprechen das nicht direkt vor ihrer Tür.“

„Gut.“ Livius bedeutete uns weiterzugehen. „Meine Leibwächter und ich werden euch bis zum Tor des *ludus* begleiten. Wir werden für eure Sicherheit sorgen.“

„Möglicherweise hat man Ajax das ebenso versichert“, brummte Herakles, aber er nahm mit uns den Weg nach Süden in Richtung *ludus*.

Ich ließ die Leibwächter an mir vorbei, die Livius, Herakles und Marcianus umringten. Cassia ließ sich ebenfalls zurückfallen, bis wir ein gutes Dutzend Schritte hinter den anderen waren.

„Ist es dir da drin gut ergangen?“, fragte ich.

Ich sah in den Falten ihres Umhangs nur Cassias Augen, doch sie funkelten, als lächelte sie. „Ja. Wie gesagt, ich kenne einige ihrer Sklaven sehr gut. Sie werden mich ihr gegenüber nicht erwähnen.“

„Du bist dir sehr sicher“, stellte ich fest.

Cassia verlangsamte ihren Schritt. „Hast du Freunde, denen du bedenkenlos vertraust? Marcianus zum Beispiel.“

„Ja.“ Meine Antwort kam ohne Zögern. Ich hätte Marcianus mein Leben anvertraut, hatte es tatsächlich schon einige Male getan. In gewisser Weise vertraute ich auch Aemil, obgleich ich wusste, dass er egoistisch war. Aber er war ehrlich.

„So ist das für mich mit den Leuten in dieser Villa“, sagte sie. „Ich kenne sie schon fast mein ganzes Leben lang.“

„Haben sie dir viel erzählt?“

„Alles über Domitiana Sabina und Herakles. Ich werde dir davon berichten, wenn wir allein sind. Hast du Rufus gefunden?“

„Leider nein.“ Einer der Leibwächter schaute über die Schulter zu uns zurück und verlangsamte sein Tempo, und ich warf Cassia einen mahnenden Blick zu. „Später, daheim.“

Cassia nickte, und wir schlossen zu den anderen auf.

Es stand wieder Septimius am Tor. Er richtete sich rasch auf, als er uns kommen sah, dann legte er die Hand auf sein Schwert und musterte die Leibwächter und den Mann, den sie umringten.

Marcianus trat vor. „Lass uns ein, sei so gut. Ich bürge für Livius und seine Leute.“

Aemil riss bereits das Tor auf. „Herakles“, brüllte er. „Den Göttern sei Dank. In deine Zelle – sofort –, sonst kriegst du meinen Zorn zu spüren. Leonidas, warum hast du einen ganzen Mob mitgebracht? Hast du Rufus gefunden?“

Ich schüttelte den Kopf und erwiderte: „Ich habe mit seiner Ehefrau und seinen Mätressen gesprochen und dann alles auf dieser Seite des Flusses abgesucht, doch bisher gibt es keine Spur von ihm.“

Aemil stieß einen Fluch auf Gallisch aus. „Wenigstens hast du einen der Ausreißer gefunden. Wie steht es mit Regulus? Wo beim Hades ist er?“

„Ihn habe ich ebenfalls nicht gesehen.“

Aemil warf mir einen finsteren Blick zu, als sei ich schuld an seinen Problemen, während Herakles durch das Tor trat und auf die Kolonnade mit den Zellen zuschlenderte.

„Kann ich helfen?“, fragte Livius, dessen Stimme voll sanfter Stärke war.

„Das kannst du in der Tat“, antwortete Marcianus, ehe Aemil es tun konnte. „Ich habe einen Karren hierher zu bringen und könnte Hilfe gebrauchen.“

Er meinte Ajax’ Leichnam. Ich hatte vorgehabt, anzubieten, ihm zur Hand zu gehen, aber Livius’ Leibwächter würden die Aufgabe schnell erledigen.

„Gerne“, sagte Livius. „Wenn ich etwas über diese schreckliche Sache erfahre oder von den beiden anderen Männern höre, werde ich dich benachrichtigen, Leonidas.“

Wir nickten einander freundlich zu, Livius sogar Cassia, die er am Ende unseres letzten Abenteuers in unseren Räumlichkeiten kennengelernt hatte. Dann machten er und Marcianus sich auf den Weg zum Aventin. Die Leibwächter schlossen sich ihnen an.

Ich wandte mich wieder Aemil zu. Herakles' Hexerei-Theorie hatte mich auf eine Idee gebracht. „Weißt du, ob dich vielleicht jemand verflucht hat? Oder möglicherweise gar den ganzen *ludus*?“

Aemil verschränkte die muskulösen Arme. „Daran habe ich heute Morgen auch schon gedacht. Ich habe nach Schriftrollen Ausschau gehalten, doch nichts entdeckt. Allerdings hatten wir noch keine Zeit für eine wirklich gründliche Suche.“

Jeder konnte einen Priester oder einen entsprechenden Händler für einen Fluch bezahlen. Sie lieferten die Pergament- oder Papyrusrolle, den Griffel und die Worte der Beschwörung und versicherten dem Käufer, dass die Magie funktionieren würde, wenn er eine bestimmte Formel aufschrieb.

Die Flüche waren nicht immer erfolgreich. Wenn man die Beschwörung falsch durchführte oder der angerufene Gott nicht zufrieden war, konnte die Wirkung ausbleiben. Aber viele Familien und Unternehmen waren schon durch Flüche zu Schaden gekommen.

„Geh nach Hause, Leonidas.“ Aemil rieb sich die Stirn und kratzte sich mit der großen Hand am Kinn. „Danke, dass du diese Laus von Herakles gefunden hast. Wenn wir jetzt noch Rufus und den verfluchten Regulus in die Finger kriegen, umso besser.“

Er wandte sich ab, ohne sich zu verabschieden, und begab sich in Richtung der Zellen, wobei er trainierende Männer mit seinen Rufen anspornte.

Cassia und ich blieben allein zurück. „Sollen wir uns zurückziehen oder weitersuchen?“, fragte sie.

Ich dachte an die beiden jungen Frauen und ihren Vetter Gaius, die geschworen hatten, jeden Stein umzudrehen und nichts unversucht zu lassen, bis sie Rufus gefunden hatten. Sie konnten Transtiberim zweifellos besser durchkämmen als wir.

Was allerdings Regulus betraf ...

Ein Schauer überlief mich, wenn ich an ihn dachte, doch gleichzeitig glaubte ich nicht, dass jemand in der Lage sein würde, ihn zu ermorden. Ajax mochte man mit dem Versprechen von Geld, Gönnerschaft oder Sex zu einem Bankett gelockt haben. Er ließ sich verführen. Bei Regulus würde das nie gelingen. Er war zutiefst misstrauisch und wollte in jeder Situation die Oberhand behalten. Eher würde Regulus einen Attentäter in die Knie zwingen als umgekehrt.

„Fürs Erste nach Hause", sagte ich. „Dort kannst du alles niederschreiben, was wir herausgefunden haben."

Wieder strahlten ihre Augen auf.

„Leonidas."

Herakles näherte sich schnellen Schrittes von den Zellen her und warf einen Blick über die Schulter, aber man hörte, dass Aemil gerade unglückliche Männer im hinteren Flügel beschimpfte.

„Du", herrschte Herakles Cassia an. „Warte draußen."

Cassia regte sich nicht, ehe ich ihr bedeutete zu gehorchen. Sie neigte den Kopf und huschte durch das Tor, obwohl sie alles andere als sanftmütig war.

Ich machte mich darauf gefasst, dass Herakles mich noch einmal anknurren würde, weil ich ihn aus seiner bequemen Unterkunft weggeschleppt hatte, doch er legte mir die Hand auf die Schulter und drehte mich zur Seite.

„Leonidas, ich an deiner Stelle würde auf meine Sklavin besser aufpassen." In seinen haselnussbraunen Augen glitzerte boshaftes Vergnügen. „Sie steht sich sehr gut mit Domitianas Haussklaven. Einer von denen ist ihr Liebhaber."

KAPITEL 7

Ich musterte Herakles mit steinerner Miene. Er hatte in der Villa zu viel Wein getrunken und war wütend auf mich, weil ich ihn in den *ludus* zurückgebracht hatte, wo Aemils Zorn über ihn hereingebrochen war. Meine Skepsis musste erkennbar gewesen sein, denn er beugte sich zu mir. Sein Atem stank nach Alkohol.

„Ich habe sie zusammen gesehen", behauptete er voller Überzeugung. „Sie vögelt herum, Leonidas. Mit so einem dürren Niemand. Ich würde sie den Gürtel spüren lassen."

Mit einem spöttischen Lächeln wandte er sich ab und eilte zurück zu den Zellen.

Ich verließ den *ludus* durch das Tor und erwiderte Septimius' Abschiedsgruß. Cassia wartete ein paar Schritte die Straße entlang, wo sie sich an die Wand gedrückt hatte, um den Passanten nicht im Weg zu sein. Niemand schenkte ihr, einer reglos dastehenden Sklavin in einem schlichten Mantel, große Aufmerksamkeit.

Als ich an ihr vorbeiging, folgte sie mir. Ich konnte mich in dem engen Durchgang nicht umdrehen und fragen, was Herakles gemeint hatte, wenn ich nicht wollte, dass wir die ganze Gasse unterhielten. Also schwieg ich und marschierte vor ihr her nach Hause.

Auf der Brücke zu der *insula* in der Mitte des Tibers reihten wir uns unter diejenigen ein, die zurück nach Rom wollten. Von dort aus umrundeten wir das Marcellustheater, kamen an den Tempeln der Fortuna und der Mater Matuta vorbei und wandten uns im Schatten des hoch aufragenden Saturntempels in Richtung der Basilica Julia und der Foren.

Die Menschenmassen auf dem Forum Romanum hatten sich zerstreut, denn die meisten Männer besuchten am Nachmittag die Thermen und setzten dort in zwangloserem Rahmen ihre Geschäfte fort, die sie in der Curia oder in den Basiliken begonnen hatten. Es war jetzt, nachdem wir die ebenen Gebiete um das Julius- und das Augustusforum verlassen und den Weg zu unserer Wohnung eingeschlagen hatten, relativ ruhig auf den Straßen.

Der Weinhändler hob die Hand zum Gruß, als ich die Tür entriegelte – ich hatte vor Kurzem ein neues Schloss einbauen lassen –, und wir gingen hinein und die Treppe hinauf.

Cassia entledigte sich in der dämmerigen Kühle unserer Räumlichkeiten ihres Mantels und griff nach einem Krug Wein und einem Wasserkrug, um uns ein erfrischendes Getränk zu mischen.

„Wer war der Mann, mit dem du in der Villa gesprochen hast?“, fragte ich, als sie den Wasserkrug neben den Wein stellte. „Dein Liebhaber?“

Cassia zuckte zusammen und hätte beinahe das Wasser verschüttet. „Um der Götter willen, nein. Wie kommst du denn darauf?“

„Herakles hat das behauptet.“ Ich redete nicht gern um den heißen Brei herum.

„Ah, verstehe.“ Cassia stellte die Krüge fein säuberlich ins Regal und reichte mir einen Becher. „Herakles irrt. Ich habe mehrere Bekannte in Domitiana Sabinas Haus. Einen davon,

Helvius, kenne ich recht gut. Er ist auch ein Schreiber – Domitianas Sekretär."

Mir wurde klar, dass Herakles übertrieben hatte, um Unruhe zu stiften, aber ein kleiner Knoten hatte sich trotzdem in meinem Magen gebildet. Cassia hatte einen scharfen Verstand und Talent im Umgang mit Zahlen und Buchstaben. Es war ganz natürlich, dass sie sich zu einem anderen Schreiber hingezogen fühlte, der ihr Interesse an Literatur und Sprachen teilte.

Warum mir das etwas ausmachte, wusste ich nicht. Wenn sie sich über dieselben Themen mit Marcianus unterhielt, ärgerte mich das nicht so.

Sie konnte ohnehin nicht ohne Erlaubnis einfach zu einem anderen. Solange sie nicht frei war, konnte sie nicht heiraten oder gegen den Willen unseres Gönners eine feste Beziehung eingehen.

Natürlich hätten die beiden sparen können, um sich ihre Freiheit zu erkaufen, doch darauf hatte ich noch keinen Hinweis gesehen. Vielleicht war sie zu dem Schluss gekommen, dass ihr Preis unerschwinglich war, wie es der meine als Gladiator gewesen war.

Ich würde mich bei Hesiodos, dem Sklaven, der als Mittelsmann für unseren Gönner fungierte, erkundigen, wie hoch dieser Preis genau war. In meinem Kopf formte sich eine Idee, die so neu war, dass ich mir mit schwieligen Fingern die Schläfe rieb. Aber ich konnte nichts unternehmen, ehe ich nicht mit Hesiodos gesprochen hatte.

Ich trank den verdünnten Wein, befeuchtete meine ausgetrocknete Kehle. „Dieser Helvius müsste ja eigentlich wissen, was in der Villa vor sich geht."

„Das dachte ich auch." Cassia nahm einen kleinen Schluck und stellte ihren Becher beiseite. Mir war aufgefallen, dass sie, seit man sie mit Wein vergiftet hatte, sehr darauf achtete, nicht zu viel auf einmal zu trinken.

Sie wartete, bis ich Platz genommen hatte, also zog ich einen

Schemel hervor und setzte mich darauf. Cassia holte die Brotreste vom Frühstück und legte sie auf den Tisch.

„Helvius weiß ziemlich viel.“ Cassia setzte sich zu mir und strich dabei ihre Tunika glatt. Sie griff nicht nach dem Brot, doch ich wusste, sie erwartete von mir, dass ich das tat. Ich brach ein Stück davon ab und tunkte es in meinen Wein, erst dann legte Cassia sich einen kleineren Brocken auf ihren eigenen Teller. „Domitiana Sabina war mit einem Konsul namens Severinus verheiratet, der sie sehr reich gemacht hat. Außerdem hat sie Geld von ihrer eigenen Familie geerbt. Domitiana ist eine extrem wohlhabende Frau.“

„Vielleicht war Livius deshalb dort“, spekulierte ich. „Die Reichen verkehren gern mit ihresgleichen.“

„Er ist ein Freigelassener, egal, wie viel er besitzt. Aber er sieht gut aus, und deshalb könnte er für Domitiana von Interesse sein. Sie mag offenbar junge, attraktive Männer.“

„Ist Herakles attraktiv?“, fragte ich skeptisch. Sein Gesicht wirkte hart auf mich, seine Bewegungen ungelenk.

„Ich denke, für viele schon. Herakles ist stark, und obwohl er nicht so gut aussieht wie du, ist er exotisch. Dieses Barbarische fasziniert manche Frauen. Domitiana hat eine Perücke getragen, um einer Frau aus dem Norden zu ähneln. Ich kenne eine *domina*, die nur rothaarige Sklaven oder Freigelassene in ihrem Haus arbeiten lässt. Es macht ihr Spaß, sie anzuschauen, sagt sie.“

„Wie Ziervögel“, knurrte ich angewidert.

„Ja, allerdings behandelt sie sie nicht so gut. Sie ist keine nette Gebieterin.“

Ich sprach ein stilles Gebet, in dem ich die Ahnen dieser Sklaven, wer auch immer sie waren, bat, über sie zu wachen.

Dann wurde mir klar, dass Cassia gesagt hatte, Herakles sei nicht so gut aussehend wie ich. Sie hatte mein Aussehen nur in Relation zu dem von Herakles gesetzt, aber aus irgendeinem Grund wurde es mir von dieser Bemerkung ein bisschen warm.

Ich biss erneut herzhaft in mein Brot. „Wenn ich ihn frage,

verrät mir Livius vielleicht, warum er sie besucht hat. Oder auch nicht."

„Wenn es eine Privatangelegenheit war, wird er es dir sicher nicht sagen." Cassia wandte sich wieder ihrem Wein zu und nahm noch einen kleinen Schluck. „Helvius hat mir mehr über den Haushalt berichtet. Ich wusste von meinen früheren Aufenthalten in der Villa ein wenig darüber, doch er hat die Lücken gefüllt. Domitianas Sohn ist Prätor in einer kleinen Stadt in Hispania, wo er seine Macht genießt. Er kommt nur selten nach Hause, da er seine Mutter nicht mag, und überlässt sie sich selbst. Domitiana hat außerdem eine Tochter."

Die Art, wie Cassia die Lippen zusammenpresste, signalisierte mir, dass diese Tatsache von Bedeutung war.

„Lebt die Tochter bei ihr?", fragte ich. „Vielleicht hatte Livius' Besuch etwas mit ihr zu tun."

„Das denkt Helvius nicht. Die Tochter Severina ist mit einem Mann namens Tertius Vestalis Felix verheiratet und hat eine eigene Villa auf dem Caelius. Sie hat ihren Mann, einen pensionierten Prokonsul, kennengelernt, als sie und ihre Mutter vor einigen Jahren ihren Bruder in Hispania besuchten. Severina ist furchtbar verwöhnt. Helvius sagt, sie habe seit ihrer Geburt an allem etwas auszusetzen. Ich habe sie nie persönlich kennengelernt." Cassia stellte ihren Weinbecher ab. „Von klein auf hat man sie mit Gouvernanten zu den Verwandten ihres Vaters geschickt. Ihre Mutter hatte wenig mit ihr zu tun."

Ich hatte Patriziereltern gekannt, die eine sehr enge Beziehung zu ihren Kindern hatten – ein Mann namens Priscus zum Beispiel zeigte seine Liebe zu seinem Adoptivsohn ganz offen. Andere konnten sich nicht weniger um sie kümmern. Als jemand, der seinen Vater nie gekannt hatte und sich kaum an seine Mutter erinnerte, verstand ich beides nicht besonders gut.

„Wenn ihr Mann ein pensionierter Prokonsul ist, muss er viel älter sein als sie", schlussfolgerte ich. Ein Mann, der die politische Laufbahn einschlug, stieg vom Ädil über den Prätor zum

Senator auf und wurde in der Regel erst später in seinem Leben zum Konsul gewählt oder zum Prokonsul ernannt.

„O ja. Sehr viel älter. Helvius hat erzählt, Severina liebt es, Bankette zu geben, je üppiger, desto besser. Normalerweise, wenn ihr Mann nicht da ist."

Ich erstarrte. „Lädt sie Gladiatoren dazu ein?"

„Gladiatoren, Wagenlenker, Schauspieler, Musiker ..." Cassia knabberte an ihrem Brot. „Severina genießt Unterhaltung ebenso wie ihre Mutter."

Ich drehte meinen Becher zwischen den Händen. „Ich habe ein oder zwei Frauen gekannt – Gladiatorinnen –, die in der Lage gewesen wären, Ajax zu ermorden und seinen Leichnam zu zerlegen. Aber ich schätze, die verwöhnte Frau eines Prokonsuls könnte das nicht."

„Helvius sagt, Severina sei ziemlich klein. Ich habe ihn danach gefragt."

„Natürlich hätte sie jemanden anheuern können, es für sie zu erledigen."

„Oder einen ihrer Liebhaber dazu bringen. Severina ist dem Vernehmen nach ziemlich schön."

Ajax war eitel und prahlerisch gewesen. Es war nicht schwer, sich vorzustellen, dass eine hübsche reiche Frau ihn an ihre Seite gelockt und ihn mit einem üppigen Mahl bewirtet hatte, bevor sie ihre angeheuerten Handlanger angewiesen hatte, ihn zu töten. Doch aus welchem Grund? War das einfach eine weitere Form der Unterhaltung für sie?

„Wir müssen herausfinden, ob Ajax sie besucht hat", stellte ich fest.

Cassia griff nach ihren Tafeln, die sie stets in Reichweite hatte. „Das wird schwierig. Ich kenne keine Sklaven in Severinas Haus, aber vielleicht könnte Helvius mich einschmuggeln."

„Kommt nicht infrage", entgegnete ich sofort.

Cassia machte sich nicht die Mühe, den Blick zu heben. „Ich dachte mir schon, dass du dagegen bist."

„Wenn diese Severina Gladiatoren mag, dann könnte ich doch bestimmt irgendwie eine Einladung in ihr Haus erhalten."

Jetzt starrte Cassia mich an. „Das halte ich für gefährlich. Sie könnte Gefallen daran gefunden haben, Gladiatoren zu ermorden."

„Vielleicht wollte sie auch nur speziell Ajax töten", wandte ich ein. „Er könnte sie irgendwie gegen sich aufgebracht haben. Vielleicht war Severina wütend auf ihn, weil er in die *lupanaria* in der Subura gegangen ist. Weil er sie damit in ihren Augen betrogen hat. Sie hat ihn bestraft und in der Subura zurückgelassen, um ihn zu demütigen. Wenn sie einfach aus Spaß Gladiatoren ermordet, hätten wir sicher schon früher davon gehört."

„Stimmt", räumte Cassia ein.

Ich aß mein Brot auf und spülte es mit Wein hinunter, während ich nachdachte. „Was, wenn ihr Mann ihn aus Eifersucht umgebracht hat? Er ist früher als gedacht heimgekehrt und hat Ajax in seinem Haus vorgefunden?"

Cassia klopfte sich nachdenklich mit dem Griffel gegen die Wange. „Helvius hat erzählt, dass ihr Ehemann Severina nicht viel Aufmerksamkeit schenkt. Sie ist seine zweite Frau. Er hat sie wegen ihres Geldes und ihrer familiären Beziehungen geheiratet, da er selbst nicht viel Vermögen hat. Solange Severina in der Nähe des Hauses bleibt, lässt der Gatte sie gewähren. So scheint es zumindest."

„Dennoch. In das Gemach seiner Frau zu kommen und sie mit Ajax im Bett zu ertappen, würde selbst den gleichgültigsten Ehemann erzürnen", sagte ich. „Er könnte Ajax in seiner Wut niedergeschlagen haben, und als er gemerkt hat, dass er tot ist, hat er beschlossen, ihn wie Müll auf der Straße abzuladen."

„Es sei denn, der Ehemann ist klein und alt", wandte Cassia ein, während sie den Kopf senkte, um etwas aufzuschreiben.

„Er hat wahrscheinlich einen starken Leibwächter, der solche Dinge für ihn erledigt."

Cassias Griffel kratzte entschlossen über die Tafel. „Das ist sicher etwas, wonach man sich erkundigen sollte. Aber du darfst dich nicht in Gefahr begeben. Ich kann Helvius bitten herauszufinden, ob Ajax bei Severina war und ob der Gatte sie in flagranti erwischt und einen starken Leibwächter hat."

Allmählich fand ich, dass ich Helvius' Namen in dieser Unterhaltung schon zu oft gehört hatte. „Was ist, wenn man ihn ertappt und die Wahrheit aus ihm herausprügelt? Der Zorn wird dann dich treffen, und ich kann dich vielleicht nicht beschützen. Patrizierfamilien sind gefährlich."

Der Stift verharrte, und Cassia hob den Blick. „Das ist mir bewusst. Schließlich bin ich in einem Patrizierhaushalt aufgewachsen."

„Und jetzt lebst du hier."

Cassia errötete. „Ich verstehe, was du meinst."

„Nachzufragen ist für uns beide gefährlich, doch für mich weniger."

Cassia schaute wieder auf ihre Tafel, aber ihre Hand bewegte sich nicht. „Also gut. Denken wir darüber nach, wie wir am besten Zutritt zu ihrem Haushalt erlangen können."

Ich knurrte: „Keine überhasteten Aktionen, während ich in den Thermen bin. Lass dich nicht von Helvius in einem zusammengerollten Teppich in ihr Haus schmuggeln."

Das brachte Cassia zum Lachen. „Wie damals Cleopatra bei Julius Caesar? Ich habe ja meine Zweifel an dieser Geschichte, auch wenn ich sie amüsant finde."

„Versprich es mir, Cassia."

Cassias Lächeln erlosch, und sie seufzte tief. „Ja, versprochen. Keiner von uns betritt das Haus einer möglichen Mörderin ohne einen guten Plan."

Keiner von uns, hatte sie gesagt. Sie versuchte, ihr Wort an meins zu binden. Ich war nicht sicher, ob ich das amüsant finden oder mich ärgern sollte.

„Was ist mit diesem Bruder?", fragte ich, um nicht weiter darüber nachdenken zu müssen. „Bist du sicher, dass er in

Hispania ist? Ein Bruder kann sich ebenso über die Wollust einer Frau aufregen wie ein Ehemann."

„Helvius ist sich sicher, aber wir sollten ..."

Unten wurde die Haustür so heftig aufgestoßen, dass sie gegen die Wand prallte, und der Knall schnitt ihr das Wort ab. Ich sprang auf und griff nach meinem Messer.

Wer auch immer das war, der Weinhändler musste ihn hereingelassen haben. Wäre es jemand Gefährliches gewesen, hätte der Mann versucht, die Person aufzuhalten, doch wenn sie *wirklich* gefährlich war, war es ihm vielleicht nicht gelungen.

Mehrere Menschen eilten die Treppe herauf, und ich riss die Wohnungstür auf.

„Ah, Leonidas. Gut, hier sind wir richtig."

Die Sprecherin war Merope, die außer Atem war, weil sie die Stufen emporgeeilt war. Sie trug einen alten Wollmantel, und ihr Haar war zu einem Knoten gebunden, der sich halb gelöst hatte. Hinter ihr kam ihr Vetter Gaius, eine Tunika am dünnen Leib, Sandalen an den riesengroßen Füßen.

Cassia erhob sich, die Lippen wegen des plötzlichen Eindringens geschürzt, aber ich entspannte mich und senkte das Messer.

„Das sind Merope und Gaius", stellte ich ihr die beiden vor. „Sie sind ..."

„Rufus' Seitensprünge." Bei diesen Worten lächelte Merope, und Gaius verdrehte die Augen.

„Ah", meinte Cassia. Sie notierte sich etwas und klappte dann ihre Tafel zu. „Darf ich euch einen Becher Wein anbieten?"

Gaius grinste. „Dazu würden wir nicht Nein sagen."

Cassia holte zwei weitere Becher aus dem Schrank und mischte Wein und Wasser.

„Danke", erwiderte Merope und nahm das Getränk. „Die Suche nach Rufus macht durstig." Sie trank aus ihrem Becher, und Gaius leerte seinen in einem Zug.

„Wir haben ihn nicht aufspüren können", fuhr Merope bedauernd fort. „Martolia ist noch unterwegs, doch wir haben keine Spur von Rufus gefunden, obwohl wir überall gesucht haben.“ Meropes Lächeln war erloschen, und Tränen traten ihr in die Augen. „Ich habe große Angst, Leonidas, dass er im Fluss gelandet sein könnte oder dass ihn diese fürchterliche Frau in irgendeinem tiefen Loch verscharrt hat.“

KAPITEL 8

Diese fürchterliche Frau musste Chryseis sein, Rufus' Gemahlin.

„Glaubst du, Chryseis hat auch Ajax getötet?", erkundigte ich mich.

Merope nickte eifrig. „Natürlich. Damit sie sich Rufus' entledigen konnte, musste sie den Anschein erwecken, als bringe jemand gewohnheitsmäßig Gladiatoren um."

„Sie hätte sich einfach von Rufus scheiden lassen können", gab Cassia sanft zu bedenken. „Nach dem, was du Leonidas erzählt hast, verfügt Chryseis über viel Geld und Grundbesitz. Wäre sie ihres Mannes überdrüssig gewesen, hätte sie ihn einfach vor die Tür setzen können."

„Chryseis ist eine nachtragende Harpyie", wandte sich Merope an Cassia. „Wenn sie Rufus hätte loswerden wollen, hätte sie ihn umgebracht. Schon allein, damit er nicht weiter zu uns kommen kann. So hätte sie sich an uns allen gleichzeitig rächen können."

Gaius stimmte ihr traurig seufzend zu.

„Glaubt ihr wirklich, sie würde Rufus umbringen?", fragte Cassia.

Merope nickte heftig. „Ja. Sie ist furchtbar. Du hast sie doch getroffen, Leonidas. Glaubst du nicht, dass sie einen Mann töten würde, einfach nur weil sie sich über ihn geärgert hat?“

Ich dachte an die schöne Frau mit den kalten Augen und dem üppigen Haar, die mich von der Wohnungstür aus höhnisch gemustert hatte.

„Nur, wenn sie davon profitieren würde“, sagte ich ruhig. „Ich glaube, sie ist eine Frau, die sich bloß dann anstrengt, wenn es sich wirklich lohnt.“

„Sie würde davon profitieren, weil es ihr Spaß macht, eine fiese Schlampe zu sein,“ murrte Merope, die nicht überzeugt schien.

„Wo habt ihr nach Rufus gesucht?“, fragte Cassia.

„Überall.“ Merope breitete in einer anmutigen Geste die Arme aus. „Stimmt's, Gaius?“

„In ganz Transtiberim“, bestätigte ihr Vetter. „In jeder *popina* und in jedem *lupanar*. Bis rauf zum Jupitertempel und zurück zur *naumachia*. Wir sind auch rüber zum Aventin und haben dort ebenfalls alles durchkämmt. Merope meinte, wir sollten euch erzählen, was wir gefunden oder besser gesagt, *nicht* gefunden haben, also sind wir hierhergekommen. Wir haben unterwegs in vielen weiteren *popina*e nachgeschaut.“

Cassia schrieb eilig jedes Wort mit. „Ich mache mir große Sorgen um Rufus. Vielleicht sollten wir besser überprüfen, ob er in den *ludus* oder zu Chryseis zurückgekehrt ist.“

„Wir fragen bei Chryseis nach.“ Merope warf uns ein strahlendes Lächeln zu, in ihren Augen blitzte der Schalk.

„Besser nicht“, widersprach Cassia. „Wenn er sich bei ihr versteckt oder sie ihn irgendwie festhält, wird sie euch niemals zu ihm lassen. Ihr könnt im *ludus* nachfragen, und Leonidas und ich werden mit Chryseis sprechen. Sie kennt Leonidas ja schon.“

„Sie war nicht gerade begeistert von mir“, warnte ich.

„Chryseis ist von niemandem begeistert“, sagte Merope. „In ihrer Hand würde Öl erstarren.“

„Dann sind wir uns einig“, beendete Cassia das Gespräch.

„Merope und Gaius werden zum *ludus* gehen und sich nach Rufus erkundigen, während wir Chryseis aufsuchen."

Sie klang, als sei es damit entschieden. Ihre Argumentation war so überzeugend, dass Merope und Gaius nickten, wenn auch widerstrebend.

„Redet mit Septimius, dem Torwächter", wies ich sie an. „Sagt ihm, dass ich euch schicke."

„Lass uns später wissen, was ihr herausfindet", bat Cassia. „Leonidas und ich kommen in eure Räumlichkeiten, nachdem wir Chryseis befragt haben."

Merope war nicht glücklich darüber, dass sie Chryseis nicht zur Rede stellen konnte, doch Gaius schien es so für besser zu halten. Ein Zusammentreffen der beiden Frauen würde nur zu Geschrei oder gar Gewalt führen und uns auf der Suche nach Rufus keinen Schritt weiterbringen.

Wir verließen die Wohnung gemeinsam und trennten uns am Fuß der Treppe. Gaius wandte sich mit Merope in Richtung Fluss und Transtiberim, während Cassia und ich den Quirinal hinabstiegen und uns auf den Weg zum Aventin machten.

„Ich kann nachvollziehen, warum Rufus Merope mag", sagte Cassia im Gehen. „Das Mädchen hat Feuer. Die meisten Römerinnen werden dazu erzogen, ergeben und unterwürfig zu sein, egal, zu welcher Schicht sie gehören. Ich verstehe, dass ihn ihre direkte, offene Art anspricht."

„*Du* bist nicht ergeben und unterwürfig", sagte ich.

Cassia blinzelte mich unter ihrer Kapuze hervor an. „Was meinst du damit? Ich bin als Sklavin geboren."

„Du sprichst zurückhaltend und hältst den Kopf gesenkt, doch du tust nur, was dir gefällt. Beispielsweise mich in einen gefährlichen Teil der Stadt begleiten, um eine gefährliche Frau zu treffen."

Sie starrte mich verblüfft an. „Ich tue keineswegs, was mir gefällt. Ich tue lediglich das, was am logischsten scheint. Das hat mich mein Vater gelehrt."

„Was *dir* am logischsten erscheint“, konterte ich. „Selbst wenn ich dir etwas anderes befehle.“

„Du hast mir nicht befohlen, zu Hause zu bleiben.“

„Das stimmt.“ Ich ging ein paar Schritte und drehte mich zur Seite, um mich durch eine Traube von Männern mit Körben auf dem Rücken zu schieben, die mit Waren beladen waren. „Es war am logischsten, dich mitzunehmen.“

Cassia zog sich eine Stofffalte über den Mund, womit sie ihre Miene verbarg, und neigte den Kopf, um die großen Pflastersteine zu ihren Füßen zu inspizieren, da sie auf den unebenen Straßen Roms immer noch unsicher war.

Ich führte uns durch eine zunehmend menschenleere Stadt und um das Forum Bovarium – den Viehmarkt – herum, vorbei an einem Ceres-Schrein in der Nähe des Circus Maximus und auf den Aventin. Ich fragte mich, ob Marcianus nach Hause zurückgekehrt war. Wir könnten bei ihm vorbeischauen, nachdem wir uns mit Chryseis getroffen hatten, falls die Frau überhaupt daheim war. Es würde keinen großen Umweg bedeuten, mit Marcianus Rücksprache zu halten, bevor wir uns wieder mit Merope und Gaius trafen.

Die unteren Straßen des Aventin waren belebter als das Herz Roms, da die Menschen in der späten Nachmittagssonne nach Hause gingen. Am Horizont zogen Wolken auf, und ich spürte Kälte in der Luft. Heute Nacht würde es regnen.

Als ich in den Laden im Erdgeschoss von Chryseis' *insula* blickte, war die Frau des Korbflechters nirgends zu entdecken. Die Tochter auch nicht, aber der Korbflechter selbst war da und räumte gerade unverkaufte Ware weg.

Körbe aller Größen, von winzigen Schalen und Tellern bis hin zu breiten Körben für zwei Personen zum Transport von Holz, hingen an den Wänden oder lagen auf dem Boden oder den Bänken, die der Korbmacher gerade von der Straße ins Haus gebracht hatte.

Der Mann sah mich kurz an, dann stapelte er weiter kleine geflochtene Matten auf einem Regal. Als ich fragte, ob Chryseis oben sei, schüttelte er nur den Kopf, winkte ab, als verstünde er mich nicht, und murmelte ein paar Silben vor sich hin.

Cassia trat hinter mir hervor, zog die Falte ihres Mantels runter und sprach den Mann in einer Sprache an, die nach Griechisch klang, allerdings nicht so, wie ich sie mit Marcianus hatte sprechen hören.

Der Korbflechter hob den Kopf, und ein Ausdruck erfreuten Erstaunens trat auf sein Gesicht. Er legte die Matten beiseite, und als Cassia geendet hatte, antwortete er mit großer Lebhaftigkeit. Als Cassia weiterredete, wurde der Mann immer gesprächiger. Die beiden unterhielten sich lange, wobei der Korbmacher seine Worte mit Gesten unterstrich, während ich, der unwissende Römer, verständnislos zuschaute.

Schließlich lächelte Cassia den Mann an, sagte noch etwas zu ihm und wandte sich ab, nachdem er etwas darauf erwidert hatte. Als wir uns umdrehten, hob er zum Abschied freundlich eine Hand.

„Chryseis ist nicht zu Hause“, teilte Cassia mir mit, als wir uns der Treppe näherten, die sich durch die *insula* nach oben wand. „Aber er wird niemandem was davon verraten, wenn wir raufgehen und ihre Wohnung durchsuchen.“

Sie machte sich auf den Weg zur gefliesten Treppe, doch ich vertrat ihr den Weg. „Eine sehr lange Unterhaltung für so wenig Information.“

„Er spricht nicht viel Latein und überlässt üblicherweise seiner Frau das Reden. Der Korbflechter hat sich gefreut, sich mit jemandem zu unterhalten, der seine Sprache versteht.“

„Griechisch.“ Ich wandte mich ab und stieg die Treppe hoch. „Es gibt viele Griechen in dieser Stadt.“

„*Äolisches* Griechisch“, präzisierte Cassia auf dem Weg nach oben. „Das ist ein anderer Dialekt als das Ionische, das man in Rom überwiegend hört. Äolisch spricht man nur in Pergamon und auf Lesbos.“

„Ist das dein Heimatdialekt?“, fragte ich. „Äolisch?“

„Mein Vater hat beides gesprochen, außerdem Dorisch und

Achaisch. Er war sehr belesen. Mein Vater stammte aus Smyrna an der Grenze zwischen Ionien und Äolien."

„Aus Smyrna." Zum ersten Mal hörte ich etwas von Cassias Herkunft. Ich hatte vermutet, dass ihre Familie von den östlichen Küsten des Mare Nostrum stammte, aber sie hatte nie erwähnt, von wo genau. Cassias Vater war schon bei ihrer Geburt Sklave in einem kampanischen Haushalt gewesen.

„Ja", bestätigte Cassia ohne Zögern. „Die Familie meines Vaters lebt noch immer dort."

Ich kannte Cassias Geschichte nicht. Wie war ihr Vater in Gefangenschaft geraten? Was war aus ihrer Mutter geworden? Sehnte sich Cassia danach, in die Heimat ihres Vaters zurückzukehren, oder hatte sie die Hoffnung aufgegeben, dass das je geschehen würde? Oder hatte sie sich wie so viele von uns in Rom eingelebt und wollte gar nicht woandershin?

Wir konnten diese Themen jetzt nicht besprechen, während wir die vielen Stockwerke hinaufstiegen und die Treppe immer schlechter wurde. Ich fügte die Ideen, die sich in meinem Kopf bildeten, zu denen hinzu, die ich bereits am Nachmittag gehabt hatte.

In der obersten Etage, wo Chryseis wohnte, war es ruhig, und ihre Tür war geschlossen. Die Tür gegenüber stand offen, doch ich konnte keine Spur des kleinen Mädchens entdecken, das vorhin hinausgespäht hatte, und hörte auch niemanden in der Wohnung dahinter. Sie mussten keinen Diebstahl ihrer Habseligkeiten befürchten, während sie weg waren. Ein Blick ins Innere offenbarte einzig einen flachen Tisch, sonst nichts. Vielleicht hatten sie keine Angst vor Dieben, weil sie nichts hatten, was sich zu stehlen lohnte.

Chryseis' Tür hatte, wie mir schon zuvor aufgefallen war, ein Schloss. Es war ganz neu, sehr modern und hatte einen Schließzylinder. An keiner der anderen Wohnungen, an denen wir vorbeigekommen waren, war so etwas zu finden gewesen.

Was mir am meisten auffiel, war, dass es nicht verschlossen war, was mir Unbehagen bereitete. Ich bezweifelte, dass Chryseis ihre Tür unverriegelt lassen würde, und wunderte mich über diesen Lapsus.

Vorsichtig öffnete ich die Tür und spähte hinein, ehe ich Cassia ein Zeichen gab, mir zu folgen. Ich sah niemanden, aber ich entspannte mich noch nicht.

Der Raum, den wir betraten, war quadratisch, mit einer schlecht in die Mauer eingepassten Tür, die auf einen kleinen Balkon führte. Außer einem Schrank an der einen Wand, dessen Inhalt hinter einem groben Leinenvorhang verborgen war, beschränkte sich die Einrichtung auf einen Tisch und einen Hocker. Auf dem Tisch stand neben einem Stapel ungleichmäßig gefertigter Keramikteller eine Öllampe, die nicht brannte. Ich fand nichts, was darauf hindeutete, dass hier eine reiche Frau lebte.

Hinter dem ersten lag ein weiterer Raum, dieser kleiner und ebenfalls quadratisch. Hier stand eine Bettstatt – eine Holzpritsche mit Strohmatratze und Decken. An Haken hingen gut gearbeitete, wenn auch einfache Tuniken und Stolen.

Als ich ins vordere Zimmer zurückkehrte, bemerkte ich, dass Cassia den Vorhang teilweise vom Schrank zurückgezogen und eine Schachtel mit Schriftrollen und Tafeln herausgezogen hatte.

Ohne zu zögern, breitete sie die Tafeln aus, entrollte eine Schriftrolle und las sie. Ich hob das Tuch am anderen Ende des Schranks an und fand Tassen und einen kleinen Krug, von dem ein Stück abgebrochen war. Das fehlende Stück lag daneben, als wollte Chryseis ihn reparieren lassen. Sie hatte sowohl neue als auch verschlissene Handtücher und mehrere Körbe, von denen die meisten denen aus dem Laden im Erdgeschoss ähnelten.

Während Cassia die Schriftrolle überflog, trat ich auf den Balkon.

Die hölzerne Plattform war gerade breit genug, dass ich darauf stehen konnte. Die *insula* erhob sich an der Flanke des Aventins, wo er steil abfiel, und von diesem Balkon aus konnte man auf das Dach der benachbarten *insula* blicken.

Ich schaute hinunter ins Tal, in dem sich das grüne Oval des

Circus Maximus befand. Die Wagengespanne beendeten gerade ihr Training für den Tag. Die Pferde wurden langsam in die Stallungen geführt, und die Assistenten der großen Fahrer rollten die Übungswagen weg.

Ich glaubte zu verstehen, warum Chryseis diese Behausung gewählt hatte. Ihr Hab und Gut verriet mir, dass sie bis zum Geiz sparsam war. Mit ihrem Vermögen hätte sie leicht einen neuen Krug kaufen können, um den zerbrochenen zu ersetzen. So hoch in der *insula* waren diese Zimmer sicher billig, aber die Aussicht war herrlich – Rom, das sich im Nebel verlor.

Cassia keuchte auf, und ich drehte mich rasch zu ihr um. „Was ist?"

Cassia hatte die Schriftrolle ganz entrollt, ihre Finger hielten den Papyrus fest, während sie las. „Das gesamte Haus gehört Chryseis. Warum um alles in der Welt wohnt sie dann hier oben?"

Abgesehen von der herrlichen Aussicht fragte ich mich das auch. „Du meinst, sie hätte sich genauso gut eine größere Wohnung im Erdgeschoss nehmen können."

Cassia ließ die Schriftrolle wieder zusammenrollen, bevor sie sie vorsichtig zurück in ihre Schachtel legte. „Nach dem, was ich gelesen habe, würde ich vermuten, dass sie für die Wohnungen im Erdgeschoss eine hohe Miete verlangen kann. Warum sollte sie dort einziehen, wenn sie dafür so viel Geld bekommt? Sie braucht nicht viel Platz und kann so die Mieten für die teureren Zimmer kassieren."

Ich erinnerte mich an den verstohlenen Blick des Mädchens auf der anderen Seite des Flurs. Es musste für eine mittellose Familie zermürbend sein, direkt neben der Besitzerin der *insula* zu wohnen, und nach allem, was man hörte, war Chryseis keine mitfühlende Frau.

„Hast du einen Hinweis auf Rufus' möglichen Aufenthaltsort gefunden?", fragte ich. „Chryseis hat vielleicht noch ein weiteres Haus, in dem er sich verbergen könnte."

Cassia klappte die letzte Tafel zu. „Rufus wird überhaupt

nicht erwähnt. Chryseis hat in der ganzen Stadt Liegenschaften – das Lagerhaus und einen Teil eines Schiffes, wie Merope gesagt hat, zwei weitere *insulae* und ein paar Läden in der Subura."

Ich betrachtete das schäbige Zimmer mit den Rissen in den Wänden und bar jeder gemütlichen Einrichtung. „Rufus muss gedacht haben, er würde mit ihr im Luxus leben. Eine schreckliche Enttäuschung für ihn."

„Vielleicht versteckt er sich nicht vor Aemil oder einem Mörder, sondern vor Chryseis", mutmaßte Cassia. „Wenn sie eine so wenig warmherzige Frau ist, wie du sagst."

Ich unterdrückte ein Schaudern. „Chryseis ist kein bisschen warmherzig. Doch wenn er sich vor ihr versteckt, warum sucht er dann nicht Merope und Martolia auf?"

„Weil Chryseis weiß, dass sie ihn dort vielleicht findet. Sie hat dir erzählt, sie wisse, wo sie wohnen." Cassia hob die Kiste mit den Schriftrollen an. Ich nahm sie ihr ab und trug sie zurück zum Schrank. „Vielleicht ist es Rufus aber auch egal. Möglicherweise ist es ihm genug, dass seine Frau gut aussieht und Geld hat, weil er davon ausgeht, dass er dieses Vermögen eines Tages erben wird."

Ich schob die Schachtel an die Stelle, die Cassia mir bedeutete, und griff nach den Tafeln, die sie mir reichte. Spontan öffnete ich eine und studierte die Linien im Wachs, die mir wie zufällige Kratzer erschienen.

„Könntest du mich lesen lehren?", fragte ich unvermittelt.

Cassia verfing sich mit dem Fuß im Saum ihrer Tunika und stolperte fast. „Du willst lesen lernen?"

Ihrem Tonfall nach zu urteilen hätte ich genauso gut erklären können, ich wolle mit den Armen schlagen und fliegen.

„Warum nicht? Sollte Gnaeus Gallus mich je bitten, für ihn zu arbeiten, könnte das nützlich sein."

Gallus war beeindruckt gewesen, dass ein Gladiator so viel über das Bauen wusste. Ich war vor langer Zeit bei einem Baumeister in die Lehre gegangen, bis jemand diesen getötet hatte.

Cassia fing sich wieder, und ihre Augen strahlten. „Sehr gern. Ich hätte nicht gedacht, dass du daran interessiert bist, aber wenn du es wirklich lernen willst ..." Sie verstummte, als denke sie bereits über mögliche Lehrmethoden nach. „Ich überlege mir etwas."

Ich steckte die Tafel ein, richtete mich auf und ließ den Vorhang fallen.

„Beraten wir uns mit Marcianus", schlug ich vor. Die Art, wie Cassia mich musterte, war beunruhigend, und ich bereute meine impulsive Bitte bereits. „Möglicherweise hat er noch etwas beizutragen."

Ich bezweifelte es, doch mit Marcianus zu sprechen war immer hilfreich. Er konnte den meisten Ereignissen eine sachliche und klare Perspektive geben.

Wir verließen die *insula* und machten uns auf den Weg zu ihm, vorbei am Brunnen mit den drei Fischen. Marcianus war nicht zu Hause, dafür aber Marcia.

Sie ließ uns ein, obwohl sie schon für die Nacht abgeschlossen hatte. „Er ist immer noch im *ludus* mit dem armen Ajax", erzählte sie uns. „Aemil und die Gladiatoren werden ihm ein Begräbnis ausrichten, niemand sonst kümmert sich darum. Wenn Ajax Familie hatte, dann lebt sie fern von hier."

„Hat Marcianus noch etwas über Ajax' Tod herausgefunden?", fragte ich.

Marcia schüttelte bedauernd den Kopf. „Marcianus sagt, du verdächtigst eine hochgeborene Frau, ihn zu sich gelockt und getötet zu haben, doch Ajax mochte keine adeligen Frauen. Ich kenne ihn noch aus meiner Zeit in der Subura. Er hat Plebejerinnen oder Sklavinnen bevorzugt und wollte nichts mit den Frauen von Senatoren zu tun haben. Zu gefährlich, meinte er immer."

„Keins der *lupanaria*, die er in den letzten Tagen besucht hat, hätte ihm so ein Essen servieren können", wandte ich ein.

„Nein, aber ein hochgeborener Mann", wandte Marcia ein. „Ajax mochte Patrizier – oder vielmehr ihre Söhne."

„Weißt du, welche?“ Ich dachte an die vielen *domus* und Villen an den Flanken der Hügel Roms. Schwierig, sie alle zu durchsuchen, wenn es überhaupt möglich war.

„Er hat nie Namen genannt, denn er wollte sie nicht in einen Skandal verwickeln. Vielleicht wollte er auch eher sich selbst vor Strafe schützen, als den jungen Männern Schande zu ersparen.“

Die Information war hilfreich, und sei es nur, weil sie uns verriet, dass wir nicht bloß nach Frauen wie Domitiana und ihrer Tochter suchen sollten.

„Wenn du von jemandem hörst, der ihm zugetan war, sag es uns bitte“, bat ich.

„Gewiss.“ Marcia klang selbstsicher, sie hatte zu innerer Stärke gefunden.

„Aber sei vorsichtig“, warnte ich sie. „Diese Person ist völlig skrupellos.“

Marcia schenkte mir eins ihrer seltenen Lächeln. „Ich bin keine Närrin.“

Sie hatte sich tatsächlich als kompetent und besonnen erwiesen. Ich tröstete mich damit, dass Marcianus sie vor Schaden bewahren würde, und beließ es vorerst dabei. Wir brachen auf, nachdem Cassia ihr höflich eine gute Nacht gewünscht hatte.

Es wurde langsam dunkel, und die Bewohner des Viertels begaben sich in ihre Häuser. Eine Wolkenbank schob sich vor die untergehende Sonne und tauchte die Straße in Dunkelheit.

Unser Heimweg führte uns ein weiteres Mal an Chryseis' *insula* vorbei. Die Korbflechterei war geschlossen, ebenso wie die Kupferschmiede. Bretter vor den Theken und Türen hielten Eindringlinge fern.

Etwas veranlasste mich, umzudrehen und das Haus zu betreten. Cassia folgte mir, ohne zu fragen, doch ich gab ihr trotzdem eine Erklärung.

„Ich möchte noch einmal nachsehen. Chryseis könnte nach Hause gekommen sein, dann können wir ein paar Antworten aus ihr herausholen.“

Zwar sagte ich *wir*, aber natürlich würde ich das übernehmen, und Cassia würde sich Notizen machen.

Wir erklommen die vielen Stufen zum obersten Stockwerk der *insula*. Die Tür gegenüber von Chryseis' Wohnung stand weiter offen, doch auch hier spürte ich niemanden. Sogar die Essensgerüche, die ich beim letzten Mal wahrgenommen hatte, waren verschwunden.

Ich öffnete die Tür zu Chryseis' Räumlichkeiten und blieb so plötzlich stehen, dass Cassia von hinten gegen mich prallte. Sie löste sich von mir, spähte um mich herum und atmete scharf ein.

Rufus lag auf dem Boden. Er trug einen Helm mit Federschmuck, einen Armschutz und Beinschienen, sein Schwert befand sich neben ihm. Wie Ajax hatte man ihn fein säuberlich zerstückelt und die Leichenteile ordentlich gestapelt, wobei sein Kopf oben auf dem Stapel thronte.

Ich stieß einen üblen Fluch aus, Cassia hüllte sich dagegen in tiefes Schweigen.

Hinter uns erklangen Schritte, und im nächsten Moment zerriss der schrille, entsetzte Schrei einer Frau die Stille und hallte durch das hohe Treppenhaus und die gesamte *insula*.

KAPITEL 9

Ich drehte mich um und sah Chryseis, der das üppige Haar wallend über die Schultern fiel und deren schöne Augen weit aufgerissen waren. Ihr Mund stand offen, rot und riesig, und sie schrie ohne Ende.

Von der Treppe ertönten Stimmen, Hausbewohner, die der zunehmenden Dunkelheit trotzten, um herauszufinden, welcher Wahnsinn sich da über ihnen abspielte. Chryseis schrie immer weiter, und das Geräusch bohrte sich wie eine Klinge direkt in mein Gehirn.

Cassia riss sich von mir los und packte Chryseis an den Schultern, schüttelte sie kurz. „Schluss jetzt!"

Chryseis keuchte und verstummte, doch ihre Augen blieben auf Rufus gerichtet, ihr Atem ging stoßweise.

Weitere Stimmen, dann eilige Schritte. Die Neugierigen starrten in die Wohnung, auch das kleine Mädchen von gegenüber. Ich trat vor sie, um ihr den Blick auf die düstere Szene zu versperren.

Erstauntes und schockiertes Gemurmel setzte ein, und die, die keinen Laut von sich geben konnten, starrten verstört und fasziniert in die Wohnung. Zu viele Menschen drängten sich auf dem Treppenabsatz, und die, die unten auf der Treppe standen, wollten wissen, was oben geschah.

„Es ist dieser Gladiator“, rief ein Mann zu seinen Nachbarn hinab. „Er ist komplett zerstückelt.“

„Rufus?“, verlangte ein anderer zu wissen. „Beim Hades.“ Er sah mich an. „Bist du nicht Leonidas, der Spartaner? Hast du ihn umgebracht?“

„Nein“, antwortete ich verärgert.

„Leonidas war das nicht“, winkte ein anderer Mann ab. „Ich wette, seine Frau ist mit der Axt auf ihn los.“ Er zeigte auf Chryseis.

Chryseis riss sich von Cassia los, fiel auf die Knie und begann zu schluchzen.

„Lasst mich durch. Lasst mich durch, oder die Pocken sollen euch befallen.“ Die knurrende Stimme einer Autoritätsperson erklang, während sich ein stämmiger Mann mit einem Brustpanzer über der Tunika auf den Treppenabsatz drängte. „Bei Isis ...“, keuchte er, als sein Blick auf Rufus fiel, und er erbleichte.

Der Mann war ein *vigil*, wahrscheinlich ein Hauptmann der Wache auf dem Aventin. Hinter ihm kam ein anderer, schmächtiger Wächter namens Avitus, den ich kannte.

„Beim Jupiter.“ Avitus entdeckte Rufus und wandte sich rasch ab.

Der Hauptmann der Wache fing sich. „War sie das?“ Er wies auf die noch immer lautstark klagende Chryseis.

„Ich denke nicht“, erwiderte ich. „Sie hat nicht damit gerechnet, ihn so vorzufinden.“

Der Hauptmann riss sich von der Betrachtung des Leichnams und Chryseis’ los und schaute mich an. „Was führt dich her? Du bist Leonidas, der Spartaner, oder? Ich dachte, du hättest dich unlängst zur Ruhe gesetzt.“

„Ich bin hier, um mit Chryseis zu reden.“ Ich überlegte, wie weit ich ihn einweihen sollte. Würde Aemil mir dafür dankbar sein, wenn ich die Geschichte in Umlauf brachte, dass jemand seine Gladiatoren in Stücke hackte und die Einzelteile dann kunstvoll stapelte?

Avitus trat vor. Er trug keinen Brustpanzer, nur Tunika und Sandalen. „Leonidas hat ihn nicht getötet“, erklärte er im Brustton der Überzeugung. „Das würde er niemals tun.“

Der Hauptmann runzelte die Stirn, schien aber dem Wort eines anderen *vigil*s zu glauben. „Schick meine Männer hier herauf“, befahl er Avitus. „Wir nehmen die Frau mit.“

„Sie hatte nichts damit zu tun“, versuchte ich ihn davon abzuhalten. Ich schaute mich nach Cassia um, doch sie war im Getümmel verschwunden.

„Mir egal. Sie ist eine Zeugin, und ich kann sie nicht die ganze Nacht hier schreien lassen. Ich werde sie dem Hauptmann der Stadtkohorte überantworten. Wenn sie unschuldig ist, wird sie das beweisen können.“

Mir war klar, dass das nicht unbedingt stimmen musste, aber ich konnte ihn nicht daran hindern, ohne mich mit den anderen *vigiles* anzulegen, die jetzt die Treppe heraufströmten, und mit all den Mietern, die sich darüber zu freuen schienen, dass Chryseis in Fesseln abgeführt werden würde. Ich würde sie dem Hauptmann überlassen und morgen früh entscheiden, wie ich ihr helfen konnte.

Chryseis’ Reaktion war nicht gespielt gewesen. Was auch immer sie für Rufus empfunden hatte, sie hatte nicht erwartet, ihn tot vorzufinden.

Ein weiterer Schrei übertönte das ungeduldige Knurren der Wächter, die die Treppe hinaufeilten, um Avitus’ Ruf zu folgen.

„Du hast ihn ermordet!“ Martolias Worte hallten schrill durch den Raum. „Du hast ihn getötet, du dreckige Schlampe.“ Sie huschte mühelos an den Männern vorbei, die sich Chryseis näherten, und packte ihre Rivalin an der Kehle.

Ich schlang Martolia einen Arm um die Körpermitte und zog sie von der weiter wimmernden Chryseis weg. Martolia strampelte und wehrte sich, aber sie war meiner Kraft nicht gewachsen.

„Jemand soll ihr das Maul stopfen", sagte der Wachhauptmann angewidert und deutete auf Chryseis.

Einer seiner Männer versetzte Chryseis eine heftige Ohrfeige. Ihr Kopf flog zur Seite, ihr Mund schloss sich, und Blut sickerte ihr aus dem Mundwinkel. Sie verlor nicht das Bewusstsein, doch der Schlag machte sie benommen, und sie leistete keinen Widerstand, als zwei *vigiles* sie hochzogen und halb zur Tür schleppten, halb führten.

Martolia erschlaffte in meinen Armen und brach in Tränen aus – herzzerreißende, klagende Schluchzer.

„Alle raus hier", ordnete der Hauptmann an. „Verschließt diese Tür. Leonidas ..." Mit unsicherem Blick wandte er sich mir zu. „Wenn diese Frau ihn nicht ermordet hat, werde ich den Täter finden. Sollte nicht allzu schwierig sein. Jemand muss bemerkt haben, wie er sein Opfer hereingetragen hat. Hier ist nicht genug Blut, als dass dies der Tatort sein könnte."

Der Boden war wie auch der Leichnam ziemlich sauber, genau wie bei Ajax.

Ich war nicht der Meinung, dass der Hauptmann Zeugen finden würde, die beobachtet hatten, wie jemand Rufus' Leiche die Treppe hinaufgetragen hatte. Die Römer sahen nichts, was sie nicht sehen wollten. Wer auch immer das getan hatte, musste hereingeschlüpft sein, während Cassia und ich Marcianus' Haus aufgesucht hatten – es war nicht einmal annähernd eine Stunde vergangen. Er musste schnell, leise und überaus diskret gewesen sein.

Der Laden des Korbmachers war fest verschlossen, als wir zurückkamen, aber der Mann könnte den Mörder bemerkt haben, als er für die Nacht alles zugesperrt hatte. Eine eiskalte Faust schloss sich um mein Herz. Wenn er den Mörder beobachtet hatte und dieser das mitbekommen hatte ...

Ich wäre am liebsten sofort nach unten geeilt und hätte mich vergewissert, dass es ihm und seiner Familie gut ging, doch es waren zu viele Gaffer im Weg. Unablässiges Stimmengemurmel erfüllte das Treppenhaus.

Martolia löste sich von mir und brach vor den sterblichen Überresten von Rufus zusammen, wobei sie die Knie an die Brust drückte und sich weinend vor und zurück wiegte. Chryseis war durch den Mord an Rufus in Panik geraten, aber Martolia trauerte.

Ich trat ins Schlafzimmer, nahm die Decke vom Bett und breitete sie über Rufus. Nun war er nur noch ein Klumpen unter dem Stoff.

Der Hauptmann warf mir einen besorgten Blick zu, während seine Männer versuchten, die Hausbewohner aus der Wohnung und wieder nach unten zu treiben. „Schlimme Sache. Sehr schlimm. Noch dazu in meinem Revier."

„Dies ist nicht der erste Mord dieser Art", berichtete ich.

Der Hauptmann riss die dunkelbraunen Augen auf „Man hat noch jemanden auf dem Aventin in Stücke gehackt?"

„Nicht auf dem Aventin", erklärte ich ihm und Avitus mit gesenkter Stimme. „Ein weiterer Gladiator, in der Subura. Ich habe ihn wie Rufus zerstückelt vorgefunden."

Avitus öffnete den Mund und enthüllte starke, gesunde Zähne. „Du meinst, jemand tötet Gladiatoren? Weshalb?"

Sie würden doch ohnehin in der Arena sterben, wollte er sagen. „Ich weiß es nicht", musste ich zugeben. „Mein *lanista* macht sich große Sorgen."

„Isis steh uns bei", stieß der Hauptmann aus. „Das bedeutet, dass in Rom ein Verrückter sein Unwesen treibt."

Ich hätte dagegenhalten können, dass in Rom viele Verrückte ihr Unwesen trieben, aber ich verstand, was er meinte. Der erste Mord hätte noch auf jemanden zurückzuführen sein können, der Ajax persönlich hasste. Dieser zweite bedeutete, dass jemand einen Groll gegen Gladiatoren insgesamt hegte. Oder, und das war beunruhigend, dass die Person ihre Freude am Töten irgendwann auf die allgemeine Bevölkerung ausdehnen würde.

„Wir müssen dem ein Ende bereiten", sagte ich.

„Absolut." Der Hauptmann schnaubte. „Was tust du eigentlich hier, Avitus? Das ist doch gar nicht dein Bezirk."

Genau diese Frage hatte ich mir auch gestellt.

Avitus errötete. Er war blutjung, schlank, stark und schnell verlegen. „Es ist nicht der Bezirk, in dem ich Streife gehe, nein. Ich wohne hier in der Nähe. Zwei *insulae* weiter, um genau zu sein. Ich habe heute Nacht frei."

Er musste das Gebäude meinen, auf das ich von Chryseis' Balkon aus gestarrt hatte. Ob Avitus mich gesehen hatte und hergeeilt war, um herauszufinden, was ich vorhatte?

Ich schaute ihn streng an. „Du hast nicht zufällig beobachtet, wie jemand die Leiche hierhergeschafft hat, oder?"

„Nein." Avitus hob die Hände. „Ich war daheim und habe fast den ganzen Tag geschlafen. Dann habe ich den Tumult gehört und bin herübergelaufen. Dort habe ich dich entdeckt." Er zeigte auf mich. „Du bist gut darin, Ärger zu finden, Leonidas."

Avitus war zu Beginn des Jahres bei einem anderen Todesfall in der Subura anwesend und in jenem Fall ein Verdächtiger gewesen.

„Nein, der Ärger ist gut darin, mich zu finden." Ich wandte mich an den Hauptmann. „Was gedenkst du jetzt zu tun?"

Er seufzte und rieb sich den Schädel mit den dichten dunklen Locken. „Alle Einwohner dieses Hauses zu befragen, um zu erfahren, ob sie etwas gesehen haben. Glaubst du, die Frau wird seinen Leichnam wollen? Wenn man sie nicht des Mordes für schuldig befindet, meine ich."

Das bezweifelte ich. Ich konnte mir Chryseis nicht als trauernde Witwe vorstellen, die eine lange Grabinschrift auf den Gedenkstein ihres geliebten Mannes meißeln ließ.

„Ich bringe ihn zurück in den *ludus*", erbot ich mich.

Erleichterung flackerte in den Augen des Hauptmanns auf, obwohl er sich bemühte, sie zu verbergen. „Nett von dir. Ich bin Marcus Vatia von den Aventinischen *vigiles*."

Er war ein kräftiger Römer, gestählt und muskulös, und sein Gesicht war das eines Mannes, der keine Dummheiten duldete.

„Du betest zu Isis“, bemerkte ich, als ich mich an seinen Ausruf beim Anblick des Leichnams erinnerte.

„Ja, warum nicht? Isis ist die mächtigste aller Göttinnen. Sie hat die Unterwelt bereist, das Böse besiegt, die Toten auferweckt und ist eine gute Mutter. Ich will sie auf meiner Seite wissen.“

Der Raum hatte sich endlich geleert, und die letzten Wachen hatten sich auf der Treppe postiert, um eine Rückkehr der Schaulustigen zu verhindern. Die Bewohner, denen klar war, dass es nichts mehr zu sehen gab, gingen nach Hause, allerdings nicht schweigend. Sie unterhielten sich über Rufus, Chryseis und den Mord, wobei die Geschichten immer wildere Ausschmückungen erfuhren.

Mir fiel auf, dass das Mädchen von gegenüber sich nicht dorthin zurückzog, sondern die Treppe hinauf zu den Wohnungen ganz oben in der *insula* nahm. Merkwürdig.

Wen ich nicht entdecken konnte, war Cassia.

Ein leises Geräusch drang aus der Wohnung gegenüber, und ich eilte hinüber.

Die Wohnung war exakt so geschnitten wie Chryseis’. Außer einem Tisch und ein paar Essschalen sowie einem Krug in der Ecke gab es keinerlei Einrichtung.

Das Zimmer dahinter enthielt mehrere zusammengeschobene Holzpritschen, die den winzigen Raum fast ganz ausfüllten. Die Familie drängte sich wohl wie Hunde auf ihnen zusammen und wärmte sich gegenseitig.

Hier fand ich Cassia. Sie hatte eine Pritsche von der Wand weggezogen und sie an die nächste gelehnt, während sie den Boden genau untersuchte.

„Hier hat der Mörder den Leichnam aufbewahrt“, verkündete sie, als ich eintrat.

Vatia und Avitus waren mir gefolgt. Vatia schob sich an mir vorbei und studierte die Stelle, auf die Cassia deutete. „Blut“, verkündete er. „Nicht viel. Getrocknet.“

Cassia wandte sich an mich: „Ich vermute, Rufus war bereits

tot und ... zerstückelt ..., als man ihn hierhergeschafft hat. Er wurde in diesem Zimmer gelagert, bis Ruhe im Gebäude eingekehrt war. Dann hat man ihn in Chryseis' Wohnung sorgfältig platziert."

Ich schwieg eine Weile. „Wie lange war er hier?"

„Keine Ahnung. Das könnte vielleicht Nonus Marcianus feststellen."

Ich überlegte, was ihre Worte bedeuteten, und antwortete langsam: „Dann hat man ihn nicht in der kurzen Zeit, in der wir weg waren, heraufgebracht."

„Nein", bestätigte Cassia. „Ich vermute, Rufus lag schon hier, als wir nach Chryseis gesucht haben."

„Was wiederum bedeutet, der Mörder war in diesem Zimmer, während wir ..."

„Uns in ihrer Wohnung umgesehen haben, genau." Cassia sprach ruhig, doch ihr Gesicht war aschfahl, ihre Augen waren weit aufgerissen.

„Schade, dass ihr den Kerl nicht geschnappt habt", bedauerte Vatia, räusperte sich aber zugleich unbehaglich.

„Schade?", fragte Avitus erstaunt. „Die beiden hatten Glück, dass sie nicht selbst dran glauben mussten. Einen Mann, der einen Gladiator ermorden kann, sollte man nicht unterschätzen." Er verstummte, als Vatia ihn stirnrunzelnd ansah. „Herr."

Vatia musterte die getrockneten Blutflecken. „Die können schon mehrere Tage alt sein." Er zuckte die Achseln. „Oder ihr habt recht, und der Leichnam wurde tatsächlich hier aufbewahrt. Der arme Kerl." Er schüttelte den Kopf und verließ gefolgt von Avitus und mir das Schlafzimmer. „Wer lebt in diesen Räumlichkeiten? Oder stehen sie leer?"

Ich dachte an das kleine Mädchen, das ich in dieser Tür bemerkt hatte, als ich Chryseis besucht hatte. Sie war die Treppe hochgegangen, nachdem sich der Mob aufgelöst hatte, anstatt hierher zurückzukehren.

Diese Tatsache behielt ich für mich. Wenn das Mädchen und ihre Familie nichts damit zu tun hatten, wollte ich nicht, dass

Vatia sie ins Wachhaus schleppte, um sie dort wegzusperren. Ich hatte das Gefühl, dass er einfach nur jemanden brauchte, den er der Stadtkohorte für das Verbrechen ausliefern konnte, und er wäre dabei vermutlich nicht allzu wählerisch.

Selbst wenn die Familie des Mädchens etwas mit dem Mord zu tun hatte, wollte ich Vatia nicht in ihrer Nähe haben, bis ich die Wahrheit kannte. Jemand konnte sie bestochen oder gezwungen haben zu helfen, unfreiwillige Komplizen bei einem Mord, und dann drohte ihnen allen die Hinrichtung, sogar dem Kind.

Vatia hatte sich zu Avitus umgedreht. „Komm mit, Avitus. Ich will, dass dein Bericht über das, was du hier gesehen hast, mit meinem übereinstimmt. Außerdem brauche ich einen zuverlässigen Zeugen."

Avitus hatte nicht viel mehr gesehen als Vatia, doch obwohl er missmutig die Stirn runzelte, konnte er sich dem Befehl schlecht widersetzen.

Vatia sagte abrupt „Gute Nacht" und ging. Avitus folgte ihm, immer noch finster dreinblickend. Wir hörten, wie Vatia jemanden auf der Treppe anfuhr und dann huschende Schritte, als der Schaulustige sich zurückzog.

Cassia bückte sich und hob etwas vom Boden auf.

„Was ist das denn?" Ich drehte mich zu ihr um, und der saubere Geruch ihres einfachen Wollmantels kam mir an diesem Ort des Todes tröstlich vor.

„Eine Feder." Sie hielt einen weißen, zerbrochenen Federkiel hoch, der vor langer Zeit den Flügel eines Vogels geziert hatte. „Von seinem Helm, glaube ich."

Ich dachte an den Helm, der nebenan noch auf Rufus' Kopf saß. Er hatte einen Kamm aus schwarzen und weißen Federn, und jetzt wurde mir klar, was damit nicht stimmte.

„Er trägt einen Thrakerhelm", sagte ich. „Rufus war aber *myrmillo*."

Cassia hob überrascht die Brauen. „Unterscheiden sich die beiden Kostüme denn sehr?"

Ihre Frage verriet mir, dass sie noch nie bei Gladiatorenspielen gewesen war. „Die Helme haben beide einen Federbusch, sind allerdings nicht genau gleich. Die Schwerter sind sogar ziemlich unterschiedlich – der *myrmillo* trägt einen geraden *gladius*, doch das Schwert des Thrakers, die *sica*, ist gekrümmt."

„Vielleicht wusste der Mörder das nicht. Oder fand, ein Kostüm wäre so gut wie das andere."

Ich rieb mir mit einem Finger das Kinn. „Wenn er auf Gladiatoren fixiert ist, würde ich meinen, er weiß über die Spiele genau Bescheid. Er würde den Unterschied kennen und wissen, welcher von Aemils Gladiatoren welche Rolle spielt. Ich war fast immer *secutor*. Ajax auch, und sein Leichnam war entsprechend gekleidet."

Cassia verstaute die Feder in ihrem Mantel. „Was mich zu der Frage bringt, woher diese Person die Rüstungen hat."

„Wenn sie reich genug ist, um vergoldetes Essen zu servieren, dann ist sie auch reich genug, um Gladiatorenausrüstung zu erwerben. Aber ich wundere mich trotzdem, dass dem Mörder so ein Fehler unterlaufen ist."

„Wenn wir ihn finden, befragen wir ihn dazu." Cassia ging an mir vorbei aus der Wohnung und in Chryseis' zurück.

Ich machte mir nicht die Mühe, Cassia zu sagen, dass sie nicht auch nur in die Nähe dieses Mörders kommen würde, wenn er gefasst wurde.

Martolia kauerte neben Rufus' abgedecktem Leichnam. Als wir eintraten, sprang sie auf, warf sich mir in die Arme, klammerte sich an mir fest und vergrub ihr Gesicht an meiner Brust.

„Wer ist das?", fragte Cassia leise, während ich Martolia linkisch den Rücken tätschelte.

„Das ist Martolia, Meropes Schwester."

„Ah ja." Cassia kam zu uns herüber und löste Martolias Arme sanft von meinem Körper. „Es tut mir so leid. Wir werden dich sicher nach Hause bringen."

Martolia drehte sich zu Cassia und schlang die Arme um sie.

Cassia zuckte zusammen, doch dann zog sie sie an sich. „Ist ja gut“, murmelte sie.

Ich gab Cassia ein Zeichen, bei Martolia zu bleiben, verließ den Raum und ging die Treppe hinauf, um die Familie zu finden, die früher gegenüber von Chryseis gewohnt hatte.

KAPITEL 10

Als ich das oberste Stockwerk des Gebäudes erreichte, empfing mich Kälte. Die Dächer vieler Häuser waren voller Löcher, durch die im Winter Wind und Regen und im Sommer Hitze eindrangen. Ein kalter Wintertag bedeutete eisige Nässe in den oberen Geschossen.

In beiden Wohnungen war jemand, das hörte ich an den Geräuschen hinter den Türen. Ich klopfte an eine davon.

Eine Frau riss sie auf und warf mir einen streitlustigen Blick zu, der sich in ein angsterfülltes Zurückweichen verwandelte, als sie mich sah. Ich schaute an ihr vorbei die Familie an, die sich um eine flackernde Öllampe versammelt hatte, doch das Mädchen war nicht unter ihnen. Also hob ich die Hand, um die Frau zu beruhigen, und zog die Tür zu.

Ich überquerte den Treppenabsatz und klopfte an die andere Tür. Niemand reagierte, also stieß ich sie auf.

Hier war eine kleinere Familie versammelt. Eine Frau und ein Mann hielten einen Jungen und das Mädchen, das mir aufgefallen war, im Arm und starrten mich an, als erwarteten sie, dass ich sie alle packen und wegschleppen würde.

Mir fiel auf, dass sie absolut nichts besaßen, der Raum war völlig leer. In der Wohnung ein Stockwerk tiefer gab es wenigstens ein paar Möbelstücke, und die Pritschen in dem Schlafzimmer unten reichten für eine vierköpfige Familie.

„Wann seid ihr hier hochgezogen?“, fragte ich in die Stille. Dass sie ihre Sachen unten gelassen hatten, verriet mir, dass sie zurückkehren wollten, oder aber der Umzug war erst kürzlich erfolgt – vielleicht heute –, und sie hatten keine Zeit gehabt, die Möbel nach oben zu tragen.

Der Vater räusperte sich. „Erst vor ein paar Tagen. Die Miete hier ist bezahlbarer.“

Er log, doch ich sagte es ihm nicht auf den Kopf zu. „Ich habe eure Tochter heute Morgen unten gesehen.“

Die Mutter drückte das Mädchen enger an sich. Das Mädchen betrachtete mich interessiert, genau wie der Junge, aber ihre Eltern waren eindeutig verängstigt.

„Sie versteht nicht, dass wir dort nicht mehr wohnen“, erklärte der Vater schnell. „Das ist ungewohnt für sie.“

Ich tat, als akzeptierte ich seine Antwort. Doch ich konnte die Angst der Eltern fast riechen, die schlimmer war als die von Menschen, die befürchteten, ich würde sie ausrauben. Sie hatten die Wohnung in der Etage unter uns überstürzt verlassen, und ich konnte mir denken, warum. Der Grund für ihre Flucht brachte sie in große Gefahr.

„Das Gebäude nebenan ist noch billiger.“ Ich deutete auf das verrammelte Fenster, das den Blick auf die *insula* am Hang versperrte. „Ihr solltet dorthin umziehen, vielleicht noch heute Abend. Ich habe dort einen Freund – er heißt Avitus. Sagt ihm, dass Leonidas euch schickt und dass er ein leeres Zimmer für euch finden soll.“

Ich sah den Mann an, bis ich sicher war, dass er mich verstanden hatte. Subtilität war nicht meine Stärke, aber ich spürte, dass er und seine Frau in Panik geraten wären, wenn ich dem Mann unverblümt mitgeteilt hätte, dass der Mörder, der sie bezahlt oder gezwungen hatte, ihre Zimmer unten aufzugeben, möglicherweise zurückkommen und ihn und seine Familie holen würde. Es war besser für alle Beteiligten, wenn sie ruhig taten, was ich vorschlug.

Der Mann nickte, und ich verließ die vier und begab mich wieder nach unten.

Cassia hatte Martolia inzwischen ins Treppenhaus geführt. Martolia hatte sich etwas erholt, klammerte sich jedoch immer noch an Cassia.

Ich durchsuchte Chryseis' Wohnung, bis ich die Schlüssel fand, trat zu Cassia auf den Treppenabsatz und sperrte die Tür zu, wodurch ich Rufus' Leiche im Inneren einschloss. Der Mörder musste das Türschloss bereits geknackt haben, bevor wir eingetroffen waren, um Rufus' Leiche herzubringen.

Dann machte ich mich, gefolgt von Cassia und Martolia, auf den langen Weg die Treppe hinunter. Unten klopfte ich an die Fensterläden des Korbflechters. Er, seine Frau und seine Tochter hatten mehr mitbekommen als alle anderen. Selbst der Kupferschmied, der mit dem Rücken zur Straße stand, während er auf seine Waren einschlug, hatte vermutlich nicht so viel mitgekriegt.

Nach langem Hämmern und Klopfen öffnete die Frau schließlich verärgert die Seitentür.

„Nein, wir haben niemanden gesehen", beantwortete sie meine Frage gereizt. „Wir haben geschlafen, seit wir den Laden dicht gemacht haben. Bisher wussten wir gar nicht, dass es Probleme gibt. Ermordet? Der Gladiator?" Sie schüttelte den Kopf. „Ich verstehe diese Frau einfach nicht."

Sie weigerte sich beharrlich zu sagen, ob sie jemanden dabei beobachtet hatte, wie etwas ins Gebäude getragen wurde. Sobald sie die Türen für die Nacht geschlossen hatten, so teilte sie mir mit, hatten sie sich im hinteren Teil des Hauses schlafen gelegt und nichts mehr von dem bemerkt, was draußen vor sich ging. Sie waren wach gewesen, als Cassia und ich das erste Mal hier gewesen waren, was bedeutete, dass sie es auch gewesen sein mussten, als der Mörder vor uns das Haus betreten hatte, aber ich erkannte, dass es zwecklos war, mit ihr zu streiten.

Der Korbflechter schaute Cassia aus dem Schatten heraus an,

und kurz flackerte Unbehagen in seinen Augen auf, ehe wir uns verabschiedeten und auf die nun dunkle Straße traten.

Wir begaben uns nach Transtiberim, um Martolia nach Hause zu bringen. In der winzigen Wohnung angekommen wurden wir Zeuge, wie Merope und Gaius, die vom *ludus* zurückgekehrt waren, nach ihrer freudigen Begrüßung innerhalb eines Augenblicks in Schock und Trauer verfielen.

Die drei begannen zu weinen und hielten sich gegenseitig fest, um einander Trost zu spenden.

Cassia bat mich, bei ihnen bleiben zu dürfen, während ich zum *ludus* lief, um Aemil die Nachricht zu überbringen. „Hier kann ich mehr helfen", erklärte sie. „Wenn du fertig bist, begleite ich dich nach Hause."

Ich ließ sie im Zimmer herumwerkeln, Wein einschenken und aufräumen, während sich die drei voller Kummer aneinanderklammerten.

Ich fand Marcianus im *ludus* vor. Als ich von Rufus erzählte, war er bestürzt, und Aemil lief vor Zorn rot an.

„Wer in der Götter Namen steckt dahinter?", brüllte er. „Will sich da jemand an mir rächen? Die Nachricht von den beiden Morden wird morgen früh in ganz Rom zu lesen sein. Die machen mir den *ludus* dicht. Schaut doch, was in Pompeji passiert ist."

Das ist nicht ganz dasselbe, wollte ich einwenden, aber ein Blick auf Aemil verriet mir, dass ich besser den Mund halten sollte. In Pompeji war es während der Gladiatorenspiele auf der Tribüne zu einer Auseinandersetzung zwischen den Bewohnern rivalisierender Städte gekommen, bei der Unschuldige gestorben waren. Man hatte den Beamten, der die Spiele geplant hatte, verbannt und Gladiatorenkämpfe in Pompeji für zehn Jahre verboten.

„Wenn die Konsuln mir den *ludus* schließen, bin ich erledigt", stöhnte Aemil. „In ein paar Wochen sind die Frühlingsspiele."

Er schimpfte, doch ich sah, dass der Verlust seiner Gladiatoren ihn mitnahm, und das nicht nur, weil er ihre Dienste nicht mehr verkaufen konnte. Aemil betrachtete sich als *pater familias* und fühlte sich seinen Gladiatoren gegenüber verantwortlich. Das hatte ich im Laufe der Jahre gelernt, auch wenn Aemil es natürlich nie offen zugegeben hätte.

Wieder zogen wir seinen Karren über den Fluss, diesmal zum Aventin und zu der nun ruhigen *insula*. Ein paar Neugierige spähten um die Türrahmen herum, überließen es allerdings uns, Rufus' Leiche, die mit allem, was wir bei Chryseis an Decken und Laken gefunden hatten, zugedeckt war, die Treppe hinunterzuschleppen.

Marcianus bat uns, Rufus in seine Praxis zu bringen, damit er ihn untersuchen konnte. Aemil knurrte, das habe keinen Sinn, aber Marcianus entschied in seiner ruhigen Art die Diskussion wie immer für sich.

Aemil und ich karrten Rufus hin, und Marcia öffnete uns. Sie räumte den Platz im Hinterzimmer, wo Marcianus Patienten empfing, frei und half dem *medicus* ohne jede Scheu, die Körperteile auf den Untersuchungstisch zu legen.

Marcianus wies darauf hin, dass man auch Rufus von hinten niedergestreckt hatte, bevor er uns hinauskomplimentierte und seine Fenster für die Nacht schloss.

Aemil stützte draußen bekümmert einen Arm auf seinen Karren. „Wie setzen wir dem ein Ende? Die meisten Verrückten rennen schreiend und Haare raufend umher, und man geht ihnen aus dem Weg. Doch dieser Mörder ist rätselhaft und erbarmungslos. Wie geht man jemandem aus dem Weg, den man nicht erkennen kann?"

Ohne eine Antwort abzuwarten, hob Aemil den Griff des Karrens an und machte sich daran, ihn zurück zum *ludus* zu ziehen.

„Sind alle eingeschlossen?", fragte ich, als er sich in Bewegung setzte.

„Sie haben gemurrt und gemeckert, aber ja. Alle außer Regulus.“ Aemil funkelte mich an. „Finde diesen Mistkerl. Ehe er auch als Haufen Knochen endet.“

Damit entfernte er sich, zog den Karren hinter sich her, dessen Räder auf der Straße knarzten.

Kalter Wind wirbelte um mich. Ich hatte große Angst, dass es für Regulus bereits zu spät war und dass mein alter Kamerad und jetziger Feind das nächste Opfer des verrückten Rachefeldzugs des Mörders geworden war.

Als ich Meropes Räumlichkeiten in Transtiberim erreichte, kam mir Cassia die Treppe herunter entgegen.

„Sie schlafen“, flüsterte sie. „Ich habe ihnen Schlafkräuter in den Wein gemischt. So finden sie zumindest Ruhe.“

„Wahrscheinlich leichter als Chryseis.“ Ich spähte Richtung Fluss und fragte mich, ob der Hauptmann sie in ein Zimmer in seinem Haus gesperrt oder sie ins Tullianum gebracht hatte. „Ich bin sicher, dass sie Rufus nicht getötet hat. Ihr Schock, als sie ihn gesehen hat, war zu echt.“

„Dann werden wir eben die richtigen Mörder finden müssen.“ Cassias Stimme klang zuversichtlich, doch diese Zuversicht wich rasch. „Wenn es uns gelingt. Wer auch immer sie sind, sie sind sehr schlau.“

„Sie?“

„Meinst du nicht, dass es sich um mehr als eine Person handelt? Es ist eine ziemliche Aufgabe, einen Mann zu töten, die Leiche zu zersägen und sie dann in einen anderen Stadtteil zu tragen.“ Cassia fröstelte und zog ihren Mantel enger um sich. „Es ist schrecklich. Wie kann jemand so etwas nur tun?“

„Wenn der Mörder Männer bezahlt hat, um ihm zu helfen, dann sind diese Männer abgehärtete Räuber oder Söldner. Die sind an alles gewöhnt, nehme ich an.“ Ich sah die leere Straße entlang. „Gehen wir heim.“

Der Weg nach Hause war beunruhigend. Ich lief ohnehin

nicht gerne durch das nächtliche Rom, aber an diesen Abend fühlte ich mich noch unbehaglicher. Die offenen Bereiche der Stadt waren nachts tückisch, doch die engen Gassen dahinter waren noch schlimmer, also führte ich Cassia durch breite Straßen und hielt mich von Säulen und dunklen Hauseingängen fern.

Wir erreichten den Quirinal ohne Zwischenfall. Der Weinladen war zu, und unsere Tür hatte der Weinhändler verriegelt.

Oben entledigten wir uns unserer Umhänge, und Cassia bereitete eine kalte Mahlzeit zu, die wir schweigend einnahmen. Ich wusste, ich sollte die Straßen nach Regulus absuchen, aber gleichzeitig war mir klar, dass eine solche Suche vergeblich sein würde. Entweder versteckte er sich in einem *lupanar* oder bei einer Geliebten und war somit in Sicherheit, oder er war längst tot.

Normalerweise fand ich leicht Schlaf, als senkte mein Geist einen Mantel zwischen mir und der Welt herab. Doch heute Nacht stand mir, jedes Mal wenn ich auf meiner Pritsche die Lider schloss, Rufus' leerer Blick hinter den vergitterten Löchern des Helms vor Augen.

Wieder quälte mich die Frage, warum sein Mörder ihn wie einen Thraker und nicht wie einen *myrmillo* gekleidet hatte. Kannte der Täter den Unterschied wirklich nicht? Oder hatte er der Leiche angezogen, was er gerade zur Hand gehabt hatte?

Cassias klarer Verstand hätte mir weiterhelfen können, aber ich hörte sie leise und gleichmäßig auf ihrer Pritsche auf der anderen Seite des Zimmers atmen und wusste daher, dass sie schlief. Beim Essen hatte sie alles aufgeschrieben, was am Abend passiert war, und selbst noch weitergemacht, als sie schon unkontrolliert gegähnt hatte. Sie war erschöpft gewesen, und ich brachte es nicht übers Herz, sie jetzt zu wecken.

Endlich schlief auch ich ein. In meinen Träumen sah ich Regulus, zerstückelt wie die anderen, doch seine Augen waren voller Leben, als er mich anknurrte. „Ich habe einmal von dir verlangt, dass du mich tötest“, höhnte er. „Jetzt kannst du mich nicht retten.“

Das fahle Morgenlicht und ein Klopfen an der Außentür weckten mich. Cassia rührte sich unter der Decke auf der anderen Seite des Zimmers, und das Sonnenlicht drang durch die Ritzen der Fensterläden.

Ich streifte mir eine Tunika über und lief die Treppe hinunter. Auf unserer Schwelle fand ich einen sehr verärgerten Hesiodos.

Er starrte mich an. Sein dunkles Haar war perfekt gekämmt, seine Tunika faltenfrei und unbeschmutzt, und er trug elegante Schuhe aus feinem Leder an den Füßen.

„Man hat nach euch geschickt“, sagte er scharf.

Ich rieb mir den Schlaf aus den Augen. „Unser Gönner?“

Hesiodos schaffte es, Herablassung auszustrahlen und gleichzeitig keine Miene zu verziehen. „Der *princeps*. Er rast vor Wut. Ihr müsst sofort kommen.“

KAPITEL 11

Innerhalb kürzester Zeit waren wir durch die Tür und unterwegs zum Kaiserpalast. Die Wolken, die gestern Nachmittag den Horizont verdunkelt hatten, hingen jetzt tief über der Stadt, und Regen prasselte auf die Straßen. Ein leichter Nebel stieg auf, der nach Abfall stank.

Hesiodos, der verkündet hatte, dass Cassia mich begleiten sollte – keine Widerrede –, führte uns die Sacra Via entlang, vorbei am Tempel des vergöttlichten Julius Cäsar und am Tempel der Vesta, bevor wir auf die Straße abbogen, die uns auf die Spitze des Palatins führte.

Ich sah, dass die Bauarbeiten am *domus transitoria*, das die Wohnhäuser von Augustus, Tiberius und Nero zu einem weitläufigen Gebäude verbinden sollte, wieder begonnen hatten. Über Tonnengewölbe mit wunderschönen Friesen und Marmorböden würden Nero und seine Gäste von einem *domus* zum anderen gelangen, und für alle drei war eine aufwendige Renovierung geplant.

Der viel gelobte Augustus hatte einfach gelebt, so hatte man mir erzählt. Sein Haus war groß genug für seine Familie und seine Gefolgsleute gewesen, aber bescheiden und schmucklos. Seine Nachfolger hatten sein *domus* als klein und unzureichend empfunden. Tiberius hatte ein großartiges Gebäude errichten lassen, das Gaius und Claudius genutzt hatten und das Nero nun rastlos ausbaute.

Ich sehnte mich danach, Hesiodos stehen zu lassen und zur Baustelle zu gehen, um mit den Arbeitern zu sprechen und zu erfahren, wie sie den Säulengang fertigstellen würden. Das schien mir weitaus angenehmer, als einem unberechenbaren *princeps* gegenüberzutreten und zu versuchen, die passende Antwort auf seine Fragen zu erraten.

Ein Hausangestellter empfing uns und bedeutete uns mit einer Geste, ihm zu folgen. Das letzte Mal, als wir Neros Haus betreten hatten, hatte man uns in ein elegantes Vorzimmer geführt und mit Wein bewirtet. Diesmal geleitete man uns über Höfe und durch Säle mit Kuppeldächern immer tiefer in das Innere des *domus*.

Hesiodos war wie schon bei anderen Gelegenheiten verschwunden, sobald der Diener uns in Empfang genommen hatte. Ich fragte mich, ob Hesiodos für Nero arbeitete oder ob Neros Majordomus oder der Befehlshaber seiner Wache Hesiodos einfach für einen guten Laufburschen hielten. Von Hesiodos würde ich das nie erfahren, das wusste ich, denn er war wortkarg und stand nach seiner eigenen Einschätzung weit über Cassia und mir.

Man führte uns in einen kleinen Raum, dessen Boden in einem geometrischen Muster gefliest war. Die Gestaltung ließ es aussehen, als stünden wir auf einem Labyrinth von Wänden mit Treppen, die aus dem Blickfeld verschwanden. Ein Illusionsmosaik.

Der Raum mündete in einem offenen Balkon mit Säulen aus rosa Marmor und einer atemberaubenden Aussicht nach Westen auf den Circus Maximus. Nero stand auf dem Balkon, gekleidet in eine einfache Leinentunika mit einer violetten Toga darüber.

Er drehte sich abrupt um, als wir den Raum betraten, und starrte uns so durchdringend an, dass Cassia sofort auf Hände und Knie fiel. Ich ließ mich ebenfalls auf den Boden sinken, und meine Handflächen landeten auf einem Bild von Stufen, das sehr echt aussah.

Sandalen scharrten leise über den Boden, als der Diener, der uns hergebracht hatte, eilig seinen Rückzug antrat. In den Ecken des Raumes standen weitere Sklaven und Wächter bereit, von denen ich von meiner Position am Boden aus jedoch nur das Schuhwerk wahrnehmen konnte.

„Was höre ich heute Morgen als Erstes, Leonidas, der Spartaner?“ Nero schleuderte mir den Namen ironisch entgegen. „Ermordete Gladiatoren, verstümmelt und ihre Gliedmaßen zur Bespaßung des Pöbels sorgfältig gestapelt. Mir zum Spott. In meiner eigenen Stadt.“ Nero wies auf den offenen Balkon. „Ganz Rom spricht davon. Die kleinen Leute sind entsetzt, und die Unerschrockenen schließen Wetten ab, welcher Gladiator als Nächstes an der Reihe sein wird.“

Der *princeps* kam auf mich zu. Ich neigte schnell den Kopf, und ein Paar großer Füße in weichen Ledersandalen blieb vor meiner Nase stehen. Gleich würde mich einer dieser Füße treten.

„Gladiatoren leben oder sterben nach *meinem* Belieben“, fuhr Nero mich an. „Haben wir uns verstanden?“

Ich schwieg. Wenn er meine Antwort wollte, würde er sie verlangen. Meine wahrheitsliebende Zunge hätte sonst vielleicht darauf hingewiesen, dass Gladiatoren in der Arena immer wieder ohne Neros Erlaubnis starben, und dann hätte er mich auf jeden Fall getreten.

„Wer ist dafür verantwortlich? Sag es mir.“

Ohne den Kopf zu heben, erwiderte ich: „Ich weiß es nicht, Herr.“

Sein linker Fuß zuckte bedrohlich. Ich bemerkte, dass Nero offensichtlich jemanden hatte, der seine Nägel, die gleichmäßig und sauber waren, schnitt und polierte.

Die Sandalen wanderten zu Cassia. „Du. Sklavin. Du bist viel klüger als dein Herr. Wer hat da die Absicht, sich mir zu widersetzen?“

Cassia blieb ein zusammengesunkenes Stoffbündel, aber ihre Stimme klang fest. „Ich glaube nicht, dass der Tod dieser Männer sich gegen dich richtet, Herr. Jemand hasst Gladiatoren. Vielleicht ist jemand, den die Täter liebten, bei den Spielen gestorben."

„Hmm." Die eisige Wut in Neros Stimme verflog. „Dann wäre das ein Racheakt?"

„Möglicherweise", sagte Cassia.

Nero wandte sich ab und ging zum Fenster. Ich wagte es nicht, den Kopf zu drehen und Cassia direkt anzuschauen, um keine der Wachen zu einem Tritt an Neros Stelle zu verleiten.

Neros Stimme drang zu uns. „Die eine Leiche lag in der Subura, die andere auf dem Aventin. Verhöhnen sie die Plebejer, die die Spiele lieben?"

„Alle nehmen an den Spielen teil, vom Plebejer bis zum Senator", gab Cassia mutig zu bedenken.

Ich wünschte, sie hätte den Mund gehalten. Was würde ich tun, wenn eine der Wachen sie wegen ihrer Dreistigkeit niederschlug? Wahrscheinlich hätte ich dem Mann sein Schwert entrissen und ihn getötet, und dann hätte man mich vom Balkon geworfen, hinunter in den Circus, wo ich Kämpfe ausgetragen hatte, die mich zum gefeierten Liebling der Massen gemacht hatten.

Ich erinnerte mich, wie ich im Circus Maximus gegen Xerxes angetreten war. Damals hatte ich ihn geschont, und der übermütige Xerxes hatte mich verwundet und mich anschließend die ganze Nacht hindurch beim Trinken freigehalten. Aemil hatte mich lange und laut angeschrien, nachdem Marcianus meine Wunden genäht hatte, weil ich zugelassen hatte, dass Xerxes meine Deckung durchbrach. Xerxes und ich waren nie wieder Gegner gewesen, aber ich erinnerte mich noch gut daran, wie wir uns gegenseitig stützend nach Hause gewankt waren, nachdem wir den Kampf gebührend begossen hatten. In dieser Nacht hatte Xerxes seine Frau kennengelernt.

Nero kam wieder zu uns, seine Bewegungen jetzt weniger

abrupt. „Vielleicht hast du recht. Das hat jemand getan, der die Spiele stören will, möglicherweise um die Gladiatoren loszuwerden, die seinen Favoriten töten könnten.“ Nero holte tief Luft und klang nun eher wie ein normaler Mensch, der sich unterhielt, als wie ein Herrscher, der Antworten verlangte. „Oder es ist ein Wahnsinniger, der aus Gründen, die sich nur seinem verrückten Geist erschließen, Hinrichtungen vornimmt. Jedenfalls muss das aufhören.“ Seine Stimme wurde wieder etwas härter. „Erhebe dich, Leonidas. Ich kann nicht mit dir sprechen, wenn dein Kopf auf dem Boden liegt.“

Langsam richtete ich mich auf, blieb aber auf den Knien, den Hintern auf den Fersen, um Nero nicht zu verärgern, indem ich ihn überragte. Cassia nahm eine ähnliche Position ein.

„Du hast schon einmal einen Anschlag auf mich vereitelt.“ Nero stützte eine Hand in die Hüfte, am Handgelenk glitzerte ein juwelenbesetztes Armband. „Du hast geschafft, was all meine Prätorianer und meine Leibdiener nicht geschafft haben.“ Er warf einen spöttischen Blick durch den Raum, und ich hörte, wie unbehaglich mit den Füßen gescharrt wurde. „Tu es erneut.“

Ich beschloss, nicht darauf hinzuweisen, dass es keinerlei Beweise dafür gab, dass dieser Mörder es auf Nero abgesehen hatte, denn andererseits wussten wir das auch nicht mit Sicherheit. Es mochte, wie Nero sagte, ein Versuch sein, den *princeps* inkompetent erscheinen zu lassen und Rom auf Umwegen von ihm zu befreien.

Nero erwartete eine Antwort, also neigte ich den Kopf. „Ich werde mein Bestes tun, Herr.“

„Du wirst mehr als das tun. Du wirst diesen Mörder finden und mir bringen. Die Richter werden über sein Schicksal entscheiden, das nicht angenehm sein wird. Soll ich dir einen Mann zur Seite stellen?“

Ich zögerte. Mir war nicht daran gelegen, dass mir ein Agent Neros über die Schulter schaute und jeden verhaftete, mit dem ich sprach oder bereits gesprochen hatte. Das betraf Chryseis, Merope und ihre Familie, möglicherweise auch Herakles’

Geliebte Domitiana, den Korbmacher und die verarmte Familie im obersten Geschoss von Chryseis' *insula*.

„Das wird nicht nötig sein." Ich bemühte mich, bescheiden und respektvoll zu klingen. „Es könnte allerdings helfen, wenn ich mit Rufus' Gemahlin sprechen dürfte. Man hat sie gestern Abend verhaftet, dabei hat sie dieses Verbrechen nicht begangen. Doch vielleicht hat sie, ohne es zu wissen, den Täter gesehen."

„Rufus war ein guter Schwertkämpfer", meinte Nero mit einem Anflug von Wehmut. „Nicht so gut wie du, aber er hatte Feuer und hat mit ganzem Herzen gekämpft." Er verstummte bekümmert. Viele römische Patrizier verachteten Nero wegen seines Faibles für Gladiatorenkämpfe, Wagenrennen, das Theater und musikalische Unterhaltung, doch das einfache Volk mochte Herrscher, die seine Vorlieben teilten.

Nero kehrte in die Gegenwart zurück. „Ich werde ihre Freilassung anordnen. Aber verhöre sie genau. Besser noch, überlass das Cassia."

Nero war schon bei ihrer ersten Begegnung von Cassia angetan gewesen, als sie seine Musikauswahl bewundert hatte. Er hatte sofort erkannt, dass sie einen lebhafteren Geist hatte als ich.

Cassia und ich nickten. Nero kehrte zu mir zurück, hielt vor mir an, die Füße dicht beieinander und exakt parallel.

„Wenn ich heute unleidlich bin, Leonidas, dann deshalb, weil ich keine Unruhe in meiner Stadt mag. Die Entdeckung, dass ein Mörder Gladiatoren – starke Männer und ausgebildete Kämpfer – ermordet, gefällt mir nicht. Dass du mich nicht sofort darüber unterrichtet hast, gefällt mir genauso wenig." Seine Zehen krümmten sich in den Sandalen, die angespannten Sehnen verrieten seine Verärgerung. „Findet diesen Mann, und meldet mir sofort, wer er ist. Findet ihn, ehe er wieder zuschlägt. Vielleicht hat er es sogar auf dich abgesehen."

Nero lachte bellend, und ich wagte es, den Blick zu heben. Er schaute nicht zu mir, sondern zur gegenüberliegenden Wand, die Lippen ironisch verzogen.

„Ich würde dich ungern verlieren, Leonidas. Vielleicht brauche ich dich irgendwann noch einmal …“

Er verstummte und machte einen schnellen Schritt zurück. „Jetzt fort mit euch.“ Sein Ton wurde wieder nachdrücklich und ärgerlich. „Kommt erst wieder, wenn ihr den Mörder gefunden habt.“

Nero schritt zwischen Cassia und mir hindurch, während wir unsere Gesichter wieder auf die Fliesen pressten. Der Saum seiner Toga berührte meine Schulter und tauchte mich in den Geruch schweißfeuchter Wolle.

Cassia und ich verharrten in geduckter Haltung, während die Wachen um uns herum abmarschierten, gefolgt von geschäftigen Dienern. Wir hoben die Köpfe erst, als Hesiodos' Stimme uns trocken mitteilte, dass alle fort seien und es Zeit sei aufzubrechen.

Bevor wir den Palatin verließen, nahm ich Hesiodos beiseite und fragte ihn, worüber ich hinsichtlich Cassias nachgedacht hatte. Hesiodos runzelte die Stirn, aber ich zwang ihn, mir zu versprechen, sich zu erkundigen.

Cassia musterte mich neugierig, als wir zu ihr zurückkehrten, doch ich winkte ab und sagte, es sei nicht wichtig. Hesiodos entließ uns am Fuße des Hügels, und Cassia und ich kehrten nach Hause zurück.

Dort angekommen hängte Cassia niedergeschlagen ihren Mantel auf. „Wenn wir den Mörder nicht finden, müssen wir möglicherweise aus Rom fliehen.“ Sie hielt gedankenverloren inne. „Ich nehme an, ein Leben im Exil wäre gar nicht so schlecht, je nachdem, wohin wir gehen.“

Ich versuchte, ihre Aussage lustig zu finden, nur betrachtete mich Cassia voller Ernst. Sie scherzte nicht. Der *princeps* könnte uns sehr wohl bestrafen, wenn wir nicht taten, was er wünschte.

„Wie sollen wir ihn finden?" Ich trug meinen Hocker an die Wand, ließ mich darauf nieder und streckte die Beine aus. Meine Sandalen waren von unserem Spaziergang mit Schlamm beschmiert und bei Weitem nicht so makellos wie die von Nero, die wahrscheinlich ausschließlich für den Innenbereich gedacht waren. „Er schleicht unbemerkt durch die Subura und legt sich in einer überfüllten *insula* auf die Lauer, ohne dass jemand etwas mitbekommt."

„Die Familie, die nach oben gezogen ist …" Cassia holte ihre Täfelchen hervor und las sie durch, bis sie ihre Notizen zu dem fand, was wir letzte Nacht entdeckt hatten. „Jemand muss sie aufgefordert haben, die Wohnung zu räumen. Diese Leute haben den Mörder gesehen oder zumindest denjenigen, der die Leiche transportiert hat."

„Sie könnten mir von ihm erzählen, wenn sie genug Angst hätten." Ich krümmte die Zehen und konnte mir nicht vorstellen, still zu sitzen, während mir jemand die Füße schön machte. „Ich hoffe, sie haben meinen Rat befolgt und Avitus aufgesucht, damit der ihnen ein anderes Zuhause besorgt."

„Sie haben Kinder. Ich kann mir vorstellen, dass sie alles tun werden, was nötig ist, um sie zu beschützen."

„Möglich." Ich verzichtete darauf, die armen und unglücklichen Eltern zu erwähnen, die ihre Kinder in die Sklaverei oder an *lupanaria* verkauften, um erdrückende Schulden zu bezahlen.

„Auch Chryseis könnte dem Mörder begegnet sein", sagte Cassia. „Vielleicht hat es ihr deshalb einen solchen Schock versetzt, als sie Rufus' Leichnam gesehen hat. Wir sollten sie befragen, wie es der *princeps* befohlen hat."

„Stimmt", räumte ich ein. „Außerdem muss ich noch Regulus finden."

Um den Idioten war ich ehrlich besorgt. Regulus hielt sich für unbesiegbar, aber ich wollte nicht erleben, dass seine toten Augen mich aus dem Helm eines *provocators* anstarrten.

Es gab zu viele Dinge, über die ich nachdenken und die ich erledigen musste. Ich war mir nicht sicher, wo ich anfangen sollte.

„Wir sollten zuerst zu Chryseis", schlug Cassia vor, als hätte sie meine Verwirrung erkannt. „Herausfinden, was sie gestern gemacht hat. Vielleicht hat sie etwas oder jemanden beobachtet, ohne dass ihr klar war, was der oder die Betreffende getan hat." Eine steile Falte erschien zwischen ihren Brauen. „Ich frage mich, warum der Mörder Rufus' Leiche in ihrer Wohnung zurückgelassen hat. Um sie zu erschrecken? Es herrschte keine Liebe zwischen den beiden, wenn Rufus ständig Trost bei Merope und ihrer Schwester gesucht hat. In deren Haus gab es echte Zuneigung für Rufus, sogar Liebe. Das habe ich gespürt, als ich gestern Abend dort war."

„Vielleicht wusste der Mörder nicht, dass Rufus fremdging. Oder er wollte Chryseis persönlich treffen." Ich berührte eine Schwiele auf meiner Handfläche und fand darauf Staub vom Boden im *domus* des Nero. „Sie ist eine echte Xanthippe."

„Das würde bedeuten, dass er nicht viel über Rufus und Chryseis wusste", meinte Cassia. „Offenbar war in aller Munde, dass er andere Geliebte hatte. Was mich zu der Frage zurückbringt, warum er die Leiche bei ihr aufgebaut hat."

„Wie Nero sagte: Er ist ein Verrückter, der zum Spaß Gladiatoren tötet." Ich wischte mir die Hände ab und presste sie aneinander.

Cassia überflog noch einmal ihre Notizen. „Merope und Martolia sind Tänzerinnen", berichtete sie. „Gaius trommelt für sie. Sie treten bei Gastmählern und anderen Feierlichkeiten auf."

Das war mir neu. „Mir haben sie erzählt, Gaius arbeite in der *popina* unter ihren Räumlichkeiten."

„Das stimmt auch. Aber er nimmt sich den Abend frei, wenn die Mädchen einen Auftritt haben, und gibt dem Besitzer der *popina* einen kleinen Teil von dem, was sie verdienen, als Entschädigung."

Reiche Männer – und Frauen – konnten es sich leisten,

Tänzerinnen für ein Abendessen zu engagieren. „Wenn ich in einer Villa oder einem *domus* aufgetreten bin, waren oft Musiker und Tänzerinnen dabei."

Cassia hob den Kopf. „Ich frage mich, ob die Person, die Ajax seine letzte Mahlzeit serviert hat, ebenfalls Tänzerinnen engagiert hatte."

„Wenn ja, könnten diese Tänzerinnen in Gefahr sein", gab ich zu bedenken.

„Nicht unbedingt. Ich bezweifle, dass der Mord vor Publikum stattgefunden hat, sonst hätten wir schon davon gehört. Ob Merope oder Martolia wohl herausfinden könnten, ob bei dem Abendessen Tänzerinnen anwesend waren? Das würde uns zu dem fraglichen Haus führen." Ihr Griffel flog wieder über das Wachs. „Wir sollten uns auch in der Subura erkundigen. Ajax könnte damit angegeben haben, wohin er an seinem letzten Abend gehen würde."

„Nicht *wir*", widersprach ich milde. „*Ich* werde mich in der Subura umhören und mit Chryseis sprechen, wenn sie freikommt. Du wirst hierbleiben und die Tür hinter mir verriegeln."

Cassia schaute mich an, und in ihren Augen blitzte der Eigensinn auf, den ich bereits kannte. „Du hast Nero doch gehört. Er hat gesagt, ich soll Chryseis befragen und wir sollten den Mörder finden – und zwar zügig. Ich kann dir nicht helfen, wenn ich hier eingesperrt bin. Außerdem wäre ich dann auf jeden Fall an deiner Seite und würde nicht losrennen, um in Hurenhäusern oder in den Domizilen von Mördern nachzuforschen."

„Du hattest es ziemlich eilig, allein zu Domitianas Villa aufzubrechen", erinnerte ich sie.

„Nur weil ich Helvius und andere ihrer Sklaven kenne. Ich hatte nicht die Absicht, die Dame selbst zu behelligen. Das warst du." Sie warf mir einen vorwurfsvollen Blick zu. „Außerdem hat mich Nonus Marcianus begleitet."

„Weil er es für töricht hielt, wenn du allein gehst." Mein Satz endete mit einem Knurren.

Cassia legte den Griffel weg. „Es ist auch keine gute Idee, dass du allein an all diese Orte gehst. Dieser Mörder ist hinter Gladiatoren her, erinnerst du dich – und du bist der berühmteste Gladiator von ganz Rom."

„Das war einmal." Ich sah zu der hölzernen *rudis* auf dem Regal. „Jetzt bin ich nur noch Leonidas." Nicht einmal das war ich wirklich, doch mein wahrer Name war zu Staub verblasst.

„Der Mörder macht diesen Unterschied möglicherweise nicht."

Ich spreizte die Finger. „Cassia, ich bin ein ausgebildeter Kämpfer. Wenn ein reicher Mann plötzlich Schlägertrupps auf mich hetzt, werde ich mich wehren können. Was könntest du in so einem Fall tun?"

Cassia war mir einmal in einem Kampf beherzt beigesprungen und hatte meinen Widersacher mit ihrer Tasche voller Schriftrollen niedergeschlagen. Das hätte sie beinahe mit ihrem Leben bezahlt.

„Ich kann um Hilfe schreien oder eine Kohorte finden", erklärte Cassia. „Ich wäre außerdem eine Zeugin."

„Eine Zeugin, die am Ende tot sein könnte. Dauerhaft zum Schweigen gebracht." Ich sprang auf, Zorn und Sorge kochten in mir hoch. „Du bleibst hier, und ich führe das Verhör. Das ist ein Befehl."

Cassia starrte mich ausdruckslos an, wie immer, wenn ich ihr einen direkten Befehl erteilte. Ich war lange Sklave gewesen und davor ein Lehrling, der mehr daran gewöhnt war, Anweisungen zu empfangen, als sie zu geben. Die Kunst der Autorität beherrschte ich nicht.

„Also gut." Ihre Antwort war verdächtig fügsam.

Ich wartete nicht ab, ob sie anfangen wollte zu diskutieren. Cassia konnte ausgezeichnet argumentieren. Sie überzeugte mich manchmal von ihrer Denkweise, bevor ich es richtig merkte. Wäre sie ein Mann und frei geboren gewesen, hätte sie vermutlich eine steile Karriere als Rhetor und Anwalt gemacht. Sie hätte den großen Cicero in den Schatten gestellt, und nur dank Cassia wusste ich überhaupt, wer das gewesen war.

Also verließ ich sie, bevor sie mir widersprechen konnte, und lief die Treppe hinunter und auf die regnerische Straße hinaus.

AUF DEM AVENTIN ANGEKOMMEN ERKUNDIGTE ICH MICH NACH dem Weg zum Haus der *vigiles* und musste feststellen, dass der Hauptmann sich bereits ins Bett begeben hatte, da seine Schicht schon vor Stunden geendet hatte.

Als ich nach Chryseis fragte, erschauderte der *vigil*, der mich eingelassen hatte. „Die Frau, die Hauptmann Vatia hergebracht hat? Schön wie eine Göttin, aber mit dem Herzen eines Basilisken?"

„Ist sie noch hier?", verlangte ich zu wissen.

„Wir haben ziemlich bald danach die Anweisung bekommen, sie auf freien Fuß zu setzen. Den Göttern sei Dank." Der *vigil* zuckte die Achseln. „Sie ist weg, ohne sich zu verabschieden, obwohl wir ihr das beste Bett und etwas zu essen gegeben hatten. Undankbares Miststück. Sie ist heimgegangen, nehme ich an."

Ich dankte dem jungen Mann für die Informationen und verließ das Haus.

In Chryseis' *insula* war es laut, Nachbarn schrien einander an, Familien stritten hinter verschlossenen Türen, Kinder kreischten oder lachten. Der Korbmacher, seine Frau und seine Tochter saßen auf ihren Plätzen, die Augen auf ihre Arbeit gerichtet. Der Kupferschmied hämmerte über seinen Amboss gebeugt vor sich hin. Alles wirkte, als sei hier letzte Nacht überhaupt nichts passiert.

Die Korbflechter schauten nicht auf, als ich in ihre Werkstatt spähte. Entweder hatten sie mich nicht bemerkt, oder sie wollten nichts mehr mit mir zu tun haben.

Ich erklomm die Treppe, die ich am Vorabend so oft hinauf-

und hinuntergestiegen war, bis ich den Absatz im fünften Stock erreichte. Die Tür der Wohnung, in der das Mädchen gewohnt hatte, war fest verschlossen, und von oben hörte ich nichts.

Chryseis' Tür stand offen, und ich blieb auf der Schwelle stehen.

Im vorderen Raum standen offene Kisten mit Chryseis' Habseligkeiten. Sie kam aus dem Hinterzimmer gestürmt, gefolgt von einem dünnen jungen Mann mit zu langem, lockigem Haar, der die Arme voller Stoff hatte.

„Ich habe dir gesagt, du sollst ihn dort hineinlegen", fuhr Chryseis ihn an. Als sie mich sah, blieb sie abrupt stehen. „Was willst du denn hier? Hast du mir nicht schon genug Ärger bereitet?"

„Wer ist das, Liebste?" Der junge Mann musterte mich neugierig. Er hatte ein schmales Gesicht, lange Gliedmaßen und dunkle, unschuldig blickende Augen.

„Noch ein Gladiator", knurrte Chryseis. „Von Gladiatoren hab ich die Nase gestrichen voll. Verschwinde, Leonidas."

„Leonidas, ja?" Der junge Mann warf seine Ladung Stoff in eine offene Kiste und musterte mich erneut, diesmal erfreut. „Ich habe schon von dir gehört. Mein Name ist Daphnus. Ich bin Chryseis' Ehemann."

KAPITEL 12

„Ehemann?“ Ich starrte ihn verblüfft an und wandte mich dann an Chryseis. „Ich dachte, Rufus sei dein Mann gewesen.“

„Gewesen“, betonte Chryseis. „Jetzt ist er tot. Heute heirate ich Daphnus.“

Der grinste mich an. „Fortuna lächelt mir.“

Chryseis marschierte an ihm vorbei ins Schlafzimmer. Ich trat dicht an Daphnus heran und fragte ihn leise: „Bist du dir sicher, dass du sie heiraten willst?“

Sein Grinsen wurde noch breiter. „Warum nicht? Sie ist reich, und sie ist schön ... Mein Vater hält mich für einen Taugenichts, aber jetzt werde ich vermögender sein als er.“ Er lachte glücklich.

„Wie lange kennst du sie?“

„Ein halbes Jahr“, antwortete Daphnus, ohne zu zögern. „Ich habe sie beim Wagenrennen getroffen, so wie es in der *Ars Amatoria* nachzulesen ist.“ Er strahlte mich an, als müsse ich verstehen, was er meinte. „Sie hat immer wieder gesagt, sie werde sich eines Tages vom alten Rufus scheiden lassen, nur gefiele es ihr momentan ganz gut, einen gut aussehenden

Gladiator an ihrer Seite zu haben. Er diente ihr auch als Leibwächter. Doch jetzt ist er tot, der arme Kerl.“

„Hast du ihn getötet?“ Ich blieb breitbeinig vor der Tür stehen, damit er nicht weglaufen konnte, aber die Frage amüsierte ihn.

„Ich? Einen großen Gladiator töten? Ich hätte eher eine Elegie für den Mann geschrieben, als gegen ihn zu kämpfen. Wenn ich versucht hätte, ihn anzugreifen, wäre ich als blutige Pfütze im untersten Stockwerk dieses Gebäudes geendet.“ Er lachte wieder.

„Wo warst du gestern?“, fragte ich nach.

„Zur Tatzeit, meinst du? Der Mord war ja ziemlich schlimm, zumindest hat Chryseis das erzählt. Sie ist völlig verängstigt.“ Daphnus berührte nachdenklich seine Unterlippe. „Lass mich überlegen. Ich habe den Vormittag wie immer damit verbracht, mich mit meinem Vater zu streiten. Er hat ein schönes Haus auf dem Viminal, in dem er so tut, als sei er ein Patrizier. Das ist er natürlich nicht. Er ist ein Freigelassener, aber er hat viel Geld, das er dem Mann verdankt, dessen Sklave er früher war. Er hat für ihn dessen Seiden-Import geleitet, und jetzt hat mein lieber Vater sein eigenes Geschäft. Ich bin anscheinend ein nutzloser Schandfleck in seinem Leben, und deshalb hat er mich enterbt. Darüber streiten wir regelmäßig. Meine Mutter, die Götter mögen sie segnen, ist seit zwölf Jahren tot, sonst hätte sie meinem Vater ganz schön heimgeleuchtet, dass er mich so behandelt. Sie hatte zu allem eine Meinung. Nachdem mein Vater und ich wie jeden Tag beschlossen hatten, nie wieder miteinander zu sprechen, war ich in den Bädern. Später traf ich Chryseis in dem Loch, das ich mein Zuhause nenne, und wir haben ... Na ja, du weißt schon. Sie ist gegangen, als sie mit mir fertig war, das war bei Sonnenuntergang. Dann erfuhr ich über meinen einzigen Diener, der ein nutzloser Schandfleck in *meinem* Leben ist, dass man Chryseis verhaftet hatte – wegen des Mordes an Rufus. Doch man hat sie glücklicherweise wieder freigelassen, und nun können wir für immer zusammen sein.“

Daphnus beendete seine kleine Rede mit einem zufriedenen Seufzer.

Wenn er die Wahrheit sagte, dann hatte Chryseis ihn am späten Nachmittag aufgesucht, nach dem Gespräch mit mir. Sie war auf dem Rückweg von seiner Wohnung gewesen, wo auch immer die sein mochte, als sie auf Rufus' Leichnam gestoßen war.

„Nicht, wenn du mir nicht endlich hilfst", rief Chryseis aus dem Schlafzimmer. Sie erschien in der Tür und hatte offenbar jedes Wort gehört. „Verschwinde aus meiner *insula*, Leonidas, bevor ich die Stadtkohorte rufe, um dich entfernen zu lassen."

„Hast du Rufus getötet?", fragte ich sie unvermittelt.

Ihr finsterer Blick wurde noch unfreundlicher. „Natürlich nicht. Ich wollte den dummen Kerl loswerden, ja, aber dazu hätte es einfachere Wege gegeben. Er war nur ein Gladiator. Es wäre leicht gewesen, die Ehe annullieren zu lassen. Ich hätte es mir leisten können."

Ich glaubte ihr aufs Wort. Sie hatte es nicht nötig, einen grausamen Mord zu begehen, um ihre Ehe zu beenden, und sie hatte auch keinen Grund gehabt, Ajax nach dem Leben zu trachten. Sie wirkte auf mich nicht wie eine Verrückte, die aus Spaß Gladiatoren umbrachte. Böse und kalt, ja, überzeugt, dass jeder, mit dem sie sprach, weit weniger intelligent war als sie selbst, ja, aber keine Verrückte.

Ich wandte mich wieder an Daphnus: „Ich wünsche dir alles Gute für deine Ehe."

„Danke." Daphnus' breites Grinsen kehrte zurück. „Unsere Hochzeitsfeier wird von großer Dekadenz geprägt sein. Vielleicht, meine Liebe, sollten wir Leonidas einladen, beim Abendessen einen Schaukampf abzuhalten. Die Gäste würden es lieben."

„Auf keinen Fall." Die drei Worte duldeten keine Widerrede. „Schönen Tag noch, Leonidas."

Daphnus zuckte hilflos die Achseln und wandte den Blick bewundernd zu Chryseis. Ich fischte schweigend den Schlüssel heraus, den ich am Abend zuvor aus dieser Wohnung mitgenommen hatte, und legte ihn in die Hand von Chryseis, die mich wütend anfunkelte. Hatte sie wohl einen Ersatzschlüssel gehabt, mit dem sie heute in die Wohnung gekommen war, und hatte sie diesen bei Daphnus gelassen oder bei dem Korbmacher, einem Mann, dem sie vielleicht mehr vertraute?

Im Geiste wiederholte ich meine guten Wünsche für die beiden und ging.

Bevor ich den Aventin verließ, suchte ich noch Marcianus auf. Er war weniger gut gelaunt als sonst. Der *medicus* hatte Rufus untersucht und festgestellt, dass auch er eine üppige Mahlzeit mit Blattgold erhalten hatte, bevor man ihn von hinten niedergestreckt hatte. Marcianus wollte gerade zum *ludus* aufbrechen, um Aemil zu sagen, er könne die Leiche abholen.

Ich ließ ihn beunruhigt zurück und machte mich auf den Weg zu meiner nächsten Station.

Bei Tag war die Subura ein völlig anderer Ort. Läden waren offen, von denen auch einige ganze Gebäude einnahmen. In den *lupanaria* herrschte noch morgendliche Ruhe, aber es war schon spät genug, dass ein paar bereits ihre Türen geöffnet hatten.

Ich betrat das Haus, das Ajax als Letztes vor seinem Tod besucht hatte.

Die Inhaberin war an diesem Tag noch weniger erfreut, mich zu sehen, als sie es vor zwei Nächten gewesen war. Diesmal war das *lupanar* jedoch weniger gut besucht, und ich konnte sie überreden, mich mit der jungen Frau sprechen zu lassen, bei der Ajax gewesen war.

Sie forderte den doppelten Preis, denn ich war kein Freier, sondern nur ein neugieriger Mann, wie die Frau sagte. Dankbar, dass Cassia in diesen Tagen meinen Münzbeutel voll hielt, zahlte ich.

Die junge Frau lag gähnend auf einer Liege in ihrer Kabine,

da ich sie im Schlaf gestört hatte. Der eine Ärmel ihrer Tunika war heruntergerutscht und entblößte eine schmutzige Schulter. Sie war vor Kurzem beim Haarschneider gewesen, aber die pechschwarzen Locken ihrer Frisur waren fettig und hingen schlaff herunter. „Der arme Ajax", meinte die junge Frau traurig. „Er war nicht gerade der Sanftmütigste, doch das hatte er nicht verdient. Ich bekomme regelrecht eine Gänsehaut, wenn ich daran denke. Ich war kurz zuvor noch mit ihm zusammen."

Die Trauer der jungen Hure war echt. „Hat er dir verraten, wo er hinwollte, als er aufgebrochen ist?", fragte ich und bemühte mich, nicht zu viel Dringlichkeit in meine Stimme zu legen.

Die junge Frau schüttelte den Kopf, und die Locken, die sie zu einem engen Dutt auf ihrem Scheitel zusammengesteckt hatte, wippten. „Nur dass er an einem Ort, der viel besser ist als diese Bruchbude, ein auserlesenes Mahl einnehmen wollte. Das kann überall sein."

„Hat er einen Namen erwähnt? Oder ob er einen Mann oder eine Frau besuchen wollte?" Ich erinnerte mich, wie Marcia mir erzählt hatte, dass Ajax die Gesellschaft hochgeborener Männer, vorzugsweise von Senatorensöhnen, gemocht hatte, wenn er nicht gerade mit den Damen der Subura verkehrt hatte.

„Eine Frau, vermute ich, obwohl ich mir nicht sicher bin, warum." Sie zog die Knie an, ihre kurze Tunika entblößte ihre Beine bis zur Hüfte. „Nein, warte, ich weiß es doch. Er sagte, es sei die Mühe wert, auf ihrem Speisesofa zu liegen. Ich nehme an, er erwartete eine große Belohnung für seine Mühe."

„Er mochte die Frau nicht?"

„Das war egal. Ajax war nicht anders als du und ich. Er tat, was er tun musste, um ein paar Sesterzen zu verdienen. Nur dass es in diesem Fall wohl eher um Denare ging. Ajax hat gespart, um sich die Freiheit zu erkaufen. Er wollte nach Pannonien zurückkehren, um zu sehen, ob noch jemand von seiner Familie lebt. Ich weiß nicht, wo Pannonien liegt, aber ich glaube, es ist weit weg."

„Sehr weit." Nicht so weit wie einige Landstriche in Germanien oder die Gegend, in der Cassias Vater in Smyrna gelebt hatte, doch es befand sich im wilden Teil des Reiches, wo es viele verrückte Barbaren gab, die bereit waren, über die Römer, die dort stationiert waren, herzufallen und sie zu ermorden.

„Ajax war gern Gladiator", fuhr die junge Frau fort. „Er mochte den Ruhm, wollte nur noch lieber nach Hause."

Ich dachte an den Mann, den ich nur flüchtig gekannt hatte, einen tapferen Kämpfer, der immer gewann. Unnachgiebig und mit einem Tötungsinstinkt gesegnet. Aemil hatte Ajax ständig sagen müssen, dass er ein Schauspiel liefern und nicht einfach seinen Gegnern an die Gurgel gehen sollte. Ajax hatte sich nur mit Mühe daran gehalten.

Jetzt war er tot, ohne jede Gelegenheit zur Gegenwehr niedergestreckt.

Ich fragte mich, ob das Essen und der Wein, die man ihm serviert hatte, vergiftet gewesen waren. Ein Trank, der ihn schwächen oder schläfrig machen würde, hätte dem Mörder einen großen Vorteil verschafft.

Es war für mich kaum vorstellbar, dass Ajax einen Angreifer, der sich von hinten näherte, nicht bemerkt haben sollte, egal, wie betrunken er auch gewesen sein mochte. Rufus noch weniger. Die Helme, die wir trugen, versperrten uns seitlich die Sicht, also waren wir darauf trainiert, jederzeit zu spüren, wo unser Feind war. Jeder Atemhauch, jedes Scharren eines Fußes im Sand, sogar das Knacken eines Gelenks, wenn ein Mann sein Knie beugte, verriet seine Position. Ich hatte den Luftzug wahrgenommen, wenn sich mein Gegner bewegt hatte und die Wärme seines Körpers, wenn er sich mir genähert hatte.

Ajax, den Aemil persönlich ausgebildet hatte und der einer der besseren Gladiatoren im *ludus* gewesen war, hätte sich niemals von hinten treffen lassen, wenn man ihn nicht betäubt oder ihm die Sinne benebelt hätte.

Die junge Frau schien um Ajax zu trauern. Ich gab ihr einen

Sesterz, flüsterte ihr zu, sie solle ihn für sich behalten, und verließ das Haus.

Als ich in unsere Räumlichkeiten zurückkehrte, fand ich Cassia vor, die eine Mahlzeit mit frischem Brot zubereitete.

„Ich habe deine Anweisung, im Haus zu bleiben, nicht so verstanden, dass wir nicht essen sollen", sagte sie, während sie gelassen den Eintopf in Schüsseln schöpfte. „Ich war lediglich beim Bäcker und in der *popina*."

Wortlos hängte ich meinen Mantel auf, ließ mich auf meinen Schemel fallen und griff nach einem Stück Brot. Ich hatte gewusst, dass Cassia nicht gehorsam hier warten würde, doch ich wusste auch, dass sie – üblicherweise – vernünftig war.

Hungrig riss ich ein Stück Brot ab und kaute, genoss die lockere Krume und den leicht sauren Geschmack. Cassia schaffte es immer, gutes Brot zu besorgen, wahrscheinlich weil der Bäcker Angst vor ihr hatte. Er hatte auch Angst vor mir, aber vor allem vor ihr.

Während ich kaute, erzählte ich ihr, was Marcianus bei der Untersuchung von Rufus' Leichnam entdeckt hatte. Während Cassia es ordnungsgemäß notierte, fügte ich hinzu: „Chryseis ist übrigens verheiratet. Genauer gesagt, sie heiratet. Heute."

„Wie bitte?" Cassia blinzelte mit weit aufgerissenen Augen, ihr Stift verharrte reglos. „Wen denn?"

„Einen hirnlosen Trottel namens Daphnus. Sein Vater ist ein reicher Freigelassener." Ich berichtete ihr von dem Gespräch mit ihm.

„Hat dieser Daphnus den Namen seines Vaters genannt?", fragte Cassia, als ich geendet hatte. „Ich frage mich, wie reich er wirklich ist. Obwohl ich mir vorstellen kann, dass Chryseis sehr genau weiß, wie viel der junge Mann wert ist."

„Er hat mir mitgeteilt, sein Vater wolle ihn nicht länger unterstützen." Ich aß den Eintopf mit Appetit und tunkte den Rest mit Brot auf. Das Herumrennen in Rom und die Befragung von Menschen, gepaart mit dem traurigen Anlass, hatten mich hungrig gemacht.

„Die Heirat mit einer wohlhabenden, hübschen Frau könnte seinen Vater wieder gnädig stimmen“, bemerkte Cassia. „Chryseis hofft das zweifellos – oder vielleicht weiß sie, dass sie seinen Vater umstimmen kann. Nach dem, wie du sie beschreibst, kommt sie mir nicht wie eine Frau vor, die aus Liebe heiratet.“

„Sie trägt keine Liebe in sich“, stimmte ich zu. „Daphnus ist von ihr geblendet, und ich nehme an, Rufus war das auch.“

„Rufus war ein Freigelassener, richtig?“

Ich nickte, während ich mir mehr Eintopf und Brot in den Mund stopfte. Mein Magen knurrte, während ich ihn füllte. „Er ist aus eigenem Antrieb zu Aemil gekommen. Rufus war hoch verschuldet und hat sich an Aemil verkauft, um seine Gläubiger bezahlen zu können. Dann hat er genug Preisgeld verdient, um sich freizukaufen, aber er hat mit Aemil ausgehandelt, dass er auch danach noch bleiben durfte. Er war gern berühmt.“

„Diese Berühmtheit hat auf Chryseis zweifellos anziehend gewirkt. Ganz zu schweigen von den Preisgeldern.“

Ich zuckte die Achseln. „Rufus hätte nie so viel verdienen können wie der Sohn eines Freigelassenen, dessen Vater ein großes Seidenimportgeschäft besitzt.“

Seide war teuer. Sie wurde in Ländern weit im Osten hergestellt, und zwar als helles, ziemlich dickes Tuch. Die Importeure ließen den Stoff zurück zu Seidenfäden verarbeiten, die sie dann neu webten und in den von den Römern bevorzugten Farben färbten – Rot, Gold, dunkle Blau- und Grüntöne. Nur ganz Reiche wie Domitiana konnten es sich leisten, Seide zu tragen.

„Chryseis muss zu spät entdeckt haben, dass Rufus nicht so wohlhabend war, wie sie geglaubt hatte“, mutmaßte Cassia. „Er hat wahrscheinlich bei der Beschreibung seines Vermögens übertrieben.“ Rufus war ein Prahlhans gewesen, das war also durchaus möglich. „Auch wenn sie sein Geld nicht gebraucht hat, weil sie selbst viel hatte, wollte sie sich wahrscheinlich an ihm bereichern. Vielleicht ist sie einfach geldgierig.“

„Sie ist eine kaltherzige Frau", pflichtete ich ihr bei, als ich endlich runtergeschluckt hatte.

„Aber sehr schön." Cassia beobachtete mich ruhig.

Ich dachte darüber nach. „Sie ist wie eine Statue, perfekt geformt und bemalt. Ich sehe mir gerne Statuen in Gärten an, doch sobald ich weitergehe, vergesse ich sie. Chryseis ist genauso, nur dazu noch mit einer scharfen Zunge gesegnet. Die junge Frau, mit der ich im *lupanar* gesprochen habe, war überhaupt nicht attraktiv, aber ich habe mich viel lieber mit ihr unterhalten als mit Chryseis. Sie hatte Mitleid mit Ajax – schon bevor er gestorben ist. Sie meinte, er habe Heimweh gehabt."

Nachdem ich meine Ansicht geäußert hatte, wandte ich mich wieder meinem Eintopf zu.

Kurz darauf bemerkte ich, dass Cassia ganz still geworden war. Ich hob den Kopf und stellte fest, dass sie mich mit sanftem Lächeln betrachtete.

„Du bist ein guter Mann."

Das sagte sie nicht zum ersten Mal. Ich fand an mir selbst nicht viel Beachtenswertes und aß kommentarlos weiter.

Als wir fertig waren, brachte Cassia die Teller auf den Balkon, um sie abzuwaschen. Ich sah den Sinn darin nicht, da wir sie ohnehin wieder benutzen würden, doch ich widersprach nicht.

Sie kam mit den Tellern wieder herein und stapelte sie auf der Kommode. „Vielleicht sollten wir einen Blick in Chryseis' Lagerhaus werfen", schlug sie vor. „Ein Lagerhaus wäre ein hervorragender Ort, um einen Leichnam zu verstecken."

„Aber Chryseis hat Rufus nicht ermordet, da sind wir uns doch einig."

„Ja, nur was, wenn sie Ajax auf dem Gewissen hat?" Cassia strich gedankenverloren über den Deckel eines ihrer Täfelchen. „Oder jemand angeheuert hat, um ihn zu töten? Angenommen, sie hat diese Männer nicht bezahlt oder sie verärgert. Sie ist eine anspruchsvolle und unangenehme Frau. Was wäre, wenn sie sich gerächt hätten, indem sie ihren Ehemann auf die gleiche Weise töten wie ihr erstes Opfer? Als Warnung sozusagen? Das würde erklären, warum sie so entsetzt war, denn alles deutet darauf hin, dass sie sich nie wirklich für Rufus interessiert hat."

„Das wäre ein grausames Ende für Rufus gewesen", erklärte ich voller Anteilnahme. „Wir haben aber auch bei dieser Variante das gleiche Problem – wie haben seine Mörder ihn niedergestreckt? Rufus war ein noch besserer Kämpfer als Ajax."

Cassias Blick schweifte in die Ferne, während sie über diese Frage nachdachte. „Nehmen wir an, Rufus war an der Ermordung von Ajax beteiligt. Seine Spießgesellen würden Rufus' Tod dann nicht nur nutzen, um Chryseis in Angst und Schrecken zu versetzen, sondern auch, um sich eines Zeugen zu entledigen."

„Denkbar. Doch das wirft erneut die Frage auf, warum Chryseis Ajax töten wollen sollte."

Cassia seufzte tief. „Ja, ich weiß. Diese Morde ergeben insgesamt keinen Sinn. Ich schließe daraus, dass unser Täter ein Wahnsinniger ist, wie Nero schon vermutet hat, allerdings ein sehr berechnender und präziser. Ich kann mir keinen Grund vorstellen, warum jemand Ajax oder Rufus töten sollte."

„Wir wissen nicht, warum", pflichtete ich ihr bei. „Wir sollten uns auf das Wer konzentrieren. Das Motiv interessiert mich nicht."

„Aber es könnte uns zum Täter führen. Ist er – oder sie – jetzt fertig? Oder sind alle Gladiatoren von Rom in Gefahr? Hasst der Mörder Gladiatoren ganz allgemein? Oder ist er vielmehr fasziniert von ihnen? Versucht er, seine Macht über Kämpfer zu demonstrieren, die jeden, dem sie gegenüberstehen, leicht töten könnten und doch ihrerseits ihm zum Opfer fallen?"

Diese Überlegungen überstiegen meinen Horizont. Cassia hingegen hatte eine Vorliebe für solche philosophischen Fragen.

Sie fuhr fort: „Warum hat man ihnen vorher erst noch eine gute Mahlzeit serviert? Um sie einzulullen? Oder ist das so eine Art Ritual?"

„Am Abend vor Spielen bekommen Gladiatoren traditionell ein Festmahl. Die sogenannte *cena libera.*" Ich habe davon nie viel gegessen, weil ich meine Sinne nicht mit Fleisch und Wein träge werden lassen wollte.

„Das ist interessant." Cassia öffnete die Tafel vor sich und schrieb mit schnellen Griffelbewegungen. „Es könnte also tatsächlich ein Ritual sein. Das Blut eines Gladiators soll Heilkräfte haben, wie du mir erzählt hast. Vielleicht sammeln die Täter dieses Blut, um einen geliebten Menschen zu heilen oder weil es Glück bringt. Wir haben kein Blut bei den Leichen gefunden. Vielleicht haben sie Ajax und Rufus vor der Tat ein gutes Mahl als eine Art Entschuldigung serviert."

Diese Theorie überzeugte mich nicht. „Wenn dem so ist, warum zerstückelt der Täter dann die Leichen, kleidet sie an und arrangiert sie so, dass andere sie finden? Nein, wer immer das tut, ist grausam und verrückt."

Cassia seufzte erneut. „Ich spekuliere ja nur. Trotzdem würde ich mir gern einmal Chryseis' Lagerhaus ansehen."

Das ging mir genauso. Ich wollte Cassia nicht mitnehmen, aber sie packte bereits ein paar Täfelchen ein. Ich wusste, dass sie den Weg dorthin mit oder ohne meine Erlaubnis finden würde, also nahm ich sie wie immer mit, damit ich sie wenigstens im Auge behalten konnte.

Der Regen hatte aufgehört, und es war etwas wärmer geworden, doch es war immer noch feucht, als wir über die nassen Steine des überfüllten Forums Romanum und längs des Vicus Tuscus zum Forum Bovarium schritten. Jenseits des Viehmarktes lag am Flussufer das Emporium mit seinen riesigen Lagerhallen.

Während wir am Tiberufer entlangliefen, legten Boote an und ab, die Waren aus Ostia Antica flussaufwärts brachten, die dort aus Häfen in der ganzen Welt angelangt waren.

Der Porticus Aemilia erregte meine Aufmerksamkeit, wie immer, wenn ich mich so weit flussabwärts wagte. Das riesige Lagerhaus war eins der größten seiner Art in ganz Rom und zog alle Blicke auf sich.

Fünfzig Tonnengewölbe erhoben sich am Fluss, und das quer zum Ufer stehende Riesengebäude hatte vier treppenförmig aufeinander aufbauende, gewölbte Ebenen. Das Lagerhaus war vollständig aus Beton. Der Baumeister, für den ich gearbeitet hatte, hatte mich einst hergebracht, als ich noch ein unerfahrener Lehrling war, und mir die Technik, die bei dieser Bauweise zum Einsatz kam, so stolz erklärt, als hätte er den Porticus selbst errichtet.

Weitere Lagerhallen säumten das Gelände, darunter auch eine noch im Bau befindliche, wo Arbeiter Ziegelsteine aufmauerten, die sie später verputzen würden. Ich hätte am liebsten verweilt und zugesehen, aber wir mussten Chryseis' Lagerhaus ausfindig machen.

Cassia tat dies, indem sie zum nächstgelegenen Brunnen ging und eine Frau, die dort Wasser schöpfte, fragte, welches es war.

Zufrieden kehrte sie zu mir zurück. „Dort." Sie deutete auf ein kleineres Lagerhaus am Ufer des Tiber südlich von uns. „Chryseis ist Eigentümerin des gesamten Gebäudes, vermietet die eine Hälfte und nutzt die andere für ihre eigenen Waren."

Beeindruckt von Cassias Wissen führte ich sie am Tiber entlang. Die Gegend war chaotisch, Wagen fuhren von den Docks zu den Lagerhäusern, Trupps schreiender Männer löschten und beluden kleine Schiffe und Lastkähne. Zwar war es verboten, tagsüber Lieferungen innerhalb der Stadtmauern Roms zu tätigen, doch wurden viele Waren außerhalb der Stadtmauern hin- und hertransportiert, um sie in den Lagerhäusern zu lagern, ehe man sie später in der Nacht verteilte.

Chryseis' Lagerhaus stand in der Nähe eines ruhigeren Hafenbeckens, in dem keine Lastkähne festgemacht waren. Die ganze Gegend war für meinen Geschmack zu wenig geschäftig. Das Gebäude, auf das wir zusteuerten, erhob sich in der Nähe eines Hügels, der aus weggeworfenen und zerbrochenen Töpferwaren bestand. Ein seltsam hoher Hügel aus gebrauchten Amphoren.

„Die Menschen haben diesen Hügel in den letzten mindestens siebzig Jahren aufgeschüttet", erklärte ich Cassia, während sie den Hügel verwundert betrachtete. Wahrscheinlich hatte sie bei ihren früheren Ausflügen nach Rom das Emporium und seine Umgebung noch nicht gesehen.

Cassia starrte auf den Hügel aus zerbrochenen Tonkrügen, bis ich sie drängte, zu Chryseis' Lagerhaus weiterzugehen.

Das Gebäude war eine Miniaturausgabe des Porticus Aemilia. Zwei Tonnengewölbe waren in den Hügel gegraben, eine Seite des Lagers war zum Fluss hin offen. In einem der Gewölbe entluden Männer einen Wagen. Sie beachteten uns kaum, als wir uns auf die andere Seite begaben, die größtenteils leer war.

An der Rückwand standen Kisten, Kartons und Körbe, in den Regalen befanden sich kleinere Gegenstände. In den Erdboden waren Amphoren eingelassen.

Die feuchte Luft roch nach Schlick, Fluss und regennassem Mauerwerk. Chryseis war nicht zugegen – womit ich auch nicht gerechnet hatte –, aber es gab auch keinerlei Wachen. Ich fragte mich, ob selbst Diebe Angst hatten, sie zu bestehlen.

„Leonidas?" Hinter mir erklang eine vertraute Stimme. „Du bist es tatsächlich. Es ist in der Tat sehr schön, dich zu treffen. Kannst du mir vielleicht helfen?"

KAPITEL 13

Cassia strahlte, und ich drehte mich um und sah den *architectus* Gnaeus Gallus.

„Was tust du denn hier?", fragte ich, unsicher, wie ich ihn grüßen sollte.

Gallus musterte mich billigend. Er war klein und schlank, sein dunkelgraues Haar hatte sich noch nicht gelichtet. Er trug eine Tunika aus feinem Leinen und ließ, wie schon bei unserer ersten Begegnung, seine locker drapierte Toga über den Boden schleifen.

„Ich soll hier ein Lagerhaus bauen", sagte er stolz. „Natürlich kein monumentales, aber direkt neben diesem hier. Ein Importeur will expandieren und braucht mehr Platz für seine Waren."

Der Vater von Chryseis' zweitem Ehemann war Importeur. Hatte Chryseis beschlossen, ein Lagerhaus zu bauen, weil Daphnus irgendwann das Geschäft seines Vaters übernehmen würde? Oder versuchte sie, der Familie einen Teil des Geschäfts abzujagen, indem sie in sie einheiratete?

„Wie heißt er denn?", erkundigte ich mich. Cassias Gesichtsausdruck nach zu urteilen, hatte sie denselben Gedanken gehabt.

„Tertius Vestalis Felix." Gallus lächelte. „Sein Beiname

bedeutet *glücklich*. Ich schätze, das ist er, schließlich hat er reich geheiratet."

Cassia erstarrte. Der Name kam mir ebenfalls bekannt vor, doch ich konnte ihn nicht auf Anhieb zuordnen.

„Heiraten eigentlich alle nur noch aus finanziellen Gründen?", fragte ich. Rufus hatte das getan, aber möglicherweise auch wegen der Schönheit seiner Frau. Mein Freund Xerxes hatte eine Frau gefunden, die er liebte, und obwohl er sie nicht hatte heiraten können, hatten sie einander als Mann und Frau angesehen. Sie waren aus Liebe und gegenseitiger Zuneigung zusammen.

Gallus betrachtete mich amüsiert. „Die Reichen auf jeden Fall. Sie müssen doch das ganze schöne Geld zusammenhalten. Dann heuern sie Architekten an, damit die ihnen Lagerhäuser bauen, damit sie noch reicher werden können. Das wird ein Großprojekt." Er musterte mich aufmerksam. „Jetzt dazu, was du für mich tun könntest. Möchtest du Teil meines Bautrupps werden? Ich bräuchte dringend jemanden, der im Baugewerbe ausgebildet ist. Wir könnten es ja mal versuchen, dann sehe ich, wie es um deine Fähigkeiten bestellt ist, und wenn wir uns gut verstehen, würde ich dich vielleicht zum Vorarbeiter machen."

Ein Kribbeln erfasste meinen Körper, ähnlich wie früher, wenn ich darauf gewartet hatte, vor die johlenden Massen zu treten und einen Kampf zu beginnen, aber diesmal war Freude das vorherrschende Gefühl. So etwas hatte ich schon so lange nicht mehr gespürt, dass ich einen Schritt zurücktreten musste.

Ich wollte das, was Gallus mir anbot, mehr als alles andere. Auf einer Baustelle zu sein, bei der Organisation der täglichen Arbeitsabläufe mitzuhelfen, zu verfolgen, wie das Bauwerk Gestalt annahm, zu wissen, dass meine Hände die Steine gesetzt oder die Ziegelsteine gelegt hatten ... Das würde mir das Gefühl geben, ein Ziel zu haben, mich auf eine Weise erfüllen, wie ich es seit vielen Jahren nicht mehr erlebt hatte. Ich wäre wieder ein ganzer Mensch.

Gleichzeitig war der Gedanke auch erschreckend. Eine der

größten Tragödien in meinem Leben hatte sich auf einer Baustelle ereignet. Eine weitere hatte sich in einem Amphitheater abgespielt, und beide Male hatte ich jemanden verloren, der mir sehr am Herzen lag.

Ich wollte das, was Gallus mir anbot, und gleichzeitig wollte ich es mit ganzer Kraft von mir stoßen.

„Überleg es dir", sagte Gallus, als er mein Zögern bemerkte. „Mit einem Gladiator, der alles über Statik weiß, wäre ich *das* Gesprächsthema von Rom."

„In Ordnung, ich werde es mir überlegen." Ich schluckte, unfähig, ihm meine widerstreitenden Gefühle zu erklären. „Wann soll es denn losgehen?"

„Schon in ein paar Wochen. Das heißt, wenn wir die Baustelle rechtzeitig geräumt bekommen. Es gibt ständig Komplikationen. Grundbesitzer, die erst zum letztmöglichen Zeitpunkt ihre Zustimmung geben, sumpfige Stellen, die es trockenzulegen gilt, weicher Boden, den wir abtragen müssen, und immer ist da irgendwo ein Ort, der jemandem geweiht ist oder vor mehreren hundert Jahren mal geweiht war. Nicht dass ich einen Gott oder die Ahnen beleidigen möchte." Gallus berührte die Wand, an der er stand, als wolle er alle Gottheiten besänftigen, die sich an diesem Ort aufhielten.

Ein paar Wochen Bedenkzeit also. Ich sah, dass Gallus enttäuscht war, weil ich sein Angebot nicht sofort angenommen hatte, aber er ging nicht weiter auf das Thema ein.

„Warum bist du eigentlich hier, Leonidas?", erkundigte er sich stattdessen. „Willst du eine Sendung abholen?"

Ich zögerte nur einen Augenblick, ehe ich mich entschloss, ihm die Wahrheit zu sagen. Gallus hatte sich in der Vergangenheit als aufrichtig und hilfreich erwiesen. „Ich versuche herauszufinden, ob dies möglicherweise der Tatort eines Mordes ist."

Gallus blinzelte überrascht und schaute sich dann hektisch um, als sei er bereit, jeden Moment die Flucht zu ergreifen. „Ein Tatort?", keuchte er. „Bei allen Göttern, Leonidas, als ich dich das erste Mal getroffen habe, hast du auch einen Todesfall untersucht. Ist das jetzt etwa dein Beruf?“

„Irgendjemand macht Jagd auf Gladiatoren. Mein *lanista* hat mich um Hilfe gebeten.“

„Gladiatoren ... Oh, ja, ich habe von dem gehört, den man in dieser *insula* gefunden hat. Überall einzelne Gliedmaßen und Blut. Oh, ihr Götter.“ Gallus wischte sich mit dem ausgefransten Saum seiner Toga die Stirn ab. „Das ist zu viel für mich. Es ist eine Sache, wenn Gladiatoren in den Spielen gegeneinander kämpfen – die ich mir nicht ansehen will –, aber eine ganz andere, wenn einer in der Wohnung eines Menschen ermordet wird.“

Cassia warf ein: „Was immer du gehört hast, es war übertrieben, Gallus. Da war überhaupt kein Blut, und die Leiche war ganz ordentlich arrangiert. Deshalb sind wir ja auf der Suche nach dem eigentlichen Tatort.“

Ein *eques* konnte eine Sklavin schlagen, wenn sie ihn unaufgefordert ansprach, doch Gallus betrachtete sie nur nachdenklich.

„Warum hier, Cassia?“, fragte er. „Wenn im Emporium Mörder lauern, möchte ich lieber nicht an einem so menschenverlassenen Ort mit der Arbeit an meiner Baustelle beginnen.“

Cassia deutete mit einer schmalen Hand auf den Raum um uns herum. „Die Witwe des Toten ist die Besitzerin dieses Lagerhauses.“

„Glaubst du, sie hat ihn umgebracht? Wie wahrscheinlich ist das?“ Gallus rieb sich den Scheitel, die Toga noch immer in der Hand. „Eine Frau kann wohl kaum einen großen, starken Gladiator töten, oder?“ Er ließ seinen Blick zwischen Cassia und mir hin- und herwandern, als versuche er, sich vorzustellen, wie sie mich zu Boden schickte.

„Nicht ohne Hilfe“, erklärte ich.

„Oder die Mörder haben dieses Lagerhaus benutzt, um Chryseis die Schuld in die Schuhe zu schieben“, ergänzte Cassia mit ihrer ruhigen Stimme.

„Wie furchtbar." Wieder berührte Gallus besänftigend die Wand. „Habt ihr denn schon etwas herausgefunden?"

„Leider noch nicht." Ich wandte mich ab, weil ich die Suche so schnell wie möglich abschließen wollte. Die Luft hier ließ mich frösteln, und das lag nicht an dem kühlen Wetter draußen.

Ich begab mich zum hinteren Ende des Lagerhauses. Das Dach war ähnlich geformt wie das des Porticus Aemilia – zwei Gewölbe, die stufenförmig in den Hügel hineingebaut waren, mit Öffnungen oben an den Wänden des zweiten, die Licht einließen.

Trotzdem wünschte ich mir, ich hätte eine Laterne mitgebracht. Flammen waren in einem Lagerhaus gefährlich, aber bei dem regnerischen Wetter war es schwierig, ohne zusätzliche Beleuchtung bis in die Ecken zu schauen.

Doch egal, wie gründlich ich den Boden absuchte, ich fand keine feuchten Stellen, kein Wasser, kein Blut. Die Regale waren aufgeräumt und größtenteils leer, als verkaufte Chryseis ihre Lieferungen sofort weiter, sobald sie sie erhielt. Waren, die in den Regalen lagen, brachten nichts ein, und Chryseis war eine Frau, die so schnell wie möglich Geld sehen wollte.

Erst als ich eine Ansammlung von Kisten auf der linken Seite des Gebäudes erreichte, entdeckte ich etwas Ungewöhnliches. Die Arbeiter hatten im ganzen Lagerhaus reichlich Schlamm verteilt, aber dieser Bereich war frisch gesäubert. Ich bückte mich und hob einen winzigen Gegenstand vom Boden auf, der an die Ecke einer Kiste gedrückt war.

Es war eine Feder, zerbrochen und abgeknickt. Mit den Fingern wischte ich den Schlamm von ihr ab.

Die Feder stammte nicht von einem Vogel, zumindest hatte kein lebendes Tier sie vor Kurzem verloren. Sie hatte das klare, glänzende Schwarz der Helmzier eines Gladiatorenhelms.

Cassia, die ein beinahe unheimliches Gespür dafür hatte, wenn etwas nicht stimmte, war sofort neben mir. Ihr warmer Atem streifte meinen Arm.

„Sie sieht aus wie die andere, die ich gefunden habe", sagte sie aufgeregt. Von anderer Farbe, doch die Form und Dicke stimmte.

Ich umklammerte die Feder und versuchte, ruhig zu bleiben. „Chryseis hat vielleicht Federn importiert, um sie an Helmhersteller zu verkaufen."

Cassia warf mir einen zweifelnden Blick zu. „Dass eine hier herumliegende Feder mit der in der *insula* übereinstimmt und beide denen an Rufus' Helm gleichen, ist ein zu großer Zufall, um es zu ignorieren. Woher sollte der Mörder einen Gladiatorenhelm haben?"

„Von Aemil vielleicht?", schlug ich vor. „Er hält die Ausrüstung für die Gladiatorenspiele unter Verschluss. Sie ist sehr teuer."

„Aemil würde aber doch merken, wenn etwas fehlt, oder? Er wüsste, ob das, was Ajax und Rufus getragen haben, aus seinem Lager stammt."

Mein alter *lanista* hatte nichts dergleichen gesagt, aber vielleicht war er zu beunruhigt gewesen, um daran zu denken, das zu überprüfen. Die Ausrüstung kam mir nicht bekannt vor, allerdings hatte ich auch nie besonders auf die Kostüme der anderen geachtet, höchstens um bei meinem Gegner nach Schwachstellen zu suchen.

„Wenn die Rüstung aus Aemils Bestand ist, würde das bedeuten, dass jemand vom *ludus* in die Morde verwickelt ist." Mir wurde übel. Wir wussten, dass man von uns erwartete, in den Spielen gegeneinander anzutreten, ja, doch in einem fairen Kampf. Keiner von uns würde einen Gladiatorenkollegen bewusstlos schlagen, töten und seine Überreste irgendwo in Rom liegen lassen. Erniedrigt, entehrt.

„Ich habe Ajax' Leichnam nicht gesehen", erinnerte mich Cassia. „Rufus' Helm und Beinschienen zumindest wirkten neu, nicht abgenutzt von Kämpfen."

Ich öffnete die Hand und starrte die Feder an. Sie war trotz des Schlamms sauber und schillernd, kein Sand aus der Arena klebte daran.

Gallus, der Cassia gefolgt war, betrachtete die Feder interessiert. „Woher bezieht dein *lanista* denn die Ausrüstung für seinen *ludus*? Oder stiftet der Veranstalter der Spiele sie?"

„Sie wird von einem Rüstungsschmied namens Volteius angefertigt." Ich ließ den schwarzen Federkiel nicht aus den Augen. „Aemil lässt ihn für uns auf Maß arbeiten."

„Du könntest ihm einen Besuch abstatten", schlug Gallus vor. „Wenn du herausfindest, wer die Ausrüstung geordert hat, hast du deinen Mörder", setzte er selbstzufrieden hinzu.

Eine gute Idee, doch ich war mir da nicht so sicher. Der Schuldige mochte Männer angeheuert haben, die die Tat für ihn ausgeführt hatten, und gedungene Mörder waren nicht leicht aufzuspüren.

„Aemils Rüstungsschmied arbeitet in Transtiberim", sagte ich. „Nicht weit vom Fluss entfernt."

„Wenn ihr da jetzt hinwollt, komme ich mit", verkündete Gallus. „Ich möchte mich nicht länger am Tatort eines Mordes aufhalten."

Nichts deutete darauf hin, dass Rufus an dieser Stelle getötet oder zerstückelt worden war. Vielleicht hatte der Täter auch nur den Helm und die Beinschienen hier gelagert. Um Rufus herein- und hinauszuschaffen, hätte man einen großen Karren und viel Heimlichkeit gebraucht.

Ich hatte nichts dagegen, dass Gallus uns begleitete, und wir verließen das Lagerhaus und machten uns flussaufwärts auf den Weg zur Pons Sublicius. In der anderen Hälfte des Lagerhauses bemerkte niemand, dass wir gingen, oder fragte nach unserem Anliegen. Die Sklaven fuhren damit fort, Dinge hinein- und hinauszuschleppen, ohne sich um uns zu scheren. Erst als wir den Porticus Aemilia erreichten, sah ich Wachen, aber nach einem Blick auf mich hielten sie uns nicht auf.

Wenn dies in den Lagerhäusern üblich war, dann hatte wahrscheinlich überhaupt niemand auf die geachtet, die Rufus am Vortag dorthin geschafft hatten. Chryseis' Lager befand sich abseits des üblichen Emporium-Verkehrs, und ihre Mieter in der anderen Hälfte des Lagerhauses schienen sich um ihre eigenen Angelegenheiten zu kümmern.

Das Haus des Waffenschmieds, der Beinschienen und Helme für Gladiatoren und Brustpanzer für Legionäre herstellte, lag am westlichen Rand von Transtiberim, wo die Hügel dem Sumpf wichen. Das Geräusch von Hämmern auf Bronze drang zu uns, lange bevor wir das Tor erreichten.

Von irgendwo im Hof stieg Rauch auf, und ein dürrer junger Mann, vermutlich ein Lehrling, öffnete uns auf unser Klopfen hin. Der Junge erkannte mich und grinste.

„Bist du gekommen, um dich für Schaukämpfe zu rüsten?", fragte er dienstbeflissen. „Du bist ein Champion. In deinem letzten Kampf warst du Regulus ohne jeden Zweifel weit überlegen. Sag, dass du dich noch nicht wirklich zur Ruhe gesetzt hast."

„Doch, das habe ich", erwiderte ich, dann wurde mein Tonfall angesichts seiner Enttäuschung sanft. „Ich trainiere aber weiter in den Badehäusern. Ein Mann weiß nie, wann er kämpfen muss."

„Ich hoffe, du stehst bald wieder in einer Arena. Warum bist du hier, wenn du keine Rüstung kaufen willst?"

„Um mit deinem Meister über eine Rüstung zu sprechen, die er für jemand anderen angefertigt hat."

Der Bursche sah mich verwirrt an, bedeutete mir jedoch, ihm zu folgen. Gallus kam uns langsam hinterher und schaute sich interessiert um, ließ seinen Blick über die Brustpanzer, Helme und verschiedenen Arm-, Bein-, Hand- und Fußschützer wandern, die in den unterschiedlichsten Produktionsphasen auf den Bänken, Regalen und Tischen lagen. Bis zur Hüfte nackte Männer bearbeiteten Metall sowohl im Hof als auch in den offenen Schuppen.

„Sehr schön." Gallus hielt inne, um einen Schienbeinschutz zu bewundern, in den das Abbild einer liegenden Göttin eingearbeitet war. „Für den tödlichen Zweikampf geschaffene Kunstwerke."

„Mein Herr ist der Beste", sagte der Junge stolz.

Ich beobachtete einen Mann, der etwas herstellte, das ein *gladius* sein musste. Er schlug mit einem Hammer auf die Klinge, dann erhitzte er das Metall in einer Feuergrube, ehe er es zum langsamen Abkühlen zur Seite legte. Im Gegensatz zu Eisen, das man in geschmolzenem Zustand bearbeitete, brach Bronze, wenn das Metall zu heiß war.

Der Lehrling führte uns in einen Raum, der nicht viel größer war als einer der Schuppen. Ein dicker Mann in einer Tunika zeichnete sorgfältig mit einem Griffel ein Muster auf ein dünnes Bronzeblech.

„Wer ist es, und worum geht es?", knurrte er, ohne aufzublicken.

„Es ist Leonidas, der Spartaner."

Auf die aufgeregten Worte des Jungen hin hob der Mann den Kopf. Volteius hatte ein flaches Gesicht, die Nase war ebenfalls flach, als hätte jemand seinen Kopf gegen einen seiner eigenen Brustpanzer gepresst. Zwei scharfsinnige Augen musterten mich aufmerksam unter einem Schopf ergrauter dunkler Haare.

„Willst du eine Bestellung aufgeben?", verlangte der Waffenschmied zu wissen. „Oder holst du eine ab? Schickt Aemilianus dich? Warum sind so viele Leute bei dir?"

„Ich bewundere deine hervorragende Arbeit, Herr", erwiderte Gallus schnell. „Ich bin Gnaeus Gallus, Baumeister. Ich brauche vielleicht Bronzeschmuck."

„Dann sprich mit meinem Schreiber. Was willst du, Leonidas? Ich habe zu tun."

Cassia verschwand wie immer, wenn wir in der Öffentlichkeit unterwegs waren, hinter mir und erstarrte zu einem unbeweglichen Kleiderbündel. Sie spielte die bescheidene, gehorsame Sklavin, doch ich wusste, dass sie jedes Wort, das um mich herum gesagt wurde, in ihrem Gedächtnis speicherte und später, wenn sie alles notierte, gezielt Fragen stellen würde.

„Ich bin nicht hier, um eine Bestellung abzuholen", erklärte ich. „Sondern um mich nach etwas zu erkundigen, das du kürzlich hergestellt hast."

Volteius fixierte mich ungläubig. „Kürzlich? Da musst du schon etwas genauer werden. Sieh dich um. Ich erfülle unablässig Aufträge. Nicht nur für die Gladiatoren von Rom, sondern auch für die in den umliegenden Städten. Außerdem repariere ich beschädigte Teile für Legionäre, Prätorianer oder *vigiles* und darüber hinaus für jeden, der ein Schwert schwingen oder seine Brust schützen muss. Die Frühjahrsspiele stehen vor der Tür, und jeder *lanista* will, dass seine Männer noch prächtiger und auffälliger ausgerüstet sind als sonst."

Ich wartete, bis sein Wortschwall zu einem griesgrämigen Brummen abebbte. „Ein Thraker und ein *secutor*. Der Helm des Thrakers war schwarz-weiß gefiedert."

Volteius schob sich den Stift hinters Ohr. „Die Helmzier mache ich hier nicht – die vergebe ich fremd –, aber ja, ich habe Rüstungen für einen Thraker und einen *secutor* geschmiedet. Albus!"

Auf seinen Ruf hin erschien der junge Mann sofort an seiner Seite. „Ja, Herr?"

„Wann habe ich den Thraker angefertigt?"

Albus wandte den Blick nachdenklich zur Decke. „Das war vor etwa einem Monat. Zusammen mit dem *secutor*. Beinschienen, die mit Kriegern aus dem Trojanischen Krieg geschmückt waren. Einer davon war Ajax, glaube ich."

Ich fuhr zusammen. Die Beinschienen des toten Ajax hatte jeweils das Relief eines Kriegers geziert. Ich hatte sie nicht genauer betrachtet, doch es mochte sich um den Helden des Trojanischen Krieges, Ajax, gehandelt haben. Ein so formulierter Auftrag bedeutete, dass der Mörder es nicht auf irgendeinen beliebigen Gladiator abgesehen hatte, sondern ausdrücklich auf Ajax.

„Wer hat diesen Auftrag erteilt?" Ich beugte mich über Volteius' Arbeitstisch, wobei mein großer Schatten über die Zeichnung einer halb bekleideten Nymphe fiel.

Volteius' buschige Brauen hoben sich. „Aemilianus natürlich."

„Aemilianus?" Ich starrte ihn erstaunt an und hörte von Cassia hinter mir ein Rascheln. „Bist du sicher?"

„Natürlich", blaffte Volteius. „Ich arbeite oft für ihn. Das weißt du doch."

„Ich meine, hat er die Bestellung persönlich aufgegeben?"

„Nein, er hat jemand geschickt." Er wedelte mit einer großen Hand. „Ich weiß nicht mehr, wen. Schließlich führe ich ja nicht Buch darüber, wer alles in deinem *ludus* arbeitet. Man sagt mir, Aemilianus will eine Rüstung, und ich schmiede sie."

Ich wandte mich an Albus. „Erinnerst du dich, wer sie abgeholt hat?"

„Ein großer Mann", antwortete Albus sofort. „Ich hatte ihn noch nie zuvor gesehen. Er war kein Gladiator. Ich dachte, Aemilianus hätte ihn als Boten angestellt. Dichtes, dunkles Haar, große Nase, hochgewachsen und breitschultrig. Hat seinen Namen nicht genannt."

„Hat seinen Namen nicht genannt", wiederholte Volteius. „Warum auch? Er hat bezahlt und die Ware bekommen. Normalerweise lässt Aemilianus anschreiben und zahlt nach den Spielen, aber ich hatte gegen sofortige Barzahlung nichts einzuwenden."

Die Information war hilfreich, doch andererseits hätte der Mann jeder sein können. Es würde schwer werden, ihn aufzuspüren, selbst mit Albus' aufmerksamer Beschreibung.

„Stimmt etwas nicht?" Albus musterte mich, weil ich so finster dreinblickte.

„Habt ihr gehört, dass man Ajax und Rufus ermordet hat?", fragte ich unumwunden.

„Natürlich", erwiderte Albus, ehe Volteius etwas entgegnen konnte. „Das ist das Stadtgespräch von ganz Rom."

„Diese Ausrüstung war für die beiden bestimmt." Ich presste grimmig die Lippen aufeinander. „Für ihren Tod."

Volteius' gerunzelte Stirn glättete sich, und er öffnete ungläubig den Mund. Albus starrte mich schockiert an.

„Der Mann, der sie abgeholt hat", sagte Albus. Seine Stimme war gerade mal ein Flüstern. „Das war der Mörder?"

„Möglich", meinte ich. „Oder ein Komplize."

„Minerva steh uns bei." Albus schluckte und erzitterte vor Aufregung. „Wir haben mit einem Mörder geredet."

„Er war ziemlich still." Volteius' Antwort klang ruppig. „Wie du schon gesagt hast, Leonidas, er hat vermutlich nur einen Botengang erledigt. Wusste vielleicht gar nicht, was sein Herr mit den Sachen im Sinn hatte. Doch er hat behauptet, Aemilianus habe ihn geschickt."

„Das war gelogen. Aemil würde nie seine eigenen Männer ermorden."

Volteius' Miene verhärtete sich. „Ich hatte keine Ahnung von all dem, vergiss das nicht. Mit dieser Sache habe ich nichts zu tun. Ich bin davon ausgegangen, wie immer für Aemilianus zu arbeiten." Er funkelte Gallus an, als wolle der jeden Moment loslaufen, um einen Magistrat zu holen.

Volteius war zu Recht besorgt. Wenn jemand dachte, er sei an der Bluttat beteiligt gewesen, würde auch ihn die ganze Härte des Gesetzes treffen.

„Du hast in gutem Glauben gehandelt." Ich sprach langsam und deutlich, für alle hörbar. „Niemand kann dir daraus einen Vorwurf machen."

„Sieh zu, dass das auch wirklich nicht geschieht", knurrte Volteius. „Und jetzt raus mit euch. Ich habe alle Hände voll zu tun."

Er holte den Griffel hinter seinem Ohr hervor und beugte sich wieder über die Zeichnung, aber ich konnte erkennen, dass seine Hand zitterte und er keinen geraden Strich hinbekam.

Albus bedeutete uns, ihm nach draußen zu folgen. „Konnte ich dir weiterhelfen?", fragte er mit leuchtenden Augen.

„Ja." Ich widerstand dem Drang, ihm den Kopf zu tätscheln wie einem Hund. „Ich danke dir."

„Wenn ich den Mann noch einmal sehe, gebe ich dir sofort Bescheid", versprach er.

„Wenn du ihn noch einmal siehst, versteck dich“, erwiderte ich beunruhigt. „Ich will nicht, dass er hinter sich aufräumt.“

Albus nickte ernsthaft, und ich hoffte, dass er meine Warnung ernst nehmen würde. Er führte uns zum Tor hinaus und schloss es hinter uns, ohne es zu verriegeln.

„Wo geht ihr jetzt hin?“, erkundigte sich Gallus neugierig.

Ich wusste nicht, woraus unser nächster Schritt bestehen sollte. Sollten wir die Stadt nach einem Kerl mit dunklem Haar und großer Nase absuchen? Eine langwierige, schwierige Aufgabe.

Cassia lugte unter ihrem Umhang hervor. „In den *ludus*“, erklärte sie. „Um Aemilianus zu fragen, ob er die Rüstungen tatsächlich bestellt hat. Wenn ja, hat man sie ihm zum Zweck dieser beiden Morde gestohlen.“

„Hervorragende Idee.“ Gallus rieb sich die Hände, seine Toga flatterte. „Dann lasse ich euch mal ziehen. Wie gesagt, bei Gladiatorenkämpfen schaudert es mich, und ich befürchte, ich könnte es nicht ertragen, wenn ich in die Nähe eines ganzen Rudels von Gladiatoren gerate. Schönen Tag noch, Leonidas, junge Cassia. Denk darüber nach, ob du im Bautrupp für das Lagerhaus mitarbeiten willst. Meine Tür steht dir immer offen.“

Gut gelaunt entfernte sich Gallus zur nächsten Brücke, die ihn zurück ins Herz von Rom führen würde. Als er in der Menge verschwunden war, wandten Cassia und ich uns in Richtung *ludus*. Ich spürte, dass sie mich über Gallus’ Angebot ausfragen wollte, und ich hielt sie davon ab, indem ich schneller ging.

Als wir uns dem Tor des *ludus* näherten, wo erneut Septimius Wache hielt, ertönten hinter uns schwere Schritte.

„Aus dem Weg, Leonidas.“

Der vermisste Regulus drängte mich grob aus dem Weg und stürmte durch das Tor, das Septimius ihm hastig öffnete.

KAPITEL 14

Ich folgte Regulus hinein, dicht gefolgt von Cassia. Regulus blieb auf dem Weg neben dem Übungsplatz stehen, wo die Gladiatoren trotz des Regens trainierten. Er streckte frech seine Arme und gähnte.

Ehe ich ihn fragen konnte, wo beim Hades er sich versteckt hatte, stürzte Aemil mit Wut in den Augen und einem Holzschwert in der Hand über den Hof auf ihn zu. Ich kannte das Schwert. Wir nannten es Nemesis.

„Glaubst du, dies ist ein Badehaus, in dem du nach Belieben ein- und ausgehen kannst?“, brüllte Aemil, als er Regulus erreichte. „Wo bist du gewesen? Lüg mich bloß nicht an!“

Septimius schlug das Tor zu, und ich hörte, wie er den Riegel zuschob und uns einsperrte. Die Gladiatoren unterbrachen ihr Training und sahen interessiert zu uns herüber.

Regulus warf einen argwöhnischen Blick auf das Holzschwert und tat dann so, als würde er es ignorieren. „Ich war bei einer Frau. Was hast du denn gedacht? Sie hat gut bezahlt, mach dir keine Sorgen.“

„Ich habe euch immer wieder erklärt, dass ich kein Bordell betreibe“, rief Aemil. „Du kommst zur Sperrstunde zurück oder musst die Konsequenzen tragen.“ Er hob das Schwert.

Aemil war einst der beste Gladiator Roms gewesen. Ich hatte den Titel übernommen, aber ich wusste, dass ich Aemil nie hätte besiegen können. Er hatte noch keinen einzigen Kampf verloren, nicht mal als er ein grüner *tiro* gewesen war.

„Jetzt bin ich doch hier“, knurrte Regulus. „Ich bin müde. Kannst du mich nicht später verprügeln?“

Er klang forsch, allerdings hörte ich in seiner Stimme Unbehagen.

„Ich werde dich schlagen, wann immer ich will.“ Aemil machte einen Schritt auf ihn zu. „Du gehörst mir und nicht irgendeinem Flittchen in der Subura. Pack dich in deine Zelle.“

„Sie ist kein Flittchen, sondern eine reiche Frau.“ Regulus wich in Richtung der Mauerbögen zurück, hinter denen der Zellenbereich lag.

„Ist mir völlig egal, und wenn sie eine der Grazien der Venus war. Du darfst den *ludus* nur mit meiner Erlaubnis verlassen, und die hattest du nicht. Rufus und Ajax sind tot. Willst du als nächste zerstückelte Gladiatorenleiche enden?“

Regulus erschrak. „Rufus ist tot?“

„Ermordet und zerhackt. Wir dachten, das wärst du auch. Leonidas hat die Straßen nach dir durchkämmt.“

Regulus richtete seinen Blick auf mich, und der Hohn kehrte in seine Stimme zurück. „Leonidas könnte nicht einmal seinen eigenen Hintern finden.“

„Rein da.“ Aemil hieb Regulus das Schwert mit der flachen Seite gegen den Unterleib.

Regulus konnte nicht ausweichen und keuchte auf, bevor er sich klugerweise umdrehte und in Richtung seiner Zelle lief. Aemil ging hinter ihm her, und ich folgte ihnen, wobei ich Cassia in meiner Nähe behielt. Die anderen Gladiatoren sahen uns mit der Erleichterung von Männern nach, die an diesem Tag Aemils Zorn nicht auf sich gezogen hatten.

Als ich an Regulus’ Zelle ankam, war Aemil gerade dabei, die Tür zu verschließen. Regulus lehnte mit verschränkten Armen an der gegenüberliegenden Wand.

„Ich bin kein Verbrecher“, knurrte er.

„Aber du bist Gladiator.“ Mit einem sehr endgültig klingenden Klirren drehte Aemil den Eisenschlüssel im Schloss. Die Zellen waren von außen verriegelt, die Gladiatoren saßen darin fest. „Du bist aus genau einem Grund in meinem *ludus* – ich habe für dich bezahlt.“

Regulus brummte unwillig, doch er blieb auf der anderen Seite der Zelle stehen, als Aemil seinen Schlüssel abzog und sich entfernte. Regulus spuckte durch das Gitter, aber ich bemerkte, dass er darauf achtete, Aemil nicht zu treffen.

Als Aemil den Trainingsplatz erreicht hatte und sein Befehl an die Gladiatoren, sich wieder an die Arbeit zu machen, zu uns drang, trat ich an Regulus’ Tür.

„Sag mir, wo du gewesen bist“, bat ich. „Es könnte enorm wichtig sein.“

Regulus musterte mich wütend. „Das geht dich nichts an.“ Er beugte sich zu seiner Bettstatt hinunter und holte ein dünnes Metallstück unter der Pritsche hervor. Dann kam er zur Tür, steckte die Hand durch die Gitterstäbe und begann, das Schloss mit dem improvisierten Dietrich zu bearbeiten.

Ich legte meinerseits eine Hand an die Gitterstäbe. „Ajax und Rufus hatten vor ihrer Ermordung ein üppiges Mahl genossen. Höchstwahrscheinlich bei einer reichen Frau. Also, wer war deine Gespielin?“

„Friss deine Augäpfel, Leonidas.“

Abrupt riss ich ihm den Dietrich aus der Hand und schleuderte ihn den Korridor entlang. Das dünne Eisenwerkzeug schlitterte über die Steine.

„Du Dreckskerl.“ Regulus funkelte mich an und rüttelte an der Gittertür. „Mach sie sofort auf.“

„Aemil ist mir nach wie vor überlegen. Kommt nicht infrage.“

„Du gehörst ihm nicht und hast keinen Grund, ihm gegenüber loyal zu sein. Oder ist dir die Kappe deines Freigelassenen zu eng, und du willst in seinen Schutz heimkehren?“

Ich hatte die traditionelle Filzkappe eines freigelassenen Sklaven nie erhalten, und ich hatte auch noch nicht das entsprechende Festmahl genossen. Man hatte mir die *rudis* überreicht und mich dann ignoriert, was mir nur recht war.

„Aemil ist ein besserer Kämpfer als ich.“ Das konnte ich ohne Groll zugeben, denn es stimmte. „Sag mir, wer die Frau war. Jemand, der sehr reich ist, lockt Gladiatoren in den Tod.“

„Nun, die Frau, die ich besucht habe, kann es nicht gewesen sein, denn hier bin ich. Ich habe gegessen, getrunken und sie in jeder Stellung genommen, die ich kannte, außerdem in einigen, die ich vorher nicht kannte. Sie ist da sehr bewandert.“

„Ich werde sie nicht verraten, wenn das deine Sorge sein sollte.“

„Sie verraten.“ Regulus lachte zur rissigen Decke hinauf. „Ich mach mir keine Sorgen um ihren Ruf. Sie ist eine Witwe, die ihr Leben genießt und der es egal ist, wer es weiß. Nein, ich mach mir Sorgen, dass Herakles mir alle Knochen bricht. Sie ist seine persönliche Wohltäterin. Zumindest glaubt er das.“

„Domitiana Sabina?“, fragte ich schnell. Ich hörte, wie sich Cassia hinter mir bewegte, aber sie blieb stumm. „Von mir wird Herakles jedenfalls nichts erfahren, versprochen.“

„Was für ein loyaler Freund du doch bist, Leonidas. Du tust alles für einen Kameraden, außer ihn zu töten, wenn er darum bittet, oder ihm aus einer verschlossenen Zelle zu helfen.“

Ich musterte ihn stur. „Beides geschah, um dein Leben zu retten.“

„Das sagst du. Ja, Domitiana Sabina. Wenn Aemil uns jetzt alle in den *ludus* sperrt, wird sie gern bereit sein, dich zu empfangen. Sie steht auf Gladiatoren. Kann gar nicht genug von ihnen kriegen.“

„Hat sie dir etwas in den Wein getan?“, fragte ich, seinen Vorschlag ignorierend. „Hast du dich benebelt und lethargisch gefühlt?“

„Erst nach dem siebten Fick. Die Frau hat Ausdauer. Aber

nein, sie hat mich nicht betrunken gemacht oder mein Essen mit einem Betäubungsmittel versetzt."

„Wir glauben, dass Rufus und Ajax auf diese Weise zu Tode gekommen sind." Ich erwiderte Regulus' finsteren Blick. „Man hat ihnen mit Drogen versetzte Speisen und Getränke gegeben, um sie zu benebeln, bevor sie von hinten erschlagen wurden. Ich hoffe bloß, dass sie tot waren, bevor man sie zerstückelt hat."

Davon ging ich allerdings aus, denn selbst ein Gladiator, der nur halb bei Bewusstsein war, hatte den Instinkt zu kämpfen. Marcianus hatte gesagt, an Ajax' Leiche habe er keinerlei Kampfspuren entdecken können, und ich wettete, dass Rufus sich ebenfalls nicht gewehrt hatte. Aber ich wollte, dass Regulus sich ein wenig mehr sorgte, als er es bisher tat.

Regulus' Augen weiteten sich leicht, doch seine Worte trieften vor Hohn: „Du bist nicht gut darin, Männern Angst einzujagen, Leonidas."

Ich trat an die Gitterstäbe, mein Herz wurde hart, und ich musterte ihn auf eine Art und Weise, die andere Gladiatoren erbeben ließ, wenn sie mir in der Arena gegenüberstanden.

„Ich bin sogar sehr gut darin", flüsterte ich. „Bleib im *ludus* und lebe. Die Götter wollen es augenscheinlich so."

„Entweder das, oder du bist ihr Fluch für mich."

Ich lenkte meine Aufmerksamkeit auf die beiden verbliebenen Strichmännchen an der Decke, die zu tief eingeritzt waren, um sie wegzukratzen. „Warum hast du Xerxes' Zeichnungen entfernt?"

Regulus sah kurz hin und dann wieder weg. „Das war ich nicht, sondern Aemil."

Das überraschte mich zwar, aber ich zwang mich, keine Reaktion zu zeigen. Ich ließ die Gitterstäbe los und ging.

Cassia folgte mir mit ein paar Schritten Abstand, und wir traten auf den Übungsplatz hinaus. Aemil schrie den trainierenden Kämpfern Befehle zu, spornte sie mit Gebrüll und Drohungen an. Die Gladiatoren gehorchten widerspruchslos und hieben im strömenden Regen auf die Pfosten ein.

Aemil ließ sie für einen Moment in Ruhe und kam zu Cassia und mir ans Tor. „Jetzt sind alle wieder da. Regulus war der Letzte. Ich werde sie einschließen, dann gibt es keine weiteren Verluste mehr.“ Der Blick seiner verschiedenfarbigen Augen nagelte mich fest. „Schließ du dich auch daheim ein. Ich will nicht, dass jemand über *deine* Leiche stolpert.“

Das entsprach auch meinen Wünschen. „Regulus sagt, du hättest Xerxes’ Zeichnungen weggekratzt.“

Bei diesen abrupten Worten flackerte es in Aemils Augen. „Das stimmt. Bevor du mich schlägst: Ich habe es getan, weil es die letzten Dinge waren, die Xerxes gezeichnet hat – sein letzter Streich. Regulus hat es nicht verdient, diese Bilder zu sehen.“

Ich schwieg. Aemil behielt außer seiner Wut auf ungehorsame Gladiatoren seine Emotionen für sich, und ich hatte bis zu diesem Moment nicht gewusst, dass er Zuneigung für Xerxes empfunden hatte und es bedauerte, ihn verloren zu haben.

Zuneigung war in unserem Beruf tödlich. Der Tod zerstörte jede Freundschaft, jede Liebe. Gladiatoren lustwandelten jeden Tag mit dem Tod, und wir waren ständiger Verzweiflung ausgesetzt, wenn uns andere zu wichtig wurden.

Ich nickte Aemil leicht zu, bevor ich Cassia meine Hand auf die Schulter legte und sie vor mir zum Tor hinausschob.

Wir sprachen kaum, bis wir unsere Wohnung erreichten. Cassia legte ihren Mantel ab, und ich setzte mich auf den Rand des Balkons, um meine Gedanken zu ordnen. Der Regen hatte unterwegs aufgehört, die Wolken hatten sich verzogen und ließen das Sonnenlicht durch. Der Balkon war trocken, durch unsere Mauer vorm Regen geschützt und jetzt von der Sonne gewärmt.

Cassias leise Schritte ertönten, und kurz darauf ließ sie sich neben mir nieder, sodass unser beider Füße über den Rand des Flachdachs baumelten.

Ich nahm an, Cassia wolle besprechen, was wir heute Nachmittag im Lagerhaus und bei den Waffenschmieden erfahren hatten, aber sie musterte mich einen Moment, bevor sie leise fragte: „Hast du vor, für Gnaeus Gallus zu arbeiten?"

Ich wandte mich ihr abrupt zu, doch Cassia schaute gelassen auf die Straße unten. In der ruhigen Gasse waren Menschen unterwegs, die den Weinhändler oder andere kleine Geschäfte in der Nähe besuchten. Niemand blickte hoch und bemerkte uns.

„Ich weiß noch nicht." Eigentlich wusste ich sehr genau, dass ich es von ganzem Herzen wollte, aber die Angst davor war so groß, dass ich daran zu ersticken drohte. „Meinst du, unser Gönner hätte etwas dagegen?"

„Ich glaube nicht", entgegnete Cassia. „Die Anweisungen, die Hesiodos mir gegeben hat, lauteten, du sollst dir Arbeit suchen, um die Miete zu bezahlen und uns beide zu ernähren, bis unser Gönner bereit ist, sich und seine Absichten zu offenbaren. Hesiodos hat nicht gesagt, welche Art von Arbeit du annehmen sollst. Wir beide sind davon ausgegangen, dass du als Leibwächter tätig sein würdest, denn das ist es, was die meisten Gladiatoren tun." Cassia spreizte die Finger. „Die Arbeit für einen Baumeister kann auch die Miete finanzieren, je nachdem, wie viel er bietet."

„Möglicherweise nicht sehr viel." Eine verschleierte Frau in einem blauen Gewand eilte unter uns vorbei. „Als ich damals bei dem Baumeister in der Lehre war, bestand meine Bezahlung aus Essen und einem Platz zum Schlafen."

„Da warst du in der Ausbildung", bemerkte Cassia. „Noch ein junger Mann. Nach dem, was Gallus gesagt hat, will er dich als Assistenten."

„Das klingt nicht nach viel Lohn." Ich stützte mich auf meine Hände und genoss den Sonnenschein. „Gallus wird beurteilen müssen, was ich kann. Meine Erinnerungen an mein Leben vor der Arena sind nur noch schwach. Ich werde das Bauhandwerk ganz neu lernen müssen."

„So etwas verlernt man nicht", widersprach Cassia zuversichtlich. „Wenn Gallus dich wirklich will, solltest du die Stelle annehmen.“

„Der letzte Baumeister, für den ich gearbeitet habe, ist gestorben“, sagte ich leise, aber nachdrücklich.

„Das war schwerlich deine Schuld.“ Cassia sah mich voller Mitgefühl an.

„Ich habe es für einen Unfall gehalten.“ Ich versuchte, die Erinnerungen an jenen furchtbaren Tag zu verdrängen, doch die Bilder bestürmten mich, ehe ich sie aufhalten konnte. Der Backsteinbau, der noch nicht fertiggestellt war, und das Dachgerüst: ein Trümmerhaufen. Die zerschmetterte, blutüberströmte Leiche des Mannes, der sich auf mich verlassen hatte, lag unter den Steinen. „Dann entdeckten andere Beweise für eine vorsätzliche Beschädigung des Gebäudes. Man hat mich verhaftet und schuldig gesprochen.“ Ich war sechzehn gewesen, widerspenstig und verängstigt.

„Dann hat man dich zu den Spielen geschickt“, schloss Cassia. „Der wahre Mörder ist ungeschoren davongekommen.“

„Warum hätten sie auch nach ihm suchen sollen?“ Ich zuckte resigniert die Achseln. „Ich hätte meinem Herrn nie etwas zuleide getan, aber er hatte mich am Tag zuvor angeschrien, als ich langsam war, und die Richter sagten, ich hätte aus Rache das Gebäude über ihm zum Einsturz gebracht. Idiotisch.“

Cassia streckte die Hand nach mir aus, zog sie allerdings zurück, ehe sie mich berühren konnte. „Das bedeutet nicht, dass es sich wiederholen wird. Gallus ist ein sanftmütiger, kluger Mann. Ich bezweifle, dass er jemanden so gegen sich aufbringen würde, dass dieser ihn töten will.“

Ich rieb mir die Oberlippe, die kratzig war. Ich musste dringend zum Barbier. „Mein *architectus* hatte vielleicht gar niemanden gegen sich aufgebracht. Möglicherweise hat ihn ein Rivale, der das Grundstück haben wollte, aus dem Weg schaffen lassen.“ Ich hatte nie erfahren, was genau geschehen war, und das hatte mich immer gestört.

„Die Vergangenheit muss sich nicht unbedingt wiederholen.“

Cassia ließ den Blick über die Dächer vor uns schweifen. Über den niedrigen Gebäuden entlang der Straße konnten wir gerade noch die Hügel jenseits des Flusses sehen.

Ich fragte mich, ob Cassia an das dachte, was sie selbst erlebt hatte. Obwohl sie als Sklavin geboren war, war sie in einem gewissen Komfort aufgewachsen, da ihr Vater ein angesehenes Mitglied des Haushalts gewesen war. Cassia hatte unter dem Schutz ihres Vaters gestanden, und er hatte sie alles gelehrt, was sie wusste.

Ihr jäher Rauswurf aus diesem Haus war hart für sie gewesen – ihre Herrin war wütend gewesen, weil ihr Gatte Cassia schöne Augen gemacht hatte, woran die keine Schuld getragen hatte. Eine Sklavin, selbst eine gebildete, war den Launen ihres Herrn ausgeliefert.

Ich hatte von Anfang an klargestellt, ich erwartete nicht, dass Cassia mir das Bett wärmte. Wenn ich Befriedigung brauchte, gab es genug willige Gespielinnen in den Bordellen auf den sieben Hügeln Roms und darüber hinaus. Ich sollte mich um diese Frau kümmern, und ich wollte sie beschützen, sogar vor mir selbst.

„Ich glaube, ich werde Gallus sagen, dass ich gerne für ihn arbeiten würde“, brach ich nach einer Weile das Schweigen. „Ich habe alle Gladiatoren Aemils für ihn gefunden, wofür er mich ursprünglich angeheuert hat. Wir sollten unser Honorar kassieren, dann sind wir fertig.“

Cassia strich eine Strähne ihres bereits perfekt frisierten Haars glatt. „Der Mörder ist noch da draußen. Gladiatoren von anderen *ludi* könnten die nächsten Opfer sein.“

„Dann wird die Stadtkohorte ihn finden.“ Ich wusste, sie hatte recht, doch ich wollte Cassia nicht noch größerer Gefahr aussetzen. Sie war schon einmal vergiftet worden, weil ich einen Mörder gejagt hatte.

„Nero hat dir befohlen, ihn ausfindig zu machen. Die Stadtkohorte wird einfach den nächstbesten Verdächtigen festnehmen.“

Sie erinnerte mich auf ihre sanfte, aber unmissverständliche Art daran, dass sich mein ganzes Leben verändert hatte, weil ich ein naheliegender Verdächtiger gewesen war. Wenn ich jetzt aufgab, könnte ich einen anderen zum selben Schicksal verdammen.

Ich wollte einwenden, dass Ajax' und Rufus' Tod nichts mit mir zu tun hatte. Aemil hatte mich gebeten, seine verschwundenen Gladiatoren aufzuspüren, und das hatte ich getan. Regulus war von sich aus nach Hause gekommen, und jetzt war er eingesperrt, und sein Dietrich war für ihn unerreichbar.

Ich wusste allerdings, dass ich mir lange nicht verzeihen könnte, wenn ich eines Morgens aufwachen und hören würde, dass man einen weiteren Gladiator zerstückelt aufgefunden und ich nichts unternommen hatte, um das zu verhindern. Erst recht nicht, wenn man einen Unschuldigen dafür zum Tode verurteilte, wie es bei mir vor langer Zeit der Fall gewesen war.

Ich lehnte mich wieder zurück, betrachtete die Wolkenfetzen am blauen Himmel und atmete tief durch. Der Sturm war vorbei. „Ich werde den Mörder finden und dafür sorgen, dass es aufhört. Auch wenn ich noch nicht weiß, wie ich das anstellen soll."

„Wir werden darüber nachdenken", sagte Cassia zuversichtlich, und wir beobachteten schweigend, wie sich die Wolken im warmen Wind verzogen.

Am nächsten Morgen weckte mich ein Klopfen an der Tür am unteren Ende der Treppe. Cassia, die bereits aufgestanden war und Wasser und Brot geholt hatte, eilte hin.

Ich überholte sie, noch barfuß und in der Tunika, in der ich geschlafen hatte, und lief vor ihr die Treppe hinunter, ein Messer in der Hand.

Als ich die Tür aufriss, fand ich mich Merope und Gaius gegenüber.

„Chryseis bereitet ein Begräbnis für Rufus vor“, sagte Merope und runzelte für sie ganz untypisch die Stirn. „Sie will uns nicht dabeihaben. Dein *lanista* finanziert seinen Scheiterhaufen, aber Chryseis veranstaltet eine eigene Bestattung. Kannst du uns helfen?“

KAPITEL 15

Cassia hatte die beiden nach oben geführt und mit verdünntem Wein versorgt, ehe ich wieder oben war. Sie teilte auch unser Frühstück mit den beiden.

Ich lehnte mich mit verschränkten Armen an die Wand, während Merope und Gaius sich auf Hocker setzten und mit Appetit aßen und tranken. Wenn ich an ihre kargen Räumlichkeiten über der *popina* und die magere Mahlzeit dachte, die sie mir angeboten hatten, kam ich zu dem Schluss, dass ihr eigener Tisch schon lange nicht mehr so gut gedeckt gewesen war.

„Was kann ich für euch tun?", fragte ich.

Merope wischte sich den Mund ab, um zu antworten, während Gaius sich weiter an Brot und Linsen gütlich tat.

„Würdest du deinen *lanista* bitten, uns an der Kremation und dem Festmahl danach teilnehmen zu lassen? Wir tanzen häufig auf Leichenschmäusen."

„Er soll euch engagieren?"

„Nur wenn er uns nicht als Gäste dabei sein lässt", sagte Merope. Gaius nickte, während er sich weiter Essen in den Mund schob.

„Ich weiß nicht, ob Aemil ein Festmahl plant", erwiderte ich.

„Wenn es um seine Gladiatoren geht, neigt er nicht zu Überschwang."

Gaius schluckte lautstark. „Dann wenigstens zur Kremation. Wir möchten uns angemessen vom guten alten Rufus verabschieden. Er war sehr gut zu uns."

Merope erhob sich von ihrem Schemel. „Wir können den Tanz schlicht halten, aber wir möchten ihn ehren. So in etwa."

Sie entledigte sich ihres fadenscheinigen Umhangs, unter dem sie eine Tunika aus dünnem, abgenutztem Leinen trug. Merope hob die Arme und trat von einem Fuß auf den anderen, wobei sich ihr Körper anmutig beugte. Gaius leckte seinen Löffel ab und klopfte damit und mit der Hand einen Rhythmus auf den Tisch.

Cassia sah begeistert zu, wie Merope sich wiegte und ein Bein hob, um sich in einer einzigen fließenden Bewegung zu drehen. Als ich schon fürchtete, sie würde das Gleichgewicht verlieren, vollendete sie die Drehung mit Präzision und setzte den Tanz fort.

Ich erkannte, dass sie sehr gut war. Gaius' Rhythmus war exakt, geübt, er trommelte mit der Kompetenz eines Profis.

Cassia klatschte im Takt – sie liebte Musik. Merope schwebte auf sie zu und streckte ihr die Hände hin. Zu meinem Erstaunen ergriff Cassia sie und ließ sich in den Tanz hineinziehen.

Zwar kannte sie die Schritte nicht, doch Merope verlangsamte ihr Tempo, und Gaius passte sich ihrem Rhythmus gekonnt an. Merope zeigte ihr, wie sie dahingleiten und mit dem Fuß Akzente setzen musste, schwenkte dabei einen Arm, während sie Cassia mit der anderen Hand festhielt.

Cassia imitierte die Bewegungen und lernte schnell. Sie hatte eine musikalische Ausbildung genossen, hatte sie mir einmal erzählt. Vermutlich hatte sie auch Tanzstunden erhalten.

Sie war nicht so geübt wie Merope und stolperte ab und zu, aber sie fing sich jedes Mal wieder. Ihre Wangen glühten, ein Lächeln spielte um ihre Lippen, ihre Augen leuchteten.

Der Anlass für den Tanz war Trauer, doch ich sah, wie Cassia unter Meropes ruhiger Führung zum Leben erwachte. Ich verstand, dass die Darbietung dazu diente, den Verstorbenen zu feiern, ihn zu ehren, und das geschah mit Freude.

Gaius steigerte das Tempo wieder. Merope wirbelte Cassia etwas lebhafter, und Cassia passte sich rasch an. Die beiden Frauen neigten und wiegten sich, setzten ihre Füße sanft und präzise auf den Boden.

Sie wirbelten durch den Raum und kehrten schwungvoll in die Mitte zurück. Merope gab Gaius ein Zeichen, der in einen mitreißenden, drängenden Rhythmus verfiel, der plötzlich verstummte und in Stille endete.

Merope vollführte anmutig eine letzte Drehung und zog Cassia an sich. Die beiden verharrten in einer Pose, die einer Skulptur würdig gewesen wäre, und es war kein Laut zu hören.

Ich schlug mit beiden Händen auf meine Knie, um meine Anerkennung zu zeigen, und Gaius tat es mir gleich. Merope verneigte sich, als habe sie diesen Applaus verdient, aber Cassia zog den Kopf ein und lief zurück zu ihrem Stuhl. Aus irgendeinem Grund schmerzten meine Wangen. Ich berührte sie und merkte, dass ich so breit lächelte wie schon lange nicht mehr – nicht mehr seit den Tagen, an denen ich mit meinem besten Freund Xerxes unbeschwert gelacht hatte.

Ich versprach, mit Aemil über ein Engagement für die Tänzerinnen zu sprechen. Merope und Gaius verabschiedeten sich von uns, etwas hoffnungsvoller als bei ihrer Ankunft.

Cassia, offenbar verlegen, dass sie sich so hatte mitreißen lassen, öffnete alle ihre Täfelchen und tat, als sei sie in sie vertieft. Ich wusste nicht genau, ob ich ihr versichern sollte, dass das, was sie getan hatte, wunderschön gewesen war, oder ob ich so tun sollte, als sei nichts Besonderes gewesen.

Da ich mich nicht entscheiden konnte, was ich sagen sollte, ging ich stattdessen in die Bäder.

Das Badehaus, das ich seit Kurzem besuchte, lag etwa vierzig Schritte von unserer Unterkunft entfernt auf dem Quirinal. Es war nicht so groß wie die öffentlichen Thermen des Agrippa auf dem Campus Martius oder der Komplex, den Nero kürzlich in der Nähe des Pantheons eröffnet hatte, doch es gefiel mir dort. Der Eintritt kostete ein As, den ich dem Mann an der Eingangstür reichte.

Die Bäder waren klein, aber prächtig, mit hohen Gewölbedecken und einem großen Mosaik, das Neptun inmitten seltsamer Meerestiere darstellte. Ein weiteres zeigte Bacchus und seine Mänaden.

Die Bewohner des Quirinals, darunter Senatoren und Prätoren, frequentierten diese Therme. Sie wollten nicht mit der Plebs zusammen baden, doch ich hatte festgestellt, dass es ihnen nichts ausmachte, dieses Bad mit einem berühmten ehemaligen Gladiator zu teilen. Ich hielt Abstand zu den anderen Besuchern und schlug gelegentlich Übungen für die jüngeren Männer vor, die neben mir in der Turnhalle trainierten. Meist ließen mich die Leute in Ruhe.

Frauen waren hier zwar erlaubt, hatten allerdings einen separaten Umkleidebereich. Als ich heute meine *strigilis* einem Sklaven übergab, nachdem man mich mit Öl und Sand eingerieben hatte, zog eine Prozession auf dem Weg zum *caldarium* am Innenhof vorbei.

Prozession war das einzig geeignete Wort, das Spektakel zu beschreiben. Zwei große, kräftig gebaute Männer – offensichtlich Leibwächter – gingen voran, zwei weitere bildeten die Nachhut.

Sklavinnen in schlicht gehaltenen, aber kostbaren Tuniken trugen Kisten und Taschen für Schuhe, Kleidung, Kosmetika, Haarbürsten und Schmuck. Sie umringten eine Frau, die in mehrere Schichten roter und blauer Seide gewandet und deren

Kopf in ein schimmerndes Tuch gehüllt war. Ich nahm an, dass draußen eine prächtig ausstaffierte Sänfte auf sie wartete.

Im Vorbeigehen drang ihre Stimme zu mir. „Langsam, ihr Plagegeister. Ich werde nicht rennen, um mit euch Schritt zu halten. Wenn ihr es weiter so eilig habt, fliegt ihr raus.“ Ihr Lachen klang voll und melodisch, aber die Worte waren ernst gemeint.

Die Leibwächter hielten sofort inne, und die sie begleitenden Frauen reduzierten ebenfalls ihr Tempo. Nur eine wagte es, mit ihrer Herrin zu lachen, wenn auch ängstlich.

„Moment.“ Die Frau in Seide hatte mich erspäht. Durch die Falten ihrer Palla sah ich nicht viel von ihr, doch der Blick ihrer dunklen Augen durchbohrte mich. „Wer ist das denn?“

Die Frauen überschlugen sich mit Beteuerungen, dass sie es nicht wüssten, aber einer der Diener beugte sich zu ihr. „Leonidas, der Spartaner“, hörte ich ihn antworten.

„Ach, tatsächlich?“ Die Frau starrte mich so lange an, dass meine Haut zu prickeln begann. Ich trug lediglich einen Lendenschurz, doch den zog sie mir mit ihrem Blick aus. „Welch Glanz in diesem bescheidenen Badehaus. Aber genug jetzt.“ Sie klatschte in die Hände, dass ihre goldenen Armreifen klirrten. „Nicht trödeln, ihr Kröten. Ich habe heute noch einiges vor.“

Sie setzte sich zügig wieder in Bewegung, und ihre Zofen und Leibwächter liefen geschäftig um sie herum.

Ich gab dem Sklaven ein Zeichen, mit dem Schaben zu beginnen, und er schenkte mir ein wissendes Grinsen. „Du Glücklicher. Sie ist sehr begütert.“

„Wer ist das?“, erkundigte ich mich.

„Severina Casellia, die Ehefrau des Tertius Vestalis Felix, eines alten Mannes, dem es egal ist, was seine Gattin treibt. Sie vergnügt sich mit Gladiatoren und bezahlt sie gut, was man so hört. Vielleicht könntest du auf diese Weise ein bisschen Geld verdienen.“

Severina Casellia war die Tochter von Domitiana, der Frau, die Cassia und ich im Verdacht hatten, Ajax getötet zu haben.

Ihre Leibwächter waren Hünen, und sie hatte gerne Gladiatoren in ihrem Haus und galt allgemein als gastfreundlich.

Ich beobachtete Severina, bis sie außer Sichtweite war, während der Sklave mir mit der *strigilis* den Schmutz und das Öl von der Haut zog.

Jetzt erinnerte ich mich wieder, woher ich den Namen Tertius Vestalis Felix kannte. Cassia hatte gesagt, er sei Severinas Ehemann, und Gallus hatte angedeutet, er plane den Bau eines Lagerhauses im Emporium. Die Baustelle mochte Severina oder ihren Sklaven als Vorwand gedient haben, sich dort aufzuhalten und vielleicht Zugang zum Lagerhaus von Chryseis zu erhalten, wo ich die Feder von Rufus' Helm gefunden hatte.

Ich wollte näher an Severina herankommen und herausfinden, ob unsere Annahmen stichhaltig waren, aber mir war klar, dass ich es so aussehen lassen musste, als wäre es ihre Idee. Eine solche Frau würde auf Forderungen nicht gut reagieren.

Als der Badesklave fertig war, schritt ich zum *frigidarium*. Nach dem Bad zog ich meine Tunika an und machte mich aus einer Laune heraus auf den Weg zum *caldarium*, in dem Severinas Gruppe verschwunden war.

Drei der vier Leibwächter standen in der bogenförmigen Tür, bildeten eine Mauer aus Muskeln und ließen niemanden hinein, nicht einmal den Sklaven, der frische Handtücher brachte.

Der vierte, ein Riese mit rasiertem Schädel und Hakennase, trat aus einer Nische, von der aus er Severina im *caldarium* im Auge behalten hatte. Er verschränkte die Arme, als er sich vor mir aufbaute, und sagte nichts.

Ich sah den Wächter an, erwiderte seinen Blick, ohne mit der Wimper zu zucken, dann drehte ich mich um und verließ den Raum.

MEHRERE TAGE VERSTRICHEN, UND DIE IDEN DES MONATS nahten. Aemil schloss seine Gladiatoren nachts ein, unter

Androhung der Todesstrafe durfte keiner raus, und er meinte das ernst. Den Torwächtern, die uns manchmal hinausließen, ohne dass Aemil es merkte, drohte er so lange, bis sie zu verängstigt waren, um etwas anderes zu tun, als zu gehorchen. So erzählte es mir Septimius mit angespannter Miene.

Man fand nicht noch mehr zerstückelte Gladiatoren auf, es gab keine weiteren Leichen. Als die Ereignisse an Faszination verloren, vergaß Rom sie und wandte sich neuem Gesprächsstoff zu.

Es gelang mir, Aemil zu überreden, Merope und ihrer Familie zu erlauben, bei der Doppeltrauerfeier für Ajax und Rufus aufzutreten. Eigentlich wollte er nicht zu viel Aufhebens machen, willigte schließlich jedoch zähneknirschend ein.

„Wenn er für die beiden ein großes Begräbnis abhält, muss er das auch für jeden anderen Gladiator tun, den er verliert", sagte Nonus Marcianus zu mir, nachdem ich das Gespräch mit dem knurrenden Aemil beendet hatte. „Und ganz generell will er keinen mehr verlieren."

Aemil tat wirklich alles in seiner Macht Stehende, um seine Gladiatoren am Leben zu halten. Er war im Training hart zu uns, denn sobald wir die Arena betraten, hatte er keinerlei Kontrolle mehr über die Situation. Der *lanista* musste dann mit dem Rest der Menge zusehen, wie wir starben.

Drei Tage vor den Iden verließen Cassia und ich, Marcianus, Gaius und seine Cousinen und alle Gladiatoren den *ludus* und zogen nach Westen in die Hügel zu dem Ort, an dem Aemil die Überreste seiner gefallenen Gladiatoren verbrannte.

Andere Kämpfer aus dem *collegia* und den Gladiatorenschulen am Rande Roms schlossen sich uns an, um einen der ihren zu verabschieden. Das *collegia* übernahm die Hälfte der Kosten für Merope und Martolia sowie für die Einäscherung. Ich selbst gehörte zu den Organisatoren und steuerte so viel wie möglich zum Bestattungsfonds sowie zur Sammlung für Witwen und Kinder bei.

Römer strömten herbei, um unsere Trauerfeier zu verfolgen.

Gaius trug eine Trommel unter dem Arm und schlug sie in einem langsamen, traurigen Rhythmus. Merope und Martolia in ihren hauchdünnen, reinweißen Tuniken bewegten sich anmutig im Takt der Trommel, wobei winzige Glöckchen an ihren Hand- und Fußgelenken klangen.

Ein von Aemil selbst geführter Maultierwagen transportierte Ajax' Leichnam. Am Tag zuvor hatte Chryseis plötzlich verkündet, sie wolle Rufus privat bestatten, und hatte dies am vorigen Nachmittag auch getan. Sie hatte ihren verstorbenen Ehemann ohne große Zeremonie verbrannt und seine Asche in der Familiengruft beigesetzt, so hatte Cassia erfahren. Natürlich hatte Chryseis Merope und Martolia nicht in die Nähe der Trauerfeier gelassen. Sie mussten Rufus ehren wie wir anderen auch, im Geiste und aus der Ferne.

Ajax' Leichnam hatte in einem Keller unter dem *ludus* kühl gelegen, während Aemil und das *collegia* die Vorbereitungen getroffen hatten. Auf der Spitze des Hügels, wo ein kahler Fleck um den frischen Holzstapel von früheren Einäscherungen zeugte, hielten wir an. Aemil und ich trugen Ajax' Leichnam zu dem noch nicht brennenden Scheiterhaufen.

Gaius steigerte sein Tempo. Merope und Martolia wiegten und drehten sich, und auf Martolias Wangen glitzerten Tränen. Niemand hatte professionelle Klageweiber angeheuert, denn Aemil mochte sie nicht, doch die beiden jungen Frauen brachten die Trauer über den Verlust eines Gladiators, der schon von Berufs wegen zum Tode verurteilt war, würdevoll zum Ausdruck.

Aemil entzündete den Scheiterhaufen. Der Rauch stach mir in die Augen und erinnerte mich an den Tag, an dem wir Xerxes verbrannt hatten. Seine Frau hatte an meiner Seite gestanden, kerzengerade und steif unter ihrem Schleier, die Kinder, die sie von Xerxes bekommen hatte, an sie geschmiegt. Ich hatte einen Freund verloren, sie ihren geliebten Mann.

Meine Augen waren feucht, und ich verspürte ein Stechen in der Brust.

Eine sanfte Berührung holte mich aus der Versunkenheit

zurück. Cassia, die darauf bestanden hatte, dabei zu sein, strich mit den Fingern über meinen nackten Arm. Ich schaute sie an, aber sie ließ die Hand sinken und richtete den Blick auf die Flammen.

Der Scheiterhaufen würde eine Weile brennen. Ich drehte mich bald um und entfernte mich mit Cassia, während Merope und Martolia ihren Trauertanz aufführten und Gaius weinend die Trommel schlug.

Der Rauch zog in Richtung Tiber, die Monumente und Aquädukte Roms lagen glitzernd in der späten Wintersonne.

Aemil und die *collegia* hatten für einen Gedenkstein gesammelt, der zusammen mit denen anderer Gladiatoren vor dem *ludus* stehen sollte. Der *lanista* hatte den Steinmetz angewiesen zu schreiben:

Ajax, gefangen in einer Schlacht im Grenzland, secutor. *Lebte zweiundzwanzig Jahre, gewann dreißig Kämpfe, verlor fünf, sechs endeten unentschieden.*

Rufus, freier Bürger Roms, myrmillo. *Lebte fünfundzwanzig Jahre, gewann vierzig Kämpfe, verlor sechs, zehn endeten unentschieden.*

Wir, seine Mitgladiatoren, errichten ihm zu Ehren diesen Gedenkstein.

Später würde jemand unter Rufus' Namen ritzen: *Geliebter von M., M. und G.*

Am Tag nach der Bestattung, dem vorletzten Tag vor den Iden, lud mich Domitiana Sabina zusammen mit Herakles zu einem Festmahl in ihre Villa ein.

Aemil nahm mich beiseite, als ich am Abend den *ludus* erreichte, und sagte mir, ich müsse Herakles danach lebend nach Hause zurückbringen, sonst könne ich mich gleich in den Tiber stürzen.

Regulus war sauer, dass Herakles Ausgang bekam – Domitiana musste Aemil gut bezahlt haben. Regulus' Stimme hallte durch die Zellen, er fluchte unflätig.

Ich ignorierte ihn, aber Herakles freute sich hämisch. „Warte nicht auf mich, Mutter“, rief er Regulus zu und lachte vergnügt, als wir durch das Tor gingen.

Ich war nicht der Einzige, der an diesem Abend Domitianas Villa betrat. Als Herakles und ich das Eingangstor erreichten, huschte eine vermummte Gestalt durch die kleine Dienstbotentür in der Mauer. Ich hatte vergebens versucht, Cassia zu untersagen, mich zur Villa zu begleiten. Sie hatte mich überzeugt, indem sie darauf hinwies, dass sie und Helvius, ihr vertrauter Freund, Hilfe holen könnten, wenn sich herausstellen sollte, dass Domitiana die Frau war, die die Gladiatoren auf dem Gewissen hatte.

Das galt allerdings nur, wenn Helvius Cassia gegenüber loyaler war als seiner Herrin und selbst nichts mit den Morden zu tun hatte. Ich wusste, dass weitere Argumente zwecklos waren, und beruhigte mich im Stillen damit, dass ich in Reichweite sein würde, wenn etwas schiefging.

Schließlich hatte ich meine Einwilligung unter der Bedingung gegeben, dass sie versprach, beim ersten Anzeichen von Gefahr die Beine in die Hand zu nehmen. Cassia hatte sich abgewandt und gemurmelt: „Natürlich.“

Der Pförtner geleitete Herakles und mich ins Atrium. Dabei verbarg er kaum ein höhnisches Grinsen, das deutlich machte, was er davon hielt, dass seine Herrin Gladiatoren zum Abendmahl lud.

Er schloss das Tor hinter uns, wobei sich der Riegel in der Stille wie der einer Zellentür anhörte.

KAPITEL 16

Der Pförtner führte uns durch den Säulengarten zur Villa und durch deren riesiges Atrium. Wir kamen an leeren Räumen vorbei, in denen Öllampen ihr flackerndes Licht auf Wandgemälde und Bodenmosaike warfen. Domitiana war in der Tat reich, wenn sie in dunklen, ungenutzten Teilen des Hauses Lichter aufstellen konnte.

Ein Speisesaal öffnete sich zum Garten des Peristyls, und der Pförtner schloss die Läden, nachdem wir eingetreten waren, um die kalte Nachtluft draußen zu halten.

Die Wände des *tricliniums* waren mit raumhohen Gemälden verziert, von denen eins zu meiner Linken tanzende Jungfrauen in einer Landschaft zeigte, die den Terrassengärten des Anwesens nachempfunden war. Satyrn tummelten sich in der Nähe der Damen und betrachteten sie lüstern.

Die mittlere Wand zeigte einen langen Tisch, der sich unter Speisen förmlich bog, unter anderem mit ganzen Fischen, überquellenden Körben mit Trauben und Granatäpfeln und mehreren Stapeln Brotlaibe und Gläser mit Wein. Ein Glas war umgefallen, sodass die tiefrote Flüssigkeit auf den Boden tropfte. Unter dem Tisch nagte eine Katze an Fischgräten.

An der rechten Wand war eine schöne Frau in durchsichtiger

Seide abgebildet, die auf einem Sofa lag, wobei eine Brust nur höchst unzureichend durch eine fast transparente Stola verhüllt war. Ein nackter Mann mit einem beachtlichen Phallus kniete zu ihren Füßen und leckte über die Innenseite ihres entblößten Beins.

Ich hatte in anderen Villen, die ich besucht hatte, schon weitaus erotischere Wandgemälde und Bodenmosaike gesehen, doch ich fragte mich, ob die Dame des Hauses dies nach dem Tod ihres Mannes in Auftrag gegeben oder ob er das Gemälde selbst bestellt hatte.

Mehrere kleine niedrige Tische, die auf drei Seiten von Speiseliegen umgeben waren, nahmen den größten Teil des Raumes ein. Domitiana, unsere Gastgeberin, saß an einem Ende eines der Diwane, ganz ähnlich wie die gemalte Dame hinter ihr, nur dass ihre dünne blaue Seidenstola zwar jede ihrer Rundungen umschmeichelte, sie aber vollständig bedeckte. Domitianas einziger Schmuck bestand aus einem Paar zarter Ohrringe, die aus drei mit Edelsteinen besetzten Goldreifen bestanden, ihre Perücke war an diesem Abend dunkelbraun und hatte einfache Locken.

Möglicherweise hatte sie sich bescheiden gekleidet, weil eine andere Frau, eine jüngere Version ihrer selbst, auf dem Diwan auf der gegenüberliegenden Seite des Tisches hingestreckt lag. Ich schlussfolgerte, dass dies Domitianas Tochter Severina sein musste. In der Therme hatte ich sie bloß flüchtig gesehen, doch jetzt konnte ich sie ganz in Ruhe in Augenschein nehmen.

Ich schätzte sie auf Anfang zwanzig, mit schwarzem Haar, das sich in kunstvollen Locken über ihre rote Seidenstola ergoss. Die Fibeln, die die Stola an ihren Schultern zusammenhielten, waren in Form von Bienen aus Gold geschlagen, und ein Streifen aus goldenem und grünem Stoff zierte ihr Dekolleté. Ihre Füße auf dem Diwan steckten in zierlichen, vergoldeten Sandalen, und an ihren Ohren hingen Kreolen, die denen von Domitiana ähnelten.

Der Pförtner meldete Herakles und mich, aber wir blieben in

der Mitte des Raums stehen, ohne dass wir uns setzen durften, während die beiden Frauen uns musterten. Wir trugen beide saubere Tuniken und Sandalen, unsere Haut hatten wir im Bad schaben und waschen lassen. Ich war bei meinem Barbier gewesen, war frisch rasiert und hatte mir die Haare kurz scheren lassen.

Severinas Augen leuchteten auf, während sie mich betrachtete, und sie deutete mit einem Finger auf mich. „Ich kenne dich. Aus dem Badehaus auf dem Quirinal."

Ich nickte. Sprechen würde ich nur nach ausdrücklicher Aufforderung.

„Setzt euch." Domitiana deutete auf den teuren Diwan neben ihr. „Trinkt mit uns, meine Freunde."

Herakles bewegte sich als Erster und drängte sich vor, um direkt neben Domitiana sitzen zu können. So konnte ich mich auf den Kissen neben Severina ausstrecken.

Auf den Tischen standen Becher aus geschlagenem Gold, gefüllt mit dunklem Wein. Herakles griff sich einen davon, grinste Domitiana an und gönnte sich einen tiefen Schluck.

Ich trank zögerlicher, schmeckte aber nur Wein, samtig und voll. Ein edler Tropfen.

Sonst gesellte sich niemand zu uns. Sklaven erschienen, stellten Teller auf die Tische, um die unsere Liegen angeordnet waren, und verschwanden dann leise und effizient wieder.

Ich war schon häufiger zu solchen Gastmählern geladen gewesen. Meist war das *triclinium* mit einem Dutzend oder mehr Gästen voll besetzt gewesen. Entweder hatte man mich aufgefordert, an der Mahlzeit teilzunehmen, oder ich hatte dagesessen und gewartet, bis man mich bat, meine Kampfkünste zu demonstrieren oder über Kämpfe zu sprechen. Manchmal überredeten einige Gäste andere zu einem Schaukampf mit mir. Ich machte mir dann ein Bild von den Wünschen des Publikums, bevor ich entschied, ob ich meinen Gegner vorsichtig besiegen oder so tun sollte, als ringe er mich nieder.

Gelegentlich erhielt ich wie an diesem Abend eine Einladung, mit Frauen allein zu speisen – nicht immer auch zum Beischlaf.

Leibwächter lauerten in den Schatten, falls Herakles oder ich beschlossen, das Haus auszurauben oder uns den beiden Damen ohne deren Erlaubnis zu nähern. Einen davon erkannte ich als den von Severina, der mir im Bad einen finsteren Blick zugeworfen hatte. Keiner von ihnen hatte übermäßig große Nasen oder dichtes dunkles Haar.

Als das Essen kam, begannen die Musiker, die vor dem Raum postiert waren, zu spielen, und süße Klänge drangen aus der Dunkelheit. Der erste Gang bestand aus Fladenbrot und Käse sowie kleinen gefüllten Eiern, deren Dotter mit Kräutern und Salz vermischt waren. Das Essen war auserlesen und schmackhaft, aber nichts im Vergleich zu den exotischen Mahlzeiten, deren Überreste Marcianus in Ajax' und Rufus' Mägen gefunden hatte.

Als Nächstes folgten Platten voller mit Sardellen gefüllter Hackfleischbällchen, gebratenem Schweinefleisch, paniertem Fisch und verschiedenen Wurstsorten. Ich aß nicht viel Fleisch, doch ich kaute pflichtbewusst ein paar Bissen, während Herakles unbekümmert vor sich hin schmatzte.

Während wir aßen, unterhielt sich Domitiana mit Severina über gemeinsame Bekannte und darüber, was sie in der zurückliegenden Woche gemacht hatten. Domitiana fragte von Zeit zu Zeit nach unserer Meinung, und Severina betrachtete uns mit einem kleinen Lächeln, während sie ihrer Mutter antwortete.

Die Sklaven brachten mehr Essen und Wein. Nach dem Hauptgang servierten sie Süßigkeiten, die mir besser schmeckten – frittierte, in Honig getauchte Teigstücke, belegt mit Aprikosen, Walnüssen, Mandeln, Granatäpfeln, Trauben und anderem Obst, wie es auf dem Wandgemälde über mir abgebildet war.

Mit dem Dessert kam der Pförtner und kündigte einen gebückten Mann in einer Toga an.

„Tertius Vestalis Felix", meldete er.

Ich musterte Severinas Mann, während ich eine Handvoll Walnüsse kaute. Er war Senator und Konsul gewesen, erinnerte ich mich, das hatte mir Cassia erzählt, und dann Prokonsul einer Kolonie am Rande des Imperiums. Jetzt im Ruhestand, hatte er graues Haar, ein runzeliges Gesicht und eine stoische Miene.

Noch immer lächelnd erhob sich Severina. „Es ist mir eine Ehre, Gatte."

Domitiana machte ihm am Fußende ihres Diwans Platz. „Mein lieber Schwiegersohn. Komm, setz dich."

Der Mann begab sich langsam zu Domitiana und ließ sich auf dem Diwan nieder. Er schien keineswegs verärgert oder unglücklich darüber zu sein, dass zwei Gladiatoren neben seiner Frau und seiner Schwiegermutter lagen. Herakles leerte einen weiteren Becher und stellte ihn mit einem Knall auf den Tisch, während ein Diener mit Wein für den Greis herbeieilte.

Severina lehnte sich wieder zurück und griff nach einer Aprikose. Sie führte sie zum Mund und verzehrte sie langsam und sinnlich, aber ihr Mann nippte nur am Wein und drehte sich um, um eine Frage von Domitiana zu beantworten.

Er behandelte Domitiana mit Respekt genau wie sie ihn, obwohl Vestalis als *pater familias* und ehemaliger Senator keinen Grund dazu hatte. Es wäre sein gutes Recht, seine Frau zu packen und sie von diesem unzüchtigen Vergnügen nach Hause zu schleifen und zu schlagen, bis sie um Gnade bettelte. Ein *pater familias* hatte die Macht über Leben und Tod eines jeden in seinem Haushalt.

Vestalis sprach mit Domitiana und beachtete seine Ehefrau überhaupt nicht.

Severina richtete demgemäß ihre ganze Aufmerksamkeit auf mich. Sie legte die Hand auf meinen narbenübersäten Arm.

„Es freut mich, dich kennenzulernen, Leonidas. Du musst auch einmal zu einem Bankett in mein Haus kommen." Sie beugte sich zu mir und flüsterte im Schutze der Musik: „Einem viel üppigeren als diesem. Meine Mutter hat vergessen, wie man spendabel ist."

Ich warf einen Blick auf Vestalis, der sich mit Domitiana über eine geplante Steuer unterhielt, über die der Senat gerade diskutierte. Herakles, der sich darüber ärgerte, ausgeschlossen zu sein, bewegte sich unruhig hin und her und rülpste laut.

Severina umklammerte meinen Arm fester, ihre spitzen Nägel zerkratzten meine Haut. „Kümmere dich nicht um meinen Mann. Er lässt mich tun, was ich will. Sag, dass du kommen wirst. Ich werde diesem knauserigen alten Aemilianus eine ordentliche Summe für dich bezahlen. Geld spielt keine Rolle."

„Ich kämpfe nicht mehr für Aemils *ludus*", erklärte ich. „Ich bin jetzt *libertus*."

Severinas Mund verzog sich zu einem kühlen Lächeln. „Umso besser." Sie fuhr mit einem Nagel über meinen Unterarm, ritzte die Haut, hob dann den Finger zum Mund und leckte ihn ab.

Ihre Augen waren hell und glitzernd, mit Kajal umrandet, ihre Wangen mit Rouge geschminkt. Der Wein ließ ihre Lippen noch röter schimmern.

Ich spürte, dass ein Hunger in ihr lauerte, den sie kaum bezähmen konnte. Natürlich war ich schon bei einer Reihe von Frauen zu Gast gewesen, die mit einem Gladiator ins Bett wollten – eifrigen Gattinnen von Patriziern, *equites* oder Plebejern, die davon träumten, sich einem starken Krieger hinzugeben. Der Gedanke erregte sie.

Bei Severina war das ebenso, doch da war noch mehr, etwas Raubtierhaftes.

Der Wein, den ich getrunken hatte, schmeckte plötzlich sauer. War sie die Mörderin von Ajax und Rufus? Hatte sie sie zu sich gelockt und sich an dem Anblick geweidet, wie sie starben? Wie sie den stärksten und fähigsten Kämpfern Roms ein unrühmliches Ende bereitete?

Das konnte ich herausfinden, indem ich ihr Angebot annahm, so gefährlich es auch sein mochte. Wenn sich herausstellte, dass sie nur eine Frau war, die sich an etwas Neuem erfreuen wollte, würde ich gehen und den Mörder woanders suchen. Aber wenn die Morde in ihrem Haus geschehen waren, würde ich sie bloßstellen und Neros Gnade ausliefern.

Ich beugte mich zu Severina und flüsterte: „Deine Einladung ehrt mich sehr, Herrin. Ich nehme sie mit Vergnügen an."

„Sehr gut." Severinas Lächeln vertiefte sich, als sie ihren Weinkelch hob. „Mutter, warum lassen wir unsere Gäste nicht ihre Kampfkünste zeigen? Leonidas hat die *rudis* erhalten, und wir werden ihn nicht mehr in der Arena erleben können."

Domitiana strahlte ihre Tochter an. „Ein ausgezeichneter Vorschlag. Herakles, Leonidas ... bitte sehr." Sie deutete auf den freien Bereich vor den Tischen.

Der Austausch zwischen den beiden Frauen wirkte wie ein Dialog aus einem Theaterstück. Sie hatten das geprobt, hatten vermutlich schon oft eine ähnliche Bitte geäußert.

Ich erhob mich, denn ich wusste, dass ich nicht Nein sagen durfte. Nachdem ich meinen Weinkelch weggestellt hatte, trat ich zu Herakles, der bereitwillig aufgesprungen war und sich zu dem für uns freigeräumten Bereich begab.

Einer der allgegenwärtigen Sklaven reichte mir ein Holzschwert und einen kleinen Schild, ein anderer brachte Herakles ein Netz. Er lächelte, als er es testete – das Gewicht schien ihm zu gefallen.

Anstelle eines Speers erhielt er einen langen Stock ohne Spitze. Niemand sollte bei diesem Kampf sterben, das war klar, doch wir konnten uns zur Belustigung der Zuschauer mit den stumpfen Waffen gegenseitig verprügeln.

Herakles war ein ausgezeichneter *retiarius*. Er hatte ein Händchen für sein Netz, mit dem er einen Gegner einfangen und wehrlos machen konnte, während er ihm blitzschnell mit dem Speer den Gnadenstoß versetzte. Früher kämpften bestimmte Gladiatoren nur gegen bestimmte andere – zum Beispiel ein *retiarius* gegen einen *myrmillo* –, aber jetzt waren die Grenzen verschwommen, und das Publikum sah sich jede Paarung gern an.

Ich musste mich vor den Schnüren des schweren Netzes in

Acht nehmen. Wenn ich mich einmal darin verfangen hatte, war ich kaum noch zur Gegenwehr imstande. Nur einmal war ich einem *retiarius* in Netz gegangen, hatte mich allerdings befreien können, weil es gerissen war, als mein Gegner seinen Vorteil nicht schnell genug genutzt hatte.

Domitiana fungierte als Schiedsrichterin, hob die Hand und sagte mit lauter, klarer Stimme: „Möge das Spiel beginnen."

„Die Belohnung ist mehr als verlockend", meinte Herakles, während er begann, mich zu umkreisen.

Ich hielt Schwert und Schild bereit. Der Weg, gegen Herakles zu gewinnen, bestand darin, hinter ihn zu gelangen, bevor er sich umdrehen konnte, oder ihn dazu zu bringen, das Netz zu werfen und mich zu verfehlen. Sobald er kein Netz mehr hatte, konnte ich seinen Speer ablenken oder brechen und ihn zu Fall bringen.

Herakles war zu erfahren, um allzu früh zu werfen. Er pirschte sich leichtfüßig an mich heran, während ich zurückwich und auf meine Chance lauerte. Der hölzerne Schild hatte eine Spitze, mit der ich das Netz fangen und wegschleudern konnte, sofern ich es geschickt anstellte. Der Schild konnte sich aber auch in dem Netz verheddern, und dann war ich praktisch gefesselt.

Herakles lächelte, sein helles Haar schimmerte im Kerzenschein. Ich verzog keine Miene und konzentrierte mich.

Es spielte keine Rolle, wer von uns beiden diesen Kampf für sich entschied. Domitiana würde in dieser Nacht Herakles in ihr Bett einladen, und ich würde mit Cassia nach Hause gehen. Ich hatte nichts zu gewinnen und nichts zu verlieren.

Sobald ich jedoch Schwert und Schild in der Hand hielt, gewann mein Training die Oberhand, und der Kämpfer, der ich einst gewesen war, kam zum Vorschein.

Meine Umgebung mit den dekadenten Wandgemälden voller Speisen und Sinnlichkeit trat in den Hintergrund, und meine ganze Aufmerksamkeit galt dem Speer und dem Netz. Ich spürte den Sand unter meinen nackten Füßen, roch das Blut und den Schweiß derer, die in früheren Kämpfen gestorben waren.

Ich musste in der Regel als letzter Gladiator des Tages antreten, wenn die Zuschauer im Circus Gai oder der Saepta Julia aufgesprungen waren und lautstark den Sieg von Leonidas, dem Spartaner, forderten.

Herakles mit dem irren Lächeln wollte über den Besten triumphieren.

Ich hatte an diesem Abend einen Vorteil, nämlich keinen Helm. Der Bronzehelm, der meinen Kopf sonst vor Schlägen schützte, behinderte auch meine Sicht. Ich musste den *retiarius* immer vor mir haben oder mittels Geräuschen und jedem winzigen Luftzug in meinem Rücken herausfinden, wo er sich befand.

An diesem Abend konnte ich meinen Kopf drehen und ihn im Blick behalten.

Herakles wurde ebenfalls nicht durch Armschützer oder schwere Beinschienen behindert. Er tänzelte auf den Ballen seitwärts, lotete seine Chancen aus und hatte offensichtlich Spaß an der Sache.

Ich wich ihm ohne Hast aus und lockte ihn langsam zu mir heran. Herakles beobachtete mich sorgfältig, um nicht in kleinere Fallen zu tappen, die ich ihm stellte, damit er mir zu nahekam, um das Netz zu benutzen.

Plötzlich stürzte er vor, und ich wich ebenso schnell aus und sprang zur Seite. Im letzten Augenblick hielt Herakles sich davon ab, das Netz zu werfen, denn er wusste, dass es vergeblich gewesen wäre.

Die beiden Damen keuchten auf, lachten und trommelten auf den Tisch, um ihre Anerkennung zu bekunden. Ihr Applaus wurde zum Lärm der Menge, während ich um mein Leben kämpfte.

Bei meinen letzten Auftritten in der Arena war ich nicht mit dem Herzen dabei gewesen. Ich war des Lebens längst überdrüssig gewesen und hatte nur noch gekämpft, weil ich keine andere Wahl hatte. Trotzdem hatte ich jedes Mal gewonnen. Mein Körper war eine Maschine, so hirnlos wie die Kräne, die Steine auf die neuen Flügel von Neros *domus* hievten. Sobald die Maschine lief, arbeitete sie mit grimmiger Effizienz.

Herakles wollte gewinnen, um seine Dame zu beeindrucken, und ich hätte ihm diesen Gefallen tun können. Aber mein Körper und mein Training ließen das nicht zu.

Ich tat, als wolle ich mich zurückziehen, und lockte Herakles schnell durch den kleinen Kampfbereich, wobei ich mich über ein Mosaik mit Nymphen bewegte, die sich an einem Brunnen ausruhten. Kurz vor der Zimmerecke hielt ich einen Moment inne, als wäre ich in die Enge getrieben und außer Atem, und Herakles warf mit triumphierender Miene das Netz.

Es verfehlte mich. Als ich sah, wie er das Handgelenk zum Wurf anwinkelte, sprang ich ein Stück zur Seite, und das schwere Netz streifte im Fallen lediglich meinen Fuß.

Ich verlagerte mein Gewicht, um nicht über die Schnüre zu stolpern, und griff Herakles an. Er hob verzweifelt den Speer und wollte mich damit aufspießen, doch ich wirbelte an ihm vorbei und drehte mich hinter ihn, wobei ich meinen Schild hart gegen seine Hand schlug. Herakles ließ beinahe seine Waffe fallen, und dann rammte ich ihn mit meinem Körper.

Als er taumelte, warf ich meinen Schild weg, packte Herakles' Kopf mit der freien Hand und hielt ihm mein Schwert an die Kehle. Er konnte nur versuchen, mich mit der Seite seines Speers zu treffen.

Ich presste das Schwert härter gegen seine Kehle und schnürte ihm die Luft ab. „Gibst du auf?"

Herakles stieß ein unflätiges Wort aus, in seinen Augen brannte heiße Wut.

„Sollen wir ihm Gnade gewähren?", fragte Severina begeistert.

„Er wird schon darum betteln müssen", stellte Domitiana fest. Ihre Stimme war gelassen, als sei es ihr völlig egal, ob ihr Geliebter lebte oder starb.

Herakles knurrte, aber er hob den Zeigefinger, das Zeichen, dass er den Kampf beenden wollte und um Gnade bat.

Ich wartete, während Herakles mühsam nach Luft rang. In diesem Raum waren die beiden Frauen und Vestalis die Veranstalter der Spiele und hatten die Macht, über Leben und Tod zu entscheiden. Domitiana knabberte nachdenklich an einer Weintraube.

„Ich denke, wir sollten ihn leben lassen." Sie schob sich die Traube in den Mund, während ihre Tochter lachte.

„Mitte!", rief Severina schließlich. *Verschone ihn!*

Herakles knurrte weiter, wütend, weil ich ihn besiegt hatte. Ich warf einen Blick auf Severinas Ehemann, doch der war auf der Couch zusammengesunken, hatte den Kopf auf die Brust gelegt und die Augen geschlossen. Er war eingenickt, während Herakles und ich vor seinen Augen quasi auf Leben und Tod gekämpft hatten.

HERAKLES' WUT AUF MICH VERFLOG ERST, ALS DOMITIANA ihn auf ihren Diwan befahl und so tat, als würde sie sich um seinen geschundenen Körper kümmern. Sein nächster Blick war selbstgefällig, als sei das ein Sieg.

Tertius Vestalis erwachte mit einem kleinen überraschten Schnarchen, sah sich um und verließ den Raum. Severina winkte mich zu sich, aber ein Sklave erschien und flüsterte ihr ehrerbietig eine Nachricht zu, ehe ich sie erreichte.

Severina schrie unterdrückt auf und versetzte dem Sklaven eine saftige Ohrfeige. Er richtete sich auf, den roten Abdruck ihrer Hand im Gesicht, verbeugte sich und floh.

„Mein anstrengender Ehemann braucht Hilfe auf dem Weg nach Hause", erklärte Severina missmutig. „Das behauptet er jedenfalls. In Wirklichkeit will er nur beweisen, dass er Macht über mich hat. Törichter alter Narr." Eine Sklavin eilte an Severinas Seite, half ihr auf und richtete ihre Stola, bis Severina sie wegstieß.

Domitiana hob den Blick. Herakles' Kopf lag auf ihrer Brust. „Und du wirst eine pflichtbewusste Ehefrau sein und mit ihm gehen. Gute Nacht, Tochter."

Severina funkelte ihre Mutter wütend an, ließ sich jedoch von ihrer Sklavin eine Palla umhängen. Sie verließ den Raum, ohne ihrer Mutter ebenfalls eine gute Nacht zu wünschen und ohne ein Wort zu mir, und die Sklavin eilte ihr hinterher.

Domitiana richtete ihre Aufmerksamkeit wieder auf Herakles. Er hatte sich eng an sie geschmiegt und ganz langsam und unauffällig die Arme um sie gelegt.

Niemand beachtete mich. Doch ich konnte nicht einfach verschwinden und Herakles hier allein zurücklassen, denn ich fürchtete, dass ich dann am Morgen seine zerstückelte Leiche vorfinden würde. Aemil würde mir nie verzeihen, wenn er einen weiteren Gladiator verlor.

Andererseits hatte ich keine Lust, mich den beiden bei dem, was auch immer sie vorhatten, anzuschließen. Also zog ich mich leise in den Garten des Peristyls und seine beruhigende Stille zurück.

Ich beschloss, in den Sklavenquartieren nach Cassia zu suchen. Ich wollte ihre Anwesenheit nicht verraten, aber gleichzeitig wollte ich mich vergewissern, dass sie in Sicherheit war.

Als ich mich umdrehte, um zur Rückseite des Hauses und dem Durchgang zu gelangen, den ich bei meinem letzten Besuch unter der Treppe entdeckt hatte, trat ein Hüne vor mich hin. Ich erkannte ihn als Severinas Leibwächter, der mir im Badehaus den Weg versperrt hatte.

„Meine Herrin bittet um deine Anwesenheit in ihrem Haus in zwei Nächten", sagte er. „Nach den Lupercalien. Ihr Haus liegt auf dem Caelischen Hügel am Clivus Scauri, in der Nähe des Schreins der Minerva."

Ich nickte und erwiderte den Blick seiner blitzenden Augen.

Zwar hatte ich ihre Einladung bereits angenommen, doch er überbrachte sie noch einmal förmlich.

Der Leibwächter sagte kein weiteres Wort. Er wandte sich ab und entfernte sich, wobei er sich für einen so großen Mann erstaunlich leise bewegte.

Wie ich vermutet hatte, befanden sich die *culina* und die Vorratskammern am anderen Ende des Peristyls, die Tür dazu lag unter der Treppe. Die Küche, in die ich schaute, hatte einen größeren Herd als die der meisten anderen *domus* – rechteckig, gemauert und mit einer Feuerstelle. Darauf standen Dreibeine, auf die man die Kochtöpfe stellen konnte. Es war niemand mehr hier, denn das Essen war bereits fertig, serviert und wieder abgeräumt worden.

Aus dem Lagerraum nebenan erklang Lachen. Ich ging hinein und entdeckte Cassia mit leuchtenden Augen und so fröhlich, wie ich sie noch nie erlebt hatte. Vor ihr stand ein großer, schlaksiger junger Mann, der ihre Hände hielt und sie bewundernd ansah.

KAPITEL 17

„Cassia." Das Wort entfuhr mir, und ich hörte das Knurren, das damit einherging.

Cassia drehte sich um, schien allerdings nicht erschrocken. Ihr Lächeln verblasste vor Sorge, doch die Sorge galt mir, nicht ihr selbst. „Leonidas. Warum bist du hier?"

Der junge Mann ließ Cassias Hände los und starrte mich entsetzt an. Er war sehr feingliedrig, aber drahtig und hatte einen ausgeprägten Adamsapfel, der sich in seinem langen Hals auf und ab bewegte, während er heftig schluckte.

„Ich bin bei der Dame im Moment nicht erwünscht", sagte ich, „will aber ohne Herakles nicht gehen." Dann fixierte ich den Mann. Er schluckte erneut und trat einen Schritt von Cassia weg.

„Das ist Helvius", stellte Cassia ihn mir vor.

Tatsächlich hatte ich mir das schon gedacht. Der junge Kerl hatte die leicht vorstehenden Augen und die runden Schultern eines Mannes, der den ganzen Tag auf Schriftrollen starrte.

„Was treibt ihr hier im Lagerraum?", fragte ich abrupt.

Helvius stotterte, aber Cassia erwiderte sanft: „Einzig die Schlafzimmerdiener dürfen nachts die Räume der Familie betreten. Das Hauspersonal hält sich entweder hier oder draußen im Küchengarten hinter dem Haus auf." Sie sah mich an. „Wird man dich nicht im Speisezimmer vermissen?"

„Das bezweifle ich sehr." Herakles und Domitiana waren einander immer nähergekommen und würden meine Abwesenheit gar nicht bemerkt. „Was weißt du über Severina Casellia und ihren Haushalt?" Die Frage galt Helvius.

Helvius warf Cassia einen raschen Blick zu, und sie ermutigte ihn mit einem Nicken, mir zu antworten. Er räusperte sich. „Sie ist mit einem früheren Prokonsul verheiratet."

„Ich weiß. Dem bin ich begegnet. Er hat mit uns zu Abend gegessen."

Cassia hob die Augenbrauen, und auch Helvius schien überrascht. „Außergewöhnlich für Vestalis", sagte er. „Er ignoriert Severina weitgehend. Vielleicht wollte er nicht, dass sie zu viel mit Gladiatoren zu tun hat, vor allem jetzt, da jemand diese Männer tötet."

„Du meinst, er hat sie nach Hause beordert, um sie zu schützen?", fragte ich. „Unwahrscheinlich. Er ist eingeschlafen, während Herakles und ich einen Schaukampf bestritten haben."

„Vestalis ist fast siebzig", meinte Helvius, und in seiner Stimme lag ein Hauch von Ehrfurcht. „Die meisten Männer sind in diesem Alter nicht mehr am Leben, geschweige denn wach."

Cassia lachte über seine Bemerkung.

In diesem Augenblick wünschte ich mir mehr als alles andere, Cassia bei der Hand nehmen und sie zu uns nach Hause bringen zu können. Das Gefühl erschreckte mich – es hätte mir egal sein sollen, ob sie über die Witze eines jungen Mannes lachte, besonders über die eines dürren Burschen wie Helvius. Doch der Impuls ließ sich nicht leugnen.

Helvius sprach weiter, ohne meine Anspannung wahrzunehmen. „Severina ist Vestalis' zweite Frau. Seine erste starb, als sie noch in den Provinzen waren, genau wie seine Tochter. Sehr herzzerreißend. Söhne hat er keine."

Söhne waren das, was sich jeder hochgeborene Römer

wünschte. Jemand, der die Familienlinie weiterführte, in dem der Name und das Ansehen weiterlebten. Heute hatte das neuntägige Fest der Parentalia begonnen, Gedenktage für verstorbene Eltern und Vorfahren, an denen Söhne ihre Väter ehrten. Die Familie und die Herkunft waren sehr wichtig, das Fest hatte einen hohen Stellenwert.

Tertius Vestalis Felix hoffte offenbar, mit Severina Söhne zu bekommen. Vielleicht hatte er sie deshalb von den Gladiatoren weggeschafft – um sicherzustellen, dass jedes Kind, das sie empfing, auch wirklich sein eigenes sein würde. Aber warum hatte Severina es dann gewagt, mich einzuladen?

Ich sah, wie Cassia und Helvius einen Blick wechselten, als hätten sie Geheimnisse vor mir. Mein Groll wuchs.

„Wo ist dieser Küchengarten?", fragte ich barsch. „Wo sich die Dienerschaft versammelt? Ich werde dort auf Herakles warten."

Helvius öffnete eine kleine Tür im hinteren Teil des Raumes. „Einfach hier entlang. Halte dich links, sonst kommst du in den Hauptgarten, und der ist der Familie vorbehalten."

Ohne ein weiteres Wort schritt ich an ihm vorbei in die Nacht. Cassia wollte mir nach draußen folgen, doch ich wandte mich zu ihr um.

„Nein", sagte ich kurz. „Es ist viel zu kalt."

Ich ging die Baumreihe entlang, die mir Helvius gewiesen hatte. Aus dem Haus erklang der laute Lustschrei einer Frau, dann noch einer und ein weiterer. Es würde möglicherweise eine Weile dauern, bis Herakles aufbruchsbereit war.

Es wehte ein kalter Wind, und der Halbmond hing an einem wolkenverhangenen Himmel, als Herakles endlich zu mir stieß. Ich war zum Peristyl zurückgekehrt, nachdem ich eine Weile durch die Küchengärten gewandert war, hatte mich auf einer Bank unter der Kolonnade niedergelassen und versucht, Herakles' animalisches Grunzen zu ignorieren.

Der Majordomus geleitete uns hinaus, und der Pförtner schloss schnell das Tor und verriegelte es hinter uns.

Wir lebten beide noch, unsere Sinne waren nicht verwirrt, und wir konnten gehen.

„Du hättest nicht auf mich warten müssen." Herakles verzichtete auf den schweren Akzent, den er während des Essens benutzt hatte. „Ich kenne den Weg zurück zum *ludus*."

„Ich habe Aemil versprochen, dass ich dich unversehrt zurückbringe."

„Domitiana hat nichts mit den Morden an Ajax oder Rufus zu tun. Das hätte ich dir gleich sagen können."

„Ich wollte mich selbst überzeugen." Damit stapfte ich die Straße entlang, die nach Transtiberim führte, und war mir der leichten Schritte bewusst, die mir in geringem Abstand folgten.

Herakles bemerkte Cassia in unserem Kielwasser nicht, er schwelgte noch in den Nachwirkungen der Befriedigung seiner Lust. Um mir zu zeigen, dass sie noch nicht ganz gestillt war, schlug Herakles vor, in die Subura zu gehen, um dort die Nacht zu beschließen.

„Nein", sagte ich schroff. „Aemil reißt mir den Kopf ab, wenn ich dich jetzt nicht heimbringe."

Herakles wurde übellaunig. „Du hättest den Kampf vorhin verlieren können. Aber nein, du musstest wieder mal unter Beweis stellen, dass du immer noch der *primus palus* bist und es auch immer bleiben wirst."

„Du hast der Dame als besiegter Krieger ganz gut gefallen", erinnerte ich ihn.

„Das stimmt. Sie stinkt nach Essig, doch sie hat Ausdauer – und jede Menge Geld." Herakles war nicht so dumm, auf einer dunklen Straße mit einer Börse zu klimpern, aber sein zufriedenes Grinsen verriet mir, dass sie ihn gut bezahlt hatte. Ich hatte nichts bekommen.

Während Herakles weiter versuchte, mich zu überreden, mit

ihm ein *lupanar* aufzusuchen, hüllte ich mich in Schweigen, und schließlich gab er auf. Ich wartete, bis Septimius das Tor hinter Herakles fest verschlossen hatte, ehe ich mich auf den Heimweg machte.

Hinter der nächsten Ecke hielt ich inne, um auf Cassia zu warten, die mich bald einholte. Ich ging dicht neben ihr her, die Hand schützend auf ihrem Arm.

Unser schnelles Tempo auf dem Weg durch die Straßen bis zur Gasse am unteren Hang des Quirinals hielt uns davon ab, zu sprechen. Das Forum Romanum war still, die Säulen der Basilica Julia und des Tempels des göttlichen Julius schimmerten im Mondlicht.

Erst als wir unsere Wohnstätte erreichten und ich die Außen- und Innentüren geschlossen und verriegelt hatte, atmete ich auf. Unsere Behausung war dunkel, das einzige Geräusch das Rumpeln der Lieferkarren auf der Straße.

Cassia legte ihren Mantel ab, zündete eine Öllampe an, setzte sich an den Tisch und öffnete eins ihrer Schreibtäfelchen. „Was hast du über Domitiana in Erfahrung gebracht?", fragte sie.

Sie war bereits dabei, sich Notizen zu machen, der Griffel glitt schnell über die Wachsfläche. Ich ließ mich schwerfällig auf dem Hocker nieder und schenkte mir den letzten Wein aus dem Krug ein.

„Ich habe in Erfahrung gebracht, dass sie eine eitle, selbstsüchtige Frau und nur an ihrem eigenen Vergnügen interessiert ist. Nicht anders als viele hochgeborene Ehefrauen, die Gladiatoren in ihr Haus einladen." Ich drehte nachdenklich den Becher in den Händen. „Der Unterschied ist allerdings, dass es ihr gleichgültig ist, wer es weiß. Sie hält sich für zu wohlhabend und wichtig, um sich um einen Skandal scheren zu müssen."

Cassia schrieb einen Moment lang, der Griffel erzeugte nur ein leises Geräusch. „Nach dem, was Helvius mir erzählt hat, hat Domitianas Ehemann – Severinus Casellius – von ihr erwartet, dass sie sich wie die perfekte römische Matrone nach dem Vorbild der Octavia verhält. Sie sollte das Haus nicht verlassen, den ganzen Tag mit Weben verbringen, sich um Haus und Kinder kümmern und nie ihre Stimme im Streit erheben. Anspruchslos, gesittet und gehorsam. Eine altmodische Einstellung, aber manche Patrizier verlangen von ihren Frauen, dass sie sich daran halten."

Keine dieser Eigenschaften war mir an Domitiana besonders aufgefallen. „Nach seinem Tod hat sie dann beschlossen, sich genau gegenteilig zu verhalten?"

„Es sieht so aus. Laut Helvius hat sie sich, sobald Severinus in der Familiengruft war, neue Kleider gekauft, die Villa für ausgiebige Bankette geöffnet und Affären mit jedem begonnen, den ihr Mann missbilligt hätte."

„Hatte ihr Sohn nichts dagegen?" Sobald ein Sohn selbst *pater familias* war, konnte er seine Mutter tadeln oder sie gar für ihr Verhalten hinrichten lassen.

„Ihr Sohn hat Rom, so schnell er konnte, den Rücken gekehrt. Auch er genießt seine Freiheit, da er ebenfalls unter der Fuchtel seines verstorbenen Vaters gestanden hat. Er lebt in Hispania und besucht Rom nur selten."

„Dadurch können seine Mutter und seine Schwester tun, was sie wollen."

„So hat es den Anschein." Cassias Gesicht nahm einen nachdenklichen Ausdruck an. „Severina versteckt sich hinter der Ehrbarkeit ihres Mannes und gibt sich in der Öffentlichkeit keusch, aber zu Hause macht sie, was sie will. Tertius Vestalis Felix war in seinem Amtsjahr ein sehr beliebter Konsul, galt als weiser Senator und in der kurzen Zeit, die er in den Provinzen verbracht hat, auch als gerechter Herrscher. Die Leute tratschen natürlich über Severinas Verhalten. Sie schütteln den Kopf und erklären, Vestalis sei ein armer, unglücklicher alter Mann, doch niemand wagt es, ihn für seine Wahl zu tadeln. Man versteht, dass er sie geheiratet hat, um sein Vermögen aufzubessern, und ignoriert aus Rücksicht auf ihn ihre Ausschweifungen."

Ich hob die Brauen, während ich einen Schluck Wein trank. Der Jahrgang, den wir uns leisten konnten, war bei Weitem nicht so mild wie der, den man mir bei Domitiana kredenzt hatte, aber er war vertraut und beruhigend.

„Dann muss Vestalis überaus angesehen sein."

„Das ist er. Helvius hat mir erzählt, dass er seine erste Frau sehr geliebt und nach ihrem Tod wirklich getrauert hat. Er trauert genau genommen immer noch, deshalb schenkt er Severina keine Aufmerksamkeit. Sie ist nur ein Mittel zum Zweck."

Ich erinnerte mich an meine Spekulationen über ihn. „Versucht er, einen Sohn mit ihr zu bekommen?"

„Vermutlich. Sobald sie ihm einen Erben schenkt, wird er Severina wegsperren, um sie von ihrem Nachwuchs fernzuhalten, dessen ist sich Helvius sicher. Bislang hat sie jedoch noch keine Anzeichen für eine Schwangerschaft gezeigt."

Ich starrte auf die Oberfläche meines verdünnten Weins. „Woher weiß Helvius das alles?"

„Er spricht regelmäßig mit Severinas Sklaven, wenn sie ihre Mutter besucht. Er transkribiert außerdem Domitianas Briefe an Severina und liest alle Dokumente, die mit Domitianas Haushalt zu tun haben, und einige davon betreffen auch Severina. Mutter und Tochter haben keine Geheimnisse voreinander."

Außerdem interessierten sie sich beide für Gladiatoren.

Schlürfend trank ich einen Schluck Wein. „Warum vertraut dir Helvius die Geheimnisse des Haushaltes seiner Herrin an? Nicht sehr diskret von ihm."

„Weil er weiß, dass ich nicht danach fragen würde, wenn es nicht wichtig wäre", antwortete Cassia bereitwillig. „Helvius würde nicht mit jedem über all das reden. Er nimmt seinen Posten ernst."

„Er erzählt es dir, weil er in dich verschossen ist."

Cassia starrte mich in der darauffolgenden Stille an. Die Flamme unserer einzigen Öllampe spiegelte sich in ihren dunklen Augen.

„Unsinn", widersprach sie schwach.

Ich schüttelte entschieden den Kopf. „Mir ist nicht entgangen, wie er dich angeschaut hat, Cassia. Wenn du lachst, wirkt er ... wie betrunken."

Genau wie ich. Als Cassia so frei über alles gelacht hatte, was Helvius gesagt hatte, war sie schön gewesen. Auch als sie mit Merope getanzt hatte, mit leuchtendem Gesicht und aller Sorgen ledig, hatte sie Schönheit ausgestrahlt.

Cassias Miene verdüsterte sich. „Ach du liebe Zeit. So ein Unglück."

„Wie meinst du das?" Meine Stimme klang kalt, befehlend.

„Nun, ich möchte ihm keinen Schmerz zufügen. Helvius ist ein guter Freund. Schon lange."

„Warum Schmerz zufügen?" Ich stellte den Weinbecher hart auf dem Tisch ab, und die Flüssigkeit spritzte über den Rand. „Er schien mir recht glücklich zu sein."

Cassia runzelte irritiert die Stirn. „Ich mag ihn natürlich und kann mit ihm über Dinge sprechen, die nur ein anderer Schreiber versteht, aber ich habe nicht die Absicht, seine Geliebte zu werden. Keiner von uns beiden könnte das ohne Erlaubnis tun."

„Und wenn du die Erlaubnis hättest?"

Ich wusste nicht, warum ich diese Frage gestellt hatte. Ich musste ihr bloß verbieten, den Mann wiederzusehen, und damit wäre die Sache erledigt gewesen. Ihre Gefühle sollten mir egal sein.

„Das würde keinen Unterschied machen. Bist du sicher, dass Helvius so für mich empfindet?" Sie schaute mich an. „Ich würde nur ungern seine Freundschaft verlieren, doch ich möchte auch keine falschen Hoffnungen in ihm wecken."

„Ich bin mir ganz sicher."

Cassia seufzte tief. Sie notierte sich etwas, dann stockte ihre Hand, und sie legte den Stift weg. „Ich behaupte von mir, sehr aufmerksam zu sein, aber ich habe nie bemerkt, dass Helvius sich für mich interessiert. Vermutlich bin ich ihm zu nah. Aus der Ferne ist es einfacher, die wahre Form der Dinge zu erkennen."

Ein Knoten löste sich in meinem Magen. Cassia war ein ehrlicher Mensch – es sei denn, sie feilschte, um ein besseres Honorar für meine Arbeit auszuhandeln –, und ich glaubte ihr. Sie hatte keine Ahnung gehabt, dass Helvius sie auf diese Weise mochte, und sie erwiderte seine Gefühle nicht.

Ich fuhr mir mit der Hand über den Kopf, die Stoppeln kitzelten meine Handfläche. „Brich ihm noch nicht das Herz. Er könnte mehr nützliche Informationen über Severina haben."

„Leonidas, ich darf seine Zuneigung nicht ausnutzen", erklärte Cassia überzeugt. „Ich muss ehrlich zu ihm sein."

„Ja, aber bring ihn nicht gegen dich auf. In Rom ist noch immer ein Mörder auf freiem Fuß, und Helvius kann vielleicht helfen, ihn zu finden."

Cassia legte den Kopf schief. „Du hast gesagt, Informationen über Severina, nicht über Domitiana. Glaubst du, Severina heuert Männer an, die diese Morde für sie begehen?"

„Möglicherweise." Ich hob erneut den Kelch, trank allerdings nicht. „Domitiana ist egoistisch, aber mehr auch nicht. Sie vergnügt sich mit Gladiatoren, Banketten und ihren Gärten, ja, doch sie scheint mir nicht grausam. Sie hat Herakles und mich mit stumpfen Waffen gegeneinander kämpfen lassen, sodass wir nicht Gefahr liefen, uns zu verletzen. Dann hat sie sich seiner angenommen, als er verloren hat. Genau wie sie es auch getan hätte, wenn er gewonnen hätte."

„Was ist mit Severina?", fragte Cassia.

„Sie ist deutlich skrupelloser." Ich zuckte die Achseln, weil ich nicht recht wusste, wie ich meine Ahnungen in Worte fassen sollte. „Ich habe viele Gladiatoren gekannt. Manche kämpfen nur, weil man sie dazu zwingt. Sie tun ihr Möglichstes, um in der Arena nicht zu sterben, aber sie töten, um zu überleben, und bedauern diejenigen, die sie erschlagen haben. Dann gibt es die, die das Töten genießen. Sie tun alles, um zu gewinnen, und freuen sich über ihren Sieg. Du siehst es in ihren Augen, ihr Bedürfnis, dich auszuweiden, dein Blut auf ihrer Haut zu spüren."

Cassia musterte mich mit angespannter Miene. „Hast du gegen viele solcher Männer gekämpft?"

„Ein paar. Die meisten Gladiatoren wollen gewinnen, doch sie ziehen einen ehrenvollen Kampf vor. Sie wollen den Ruhm und für ihr Talent bekannt sein, selbst wenn sie verlieren. Ich habe allerdings auch schon gegen Männer gekämpft, die *alles* tun würden, um zu gewinnen." Ich fuhr mit dem Daumen über die unebene Keramik der Tasse. „Ich habe diese Kämpfe immer gewonnen."

„Das freut mich sehr."

Sie flüsterte fast, aber ihre Aufrichtigkeit wärmte etwas in mir, das lange Zeit kalt gewesen war.

„Diese Männer machen Fehler", fuhr ich fort. „Sie sind so siegessicher, dass sie übermütig werden und ihren Gegner unterschätzen. Zu viele Siege, und sie werden nachlässig." Ich sprach jetzt langsamer. Das lag nicht nur an meiner Müdigkeit – ich dachte ungern an mein Leben in der Arena zurück. „Ich habe nie geglaubt, dass ich jedes Mal, wenn ich den Sand betrat, zum Sieger bestimmt war. Jeder Kampf war anders. Das ganze Training hat meinem Körper geholfen, Entscheidungen zu treffen, wenn die Hiebe kamen, doch ich musste mir vom Kampf selbst zeigen lassen, was zu tun war. Ich habe nicht an den Sieg oder den Tod gedacht. Vielmehr bin ich einen Schritt nach dem anderen gegangen. Jeder Schlag war anders. Ich habe genommen, was mein Gegner ausgeteilt hat, und zurückgegeben, was ich von ihm gelernt habe."

Cassia hatte mir mit offenem Mund zugehört. „Ich bin so eitel, mich für weise zu halten", erwiderte sie, als ich geendet hatte. „Aber ich glaube, deine Weisheit übertrifft alles, was ich je erlebt habe."

Ich schüttelte meine Erinnerungen ab und schaute sie verwirrt an. „Dann kennst du ein paar ziemlich dumme Leute."

Ihr leises Lächeln kehrte zurück. Sie schenkte mir nach meinen Scherzen immer dieses besondere Lächeln, als würde sie einen älteren Verwandten aufziehen.

„Du solltest jetzt schlafen“, meinte Cassia. „Es war eine lange Nacht.“

Ich erhob mich. „Severina hat mich zum Abendessen zu sich eingeladen“, erzählte ich ihr. „Nach den Lupercalia.“

Alle Fröhlichkeit wich aus Cassias Gesicht. „Nein“, sagte sie scharf. „Da darfst du auf keinen Fall hingehen.“

KAPITEL 18

Ich hatte mich gerade zu meinem Bett umdrehen wollen, hielt aber inne. „Warum?“, fragte ich schroff. „Was hat Helvius dir anvertraut?“

Cassia erhob sich von ihrem Schemel. „Nichts, was ich nicht bereits erzählt hätte. Doch du hast gerade erwähnt, dass ihre Grausamkeit zum Tod von Ajax und Rufus geführt haben könnte.“

„Ja, sie hat etwas Raubtierhaftes an sich. Ich würde sogar sagen, etwas Böses. Aber es gibt keinen besseren Weg, sie zu überführen, als sie auf frischer Tat zu ertappen.“

„Bist du wahnsinnig?“ Cassia ballte die Fäuste, die Arme starr an ihren Seiten. „Denk doch mal nach. Wenn sie die Täterin ist, lockt sie Gladiatoren mit Versprechungen von gutem Essen, gutem Wein und amourösen Abenteuern in ihr Haus. Dort mischt sie dem Essen oder Trinken etwas bei, um sie zu betäuben oder zumindest einzulullen, damit sie unvorsichtig werden. Severina hat mehrere hünenhafte Leibwächter – sie könnten das Töten für sie übernehmen, aus welchem perversen Grund auch immer. Sie wird dafür sorgen, dass ihr Mann aus dem Weg ist, oder vielleicht betäubt sie ihn ebenfalls. Selbst wenn er anwesend wäre, wäre er keine Hilfe für dich.“

„Ich habe nicht vor, etwas zu mir zu nehmen, was sie mir vorsetzt. Natürlich werde ich das Essen und den Wein ausspucken, wenn sie nicht hinsieht."

„Was, wenn die Leibwächter da sind und dich beobachten?", gab sie zu bedenken. „Du wirst wahrscheinlich etwas essen oder trinken müssen. Manche Gifte wirken sehr schnell, selbst wenn nur ein Tropfen in deinen Mund gelangt." Cassia, die selbst einmal Opfer eines Giftanschlags geworden war, schauderte bei diesen Worten.

„Mir fällt keine andere Möglichkeit ein." Meine Stimme wurde schroff. „Wenn wir sie nicht in flagranti erwischen, wer würde uns glauben? Einem ehemaligen Gladiator und einer Sklavin, die auf dem Forum verkauft worden ist?"

„Nero möglicherweise."

„Möglicherweise. Doch auch er wird Beweise verlangen. Wenn Vestalis tatsächlich so angesehen ist, wie Helvius behauptet, werden die Magistrate zögern, ihn festzunehmen und Vorwürfe gegen seine Frau zu erheben. Sie ist keine Hure aus einem *lupanar*, sondern die Tochter eines sehr reichen Mannes und die Ehefrau eines früheren Prokonsuls."

Nero konnte sich jederzeit über den Senat hinwegsetzen, wenn er einen Mann hinrichten lassen wollte, und das tat er auch häufig, aber er würde dies nicht aufgrund von Hypothesen von jemand so Unbedeutendem wie uns tun. Ja, er wollte einen Schuldigen für die Morde, doch sogar er würde vorsichtig sein.

„Was ist, wenn der Magistrat dir nicht glaubt, selbst wenn du sie auf frischer Tat ertappst?", fragte Cassia. „Dann hättest du ganz umsonst dein Leben riskiert."

Ich stützte mich mit der Hand an der Wand ab, um nicht verdrossen hin und her zu laufen. „Was schlägst du vor?"

„Wie ich schon einmal erwähnt habe, kann ich mir Zutritt zu Severinas Haus verschaffen und sie beobachten. Helvius kennt ihr Personal. Er kann mich hineinschmuggeln."

„Nein!", fuhr ich sie an.

Cassia wich einen Schritt zurück, aber sie gab keineswegs

nach. „Ich werde nur alles beobachten und einer Respektsperson wie Sextus Livius Bericht erstatten. Vestalis selbst kann helfen. Er wäre nicht glücklich, wenn er erführe, dass er eine verrückte Mörderin zur Frau hat."

„Jetzt muss *ich dich* fragen, ob du wahnsinnig bist. Wenn Severina oder ihre Leibwächter dich entdecken, töten sie dich auf der Stelle. Ich kann mich wenigstens wehren. Das kannst du nicht." Ich stieß mich von der Wand ab und baute mich vor Cassia auf. „Du wärst schon einmal beinahe gestorben, als du dich einem Mörder in den Weg gestellt hast."

„Ist das wichtig?", konterte Cassia in vernünftigem Ton. „Hesiodos kann jederzeit eine andere Sklavin für dich finden."

„Ich will aber keine andere Sklavin", entgegnete ich heftig. „Sondern dich."

Cassia verstummte und fuhr dann etwas leiser fort: „Hesiodos wird dafür sorgen, dass sich jemand anderes um deine Finanzen kümmert."

„Meine *Finanzen?* Die sind mir völlig egal." Ich beugte mich mit bedrohlicher Miene zu ihr hinunter. Erfahrene Gladiatoren hatten hastig das Weite gesucht, wenn ich sie so angesehen hatte, doch Cassia starrte nur mit großen Augen zu mir hoch. „Ohne dich komme ich nicht zurecht. Ich brauche dich, Cassia."

Sie starrte mich weiter an, als verwirrten meine Worte sie. Ich richtete mich auf und versuchte erfolglos, meinen Zorn zu zügeln.

„Du wirst nicht zu Severina gehen und sie nicht ausspionieren", befahl ich ihr brüsk. „Du gehst nirgendwohin, bis wir den Mörder gefunden haben, und wenn ich dich hier einsperren muss. *Ich* werde gehen, und *du* wirst hierbleiben."

Cassia entgegnete nichts, sie widersprach nicht, weinte nicht und schimpfte nicht. Sie stand nur vollkommen still da, mit den Fingerspitzen auf der Tischplatte, und nicht einmal die Falten ihrer Tunika bewegten sich.

Ich wandte mich abrupt ab, doch ich konnte mich jetzt nicht einfach ins Bett legen, wie ich es vorgehabt hatte. Stattdessen riss ich die Tür auf und stürmte die Treppe hinunter und hinaus in die Dunkelheit.

Immerhin war ich so geistesgegenwärtig, die Tür hinter mir abzuschließen, bevor ich in die römische Nacht hinausschritt.

Cassia und ich sprachen in den nächsten anderthalb Tagen nicht über die Einladung zu Severina. Sie hatte geschlafen, als ich viel später zurückgekehrt war, und ich hatte sie nicht geweckt. Am Morgen hatte sie wortlos das bereits ordentliche Zimmer aufgeräumt und war gegangen, um Wasser und Frühstück zu holen.

Wir sprachen auch dabei nicht miteinander. Cassia beschäftigte sich mit ihren Täfelchen, und ich begab mich in die Therme, kehrte dann ein weiteres Mal zu Chryseis' *insula* und ihrem Lagerhaus zurück, in der Hoffnung, etwas – *irgend*etwas – zu finden, das auf den Mörder hinwies, aber ich hatte kein Glück. Ich entdeckte nichts außer dem sauber gescheuerten Boden, auf dem der Täter, wie ich vermutete, die Leichen zerstückelt hatte und der vielleicht auch der Tatort der Morde an Ajax und Rufus war, nachdem man sie betäubt oder bewusstlos dorthin transportiert hatte.

Ich befragte die Mieter des einen Teils von Chryseis' Lagerhaus, doch sie behaupteten, nichts Verdächtiges gesehen zu haben.

Auch die Familie, die gegenüber von Chryseis gewohnt hatte und auf meinen Rat hin in das Gebäude nebenan umgezogen war, konnte mir wenig sagen. Der Vater gab nach langem Zureden zu, dass ein großer Mann ihn großzügig bezahlt hatte, damit sie an dem Tag, an dem Cassia und ich Rufus gefunden hatten, die Zimmer räumten und nach oben zogen. Seine Beschreibung stimmte mit der überein, die Albus, der Lehrling des Waffenschmieds, mir gegeben hatte – große Nase und dichtes dunkles Haar.

Das half wenig, obwohl ich jedes Mal, wenn ich auf der Straße war, nach einem Mann Ausschau hielt, auf den eine solche Beschreibung passte.

Der Korbflechter war überraschend mit seiner Familie zu seiner Mutter nach Ostia gefahren. Das erzählte mir der Kupferschmied im Laden nebenan, der mir aber auch weiter keine Auskunft geben konnte.

In der Subura erfuhr ich noch weniger und kehrte entmutigt nach Hause zurück.

Der Tag der Lupercalia dämmerte heran.

Dieses Fest zur Reinigung der Stadt war schon so alt, dass sich nur noch wenige an seine Ursprünge erinnerten, doch die Bevölkerung war wie immer gekommen, um zu feiern. Vor der Höhle, in der der Überlieferung nach Romulus und Remus als Kinder aufgewachsen waren, salbte man zwei junge Männer mit dem Blut der dort geopferten Tiere. Mit Streifen der Felle dieser Tiere in der Hand machten die beiden dann ein Wettrennen um die unteren Hänge des Palatins und schlugen fröhlich auf alle ein, an denen sie vorbeikamen.

Ich war zum Palatin aufgebrochen, um mich den Festlichkeiten anzuschließen, aber Cassia hatte es abgelehnt, mich zu begleiten, weil sie noch etwas zu erledigen hatte. Also war ich einfach allein losgezogen – seit unserem Streit herrschte zwischen uns ein kühler Umgangston.

Die Frauen streckten Hände und Arme aus, als die jungen Männer vorbeiliefen, um von den blutigen Hautfetzen getroffen zu werden, die Fruchtbarkeit schenken sollten. Die jungen Männer kamen dem Wunsch gerne nach.

Einer der beiden lief auf mich zu. Seine Augen unter der mit getrocknetem Blut verschmierten Stirn waren weit aufgerissen, sein roter Mund war zum Lachen geöffnet. Ich versuchte, ihm auszuweichen, doch er rannte entschlossen zu mir und versetzte mir mit seiner behelfsmäßigen Peitsche einen Schlag auf den Unterarm.

Die Frau neben mir warf sich ihm entgegen, als die Peitsche

herabsauste, und bekam das Ende davon auf die Hand. Lächelnd wandte sie sich ab.

Ich betrachtete die winzigen Blutspritzer auf meinem Arm, die von dem Stück Tierhaut stammten. Ich hatte nie über Nachkommen nachgedacht – bisher hatte ich mich darauf konzentriert, einfach von Tag zu Tag zu überleben.

Während meine Haut von dem kurzen Schlag kribbelte, fragte ich mich, ob ich je Kinder haben würde. Einen Sohn vielleicht, der in meine Fußstapfen treten und mir zuhören würde, wie ich über den Bau von Mauern oder meine Reisen durch römische Ländereien in Schaukämpfen vor einer jubelnden Menge schwadronierte. Oder eine Tochter, für die ich hübschen Schmuck kaufen und die ich auf meine Schultern heben würde, damit sie die Wagenrennen beobachten konnte.

Ich schob diese Gedanken beiseite. Kinder lebten gefährlich – Unfälle und Krankheiten rafften viele von ihnen dahin, ganz zu schweigen von den Menschen, die bereit waren, ein Kind zu stehlen und zu verkaufen. Ständig trauerten Eltern um ihre Kinder, wie Marcianus bezeugen konnte, der so viele wie möglich von ihnen zu retten versuchte. Kleine Gedenksteine, die entlang der Via Appia und anderer Straßen außerhalb der Stadtmauern errichtet wurden, waren herzzerreißende Zeugnisse eines kurzen Lebens.

Die Hoffnung eines Mannes auf ein Kind, das seinen Namen weiterführen würde, konnte schnell tragisch enden. Familie zu haben war schrecklich.

Trotzdem. Ich erinnerte mich an den Jungen, den ich kürzlich gefunden und zu Xerxes' Witwe gebracht hatte. Ich hatte ihn in der kurzen Zeit, in der ich ihn kannte, ins Herz geschlossen und ihn beschützen wollen. Marcella hatte eigene Kinder, die wie Xerxes waren und fröhlich lachend im Haus herumtollten.

Ich sagte mir, es sei sinnlos, über eigene Kinder nachzudenken, solange ich einem Gönner verpflichtet war, den ich nicht einmal kannte. Was würde dieser Mann oder diese Frau tun, wenn ich mich plötzlich entschloss, eine Familie zu gründen?

Dennoch tauchte das Phantombild zweier Kinder vor mir auf, die ich nie haben würde. Der Junge sah aus wie ich in meiner Kindheit, das Mädchen ähnelte Cassia ...

Abrupt löste ich mich aus der Menge auf dem Palatin und ging in Gedanken versunken den Hügel hinunter.

Nach Einbruch der Nacht zog ich eine saubere Tunika an und begab mich von unserem Haus zum Caelius. Cassia notierte sich die Zeit meines Aufbruchs – die zweite Stunde der Nacht –, doch sie sagte kein Wort, als ich durch die Tür trat. Ihre Lippen waren verkniffen.

Ich mochte es nicht, wenn Cassia wütend auf mich war, aber ich wollte nicht noch einmal über meinen Plan streiten. Wir mussten alles über Severina erfahren, was wir konnten, und sie hatte mir einen perfekten Vorwand dafür geliefert.

Also überquerte ich das Forum Romanum und lief die Sacra Via entlang, vorbei am Palatin zu meiner Rechten und einem sumpfigen Tal zu meiner Linken. Auf der anderen Seite des Palatins folgte ich der Wegbeschreibung von Severinas Leibwächter und fand den Clivus Scauri, der sich zum kleinen Schrein der Minerva nahe der Spitze des Caelius hinaufwand.

Die *domus* wurden immer luxuriöser, je weiter ich den Hügel hinaufkam, die Häuser immer breiter und höher. Schließlich schritt ich inmitten von echten Villen dahin, die von Mauern umgeben waren, um Eindringlinge fernzuhalten.

Vor dem Tor zögerte ich. Würde Severina wollen, dass ihre Nachbarn einen Gladiator an die Haustür klopfen sahen? Doch es gab keinen anderen erkennbaren Eingang, also hämmerte ich mit der Faust ans Tor.

Die Tür öffnete sich schnell, und Severinas hünenhafter

Wächter mit dem kahl geschorenen Schädel schaute zu mir heraus. Er winkte mich stumm hinein und führte mich dann in schnellem Tempo durch das Atrium und einen breiten Flur entlang, der sich über die gesamte rechte Seite des Hauses erstreckte.

Dies war nur ein Flügel der Villa, wie ich feststellte. Das Haus war groß genug, um mehrere davon in beiden Stockwerken zu haben, wahrscheinlich unterteilt in öffentliche und private Räume. Da lediglich Severina und ihr Ehemann hier wohnten, gab es viele ungenutzte Räume, in denen man heimlich einen Gladiator ermorden konnte, bevor man ihn zur Zerstückelung ins Lagerhaus brachte.

Der Leibwächter führte mich in ein *triclinium*, das um ein Vielfaches größer war als das von Domitiana. Niedrige Tische, im Moment leer, standen vor drei Speisediwanen, die mit Kissen und Seidenüberwürfen übersät waren.

Ich war die einzige Person in dem leeren Raum, von Severina war keine Spur zu entdecken. Der Leibwächter bedeutete mir, auf der mittleren Couch Platz zu nehmen, auf der üblicherweise die Ehrengäste saßen.

Er ging, noch ehe ich mich zum Warten niederlassen konnte, wobei seine Sandalen auf dem polierten Mosaikboden kaum ein Geräusch machten.

Ich legte mich auf die Seite. Meine Füße ragten über das Ende des Diwans hinaus, denn meine Beine waren zu lang für das Möbelstück. Ich hoffte, dass Severina und die anderen Gäste bald eintreffen würden, denn der weich gepolsterte Diwan sorgte dafür, dass mir die Augen zufielen. Mein Körper sehnte sich nach Schlaf.

Leise kamen Sklaven herein und stellten Teller mit Essen und Becher mit Wein auf die Tische. Eingedenk meines Versprechens gegenüber Cassia rührte ich nichts an.

Severina ließ mich lange warten. In Halterungen, die wie Blumen oder Früchte geformt waren, brannten Öllampen. Eine hatte die Gestalt einer nackten Nymphe, die die Flamme zwischen ihren Brüsten hielt, eine andere die Form eines Phallus, aus dessen Eichel die Flamme herauskam.

Ich betrachtete das Essen – Aprikosen, frittierte Teigtaschen mit unbekanntem Inhalt, einen Salat mit in Essig getränkten Brotbrocken mit Käse, Nüssen und gekochten Eiern, alles mit Honig beträufelt.

Mein Magen knurrte vor Hunger, aber ich roch Garum im Salat, was meinen Appetit zügelte. Ich war einer der wenigen Römer, die Garum, die salzige Fischpaste, die Hoch- und Niedergeborene gleichermaßen auf alles schmierten, nicht mochten.

Gerade als ich überlegte, ob ich eine Aprikose mitnehmen sollte, um sie auf Gift testen zu lassen, kam Severina in den Raum geschwebt.

Ich hatte erwartet, dass sie sich für dieses Treffen aufreizend kleiden würde, doch sie trug eine bescheidene Stola, die unter den Brüsten und in der Taille gegürtet war und die silberne Fibeln an den Schultern zusammenhielten. Sie war aus Seide und so weit, dass der Stoff viele Falten schlug. Ich stellte mir vor, dass ihre Leibsklavin viel Zeit damit verbracht hatte, jede Falte genau zu richten. Die Tunika, die sie darunter trug, war über der Stola sichtbar und verbarg ihre Brüste.

Severina trug eine Perücke mit langen dunklen Locken, ihr eigenes Haar hatte sie glatt nach hinten gekämmt, ein paar Strähnen hingen ihr in den Nacken, nicht anders als jede römische Matrone es zu einem formellen Abendessen frisiert hätte.

Sie scheuchte die beiden Sklavinnen fort, die ihr gefolgt waren, und stand mir allein gegenüber.

„Du“, sagte sie missbilligend. Entweder hatte sie meinen Namen vergessen oder hielt mich nicht für würdig, mich damit anzusprechen. „Warum hast du denn gar nichts gegessen? Glaubst du etwa, ich will dich vergiften?“

Ich konnte ihren Blick bei dieser Frage nicht deuten. Verspottete sie mich? Oder war sie misstrauisch?

Also erhob ich mich vom Diwan und verneigte mich tief. „Ich hielt es für unhöflich, vor dir zu essen, Herrin."

„Oh." Severina klang erfreut. „Setz dich doch. Bitte. Du bist so groß, dass ich sonst zu dir hochschauen muss. Jetzt iss." Nachdem ich mich wieder auf den Diwan gelegt hatte, nahm sie eine Aprikose und hielt sie mir an die Lippen.

Mir blieb nichts anderes übrig, als den Mund zu öffnen. Das Licht der Lampe schimmerte auf dem kahl geschorenen Kopf ihres Leibwächters, und ich fragte mich, ob sie mich von ihm schlagen lassen würde, wenn ich mich weigerte. Ich ging davon aus, dass ich mich wehren könnte, aber dann würde man mich aus dem Haus werfen, und ich würde nichts mehr herausfinden.

Also öffnete ich den Mund. Severina schob die Aprikose hinein und strich mit der Fingerspitze über meine Zunge. Sie zog ihren Finger zurück, und ich kaute und schluckte.

Ich schmeckte nur eine feine, reife Aprikose. Wenn sie Gift enthielt, konnte ich es nicht erkennen.

Severina genoss es, mich zu füttern. Sie setzte sich neben mich, ihre Seidenstola streifte meinen bloßen Oberschenkel. Sie schob mir ein Häppchen nach dem anderen in den Mund: Teigtaschen mit einer Füllung aus gewürztem Fleisch. Kandierte Mandeln. Mit Honig getränktes Brot. Alles war köstlich, die kandierten Nüsse und das frische Brot passten gut zu dem warmen, perfekt gewürzten Fleisch. Glücklicherweise fütterte sie mich nicht mit dem in Garum marinierten Gemüse.

„Ich möchte, dass du satt und zufrieden bist." Severina schob mir eine weitere Mandel in den Mund und leckte sich den Honig von den Fingern. „Ein satter Mann ist ein sanfter Mann. Du bist so stark." Sie strich mit einer klebrigen Handfläche über meinen Oberarm und drückte auf den Bizeps.

Viele Frauen mochten es, meine Armmuskulatur nachzufahren, weil sie deren Festigkeit angenehm fanden. Normalerweise machte mir das nichts aus, aber ich fragte mich, ob Severina eine Nadel in ihrer Hand versteckte, um mir so das Gift zu injizieren.

Doch ich spürte nur ihre glatten Fingerspitzen. Das Essen

schmeckte, wie es schmecken sollte, in keiner Weise seltsam. Ich stellte fest, dass Severina eine begabte Köchin hatte.

Sklaven kamen herein, um die leeren Teller abzuräumen und den zweiten Gang zu servieren. Sie brachten Platten mit Fleisch mit und ohne Soßen, eine Schale mit Schweinebraten, Gewürzen und Minze und Gebäck in allen Formen und Größen, darunter auch ein mit gemahlenen Nüssen und Sahne gefüllter Phallus. Severina lachte erregt, als sie mich die Spitze abbeißen ließ. Für mich waren es nur frittierter Teig und Nüsse, aber ihre Augen leuchteten vor Lust, als ich es verzehrte.

Schließlich verlor Severina die Lust daran, mich zu füttern, und aß selbst. Sie nahm sich Häppchen, öffnete die Lippen und umspielte die Speisen mit der Zunge, ehe sie sie in den Mund nahm. Ich vermutete, sie wollte mich damit verführen. Als sie offensichtlich von mir gefüttert werden wollte, tat ich ihr den Gefallen, und sie leckte bei jeder Gelegenheit meine Finger ab.

Severina aß dasselbe wie ich. Nichts davon schmeckte merkwürdig, nichts war mit Blattgold verziert.

Dann brachten die Sklaven Wein. Sie gossen ihn unverdünnt in unsere Becher. Er war sehr gut, und Severina trank reichlich davon.

Wenn Severina denselben Wein aus denselben Krügen trank wie ich, dann musste sich eventuelles Gift im Becher selbst befunden haben, schon bevor die Sklaven ihn ins Zimmer gebracht hatten. Statt aus dem feinen goldenen Gefäß zu trinken, das ein Sklave mir reichte, ergriff ich Severinas halb ausgetrunkenen Becher und leerte ihn.

Severina erschrak, Wut flackerte über ihr Gesicht, dann verflog sie, und sie lachte vor Vergnügen. Sie rief nach mehr Wein, den sie sich über den Hals goss, damit ich ihn ablecken konnte.

Während ich dies tat und ihre suchenden Hände ignorierte, verkündeten klingende Glöckchen und der leise, aber stete Schlag einer Trommel, dass die Musiker eingetroffen waren. Ich hörte einen sehr vertrauten Takt.

Als Severina mich schließlich losließ – und mich brüsk wegschob –, setzte ich mich auf und drehte mich um, um die Tänzer anzusehen.

Ich erstarrte einen Herzschlag lang, dann setzte ich eine ausdruckslose Miene auf. Der Musiker war Gaius, der eine breite Trommel unter dem Arm hatte und auf ihr den Takt schlug, und die Tänzerin, die in dünnes Leinen gekleidet war und Glöckchen an den Hand- und Fußgelenken trug, war Merope.

KAPITEL 19

Gaius sah mich nicht an, sondern beobachtete nur Merope und hielt den Takt. Merope hatte die Augen halb geschlossen und wiegte sich verträumt zur Musik.

Wie groß war die Wahrscheinlichkeit, dass Gaius und Merope zufällig ausgerechnet heute Abend in diesem Haus auftraten? Ich hatte das Gefühl, genau zu wissen, wie die beiden zu ihrem Engagement gekommen waren.

Eine gute Idee von Cassia, entschied ich, während ich einen weiteren Becher Wein trank. Wenn Severina ihre Männer schickte, um mich zu töten, während ich im Vollrausch lag, konnten Merope und Gaius loslaufen, um Hilfe zu holen. Niemand achtete auf Tänzer, wenn sie nicht auftraten – sie konnten unbemerkt verschwinden.

Sehr gute Idee.

„Bitte?“ Severina lag dicht neben mir, ihr Gesicht nahe bei meinem. Ihr Atem stank nach Garum.

Ich begriff, dass ich die Worte laut gemurmelt hatte. „Essen“, korrigierte ich mich schnell. „Sehr gutes Essen.“

„Natürlich. Was hast du erwartet?“ Sie setzte sich auf und klatschte direkt neben meinem Ohr laut in die Hände. „Räumt ab. Wir haben genug davon. Bringt die Süßigkeiten.“

Severina schmiegte sich an mich, während Sklaven herbeieilten, um das Geschirr abzutragen. Kaum waren sie verschwunden, kam eine andere Gruppe von Sklaven mit Tellern voller Datteln und anderer Früchte, mit Honig bestrichenem Gebäck sowie ganzen und gemahlenen Nüssen herein.

Severina träufelte aus einem Topf Honig auf meine Schulter. „Ich will mich an dir laben."

Ich hielt still, während sie meine Haut ableckte. Gaius warf einen raschen Blick zu mir, schaute jedoch schnell wieder weg.

Severina tat das noch mehrfach. Zwischendurch drängte sie mir mehr von dem wohlschmeckenden Wein auf, und ich wurde immer benommener.

Nach einer Weile wandte sich Severina zu Gaius und Merope um und klatschte erneut laut in die Hände.

„Genug", rief sie. „Geht. Von dem Lärm kriege ich Kopfweh."

Sofort hörte Gaius auf zu trommeln. Merope vollendete ihre Drehung, kam zum Stehen und verbeugte sich anmutig. Severina nahm keinerlei Notiz von ihr. Merope lief mit leisem Klirren auf den Gang hinaus. Gaius folgte ihr nach einem weiteren verstohlenen Blick zu mir.

Es wurde ganz still im Raum. Die Sklaven hatten sich mit Ausnahme des Leibwächters, der mit glitzernden Augen tief im Schatten stand, zurückgezogen.

Wartete er auf ein Zeichen seiner Herrin, bereit, den betrunkenen Gladiator niederzuschlagen und ebenfalls zu töten?

Severina nahm mir den Weinkelch aus der Hand und leerte ihn. Ihr ausschweifender Alkoholgenuss ließ mich zu dem Schluss kommen, dass Ajax und Rufus vielleicht doch nicht vergiftet worden waren, sondern nur von starkem Wein so betrunken gewesen waren, dass sie sich nicht mehr zur Wehr setzen konnten.

Meine Gastgeberin legte ein Bein über meins und schob sich auf meinen Körper. Ihre Stola rutschte ihr bis zu den Hüften hoch, aber die Tunika darunter verhinderte, dass sie nackt auf mir lag.

Sie küsste mich, dann glitt sie auf meinem Oberkörper hoch und runter, als wisse sie zwar theoretisch, wie man es mit einem Mann trieb, habe allerdings nicht viel Übung. Als Severina immer so weitermachte, wurde mir klar, dass sie einfach betrunken war. Sie hatte noch mehr Wein zu sich genommen als ich.

Ich umklammerte sie rasch, als sie von mir herunterzurutschen drohte, weil ich befürchtete, sie würde sich den Kopf am Tisch oder auf dem Boden anschlagen, wenn sie stürzte. Severina lachte, vermutlich in der Annahme, ich habe amouröse Absichten.

Sie bedeckte mein Gesicht und meinen Hals mit von Honig klebrigen Küssen, dann legte sie den Kopf auf meine Schulter und verstummte.

Der Leibwächter starrte uns aus der Dunkelheit an, unbeweglich. Trotz meines Rausches hielt ich auf dem Tisch nach einem Messer Ausschau, das ich zur Not zur Verteidigung benutzen könnte, doch wir hatten mit den Fingern gespeist. Sklaven hatten das Essen schon in der Küche in mundgerechte Stücke geschnitten, wie es in vornehmen Haushalten üblich war.

Gleich darauf begann Severina leise zu schnarchen.

Ich sah nach unten und bemerkte, dass sie die Augen fest geschlossen und den Mund halb geöffnet hatte. Ihr Atem ging laut, eine winzige Spur von Speichel rann ihr aus dem Mundwinkel.

Aus dem dunklen Gang erklangen Schritte. Der Leibwächter nahm Haltung an und trat dann zurück, verschwand aus meinem Sichtbereich.

Severinas Mann Tertius Vestalis Felix betrat das Esszimmer. Er näherte sich langsam schlurfend den Tischen, als bemerke er seine Frau gar nicht, die auf dem Speisediwan über einen riesigen Gladiator drapiert lag. Eine zittrige Hand, deren Haut fast durchsichtig war, schloss sich um ein paar Mandeln.

„Herr.“ Ich befreite mich vorsichtig von Severina und bettete sie auf die Kissen, während ich mich erhob.

Vestalis kaute seine Mandeln und ließ sich schwer auf einen Diwan fallen, so weit wie möglich von Severina entfernt. Er schaute mich gleichgültig an.

„Schon gut, Junge.“ Sein Blick wurde schärfer, als er mich musterte. „Aber wenn du sie schwängerst und sie einen Sohn bekommt, werde ich behaupten, das Kind sei von mir. Ich brauche einen Erben.“

Ich betrachtete Severina, die in den Kissen zusammengerollt den Schlaf der Gerechten schlief.

„Herr, ich glaube, dazu wird es heute Nacht nicht mehr kommen“, erklärte ich.

Vestalis' Augen richteten sich auf seine Frau. „Sie ist wie ein wildes Tier, vielleicht ein Äffchen, das man sich aus Afrika mitgebracht hat. Sie rennt herum und spielt, bis sie einschläft.“

Als ich Severina jetzt so sah und mich daran erinnerte, wie sie sich im Haus ihrer Mutter benommen hatte, hielt ich das für eine sehr gute Beschreibung.

Schwankend verneigte ich mich. „Ich werde gehen.“

Vestalis wedelte mit einer Hand voller Mandeln. „Nein, nein. Setz dich und iss mit mir. Wir sollten diese Speisen nicht verschwenden. Sie wird es ohnehin nur wegwerfen.“

Wenn ein Patrizier mir etwas befahl, musste ich gehorchen. Ich ließ mich neben ihm nieder und nahm einige Weintrauben aus einem Korb. Mein Magen war voll, doch ich konnte noch ein paar Bissen runterbringen, wenn er darauf bestand.

Wir legten uns nicht hin, sondern saßen einfach da, die Füße auf dem Boden, so wie man es bei einer informellen Mahlzeit in einer *popina* tat. Vestalis' Kiefer zermahlten die Mandeln, und das Knirschen übertönte beinahe Severinas Schnarchen.

„Ich habe gehört, du bist kein Gladiator mehr“, begann Vestalis und griff nach den Datteln. „Hast die *rudis* bekommen. Gratuliere, dass du die Spiele überlebt hast. Sie sind brutal. Aber du warst ein hervorragender Kämpfer.“

„Ich habe gekämpft, um zu überleben“, erwiderte ich ohne Groll. „Das habe ich alles hinter mir gelassen.“

Vestalis lachte, und seine Miene wurde sanfter. „Auch noch bescheiden. Ein Gladiator ist der Inbegriff von *virtus*, nicht wahr? Stark, kräftig, angesehen, mutig. Alles, was die schmerbäuchigen Senatoren gerne ebenfalls wären.“

Virtus – Tugendhaftigkeit. Dieses schwer greifbare Wort umfasste Ehre, Mut und Tapferkeit. Das Beste, was einem Römer passieren konnte, war, für seine *virtus* bekannt zu sein.

„Ich habe gekämpft, weil ich keine andere Wahl hatte.“

„Natürlich hattest du die nicht. Aber alte Konsuln, die keine Männer in die Schlacht geführt haben, beneiden in diesen friedlichen Tagen die in der Arena. Sie würden sich natürlich nicht wirklich selbst dort wiederfinden wollen, weißt du.“ Wieder lachte er.

„Nein, Herr.“

„Ich habe mir in den Provinzen Ruhm erworben.“ Vestalis aß schmatzend ein paar Datteln und wandte sich dann wieder den Mandeln zu. Er hob einen Weinkrug, schüttelte ihn, um zu sehen, ob noch etwas darin war, und goss den Inhalt dann in einen unbenutzten Becher.

Vestalis aß und trank ohne Sorge, womit sich unser Verdacht, Severinas Essen könne verdorben sein, als wenig wahrscheinlich erwies.

„Du warst früher Prokonsul“, lieferte ich Vestalis, der offenbar Redebedarf hatte, ein Stichwort.

Er trank einen Schluck Wein. „Ja, an mehreren Orten. Ein paar Jahre war ich in Britannien.“ Vestalis erschauerte. „Geh nie nach Britannien. Es ist kalt, feucht und voller heulender Wilder. Selbst Hispania war da besser.“

Ich war nicht sicher, was ich darauf antworten sollte, also nickte ich nur höflich.

„In Hispania habe ich sie kennengelernt.“ Vestalis deutete mit seinem Weinkelch auf die schlafende Severina. „Ich habe dort die

Bekanntschaft ihres Bruders gemacht. Er ist Prätor in einer kleinen Stadt inmitten von Olivenhainen. Severina und ihre Mutter waren bei ihm zu Besuch, kurz nachdem Domitianas Ehemann gestorben war. Der Bruder wollte die junge Severina verheiraten. Sie war schwierig, auch wenn er das zu verbergen versuchte. Severina jagte Legionären und Gladiatoren hinterher wie ein Flittchen. Die Familie vertuschte es, doch Severina war ein Problem. Ich brauchte ein Vermögen, und Severinus einen Gatten für seine kapriziöse Schwester. Also habe ich sie geheiratet."

Wieder hatte ich keine Ahnung, was ich erwidern sollte. Schweigend steckte ich mir noch ein paar Weintrauben in den Mund.

„Du fragst dich sicher, warum, oder?" Vestalis' gute Laune schwand. „Ich hatte nie Geld, obwohl ich mich über meine Karriere und meine Abstammung nicht beklagen konnte. Aber letztlich war das alles nichtig."

Helvius hatte gesagt, Vestalis habe während seiner Jahre als Prokonsul seine erste Frau und seine Tochter verloren. Ich sah die Trauer noch immer in ihm. Wenn seine Zuneigung zu dieser Frau so stark gewesen war, hätte er sicher nicht damit gerechnet, je etwas für Severina zu empfinden. Er hatte diese Ehe geschlossen in dem genauen Wissen, wie Severina war, und es war ihm egal gewesen.

„Ich wollte den Komfort eines großen Hauses und viel Geld, das mich bis ins hohe Alter versorgt", fuhr Vestalis fort. „Die Familie ist durchaus geachtet, egal wie sehr die Frauen versuchen, den Ruf zu ruinieren. *Ich* genieße hohes Ansehen. Das habe ich dem jungen Severinus im Tausch gegen das Vermögen seiner Schwester angeboten."

Der Blick, den Vestalis Severina zuwarf, war der eines Mannes, der ein aufmüpfiges Kind anschaut, auf das er nicht vorhat, besser aufzupassen. Er war geprägt von Gleichgültigkeit, ja sogar Abgeklärtheit.

Vestalis verspeiste eine weitere Handvoll Mandeln. „Geh

nach Hause, Gladiator. Sie wird nicht vor dem Morgen aufwachen.“

Ich erhob mich ein wenig schwankend, machte einen Schritt auf Severina zu und wollte ihr die Stola über die nackten Beine ziehen, aber Vestalis scheuchte mich weg.

„Ihre Sklavinnen sollen sich um sie kümmern. Schlaf gut, Leonidas. Danke für das Gespräch.“

Ich neigte den Kopf. Wie aus dem Nichts tauchte Severinas Leibwächter auf, bereit, mich nach draußen zu geleiten.

Vestalis griff sich die letzten Trauben und schlenderte hinaus in den Säulengang, wobei er an mir vorbeiging, als hätte er mich bereits vergessen. Der Leibwächter bedeutete mir, ihm zu folgen.

Während ich durch das riesige stille Anwesen wanderte, war von Gaius und Merope nirgends eine Spur zu entdecken – ich vermutete, dass man sie zu einem Dienstboteneingang geführt hatte. Der Leibwächter öffnete stumm die Eingangstür in der Vorhalle und trat beiseite, um mich vorbeizulassen.

Sobald ich auf der Straße stand, schlug die Tür hinter mir zu, und ich hörte, wie der Leibwächter sie verriegelte.

Ich war allein auf dem Caelius und hatte absolut nichts über die Person erfahren, die ich am meisten verdächtigt hatte, die Verbrechen begangen zu haben. Niemand hatte versucht, mich zu vergiften, mich niederzuschlagen, mich zu ermorden oder zu zerstückeln.

Ich atmete die kühle Nachtluft ein und machte mich auf unsicheren Beinen auf den langen Weg nach Hause.

WÄHREND ICH IN RICHTUNG QUIRINAL STOLPERTE, WURDE ich mehrfach beinahe ausgeraubt. Ich hatte wenig Geld bei mir, doch das hielt einen stämmigen, stinkenden Mann nicht davon ab, mich gegen eine Wand zu stoßen, genauso wenig wie einen anderen davon, mich erdrosseln zu wollen. Mein Körper wurde lebendig, als ich Letzterem einen Ellbogenstoß in die Eingeweide versetzte, dass er vor Schmerz würgte, und den stämmigen Mann mit dem Gesicht voran gegen eine Wand schleuderte. Das hatte er jetzt davon. In der Dunkelheit des Vicus Compiti Acili stürzte ein dritter Mann mit einem Messer auf mich zu, blieb aber ein paar Schritte vor mir stehen.

„Bist du Leonidas, der Spartaner?“ In seiner Frage klang Bewunderung mit. „Ich habe viele deiner Kämpfe gesehen, Geld mit dir gewonnen.“

Ich nahm an, er wollte, dass ich ihm gratulierte. Stattdessen knurrte ich wie der wilde Kämpfer, der ich gewesen war, und er lachte vor Freude. „Gute Nacht.“

Bevor ich ihn stehen ließ, schnappte ich mir sein Messer und warf es in einen Abwasserkanal. Damit würde er in dieser Nacht niemanden mehr ausrauben können.

Noch immer lachend trollte er sich. „Besiegt von Leonidas, dem Spartaner. Das glaubt mir keiner.“

Auf dem Rest des Heimwegs war ich noch mehr auf der Hut.

Die Nachwirkungen der Kämpfe sorgten im Zusammenspiel mit all dem Wein und dem Essen für große Müdigkeit bei mir. Ich musste mich an der Wand abstützen, als ich die Treppe zu unserer Wohnung hinaufstieg, nachdem ich sehr lange mit dem Schlüssel für die Außentür gekämpft hatte.

Cassia war noch wach. Sie summte vor sich hin, während sie sich im flackernden Schein einer einsamen Öllampe über ihre Schriftrollen beugte. Das Licht stach mir in die Augen, mein Kopf schmerzte.

Ich schloss die Tür, nachdem ich in die Wohnung gestolpert war, lehnte mich dagegen und fragte mich, wie ich die andere Seite des Zimmers und mein Bett erreichen sollte.

„Du.“ Mit unstetem Finger deutete ich auf Cassia. „Du hast dich trotz meines Verbots hinausgeschlichen.“

Cassia erhob sich, legte ihren Stift weg und betrachtete mich in aller Unschuld. „Ich habe die Wohnung nicht verlassen, das schwöre ich dir. Es war klug von dir, mir zu sagen, ich solle mich nicht in Gefahr bringen."

Ich hielt den Finger weiter auf sie gerichtet. „Du hast mir nachspionieren lassen."

„Sprichst du von Merope und Gaius?" Cassia errötete. „Ich habe möglicherweise Helvius gegenüber ihre Namen erwähnt und vorgeschlagen, sie für Severinas Abendessen zu engagieren. Haben sie sich gut geschlagen?"

„Spione", sagte ich im Brustton der Überzeugung und verlor auf dem unebenen Boden das Gleichgewicht.

Cassia war im Nu neben mir, ihre kühle Berührung verhinderte, dass ich fiel. Ich bemerkte, dass sich ihre sanften Finger auf meiner Haut viel angenehmer anfühlten als Severinas fummelnde, honigklebrige.

„Wächter", widersprach Cassia leise. „Sie sollten beim ersten Anzeichen von Ärger Hilfe holen. Doch da du zu Hause und in Sicherheit bist, müssen wir uns in Severina getäuscht haben."

Ich versuchte, Cassia zu berichten, was geschehen war – von dem Festmahl und dem Wein, von Severinas Avancen und der versuchten Verführung, die damit geendet hatte, dass sie einschlief, und von meinem Gespräch mit Vestalis. Triviale Ereignisse, die nichts mit den Intrigen und der Gefahr zu tun hatten, die ich erwartet hatte.

Meine Worte kamen undeutlich und stockend. Cassia zog mich zum Bett und schob mich darauf. Ich brauchte kein Zureden – mein Körper landete unbeholfen auf der Schilfmatratze.

Immer wieder versuchte ich, ihr meine Geschichte zu erzählen, aber Cassia half mir nur, mich richtig hinzulegen, und zog mir die Sandalen aus.

„Sei still", sagte sie ruhig. „Schlaf jetzt. Wir unterhalten uns morgen."

Ich wusste, sie hatte recht, und schloss Mund und Augen. Cassia breitete eine Decke über mich und berührte mich leicht an der Schulter.

„Den Göttern sei Dank, dass es dir gut geht, Leonidas.“ Sie murmelte die Worte leise, doch sie begleiteten mich in meinen tiefen, traumlosen Schlaf.

ALS ICH AM NÄCHSTEN MORGEN AUFWACHTE, STAND DIE Sonne hoch am Himmel, und in der Wohnung war es warm. Cassia saß wie üblich schreibend am Tisch. Von der Straße draußen war wenig zu hören, was bedeutete, dass ich die Zeit verschlafen hatte, in der die Anwohner Schlange standen, um ihren täglichen Vorrat an Wein zu kaufen.

Ich hob den Kopf und bereute es sofort. Die reichhaltigen Speisen und der Wein, die ich an Severinas Tisch zu mir genommen hatte, rumorten in meinem Magen und pochten in meinem Schädel.

Cassia hob den Blick. „Guten Morgen“, begrüßte sie mich fröhlich.

„Ist es Morgen?“, murmelte ich. Oder versuchte es zumindest.

„Es ist fast schon Nachmittag. Ich habe dir etwas zu trinken gemischt.“ Sie wies mit ihrem Griffel auf den Kupferbecher, der normalerweise meinen Wein enthielt.

Ich wollte nie wieder etwas essen oder trinken. Mit großer Mühe stemmte ich mich in eine sitzende Position und stellte fest, dass ich nach altem Schweiß und Severinas süßlichem Parfüm stank.

Dann kam das Aufstehen. Es dauerte eine ganze Weile. Schließlich war ich auf den Beinen und wankte zum Tisch.

Wie ich ihn erreichte, ohne alles, was in meinem Magen war, zu erbrechen, wusste ich nicht. Ich hielt mich an den dicken Brettern des Tisches fest und ließ mich vorsichtig auf meinen Hocker sinken, während Cassia mich ausdruckslos beobachtete.

Sie schob mir den Becher zu, und ich blickte in die graugrüne Mixtur. „Was ist das?“, krächzte ich.

„Ein Trunk, damit du dich besser fühlst. Nonus Marcianus hat mich gelehrt, wie man ihn zubereitet."

Wie sonst auch glich Marcianus' Gebräu etwas, das ein Tier ausgespuckt hatte. Aber ich vertraute ihm und Cassia, also hob ich den Becher zum Mund, schloss die Augen und trank.

Die Mischung schmeckte so schrecklich, wie sie aussah. Das Getränk sickerte in meinen Magen, wo es sich wie Blei absetzte.

„Wenn du essen möchtest, habe ich Brot und Eier für dich", sagte Cassia.

„Ich will nichts essen."

Ohne mich zu beachten, kramte Cassia in einer ihrer Kisten und zog etwas heraus, das ein kleines, flaches Brett zu sein schien. „Ich habe gestern etwas für dich gekauft."

Sie legte das Holzbrett vor mich, das eine polierte Oberfläche mit eingekerbten Buchstaben hatte. Ich erkannte ein paar davon als die Buchstaben meines Namens, doch sie waren in zufälliger Reihenfolge, und ich konnte sie nicht zuordnen. Cassia legte einen Stift neben das Brett.

Ich hob verwirrt den Blick und sah, wie Cassia mich anstrahlte, als erwarte sie, dass ich wüsste, was ich zu tun hatte.

„Was ist das?", fragte ich und berührte das glatte Holz.

„Eine Schreibtafel." Cassia steckte mir den Stift zwischen die Finger. „Der Lehrer einer Straßenschule hat sie mir verkauft. Du wirst damit die Buchstaben lernen."

KAPITEL 20

Ich starrte verwirrt auf die Tafel. Die Schriftzeichen darauf verliefen von links nach rechts, von oben nach unten, sauber in geraden Linien.

An dem Tag, an dem Aemil mich zum ersten Mal gebeten hatte, seine Gladiatoren zu finden, hatte ich in der Nähe des *ludus* einen Lehrer gesehen, der ein halbes Dutzend Kinder um sich herum ermahnte, während sie über Tafeln wie diese kauerten, die kleinen Gesichter angestrengt verzogen. Das war kein ungewöhnlicher Anblick auf den Straßen Roms.

Ich umfasste den Stift. „Wie soll ich damit schreiben lernen?"

„So." Cassia nahm ihn mir aus der Hand und fuhr mit der Spitze den ersten Buchstaben auf der Tafel nach, dann den zweiten. „Du fährst die Buchstaben nach, immer und immer wieder, damit sich deine Hand daran gewöhnt. Ähnlich wie beim Training mit Schwert und Pfosten, nur dass du jetzt einen Stift und eine Buchstabentafel verwendest."

Sie gab mir den Griffel zurück, als hätte sie alles erklärt. Verwirrt betrachtete ich den dünnen Bronzestab. Er war etwa so lang wie meine Hand und hatte am einen Ende eine Spitze, das andere war abgeflacht. Ich hatte Cassia beobachtet, wie sie mit dem flachen Ende Buchstaben im Wachs ausradierte.

Ich hielt den Stift zwischen meinen dicken Fingern und zog ihn an der schrägen Längsseite des ersten Buchstabens auf dem Brett entlang.

Der Griffel blieb am Holz hängen und bog sich. Cassia legte schnell die Hand über meine. „Nicht so kräftig. Ganz sacht."

Ich musterte unsere Finger, ihre schlank und elegant, mit sauberen und geschnittenen Nägeln, meine stumpf, vernarbt und ungewaschen. Ihre Berührung war kühl wie Seide, und doch war ihre Hand warm.

Ich starrte ihre Hand auf meiner an, bis sie sie wegnahm. „Versuch's noch einmal", sagte sie, als sei nichts Bemerkenswertes passiert.

Vorsichtig fuhr ich den Buchstaben nach, einen Winkel mit Querstrich. Ich wollte mit dem Querstrich anfangen, aber Cassia wies mich an, zuerst den Winkel zu zeichnen, warum auch immer.

„Das ist der Buchstabe A", erläuterte sie. „Mit ihm beginnen alle möglichen Wörter. *Aquaeductus*, *architectus*, *amicus* ..."

Ich sah zu Cassia auf, die gelassen und mit einem kleinen Lächeln im Gesicht dasaß. Wie ich mir das alles merken sollte, wusste ich nicht, und ich hatte erst einen Buchstaben nachgezeichnet.

Der nächste hatte einen langen Stiel und zwei Höcker.

„Das B", sagte Cassia. „Wie *bene*, Britannien."

„Vestalis – Severinas Mann – war in Britannien", merkte ich an, als ich mich dem nächsten Buchstaben zuwandte, einer schön geschwungenen Linie. „Das hat er mir erzählt. Auch in Hispania."

„Ach ja? Interessant."

Ich hob den Kopf wieder. „Warum? Wir wissen doch schon, dass er Severina in Hispania kennengelernt hat."

Cassia sah mich nachdenklich an. „Ich finde es interessant, dass er dir überhaupt seine Geschichte erzählt hat."

„Ich glaube, er hat einen Zuhörer gebraucht. Er hat nur Severina und seine vielen Sklaven. Das Haus ist riesig. Jedes dort gesprochene Wort hallt ewig nach. Es ist voller Hausrat, aber sonst nichts."

„Ja, ein kalter Ort. Das hat auch Merope berichtet." Cassia stützte die verschränkten Arme auf den Tisch. „Das ist der Buchstabe C. Viele Wörter beginnen damit – *canis*, *carus* … Cassia."

Ein wichtiger Buchstabe. Ihn würde ich nicht wieder vergessen.

Wir arbeiteten uns weiter durch das Alphabet. Cassia gab mir für jeden Buchstaben ein Beispielwort, das sich sofort in meinem Kopf in Luft auflöste. Nach einiger Zeit trank ich einen Becher Wein, den sie mir reichte, und aß ein Stück Brot.

„Wie lange hast du gebraucht, um lesen zu lernen?", fragte ich, als wir die Mitte der Tafel erreicht hatten. M wie *medicus, mitte*, Marcianus.

„Ich erinnere mich nicht mehr. Damals war ich noch ein kleines Mädchen. Ein paar Wochen, glaube ich."

„Ein paar Wochen?" Ich starrte die Tafel und die Buchstaben an, die ich noch immer nicht kannte, außer dem *L* für Leonidas und dem schön geschwungenen *C*. „Ich werde eher ein paar Jahre brauchen."

„Das ist doch egal. Solange du es am Ende beherrschst."

Sie wollte mir Mut zusprechen. Ich stellte außerdem fest, dass sich mein Magen während des Lernens beruhigt hatte und ich ohne Beschwerden essen und trinken konnte. Marcianus' Tinkturen wirkten Wunder.

Als ich mich gerade dem nächsten Buchstaben zuwenden wollte, klopfte es an der Tür, und ich legte den Griffel zur Seite. Ich rieb mir die Hand, die nicht mehr so verkrampft gewesen war, seit ich zum ersten Mal ein Schwert geführt hatte, und ging die Treppe hinunter, um die Haustür zu öffnen.

Merope huschte ohne Gruß an mir vorbei die Treppe hinauf. Sie war fast so lange auf gewesen wie ich und hatte getanzt, doch sie rannte leichtfüßig nach oben, während ich schwerfällig hinter ihr her stapfte.

„Die *vigiles* haben den Korbmacher verhaftet“, berichtete sie Cassia atemlos, als sie die Wohnung erreichte. „Den, der unten bei Chryseis wohnt. Sie haben auf ihn gewartet, als er gestern Abend nach Hause gekommen ist, und haben ihn festgenommen. Martolia hat es beobachtet.“ Meropes übliches Lächeln war verschwunden, ihre Brauen waren vor Wut zusammengezogen. „Diese Frau hat Rufus getötet, das weiß ich, selbst wenn sie nicht persönlich die Klinge geführt hat. Wir dürfen nicht zulassen, dass jemand anderes für ihre Verbrechen büßt.“

Ich war nicht sicher, ob der Korbmacher unschuldig und Chryseis schuldig war – der Mann hatte definitiv etwas zu verbergen –, aber ich war ebenfalls der Meinung, dass man ihn nicht ohne Beweise verurteilen sollte.

Cassia war bereits aufgesprungen und griff nach ihrem Mantel. „Wir müssen gehen. Der Arme.“

„Wartet.“ Ich stellte mich vor die Tür, als die beiden darauf zustürmten. „Merope, geh heim. Cassia und ich kümmern uns um den Korbflechter.“ Ich stellte mir vor, wie die Tänzerin in ihrem Kummer und ihrer Wut versuchte, den Mann zu befreien, nur um ebenfalls verhaftet zu werden.

Merope schaute finster drein, doch Cassia nickte. „Das ist vermutlich das Beste. Wisst ihr, wohin sie ihn gebracht haben?“

„In ein Wachhaus auf dem Aventin, hat Martolia gesagt. Sie hat gestern Abend in einem Haus in der Nähe getanzt, und als sie nach Hause gekommen ist, hat sie gesehen, wie der Hauptmann der Wache den Korbmacher abgeführt hat.“

Ich hatte mich schon gefragt, warum Merope am Abend zuvor allein mit Gaius bei Severina gewesen war. Wahrscheinlich nahmen die Schwestern verschiedene Auftrittsmöglichkeiten wahr, um in einer Nacht mehr Geld zu verdienen.

Cassia legte Merope eine Hand auf die Schulter. „Wir werden ihn finden und ihm helfen“, versprach sie.

Merope beruhigte sich etwas. „Ich verstehe nicht, warum Chryseis nicht im Tullianum sitzt.“

Man hatte sie freigelassen, weil ich überzeugt war, dass sie

Rufus nicht ermordet hatte. „Weil sie keinen Grund hatte, ihn zu töten“, antwortete ich.

Merope warf mir einen finsteren Blick zu. „Doch, natürlich. Rache an Martolia und mir und Hass auf uns beide. *Sie* war es, das sage ich dir, nicht diese alberne Idiotin, die du gestern Nacht zu verführen versucht hast. Severina ist eingeschlafen“, informierte Merope Cassia prustend vor Lachen. „So viel zum männlichen Charme von Leonidas, dem Spartaner.“

Severina hatte versucht, *mich* zu verführen, aber ich beschloss, nicht zu widersprechen. Ich trat zur Seite und ließ Merope vorbei. Cassia wickelte ihren Mantel um sich und schritt ebenfalls die Treppe hinunter. Was sie über Meropes letzte Bemerkung dachte, blieb in den Falten der Wolle verborgen.

Wir machten uns auf zum Aventin. In Rom herrschte Hochbetrieb, auf den Märkten reges Treiben. Bald würden die Leute nach Hause strömen, um ihr Mittagsmahl zu essen und in die Bäder zu gehen, doch im Moment war das Gedränge groß.

Wir befanden uns mitten in den Parentalia, und gelegentlich schlängelte sich eine kleine Prozession einer Familie zu Ehren ihrer Vorfahren durch die Menge, vor den Gesichtern ausdruckslose Totenmasken. Cassia und ich würden unserer verstorbenen Eltern gedenken, und ich würde Xerxes, der wie ein Bruder für mich gewesen war, am letzten Tag des Festes, bei den Feralien, mit einem kleinen Festmahl ehren.

Merope verließ uns an der Basilika Julia und machte sich flink auf den Weg zum Tiber und einer Brücke, die sie nach Hause bringen würde. Hoffentlich würde sie dort bleiben.

Ich geleitete Cassia durch die Menschenmassen rund um den Viehmarkt zum Circus Maximus, wo Anfang März Rennen zu Ehren des Mars stattfinden würden.

Wir erreichten den Brunnen mit den drei Fischen auf dem Aventin. Der Weg nach rechts hätte uns zum Haus von Marcianus geführt, aber wir wandten uns nach links, um das Haus der *vigiles* zu finden, das sich in der Nähe der *insula* von Chryseis befand.

Da es Mittag war, saß nur eine Wache müßig im unteren Raum des Hauses. Als ich eintrat, ohne zu klopfen, fiel der Mann fast von seinem Stuhl. Er war jedoch schnell wieder auf den Beinen und richtete sofort einen scharfen *gladius* auf meine Brust.

„Wo ist Vatia?", fragte ich.

„Er schläft", knurrte die Wache. Es war nicht derselbe Mann wie der, mit dem ich gesprochen hatte, als ich wegen Chryseis hier gewesen war. Er war deutlich weniger zugänglich. „Raus hier. Mir ist es einerlei, dass du Leonidas, der Spartaner, bist. Ich lasse nicht zu, dass du ihn aufweckst."

„Wo ist der Mann, den ihr gestern Nacht festgenommen habt? Der Korbflechter?"

Die Wache senkte verwirrt ihren *gladius*. „Was willst du denn von dem? Wir mussten seine gesamte Familie festnehmen. Seine Ehefrau hat einen Riesenaufstand gemacht."

„Wo ist er?" Ich beugte mich drohend zu dem Mann, um meinen Worten Nachdruck zu verleihen.

Der Wachmann wich zurück, aber seine Verwirrung überwog seine Angst. „Man kann nicht mit ihnen reden. Sie sprechen nicht mal eine vernünftige Sprache."

Während ich weiter auf den Wachmann zuging, ertönte von oben eine müde Männerstimme. „Ist schon in Ordnung. Er sitzt im Keller, Leonidas. Doch er sagt kein Wort."

Vatia kam die Treppe heruntergestiefelt, die Tunika zerknittert und das Gesicht unrasiert. „Um ehrlich zu sein, wäre ich froh, den Mann loszuwerden. Wenn du ihn zum Reden bringst, können wir ihn entweder freilassen oder zur Stadtkohorte schicken."

Er erreichte das Erdgeschoss, fuhr sich mit den Fingern durch das dichte Haar, als wolle er es in eine gewisse Ordnung zwingen, und öffnete eine Tür im hinteren Teil des Raums. Vatia bedeutete der Wache, als Erster die schmale Steintreppe hinunterzusteigen, während er selbst die Nachhut bildete.

Auf dem Weg nach unten unterdrückte ich ein Schaudern.

Ich mochte keine unterirdischen Räume. Dazu hatte ich zu viel Zeit erst im Gefängnis und dann in Zellen im Inneren von Amphitheatern zugebracht und darauf gewartet, dass ich an der Reihe war, in der Arena zu kämpfen. Keine guten Erinnerungen.

Der Keller war größer als das Haus über uns, doch das tröstete mich nicht. In der Mitte befand sich ein großer Raum mit Zellen auf beiden Seiten, in denen es nach Kloake und ungewaschenen Gefangenen stank.

Man hatte den Korbmacher zusammen mit seiner Ehefrau und seiner Tochter in eine Zelle am Ende des Ganges gepfercht. Der Wärter schloss die Tür auf und hielt sein Schwert bereit, aber die drei Gefangenen gedachten nicht, sich auf ihn zu stürzen und einen Fluchtversuch zu unternehmen.

Die Frau schaute uns mit finsterer Miene entgegen, die Tochter kauerte in der Ecke, und der Korbmacher saß trübsinnig auf dem Boden und starrte ins Leere. Als die Frau Cassia erblickte, richtete sie sich auf.

Cassia ging um mich herum und ergriff das Wort, bevor Vatia oder die Wache die Gefangenen hochzerren konnten, begann sofort in äolischem Griechisch zu reden. Der Korbmacher hob den Kopf und riss die Augen auf, als er sie erkannte.

„Was sagt sie?", fragte Vatia verwirrt.

Ich zuckte die Achseln. „Tut mir leid, ich spreche kein Griechisch."

Die Wache offensichtlich auch nicht – der Mann beobachtete Cassia mit ausdrucksloser Miene.

Als Cassia geendet hatte, brach der Korbflechter in Tränen aus. Gebrochene Sätze drangen aus seinem Mund, seine Hände bewegten sich fahrig. Die Tochter machte sich noch kleiner und verbarg ihr Gesicht zwischen den Knien.

Die Frau hingegen sprang auf und schrie auf Äolisch erst ihren Mann, dann Cassia, dann wieder ihren Mann an.

Vatia machte einen Schritt vorwärts. Er trug kein Schwert, ballte aber die riesigen Fäuste, mit denen er anderen leicht großen Schaden zufügen konnte.

„Was sagt er?", fragte er Cassia.

Cassia drehte sich zu ihm um und ließ die Schultern hängen, eine Haltung, die sie einnahm, wenn sie andere beschwichtigen wollte. „Er sagt ..."

Die Frau stürzte sich verzweifelt auf Cassia, doch Vatia packte sie an der Tunika und riss sie zurück.

Cassia strich sich eine Haarsträhne hinters Ohr und sprach weiter: „Der Korbflechter sagt, er schämt sich. Er hat den Mann, von dem er jetzt weiß, dass es der Mörder war, in die *insula* gehen sehen. Er hat sich nichts dabei gedacht – Männer besuchen die Bewohnerinnen und Bewohner der *insula* ständig. Der Korbmacher ist erschüttert, weil er nicht begriffen hat, dass der Mann ein Mörder ist, und ihm ist klar, dass er, wenn er ihn aufgehalten hätte, vielleicht das Leben eines anderen gerettet hätte."

Die Frau hing schweigend in Vatias Griff, ihr stand der Mund offen. Cassia beachtete sie nicht, sondern hielt ihren Blick auf Vatia gerichtet.

„Ach ja?", knurrte Vatia. „Warum hat er das nicht gleich gesagt? Oder sie?" Er schüttelte die Frau.

„Sie hat es nicht gewusst", warf Cassia rasch ein. „Die Frau war sich nicht sicher, was ihr Mann beobachtet hatte." Cassia stellte dem Korbflechter eine Frage, die er, ohne zu zögern, mit Tränen in den Augen beantwortete. „Er wusste nicht, wie er es erklären sollte, und er war verwirrt", erzählte Cassia Vatia. „Der Mann spricht kaum Latein."

Die Tochter schaute nun ängstlich auf. Ihre Mutter starrte Cassia weiterhin verblüfft an. Ich schüttelte leicht den Kopf, woraufhin die Frau den Mund schloss.

„Wird er das bei seinen Ahnen schwören?", erkundigte sich Vatia kurz. „Ich werde der Stadtkohorte keinen Mann zum Fraß vorwerfen, der nur weint und ihre Fragen nicht beantworten kann. Sie werden ihn foltern und dann freilassen. Wenn er den Mann beschreiben kann, den er gesehen hat ..."

Ich verstand, dass Vatia Mitleid mit dem Korbmacher hatte.

Ein Mann mit Frau und Tochter, der zufällig zur falschen Zeit am falschen Ort gewesen war, würde ihn nicht zur Grausamkeit treiben. Er hätte es vorgezogen, wenn der echte Täter im Haus der *vigiles* vorbeigekommen wäre, um sich zu stellen, das Wort Mörder auf die Stirn gebrannt und mit stichhaltigen Beweisen für seine Schuld in der Tasche. Ich spürte, dass Vatia lieber Brände bekämpfte, als Leute verhaftete.

Cassia sprach weiter mit dem Korbmacher. Ich wusste, dass der Mann weit tiefer in der Sache drinsteckte, als Cassia Vatia mitgeteilt hatte. Er war allerdings sicher, solange Vatia ihn nicht verstand. Wenn die Frau und die Tochter schwiegen, konnte alles gut werden.

„Er beschreibt einen großen, athletischen Mann", sagte Cassia, nachdem sie ihr Gespräch beendet hatte. „Mit einer großen Nase und dichtem, drahtigem, schwarzem Haar. Dieser Mann hat die *insula* allein vor der elften Stunde betreten, aber der Korbmacher kann sich nicht erinnern, bemerkt zu haben, dass er das Haus wieder verlassen hat. Er war im rückwärtigen Teil des Ladens beschäftigt. Wie er sagt, herrscht in der *insula* ein ständiges Kommen und Gehen."

„Was ist mit den beiden?" Vatia deutete mit dem Kinn auf die Ehefrau und die Tochter. „Was haben sie beobachtet?"

„Nichts. Sie waren ganz auf ihre Aufgaben konzentriert, es war ein sehr arbeitsreicher Tag."

Vatia seufzte tief. „Viele Männer haben große Nasen und volles Haar, aber es ist wenigstens ein Anfang."

„Andere haben diesen Mann ebenfalls beschrieben", warf ich ein. „Er hat sehr wahrscheinlich sowohl Ajax als auch Rufus getötet."

Als Vatia seiner Wache ein Zeichen gab, die drei Gefangenen hinauszuführen, fragte ich mich plötzlich, ob der Korbflechter, der Waffenschmied Volteius oder sein Lehrling Albus den großen Mann wiedererkennen würden, wenn er sich seinen denkwürdigen Haarschopf abrasiert hätte. Würde er dann Severinas Hauptleibwächter ähnlich sehen?

„Ich glaube dir“, unterbrach Vatia mein Grübeln. „Doch die Straßen nach einem Mann mit einem Haufen Haare und einer großen Nase abzusuchen, wird mühsam sein. Mein Vorgesetzter wird mir höchstwahrscheinlich befehlen, das zu unterlassen. Die Toten waren schließlich bloß ...“

Er verstummte unbehaglich, ohne auszusprechen, dass sie nur Gladiatoren gewesen waren.

Mit finsterer Miene folgte Vatia der Wache nach oben. Ich nahm Cassia am Arm und ging mit ihr hinter den beiden Männern her.

Als wir wieder auf der Straße waren, verlor der Korbmacher keine Zeit, seine Frau und seine Tochter nach Hause zu scheuchen. Sie eilten dicht aneinandergedrängt davon, wobei der Mann ängstlich über die Schulter zu uns herüberschaute, bevor sie um eine Ecke verschwanden.

Ich bedankte mich bei Vatia für seine Hilfe. Er gab als Antwort nur ein unbestimmtes Brummen von sich, schien aber erleichtert zu sein, dass er sich nicht länger mit dem Korbmacher und seiner Familie herumschlagen musste.

Wir gingen zu Marcianus, um ihn nach seiner Meinung zu meinen Ideen zu befragen. Ich brauchte bei alldem seinen klaren Kopf.

Marcianus sprach gerade mit einer Patientin, einer Frau, die in seinem Hinterzimmer auf ihn einredete. Sein beruhigender Tonfall drang zu uns herüber, dann wieder die Stimme der Frau, die darauf bestand, dass sie ein Wundermittel brauchte, um ihre eiternde Hand zu heilen, und nicht Marcianus’ Salbe. Wir sahen Marcia, die in einem anderen Raum etwas in einem Steinmörser zermahlte, wahrscheinlich die Paste, die Marcianus der Frau verschreiben wollte.

Ich setzte mich auf die Bank im kühlen Vorraum und wartete, Cassia ließ sich neben mir nieder.

„Was hat der Korbflechter wirklich gesagt?“, fragte ich leise.

Cassia warf einen Blick durch die offene Tür, um sich zu vergewissern, dass man uns nicht belauschte.

„Man hat ihn dafür bezahlt, den Mann einzulassen“, flüsterte sie. „Ziemlich gut sogar, wobei er mir keine genaue Summe genannt hat. Der Hüne kam kurz nach unserem ersten Besuch. Er hatte einen großen Sack dabei und hat dem Korbflechter und seiner Frau Geld gegeben, damit sie nichts ausplaudern. Der Korbflechter hat sich darauf eingelassen, weil er geglaubt hat, der Mann sei nur zu einem heimlichen Stelldichein gekommen. Das passiert ständig, und ein paar Münzen kann man immer gebrauchen. Als er dann von dem Mord gehört hat, ist ihm klar geworden, dass der Mann, der ihn bezahlt hatte, der Mörder war oder zumindest nach der Tat Rufus’ Leiche ins Haus geschafft hatte. Der Korbmacher hat befürchtet, dass man ihn als Komplizen einsperren und möglicherweise seine gesamte Familie dafür verurteilen würde, wenn jemand herausfände, dass er Geld von dem Mann angenommen hatte. Daher seine plötzliche Fahrt nach Ostia. Als ihm niemand gefolgt ist, hat er es für sicher gehalten, nach Rom zurückzukehren, aber eine Wache hat ihn gesehen, und Hauptmann Vatia hat ihn zum Verhör verhaftet.“

Wenn der Korbflechter keine Freunde unter den Magistraten hatte, dann war es richtig, dass er sich um sich und seine Familie Sorgen machte.

„Vatia hast du etwas anderes erzählt“, sagte ich leise.

Cassia zuckte die Achseln. „Verdient der Korbflechter den Tod, weil er ein paar Sesterzen vom falschen Mann angenommen hat? Haben seine Ehefrau oder seine Tochter es verdient, dafür als Sklavinnen zu enden? Vatia hat erfahren, was er wissen musste.“

Ich betrachtete sie, eine kleine Frau mit einer schiefen Nase und sanften Augen. „Das hast du richtig gemacht.“

Ein weiteres Achselzucken. „Der Korbflechter ist ein guter Mann.“

„Und er spricht äolisches Griechisch.“

„Es war schön, es wieder einmal zu hören.“

Ihre Stimme zitterte leicht. Wahrscheinlich hatte Cassia seit dem Tod ihres Vaters diese Sprache nicht mehr gesprochen.

Ich legte die Hand auf ihre. Cassia drehte den Kopf und erwiderte einen kurzen Moment lang meinen Blick. Ich erkannte in ihren Augen die Einsamkeit, die sie jeden Tag mit ihrer Entschlossenheit, das Leben zu meistern, überdeckte. In diesem Moment ließ sie mich ihr Innerstes sehen, ehe sie blinzelte und es wieder so gründlich verbarg, wie sie ihren Körper in ihren Mantel hüllte.

Ich drückte sanft ihre Hand und ließ sie los.

Eilige Schritte draußen erregten meine Aufmerksamkeit. Septimius, der Torwächter aus dem *ludus*, hastete zu Marcianus' Haus.

Ich nahm an, er wollte Marcianus holen, damit der sich um einen verletzten Gladiator kümmerte, aber als Septimius mich entdeckte, kam er herein und stieß einen Seufzer der Erleichterung aus.

„Da bist du ja, Leonidas, den Göttern sei Dank. Du warst nicht zu Hause, deshalb bin ich hergelaufen, um Marcianus zu bitten, mir bei der Suche nach dir zu helfen. Aemil fragt nach dir. Oder vielmehr, er brüllt nach dir."

Ich sprang auf. „Warum? Was ist geschehen?"

„Regulus ist verschwunden." Septimius stemmte sich die Hände in die Hüften und versuchte, wieder zu Atem zu kommen. „Er ist letzte Nacht verschwunden und heute Morgen nicht wieder aufgetaucht. Aemil rast vor Wut. Er hat Angst, Regulus wird wie die anderen als Leiche enden. Beeil dich und beruhige Aemil, ehe er uns alle verprügelt."

KAPITEL 21

Ich ließ Cassia bei Marcianus zurück und eilte im Laufschritt zusammen mit Septimius zurück zum *ludus*.

Als wir dort eintrafen, hörte ich Aemil schon aus einiger Entfernung rumschreien. Normalerweise leitete er die Schule mit ruppiger Effizienz, an diesem Tag wogte seine Wut allerdings durch den Hof wie windgepeitschte Wellen. Gerade hieb er mit der flachen Seite seines Holzschwertes nach dem zweiten Torwächter.

„Leonidas!" Aemil hielt mitten in der Bewegung inne und stürmte auf mich zu. Ich machte mich schon darauf gefasst, dass er jetzt *mich* mit Nemesis schlagen würde, doch er blieb eine Armlänge entfernt stehen. „Dieser Strohkopf sagt, er hätte Regulus nicht gehen sehen. Dabei muss er ihn rausgelassen haben, der Trottel."

Ich war froh, dass ich Cassia überredet hatte, bei Marcianus zu bleiben. Sie hatte sich gesträubt, doch ich hatte sie nicht in der Nähe eines tobenden Aemil wissen wollen. Er war dann gefährlich und ließ sich nur mit großer Mühe in Schach halten. Marcianus hatte mir zugestimmt, und Cassia hatte widerstrebend eingewilligt, bei dem *medicus* zu bleiben.

„Ich habe ihn wirklich nicht gesehen." Plinius, die zweite

Torwache, hob den Kopf und enthüllte sein zerschlagenes Gesicht. „Ich schwöre es bei allen Göttern. Bei meinen Ahnen."

„Es war für Regulus ein Leichtes, unbemerkt hinauszuschlüpfen", informierte ich Aemil. „Er hat das nicht zum ersten Mal gemacht."

„Ich weiß!" Aemils Gebrüll verriet die Angst hinter seinem Zorn. „Wo mag er hingegangen sein, Leonidas? Du kennst ihn besser als jeder andere hier."

Und trotzdem praktisch gar nicht. „War er in seine Zelle eingesperrt?"

Aemils verschiedenfarbige Augen flammten vor Wut auf. „Ja, natürlich. Ich habe ihm außerdem seine Dietriche abgenommen. Den, den du weggeworfen hattest, und die anderen drei, die ich unter seiner Matratze gefunden habe."

„Regulus hätte ein Holzstöckchen gereicht", sagte ich. „Er ist gut im Knacken von Schlössern."

„Ich hätte eine Kobra vor seiner Tür postieren sollen", zischte Aemil. „Leonidas, finde ihn. Ehe er auch nur noch ein Haufen Gladiatorenteile ist. So kann er nicht für mich kämpfen. Er ist mein Champion, und ich habe ihn bereits für die Spiele zur Tagundnachtgleiche angekündigt. Es steht finanziell zu viel auf dem Spiel."

Aemil schimpfte wegen des Geldes, aber ich wusste, er wollte damit seine schreckliche Sorge überspielen, ein weiterer Mann, den er ausgebildet, gefüttert, eingekleidet und versorgt hatte, könne als Opfer eines brutalen Mörders enden.

„Weiß einer der anderen Gladiatoren, wohin Regulus verschwunden sein könnte?"

„Ach, denkst du, auf die Idee bin ich nicht selbst auch schon gekommen?" Aemil funkelte mich erbost an. „Keiner dieser nutzlosen Schwachköpfe hat eine Ahnung. Er hat sich allein dir anvertraut."

Regulus hatte mir bloß selten etwas Persönliches erzählt. Wir waren Zechkumpane gewesen, die zusammen loszogen, weil das besser war, als allein zu trinken. Unsere Freundschaft hatte geendet, als ich mich geweigert hatte, ihm während unseres letzten Kampfes den Tod zu schenken.

Hatte Regulus diesen Tod heute gesucht, indem er sich bewusst in Gefahr begab? Oder, viel wahrscheinlicher, war er so arrogant gewesen zu glauben, er könne den Mörder austricksen? Ihn finden, obgleich ich es nicht vermochte?

Ich ging wortlos an Aemil vorbei zu Regulus' Zelle. Die letzten Kritzeleien von Xerxes erinnerten mich an seinen Sinn für Humor und versetzten mir wie immer einen Stich ins Herz.

Regulus lebte einfach, wie alle Gladiatoren. In seiner Zelle gab es eine Bettstatt, einen Schemel, ein Ersatzgewand und eine kleine Kiste mit seinen Habseligkeiten. Darin fand ich einen geflochtenen Gürtel, die grob gemeißelte Statue eines Gottes, den ich nicht identifizieren konnte, und ein kleineres Kästchen. In diesem lag ein goldener Ohrring, zart und meisterhaft gearbeitet. Nur einer, aber der war teuer gewesen.

„Diese Frau muss ihm den gegeben haben", meinte Aemil, der mir über die Schulter schaute. „Oder er hat ihn ihr entwendet."

Ich betrachtete den Ohrring genauer. Drei goldene Reifen aus dünnem Draht hingen an einer Schließe, alle drei schmückten winzige Smaragdsplitter. Ich wusste, wo ich einen ähnlichen gesehen hatte, und zwar vor Kurzem.

Mit dem Ohrring in der Hand marschierte ich zum Übungsplatz. „Ruf alle deine Männer her", wies ich Aemil an.

Es gefiel ihm nicht, dass ich ihm Anweisungen gab, aber schließlich ging er doch zurück zu den Zellen und brüllte Befehle. Die meisten Gladiatoren waren bereits auf dem Trainingsplatz und kamen gespannt auf mich zu.

Als alle versammelt waren, hielt ich den Ohrring hoch, und das Gold und die Smaragde blitzten im Sonnenlicht. „Regulus' Gespielin hat ihm den geschenkt. Kann mir jemand von euch sagen, wer diese Frau ist?"

Die meisten zuckten die Achseln, entweder weil sie es nicht wussten oder es ihnen egal war. Praxus, der den Arm in einer

Schlinge trug, beugte sich vor, um ihn zu betrachten. „Eine Frau in einer Villa auf einem Hügel."

„Domitiana?", fragte ich scharf. Sie hatte Ohrringe wie diese an dem Abend getragen, an dem Herakles und ich bei ihr gespeist hatten. Regulus hatte mir gestanden, dass er bei ihr gewesen war, aber ich musste sicher sein, dass er heute Abend wieder dort hinwollte.

„Das kann nicht sein." Die schroffe Antwort kam von Herakles. „Domitiana steht nur auf mich."

Hinter ihm ertönte Gelächter. „Na klar, sie liebt dich, Barbar", feixte ein Gladiator. „Sie würde sich nie mit einem anderen abgeben."

Herakles fuhr herum, und der Mann wich einen Schritt zurück. „Sie weiß, was ich mit Schlampen mache, die mich betrügen."

„Halt dein Maul, Herakles", knurrte Aemil. „Du wirst keiner hochgeborenen Frau irgendwas antun, denn ich werde dich nicht retten, wenn sie dich zu deiner Kreuzigung schleifen."

„Nein, nicht Domitiana." Praxus' spöttische Bemerkung erklang, noch während Herakles Aemil wütend anfunkelte. „Nicht in jener Villa. Auf einem Hügel in der Stadt."

„Auf welchem Hügel?" Ich trat zu Praxus und erwiderte den Blick seiner merkwürdig hellblauen Augen. „Auf dem Caelius?"

Er nickte. „Das hat Regulus zumindest erzählt."

Mein Blut pulsierte schneller, und meine Kopfschmerzen nahmen zu. War Severina doch die Mörderin? Warum hatte sie mich dann letzte Nacht verschont?

„Woher weißt du das?", fragte Aemil. „Und warum sagst du erst jetzt etwas davon?"

Praxus zog an einem seiner Ohren. „Ich höre vieles. Alle glauben, ich sei ein dummer Barbar aus dem Norden, der nichts versteht. Außerdem hast du mich ja nicht gefragt. Du hast nur geschrien *Wo ist Regulus? Heraus mit der Sprache.* Ich weiß nicht, wo er ist. Aber ich weiß, er hat etwas mit dieser Frau auf dem Caelius, die ihn so reich beschenkt."

„Danke, Praxus“, antwortete ich. „Du warst mir eine große Hilfe.“

Jetzt fiel mir auch wieder ein, dass er über Domitiana Bescheid gewusst hatte. Ich musterte seinen listigen Gesichtsausdruck. Der Mann war jung, selbstbewusst und glaubte, er könne es mit den härtesten Gladiatoren aufnehmen.

Wusste Praxus mehr, als er preisgab? Hatte er Gladiatoren in ein Haus geschickt, wo man sie üppig bekocht und dann erschlagen hatte? Sah ich einem gnadenlosen Mörder in die Augen?

Ich wusste es nicht. Cassia hatte eine viel bessere Menschenkenntnis als ich. Praxus war wahrscheinlich genau das, was er zu sein schien: ein junger Mann, der bereit war, es mit der Welt aufzunehmen, und die Tatsache, dass die Leute ihn als Barbaren abtaten, zu seinem Vorteil zu nutzen.

Er grinste breit. „Wie wäre es, wenn du mir dieses Schmuckstück als Belohnung überlässt?“

Ich schloss die Hand darum. „Regulus würde dich nur umbringen, um es zurückzubekommen. Ich behalte es lieber.“

Praxus lachte laut. „Natürlich, der große Leonidas bewahrt es für seinen Freund auf. Er ist ja so ein Ehrenmann.“

Die anderen Gladiatoren feixten mit ihm. Ich erkannte, dass sie Praxus unterschätzten, aber mochten.

„Wenn du mit Regulus’ Aufenthaltsort recht hast, Praxus, bekommst du von mir eine bessere Belohnung“, versprach ich.

Praxus machte zur Freude der Männer einige sehr anzügliche Vorschläge für diese Belohnung, während ich sie verließ und zum Tor ging.

Aemil schloss sich mir an. „Soll ich mitkommen?“

Aemil wäre ein großartiger Mitstreiter, wenn ich Severinas Festung einnehmen müsste, doch wir würden beide verhaftet werden, wenn wir in das Haus eines angesehenen ehemaligen Prokonsuls und seiner Frau eindrangen.

„Ich sehe zuerst mal nach“, verkündete ich. „Regulus könnte

sich gerade mit ihr vergnügen und gar nicht in Gefahr sein. Ich war gestern Abend dort, und mir ist nichts passiert."

Aemil stieß mir einen Finger gegen die Brust. „Wenn er da ist, schleppst du ihn raus und bringst ihn nach Hause. Ist das klar?"

„Ja."

Aemil fixierte mich mit seinem Blick, dann knurrte er und zog die Hand zurück. „Wenn du Hilfe brauchen solltest, ich bin bereit. Die da auch." Er deutete auf die Männer, die die Gelegenheit nutzten, sich auszuruhen, in Gruppen beieinanderzustehen und zu reden oder sich auf dem Boden auszustrecken, um die Sonne zu genießen.

Selbst ein Gladiatorenmörder wäre ihnen allen zusammen nicht gewachsen. Wenn ich allerdings eine Gladiatorenarmee anführte, um das Haus eines Patriziers auf dem Caelius zu stürmen, würde man uns töten. Ich musste die Stadtkohorte und die Wachen alarmieren, nicht eine Horde von Aemils Kämpfern herbeirufen. Der Aufstand des Spartacus lag schon über hundert Jahre zurück, aber die Angst, die er ausgelöst hatte, lebte im Unterbewusstsein der Römer noch immer fort.

Den Ohrring fest in der Hand verließ ich den *ludus* und schritt an Septimius vorbei, der wieder auf seinem Posten war. Plinius, die andere Wache, hatte mein Eintreffen genutzt, um sich vor Aemils Schlägen in Sicherheit zu bringen.

Ich wandte meine Schritte jedoch nicht zum Aventin, um Cassia zu holen, oder zum Caelius, sondern zur Werkstatt des Waffenschmieds Volteius.

„KANN ICH MIR ALBUS FÜR EINE WEILE AUSLEIHEN?" ICH musste das Geräusch von Hämmern auf Metall im Hof übertönen, als ich den Laden betrat.

Volteius hob seinen Blick von einem Bronzehelm mit einem großen Riss auf dem Kamm und starrte mich ungläubig an.

„Albus ausleihen? Wozu das denn? Er kann nicht mal eine Nussschale ausbeulen. Ich werde ihn nur noch Buchhaltung machen lassen."

„Ich brauche trotzdem seine Hilfe", sagte ich. „Er hat ein scharfes Auge für Details und ein gutes Gedächtnis."

Volteius knurrte: „Das muss ich zugeben. Ja, nimm ihn ruhig ein, zwei Stunden mit. Ich habe nichts gegen ein bisschen Ruhe und Frieden einzuwenden."

Das Hämmern um uns herum wurde lauter, das scheppernde, gellende Klirren war ohrenbetäubend.

Albus gesellte sich mit der Energie der Jugend zu mir. Er zählte vielleicht sechzehn Sommer und war unbeholfen und dünn, mit zerzaustem braunem Haar, aber alt genug, um einen Beruf zu ergreifen. Vielleicht würde er am Ende tatsächlich Volteius' Buchhalter werden.

„Wo gehen wir hin? Zu einem Kampf? Soll ich ein Schwert reparieren? Einen Armschutz?" Der Junge war Feuer und Flamme.

„Wir gehen auf den Caelius", antwortete ich.

Mehr konnte ich ihm nicht verraten, als wir uns auf den Weg durch das überfüllte Transtiberim und über den Fluss zum Aventin machten, wo ich Cassia bei Marcianus abholte. Ich sagte Marcianus, er solle nach Regulus Ausschau halten, dann führte ich Albus und Cassia um den Circus Maximus herum und den Caelius hinauf.

Etwa zwanzig Schritte von Severinas großem Haus entfernt fand ich eine *popina*, die sauberer und weniger heruntergekommen war als die in den unteren Straßen. Ich lud Albus und Cassia auf einen Becher Wein ein und holte Naschwerk aus dem Laden auf der anderen Straßenseite.

„Lecker." Albus knabberte an einer gebratenen Teigtasche mit Walnüssen und Honig und sah sich interessiert in der Weinhandlung um.

Die Wände waren mit bunten Bildern von überquellenden Obstkörben und hohen Weinamphoren bemalt. Die Gäste aßen und unterhielten sich lautstark über Geschäfte, Familie, Freunde und die aktuellen Rennen. Aus Rücksicht auf die Parentalia standen auf einem leeren Tisch Teller mit in Essig getränktem Brot, einer Handvoll Mandeln und einem Glas Wein für den Fall, dass ein Vorfahre vorbeikommen wollte, um sich zu erfrischen.

Cassia nahm eine Wachstafel aus der Tasche und machte sich darauf Notizen.

„Schreibt sie den Preis für die Mahlzeit auf?", fragte Albus neugierig. „Ich wünschte, ich hätte eine Schreiberin. Ich würde dann nicht so viel Geld ausgeben, ohne es zu merken, denke ich."

Cassia bedachte ihn mit einem weisen Lächeln und schrieb weiter. Ich wusste, dass sie die Zeit notierte, zu der wir die *popina* betreten hatten, die Tatsache, dass Albus bei uns war, wo genau wir uns befanden und worauf wir warteten. Ich hatte es ihr nicht gesagt, doch sie hatte es vermutlich erraten.

„Der Mann, der die Gladiatorenhelme bestellt hat." Ich schob meinen Becher beiseite, obwohl der Wein recht gut war. „Würdest du ihn wiedererkennen?"

„Auf jeden Fall", entgegnete Albus im Brustton der Überzeugung.

„Selbst wenn er sich die Haare abrasiert hätte? Oder andere Kleidung trüge?"

„Natürlich. Ein Mann kann seine Nase nicht ändern, oder? Oder die Form seines Gesichts oder seiner Ohren."

„Auch wenn du ihn nur einmal gesehen hast?"

„Einmal, als er die Bestellung aufgegeben hat, und einmal, als er sie abholen kam." Albus tippte sich an die Schläfe. „Ich erinnere mich an alles. Aber ich bin nicht so gut in Bronzearbeit. Das stellt Volteius jeden Tag fest."

„Vielleicht erkennt dein Meister irgendwann deine wahren Fähigkeiten", sagte Cassia freundlich. „Du hast erzählt, der Mann habe die Bestellung aufgegeben und sie auch abgeholt. Wie viele Gladiatorenhelme hat er denn bestellt?"

„Vier. Vier Helme, vier Paar Beinschützer, drei Armschützer, mehrere Schwerter, einen Speer.“ Albus rasselte die Liste herunter, ohne darüber nachdenken zu müssen. „Er hat behauptet, Aemilianus müsse neue Gladiatoren ausstatten und beschädigte Ausrüstung ersetzen.“

Vier. Ein Knoten bildete sich in meinem Magen, und Cassia und ich wechselten einen beunruhigten Blick aus.

Ich fürchtete, Regulus würde der dritte Gladiator sein, den der Mann ermorden wollte. Der vierte – irgendein weiterer. Praxus, Herakles, vielleicht sogar ich.

„Warum sind wir hier?“, fragte Albus, dem unsere Anspannung aufgefallen war. „Wenn du mir nur einen Becher Wein hättest spendieren wollen, hätten wir nicht den ganzen Weg zum Caelius laufen müssen.“

„Der Mann, der die Ausrüstung bestellt hat, ist vielleicht in dem Haus da drüben.“ Ich deutete mit meinem Weinbecher über die Straße, wobei ich meine Stimme ganz ruhig klingen ließ. „Wenn er herauskommt, möchte ich, dass du mir sagst, ob er es ist.“

Albus riss die Augen auf. „Ihr habt mich hergebracht, um den Mörder zu identifizieren?“ In seiner Stimme schwangen Angst und Aufregung mit.

„Vielleicht“, gab ich zu.

Ich hatte keine Beweise, nur die Härte, die ich in den Augen des großen Leibwächters gesehen hatte, gepaart mit der Tatsache, dass er Severina ohne den Ekel oder die Abneigung beschützte, die ich bei den anderen Sklaven beobachtet hatte.

Wir warteten mehrere Stunden lang. Der Wirt der *popina* hatte nichts dagegen, solange wir weiterhin Wein und Brot bestellten. Die Mittagsgäste waren schon lange weg, und in der *popina* herrschte Flaute. Cassia huschte in die Konditorei und kam mit weiteren gehackten, gesüßten Walnüssen in einer Gebäckschale zurück, die wie eine ganze Walnuss geformt war.

Albus wurde im Laufe des Nachmittags unruhig und sagte besorgt, er müsse zurück zu Volteius, bevor der ihn entließ. Ich wollte gerade einlenken und ihn wegschicken, als sich das Tor von Severinas *domus* öffnete und eine Sänfte herauskam.

Zwei muskulöse Männer mit den ausdruckslosen Gesichtern derer, die mit den schwersten Aufgaben betraut wurden, trugen die Sänfte, und Severinas oberster Leibwächter ging mit wachsamer Miene dicht neben ihr her.

Ich verzog mich in den tiefsten Schatten der *popina* und machte eine Geste mit dem Kinn. „Der Hüne da. Ist er das?"

Albus beugte sich vor, um sich den Mann genauer anzusehen, und wäre dabei fast vom Stuhl gefallen. Sein Weinbecher schwankte, aber Cassia fing ihn auf, ehe er umkippen konnte. Albus schaffte es, einen leeren Teller auf den Boden zu fegen, wo er zerbrach, was ihm ein Stirnrunzeln des Wirtes eintrug.

Der Leibwächter hielt inne und starrte Albus direkt an. Sein Blick streifte den jungen Mann, ohne ihn zu erkennen, und verharrte dann auf mir.

KAPITEL 22

Ich versuchte, mich zu verstecken, doch ein großer, stadtbekannter Gladiator ließ sich nur schwer verbergen. Also beschloss ich, alles auf eine Karte zu setzen, erwiderte seinen Blick und nickte ihm zu.

Er musterte mich einige Herzschläge lang argwöhnisch, dann beschloss er genau wie ich, so zu tun, als sei es nichts Ungewöhnliches, dass ich ein paar Schritte vom Tor seiner Herrin entfernt in einer *popina* saß. Der Mann nickte ebenfalls und ging weiter.

Cassia holte tief Luft. Der Leibwächter hatte sie nicht bemerkt, aber Cassia verstand es auch ausgezeichnet, nicht aufzufallen.

Albus drehte sich enttäuscht zu mir um. „Ich dachte, du hättest gesagt, er sei derjenige, der die Gladiatoren ermordet."

Ich brauchte einen Moment, um zu verstehen, was er meinte. „Er hat die Rüstungen nicht bestellt?", fragte ich.

„Nein." Albus leerte seinen Weinkelch. „Das war nicht der Mann."

Cassia reckte den Hals, um zu beobachten, wie die Sänfte und die Leibwächter um eine Ecke verschwanden. „Bist du dir sicher?", hakte sie nach. „Stell ihn dir mit vollem Haar vor, Albus."

Doch der schüttelte bereits den Kopf. „Ja, er ist groß und hat eine riesige Nase, aber ansonsten sieht er dem Mann, der bei Volteius war, überhaupt nicht ähnlich. Das Gesicht dieses Mannes ist breit, das unseres Kunden war lang und schmal. Ein bisschen wie bei einem Pferd. Trotz des vollen Haars fiel seine vorspringende Stirn auf. Dieser Leibwächter hat einen kleineren Kopf mit einer gefälligeren Form, und seine Augen haben mich nicht dazu gebracht, zu zittern und ein Schutzamulett zu umklammern."

Ich lehnte mich gegen die Wand und versuchte, meine Enttäuschung zu verbergen. Dabei war ich so sicher gewesen, dass Severinas Leibwächter und der Mann, den Albus und der Korbflechter gesehen hatten, ein und derselbe waren!

Jetzt würde ich mich erneut auf die Suche nach ihm machen müssen, eine Straße nach der anderen, so wie es Vatia, der Hauptmann der Wachen, befürchtet hatte.

Außerdem musste ich dringend Regulus finden. Vielleicht hatte Praxus sich geirrt, und Regulus war doch zu Domitiana gegangen oder zu einer anderen Frau auf dem Caelius.

Ich runzelte verdrossen die Stirn. Seit Beginn meiner Nachforschungen war ich den Antworten keinen Schritt nähergekommen.

Albus sprang unruhig auf. „Danke für den Wein, Leonidas, und die Arbeitspause. Wenn ich den Mann noch einmal sehe, sperre ich ihn in Volteius' Schuppen ein und hole dich."

„Wenn du ihn siehst, wirst du dich von ihm fernhalten", befahl ich streng. Dieser Mörder würde kein Problem damit haben, einen kampfunerprobten Lehrling zu erschlagen. „Aber gib mir Bescheid, wenn er wieder erscheint, um euch einen weiteren Auftrag zu erteilen."

Albus grinste mich an, ohne etwas zu versprechen, dann lief er auf die Straße und machte sich auf den Rückweg. Der Nachmittagsausflug hatte seine Laune deutlich gehoben.

„Geh nach Hause", sagte ich zu Cassia.

Sie schaute mich erstaunt an. „Wo willst du hin?"

„Ich finde heraus, ob sich Regulus tatsächlich in diesem Haus aufhält. Severina ist die Art von Frau, die ihn schlafen lässt, während sie ihre Mutter besucht. Wenn er nicht da ist, werde ich nachsehen, ob ich ihn in einem der anderen *domus* finden kann." Ich zögerte einen Augenblick. „Kannst du Helvius fragen, ob Regulus ein regelmäßiger Gast von Severina ist? Oder einer ihrer Freundinnen?" Ich kramte den Ohrring aus der Tasche, den ich in Regulus' Zelle gefunden hatte. „Der könnte Severina gehören. Entweder hat sie ihn Regulus geschenkt, oder er hat ihn gestohlen."

Cassia musterte den Ohrring interessiert. „Nach allem, was man hört, hat Severina keine Freundinnen. Ich werde dich begleiten und mit den Haussklaven sprechen. Die müssten wissen, ob der Ohrring ihr gehört. Ich könnte sagen, ich hätte ihn gefunden und wolle ihn ihr zurückgeben ..."

Ich schüttelte den Kopf. „Ich habe Severina noch nicht von meiner Liste der Verdächtigen gestrichen. Der oberste Leibwächter ist vielleicht nicht der Mann, der die Drecksarbeit für sie erledigt, aber das bedeutet nicht, dass sie nicht einen anderen Helfer angeheuert hat."

„Richtig." Cassia klappte ihre Tafel zu und ließ sie in ihre Tasche gleiten. „Die Sklaven können mir berichten, ob der Mann, den Albus beschrieben hat, je dort zu Besuch war. Ich kann sehr diskret sein."

„Auf gar keinen Fall." Aus Angst war ich kurz angebunden. „Wenn du ohne Erlaubnis im Haus eines Patriziers herumschnüffelst, kann er dich auspeitschen, festnehmen oder hinrichten lassen. Geh nach Hause und nimm mit Helvius Kontakt auf."

Wir sprachen schnell und leise, damit der neugierige Wirt unseren Streit nicht mithören konnte.

„Aber dir wird nichts passieren? Du bist ein Freigelassener, nicht der Stammhalter eines reichen Senators. Man könnte dich genauso auspeitschen, festnehmen oder hinrichten."

„Nicht so leicht wie dich", entgegnete ich stur. „Gladiatoren werden gerne für Schaukämpfe angeheuert. Ich kann behaupten, man habe mich für einen Auftritt engagiert und ich hätte mich im Haus oder im Tag geirrt. Man erwartet von uns, dass wir dumm sind.“

Cassia nahm meine starre Haltung, meine geballten Fäuste, meine Unnachgiebigkeit wahr. Normalerweise tat sie, was ihr gefiel, egal, was ich ihr befahl, doch diesmal schien sie wenigstens die Gefahr zu erkennen.

„Na gut“, gab sie mit der Miene einer Person nach, die nur widerstrebend einlenkte. „Ich werde mit Helvius sprechen und versuchen, Regulus zu finden. Helvius und ich kennen so ziemlich jeden Sklaven auf diesem Hügel, und wir werden sie ermutigen, zu plaudern. Sieh dich bei Severina um, aber sei vorsichtig. Ihr Ehemann war sehr höflich zu dir, doch er könnte etwas dagegen haben, dass du dich ins Haus schleichst.“

„Ich bitte höflich um Einlass“, erwiderte ich. „Um dem *pater familias* und seinen Ahnen meine Aufwartung zu machen. Es sind schließlich Parentalia.“

„Ich weiß.“ Cassias Entschiedenheit verblasste, und die Trauer, die ich zuvor beobachtet hatte, trat wieder in ihre Augen.

Sanfter fuhr ich fort: „Wir werden bei den Feralien Kerzen für deinen Vater und für Xerxes entzünden.“

Cassia hängte sich ihre Tasche über die Schulter. „Komm bitte schnell wieder nach Hause, Leonidas“, flüsterte sie.

Sie wandte sich mit traurigem Gesichtsausdruck zum Gehen. Ich hasste es, wenn sie niedergeschlagen war, aber ich würde irgendeine Kleinigkeit oder Naschwerk kaufen, die wir für ihren Vater auf den Altar legen konnten.

Nachdem Cassia den Hügel hinuntermarschiert und außer Sichtweite war, begab ich mich zu Severinas Haus.

Das *domus* lag ruhig und wie verlassen da. Kein Regulus, der sich auf einem der Balkone rekelte oder aus dem Fenster spähte, verärgert, dass ich ihn abholen wollte.

Niemand hielt sich in der Nähe des Hauses auf. Zu dieser späten Nachmittagszeit waren die meisten Leute auf dem Hügel in den Thermen, auch viele von Severinas Sklaven. Vielleicht würde ich gar keinen Zutritt bekommen.

Während ich die Schultern straffte und meine Rede über meine Aufwartung bei Vestalis einstudierte, erschien Severinas Türsklave im Vestibül und erkundigte sich verschlafen nach meinem Anliegen.

Ich bat darum, den Hausherrn sehen zu dürfen. Ich hoffte, mich im Atrium und den angrenzenden Räumlichkeiten nach Anzeichen von Regulus umschauen zu können, während der Türsklave davontrottete, um sich zu erkundigen, ob sein Herr mich empfangen würde, doch er ließ mich sofort ein und winkte mir, ihm zu folgen.

Das große Haus war still und leer. Meine Schritte hallten von den Balken hoch über mir wider. An den Wänden hingen Bilder mit häuslichen Szenen oder Gartenansichten, die von roten und gelben Bordüren umrahmt waren, und spitz zulaufende ägyptische Marmorsäulen stützten die Galerie im ersten Stock.

Ich sah niemanden, als der Türsklave mich leise durch den weiten Raum führte. Irgendwo plätscherte leise Wasser in einem Springbrunnen, aber sonst war kein Geräusch zu vernehmen.

Der Türsklave führte mich ins *tablinium*, das sich auf der anderen Seite des Atriums befand. Vestalis döste dort auf einem Stuhl und schreckte hoch, als der Türsklave mich ankündigte.

Er rieb sich die tränenden Augen und schaute mich verwirrt an, ehe er sich offenbar erfreut erhob.

„Der Gladiator mit Ehre. Willkommen. Bring uns Wein“, befahl er dem Türsklaven, und der junge Mann eilte davon. „Was führt dich her, Leonidas? Meine Gemahlin ist unterwegs.“

„Ich wollte zu dir.“ Dann trug ich meine einstudierte Ausrede vor. „Um dir für deine Gastlichkeit und Freundlichkeit zu danken und zu sehen, ob ich etwas für dich tun kann, vielleicht ein Gebet für deine Vorfahren an diesem Tag der Parentalia sprechen.“ So sprachen Niederrangigere zu einem Patrizier.

„Das ist sehr freundlich.“ Vestalis schien sich geschmeichelt zu fühlen, was auch in meiner Absicht gelegen hatte.

Ein anderer Sklave brachte Wein in eleganten Bronzebechern. Der Wein war nicht so stark wie der, den Severina mir kredenzt hatte, aber dennoch sehr gut.

„Ich importiere ihn aus Kampanien“, erzählte Vestalis, als ich den Rebensaft lobte. „Dort besitze ich einen Anteil an einem Weinberg, doch ich überlasse meinem Partner die gesamte Pflege und den Anbau. Ich weiß wenig über Weinbau. Auch in Hispania gibt es anständige Jahrgänge, und selbst im fernen Pannonien bauen sie gute Trauben an. Anders als in Britannien.“ Vestalis erschauderte. „Geh dort niemals hin.“ Dieselbe Warnung hatte er mir schon einmal zukommen lassen.

Es war unwahrscheinlich, dass ich irgendwann eine Reise nach Britannien unternehmen würde, also nickte ich.

Vestalis bot mir einen Hocker an, während er sich auf seinem bequemen Stuhl zurücklehnte und die Beine ausstreckte. „Ich bin froh, nach den vielen Jahren des Reisens nach Rom zurückgekehrt zu sein. Hier kann ich in Ruhe meinen Lebensabend verbringen.“

Ich war nicht sicher, was ich noch sagen sollte, aber Vestalis redete gerne über belanglose Dinge und fragte mich nach meinem Leben im *ludus*. Er fand die alltäglichen Trainingsrunden, die Schaukämpfe oder die Arbeit als Leibwächter, das Essen und Schlafen, um schließlich zu einem weiteren Trainingstag zu erwachen, interessant.

„Dann hat man dir irgendwann die Freiheit geschenkt“, sagte er. „Ein ziemlicher Coup.“

„Ja.“ Ich erwähnte meinen unbekannten Gönner nicht, da ich nicht wusste, ob er oder sie wollte, dass sich diese Information herumsprach.

„Was willst du jetzt tun? Selbst Ausbilder werden?“

„Nein“, antwortete ich brüsk und fuhr dann in milderem Ton fort: „Vielleicht verdinge ich mich bei einem *architectus*.“ Bei dem, der Vestalis’ Lagerhaus plante, doch dieses Detail behielt ich für mich.

Vestalis hob die grauen Augenbrauen. „Bei einem *architectus*?

Wie außergewöhnlich. Ich nehme an, ein starker Mann wie du ist gut darin, Steinblöcke herumzuschleppen. Oder was auch immer du für ihn tun sollst."

„Ich habe vor meiner Zeit als Gladiator eine Lehre bei einem Baumeister absolviert", sagte ich. „Mir fehlt diese Arbeit."

„Du bist ein interessanter junger Mann, Leonidas. Ich muss dich fragen, warum du dem Charme meiner Frau erlegen bist."

Vestalis sah mich mit strahlenden Augen an und wollte tatsächlich eine Antwort.

Ich zuckte die Achseln, als hätte ich keinen heimlichen Grund für meinen Besuch bei ihr gehabt. „Es war ein Essen, und ich hatte auf etwas Geld gehofft. Ich gewinne keine Preise mehr bei den Spielen."

Vestalis lachte. „Ich nehme an, du hast heute auch auf ein paar Münzen gehofft. Ich mache dir daraus keinen Vorwurf – es ist schwer, arm zu sein. Schau nicht so überrascht. Meine Familie hatte nie viel Geld, und ich musste einen großen Teil davon für Reisen und den Unterhalt eines Anwesens in der Provinz aufwenden. Deswegen habe ich Severina geehelicht. Sie hat mehr Geld, als eine Frau haben sollte." Er brach ab, öffnete ein Kästchen, das neben seinem Sitzplatz stand, und holte ein paar Denare heraus. „Hier, mein Junge."

Ich nahm die Münzen nicht. „Deswegen bin ich nicht hier."

„Egal. Männer heuern Gladiatoren an, um sie zu unterhalten, und das hast du heute für mich getan. Du hast einem alten Mann beim Plaudern zugehört. Außerdem hast du es verdient, weil du es mit meiner Frau ausgehalten hast."

Ich spürte, dass Vestalis beleidigt sein würde, wenn ich das Geld nicht annahm, genau wie Cassia. Unsere Kasse war nie sehr voll.

Ich streckte die Hand aus, und Vestalis ließ die drei Denare hineinfallen. Als ich die Finger um das kühle Metall legte, beschloss ich, es zu riskieren.

„Deine Frau hat heute keinen anderen Gladiator zu sich

eingeladen, oder?“, fragte ich wie beiläufig. „Einen Mann namens Regulus?“

Vestalis’ Blick schweifte an mir vorbei, während er nachdachte. „Diesen Namen habe ich noch nie gehört. Aber ich kenne nicht jeden Kerl, den sie hier anschleppt. Soviel ich weiß, war heute noch keiner zu Besuch.“

„Laden auch andere Frauen aus der Nachbarschaft Gladiatoren ein?“

Vestalis schnaubte. „Durchaus denkbar. Heute benehmen sich so viele Leute anstößig. Meine liebe Frau – meine erste Frau, meine ich – war stoisch und ruhig. Es war eine Freude, wenn sie einen Raum betrat. Alle haben sie gepriesen – sie war schön, intelligent, bescheiden, freundlich und auch lustig. Sie konnte mich zum Lachen bringen. Meine Tochter war schön wie eine Göttin ...“

Er verstummte, und seine Augen wurden feucht. Er starrte einen Moment lang ins Leere, als hätte er meine Anwesenheit vergessen, dann ließ er den Kopf in die Hände sinken. „Verzeih“, bat er mit erstickter Stimme.

Ich erhob mich, trat aus dem Raum und winkte dem Türsklaven, der herbeieilte. Als er seinen Herrn weinen sah, nahm das Gesicht des jungen Mannes einen Ausdruck tief empfundenen Mitgefühls an.

„Ich kümmere mich um ihn“, sagte er. „Er vermisst seine Frau und seine Tochter schrecklich“, vertraute er mir flüsternd an.

Sie zu verlieren musste ein schwerer Schlag gewesen sein, und ich erkannte, dass Vestalis sich davon noch nicht erholt hatte und das wahrscheinlich auch nie tun würde. Sein Verlust beschäftigte ihn viel mehr als das schlechte Benehmen seiner frivolen zweiten Frau.

Abermals dankte ich Vestalis, der nicht antwortete, und folgte dem Türsklaven nach draußen.

Noch immer hatte ich Regulus nicht gefunden, und meine Theorie, dass Severinas Leibwächter die Gladiatorenausrüstung bestellt und Rufus' Leichnam in die *insula* geschleppt hatte, hatte sich als falsch herausgestellt.

Ich musste nachdenken, und dafür brauchte ich Cassia.

Also machte ich mich auf den Heimweg durch ein Rom, das sich auf den Abend vorbereitete. Weitere Familienprozessionen schlängelten sich durch die Straßen. Es handelte sich um kleine Gruppen, einige führten tragbare Schreine zu Ehren der verstorbenen Familienmitglieder mit sich. Ich hielt inne, um von einem Verkäufer ein Tütchen Nüsse zu kaufen, die wir auf unseren eigenen Schrein legen konnten.

Cassia war, wie versprochen, in die Wohnung zurückgekehrt, aber ich fand dort außerdem noch jede Menge weitere Leute vor.

Ich erkannte Helvius, Martolia und Gaius, doch die anderen Anwesenden hatte ich noch nie gesehen. Nach ihrer Kleidung zu urteilen waren sie Sklaven oder freigelassene Diener.

Cassia unterhielt sich angeregt mit einer Frau, die ich nicht kannte, während Helvius sie fasziniert beobachtete. Gaius saß auf dem Boden und schlug einen der Schemel wie eine Trommel, und Martolia wiegte sich auf dem Balkon selbstvergessen im Rhythmus.

Ich stand lange in der Tür, bis mich jemand bemerkte. Es war Helvius, der mich entdeckte und aufkeuchte, woraufhin sich die Aufmerksamkeit auf mich richtete.

„Leonidas." Cassia wandte sich mir zu und hieß mich eifrig willkommen. „Was hast du herausgefunden?"

Ich sah in ein Meer von Gesichtern, einige angsterfüllt, andere beeindruckt. Öl glänzte auf Haut, und einige der Anwesenden hatten nasses Haar. Ich vermutete, dass sie in den Bädern gewesen waren und dann bei Cassia vorbeigeschaut hatten, bevor sie zu ihren Herren zurückkehrten.

„Regulus war nicht da", sagte ich. „Von dem Mann, den Albus beschrieben hat, fehlt weiter jede Spur."

„Ah." Cassias Enttäuschung war nur von kurzer Dauer. „Egal.

Meine Freunde werden sich bei der Erfüllung ihrer Pflichten nach ihm umhören. Sie werden auch nach Regulus die Augen offen halten.“

„Das ist zu gefährlich“, protestierte ich rasch. Sklaven, die ihre Nase in Dinge steckten, die sie nichts angingen, mussten mit schwerwiegenden Konsequenzen rechnen und hatten keine Möglichkeit, sich zu wehren.

„Sklaven bemerkt niemand“, widersprach Cassia voller Überzeugung. „Meine Freunde wissen, wie man sich unauffällig umhört. Es wird Abend“, verkündete sie ihnen. „Zeit, nach Hause zurückzukehren. Wir treffen uns morgen wieder, und dann berichtet ihr mir von euren Erkenntnissen.“

Gaius schlug ein letztes Mal auf den – meinen – Hocker, während die Menge sich zerstreute, und erhob sich vom Boden. „Martolia tanzt heute Nacht auf dem Caelius. Wir werden die Bediensteten dort fragen, ob sie wissen, welche Senatorengattin einen Gladiator beherbergt.“

Ehe ich Einspruch erheben konnte, folgte er Martolia nach draußen, polterte singend die Treppe hinunter.

Es dauerte eine Weile, bis alle gegangen waren, aber schließlich schloss ich hinter dem letzten Nachzügler die Tür.

„Wie hast du sie alle herbeigerufen?“, fragte ich Cassia, während ich die Hocker wieder an den Tisch stellte.

„Ich habe den Jungen, der für den Weinhändler arbeitet, zu Helvius geschickt, und der hat die anderen benachrichtigt.“ Cassia setzte sich vor ihre aufgeschlagenen Tafeln und fein säuberlich aufgereihten Schriftrollen. „Zusammen werden sie Regulus finden, da bin ich mir sicher.“

„Oder den Tod“, gab ich zu bedenken.

„Ich glaube, um die Sklaven müssen wir uns keine Sorgen machen. Du, Regulus und die anderen im *ludus,* ihr seid die, denen Gefahr droht.“ Cassias Optimismus überzeugte mich nicht. „Also, was ist auf dem Caelius passiert?“

Ich beschrieb ihr das Gespräch mit Vestalis. „Er ist ein unglücklicher alter Mann.“ Ich legte die Münzen, die er mir gegeben hatte, auf den Tisch. „Er sagt, Severina sei ihm egal, aber mit einer netteren Frau und ein oder zwei Söhnen wäre er zweifellos zufriedener.“

„Sehr wahrscheinlich. Kinder sollten um ihre Väter trauern und ihrer gedenken, nicht umgekehrt.“ Cassias Blick wanderte zu unserem Ahnenschrein, der wieder mit einem Strauß in einer Vase geschmückt war. Ich legte meine Handvoll Walnüsse dazu, ehe ich mich an den Tisch setzte.

„Er trauert immer noch sehr, was erklärt, warum er Severina kaum wahrnimmt“, berichtete ich. „Ich glaube, seine Frau und seine Tochter sind in Hispania umgekommen. Oder vielleicht in Britannien. An Britannien lässt Vestalis kein gutes Haar.“

Cassia betrachtete zwei Täfelchen, die nebeneinander vor ihr lagen. „Was ich nicht verstehe – warum Ajax und Rufus? Sie waren sehr unterschiedlich.“

„Vielleicht sind für diesen Mörder alle Gladiatoren gleich. Kämpfer in der Arena eben.“

„Aber das sind sie nicht. Ich habe die Bilder an den Wänden in ganz Rom gesehen – die Leute zeichnen den Gladiator, der ihnen am besten gefällt, und fügen hinzu, was ihn unverwechselbar macht. Den thrakischen Helm. Das Netz und den Speer des *retiarius*. Das Schwert und den Schild des *secutor*.“

„Stimmt.“ Ich zeichnete mit dem Finger den Umriss eines Helms auf den Tisch. „Ajax war *secutor*, Rufus *myrmillo*. Doch der Mörder hat ihn als Thraker verkleidet.“

„Was bedeutet, er war nicht sicher, was für ein Gladiator Rufus war. Aber es gibt noch weitere Unterschiede zwischen ihnen. Ajax wurde als Kriegsgefangener zu den Spielen verkauft. Rufus war ein freier Mann, der aus eigenem Antrieb Gladiator geworden ist.“

„Rufus war verheiratet, während Ajax keine feste Beziehung hatte“, fügte ich hinzu.

„Ajax ist kein Römer.“ Cassia strich mit der Fingerspitze über das Wachs ihres Täfelchens. „Rufus stammt aus Latium und ist in Rom aufgewachsen. Ajax war Soldat in Pannonien.“

Cassias Finger erstarrten. Ich wusste nicht, worauf sie zeigte, doch ich erkannte das P, einen der Buchstaben, die ich nachgezeichnet hatte. Ich spürte einen Anflug von Stolz, dass ich mich daran erinnerte.

„Pannonien." Cassias Stimme wurde leiser. „Große Minerva. Kann es wirklich so einfach sein?"

KAPITEL 23

Ich hatte in den letzten Tagen nichts in unserem Leben als einfach empfunden. „Was meinst du damit?“, fragte ich ungeduldig.

„Ajax stammt aus Pannonien.“ Cassia sah mich mit ihrem unnachgiebigen Blick an, als ob ich wie sie endlich alles verstehen müsste. „Du hast gesagt, er sei Soldat gewesen.“

„Nicht in der römischen Armee. Er ist Quade. Genau wie Herakles. Sie selbst nennen ihren Stamm anders, ich habe allerdings vergessen, wie. Man hat sie während einer Schlacht oder während eines Raubzugs gefangen genommen.“

Cassia klappte eilig ihre Tafeln auf, öffnete ihre Schriftrollen und ging sie durch. „Vestalis’ Ehefrau ist in den Provinzen gestorben.“

„In Britannien ...“

„Nein.“ Cassia hatte gefunden, was sie gesucht hatte, lehnte sich zurück und klopfte triumphierend mit dem Stift auf ihre Notizen. „Seine Gemahlin ist getötet worden, als er Prokonsul in einer kleinen Siedlung in Pannonien war. Bei einem Überfall, hat Helvius gesagt.“

Ich schaute sie fragend an. „Du glaubst, Ajax war an diesem Überfall beteiligt?“

„Vielleicht. Möglicherweise auch Herakles. Wann hat Aemil sie in den *ludus* geholt?"

„Das war vor drei Jahren. Ich erinnere mich, dass sie, keinen Monat nachdem sie zu uns gestoßen waren, bei den Spielen anlässlich der Saturnalien einen guten Eindruck gemacht haben. Sie sprachen kein Latein und hatten noch nie im Leben gebadet, doch ihre Wildheit hat die Bewunderung der Menge erregt. Das ist jetzt drei Saturnalien her."

Cassia überflog erneut ihre Notizen. „Ja, vor drei Jahren sind auch Vestalis' Frau und Tochter umgekommen. Man hat ihn auf einen Posten in Britannien versetzt, und etwa ein Jahr später hat er dann um seine Versetzung nach Hispania gebeten, in ein wärmeres Klima. Dort hat er Severina und Domitiana kennengelernt, als sie Domitianas Sohn besucht haben."

Helvius, Domitianas Sekretär, kannte Vestalis' traurige Geschichte zweifellos genau.

„Du vermutest, Vestalis hat Ajax ermordet?", fragte ich. „Aus Rache?"

„Wahrscheinlich. Er hat natürlich jemanden dafür angeheuert."

Ihre Schlussfolgerung passte nicht zu dem gebrechlichen Greis, mit dem ich heute einen Becher Wein getrunken hatte. Er war untröstlich, nicht von Rachedurst erfüllt. „Warum hat er Ajax zerstückeln und in der Subura platzieren lassen?"

„Das weiß ich nicht." Cassia lehnte sich zurück und legte die Finger an die Tischkante. „Helvius zufolge sind die Männer, die den Überfall ausgeführt haben, nicht sanft mit Vestalis' Frau und Tochter umgegangen. Sie waren brutal. Vielleicht wollte Vestalis ihnen diese Barbarei heimzahlen."

„Was du sagst, würde erklären, warum Vestalis Ajax' Tod wollte. Aber warum den von Rufus?"

Darauf wusste Cassia keine Antwort. „Vielleicht haben seine angeheuerten Helfer Rufus irrtümlich für Herakles gehalten."

„Vestalis kennt Herakles, er ist Domitianas Liebhaber. Er hätte seinen Männern das richtige Opfer gezeigt. Herakles und

Rufus sehen sich nicht einmal ähnlich, da waren wir uns doch einig."

„Das stimmt", räumte Cassia ein.

„Warum ist Regulus verschwunden? Er stammt aus Etrurien und hat im *ludus* angefangen, lange bevor Aemil Ajax und Herakles gekauft hat."

„Es gibt keinen Grund zu der Annahme, dass Regulus entführt wurde", stellte Cassia fest. „Vielleicht amüsiert er sich einfach. Du hast gesagt, er ist gut darin, sich aus der Zelle im *ludus* zu befreien."

„Er mag es nicht, herumkommandiert und eingesperrt zu werden, das stimmt."

„Ich nehme an, wir können nur vermuten, ob Ajax oder Herakles etwas mit dem Tod von Vestalis' Frau zu tun hatten." Cassia seufzte leise. „Sie könnten auf demselben Beutezug gewesen sein, aber nicht in der Nähe von Vestalis' Familie. Oder sie waren ganz woanders unterwegs, und man hat sie in einem anderen Teil Pannoniens gefangen genommen."

Ich erhob mich so abrupt, dass der Hocker wegrutschte. „Das finden wir heraus. Ich werde sofort zu Herakles gehen und ihn fragen."

„Es ist schon dunkel", wandte Cassia mit einem besorgten Blick zum Balkon ein.

„Mich wird niemand behelligen." Ich konnte unmöglich bis zum nächsten Morgen auf die Antworten auf diese Fragen warten.

„Nimm wenigstens deinen Mantel mit." Die Sanftheit in Cassias Stimme berührte mich. „Es ist kalt."

Irgendwo unter meiner Wut und Ungeduld verspürte ich pures Erstaunen. Noch nie hatte sich jemand Sorgen darum gemacht, ob mir kalt wäre oder ich verletzt nach Hause zurückkehren würde.

Ich nahm den Mantel, den sie ordentlich an einen Haken gehängt hatte, und trat auf die Straße.

Als ich das Tor des *ludus* erreichte, ließ Septimius mich ohne Zögern ein. Aemil, der aus dem Zellengang hervortrat, kam mir entgegen. „Wir haben ihn gefunden“, sagte er aufgebracht. „Den Fluch.“

Ich hatte ganz vergessen, dass ich ihm vorgeschlagen hatte, nach einem Fluch zu suchen. Vielleicht war er schuld an dem ganzen Ärger, und Cassia und ich waren grundlos durch Rom gehetzt.

„Er war in Rufus' Zelle.“ Aemils Miene wurde hart. „Eine kleine Pergamentrolle mit einem Giftzauber.“

„Tödlich?“, fragte ich rasch.

„Nein, er sollte Unglück bringen. Krankheit. Einen Beinbruch. Dinge, die einen Gladiator am Kämpfen hindern. Aber es hat zu gut gewirkt, was?“

„Was hast du damit gemacht?“

„Ich habe ihn zum Herkules-Tempel am Circus jenseits der Brücke gebracht. Die Priester dort haben den Fluch neutralisiert und das Pergament verbrannt.“ Aemils Zorn hatte tiefe Falten in sein Gesicht gegraben.

„Wer hatte die Möglichkeit, so etwas in seiner Zelle zu verstecken?“

„Jeder.“ Aemil breitete die Arme aus. „Jeder Gladiator. Ich habe gedroht, sie alle auszupeitschen, doch keiner will gestehen. Seine Schlampe von einer Frau kommt ebenfalls infrage. Oder ein Anhänger eines rivalisierenden *ludus*.“

Ich überdachte meine Schlussfolgerungen. Der Fluch mochte schon lange in Rufus' Zelle gelegen haben, und ja, seine Frau könnte ihn dort deponiert haben, damit er sich in der Arena eine Verletzung zuzog oder starb und sie Daphnus heiraten konnte. Oder Daphnus könnte ihn eingeschmuggelt haben, um Chryseis zur Witwe zu machen.

Nichts davon hatte mit Ajax zu tun.

„Wo ist Herakles?“, kehrte ich zu meinem ursprünglichen Anliegen zurück.

„Er isst gerade. Hast du Regulus gefunden? Ich dachte, du wüsstest, wohin er gegangen ist.“

Mir fehlten die Worte, um das zu erklären, und so trat ich an Aemil vorbei in den langen Raum, in dem die Gladiatoren gemeinsam zu Abend aßen. Neue Gladiatoren durften dort erst speisen, wenn sie bewiesen hatten, dass sie ihr Schicksal akzeptiert hatten, und diejenigen, die beim Training Ärger machten, sperrte man weg, und sie mussten ihre Mahlzeiten allein einnehmen. Der Rest versammelte sich um einen langen Tisch.

Praxus, der offenbar Aemils Vertrauen gewonnen hatte, schob sich mit seiner unverletzten Hand eifrig Essen in den Mund. Den anderen Arm trug er noch in der Schlinge. „Leonidas“, rief er aus, als er mich sah. „Schade, dass du dich nicht zu uns gesellen darfst. Aemil ist ein geiziger Mistkerl und lässt uns das Abendessen nicht mit Gästen teilen.“

Ich kannte die Regeln. Aemil hatte ein wachsames Auge auf seine Vorräte und würde keine ungeladenen Gäste verköstigen.

„Leonidas hat jetzt eine Sklavin, die ihm das Essen bringt.“ Herakles grinste anzüglich. „Sie ist ein zartes Reh, und ich wünschte, Leonidas würde *sie* mit mir teilen.“

Er hatte die letzten Worte kaum ausgesprochen, als ich ihn an der Tunika packte und über den Tisch zu mir zog. Die Gladiatoren in seiner Nähe griffen nach ihren Schüsseln und Weinbechern und wichen eilig zurück.

Herakles wehrte sich heftig, doch ich nahm ihn in den Schwitzkasten, während seine Füße über die Tischkante rutschten. Niemand versuchte, ihm zur Hilfe zu eilen. Ich wurde nicht oft wütend, aber wenn, dann ging man mir besser aus dem Weg – das hatten die anderen Gladiatoren gelernt.

Ich zerrte Herakles über den Boden, und während er noch verzweifelt nach Luft schnappte, presste ich ihn gegen eine Wand und hielt ihn dort fest. „Was habt ihr getan? In Pannonien?“

„Was soll ich ...?“ Hustend verstummte er.

„Du und Ajax. Was habt ihr dort einer Frau und ihrer Tochter angetan? Vestalis’ Ehefrau und seiner Tochter?“

Herakles starrte mich bestürzt an. „Vestalis?“

„Domitianas Schwiegersohn. *Der* Vestalis. Ehemals Prokonsul in Pannonien. Hast du seine Frau und seine Tochter bei einem Beutezug getötet? Bei dem Beutezug, der mit deiner Gefangennahme geendet hat?“

Herakles stand der Mund offen, doch als ich fertig war, loderte wütender Trotz in seinem Blick. „Keine Ahnung. Ich habe viele, *viele* Römerinnen getötet. Vielleicht waren zwei davon mit Vestalis verwandt, wer weiß? Das war mir egal.“ Sein Tonfall wurde böse. „Römische Soldaten sind in unser Land gekommen, haben sich genommen, was sie wollten, haben unsere Frauen geschändet und meinten dann noch, wir müssten dankbar sein, dass sich gierige römische Bastarde in unser Gebiet eingenistet hatten. Meine Stammesbrüder und ich haben ihnen nur genommen, was sie vorher uns geraubt hatten. Ja, ich habe Römerinnen vergewaltigt und ihnen danach die Kehle durchgeschnitten. Aber es waren zu viele Soldaten, und sie haben mich gefangen genommen. Mich ausgepeitscht, gebrandmarkt und hierher verkauft.“

Bei seinen letzten Worten versuchte er, sich loszureißen, doch mein Griff war zu fest, zu geübt.

Die anderen Gladiatoren schwiegen betroffen. Sie hörten zu, mischten sich aber nicht ein.

„Und Ajax?“, knurrte ich leise. „Hat er auch getan, was du getan hast?“

„Ja.“ Herakles lächelte höhnisch. „Er hat ganz schön gewütet.“

„Dafür ist er jetzt tot.“

„Du glaubst, das war Vestalis?“ Herakles lachte abfällig. „Dieser schwächliche Greis? Der dasitzt und zuschaut, wie ich mich mit seiner Severina vergnüge? Verweichlichte römische Hurensöhne wie den habe ich mit bloßen Händen zerquetscht.“

Ich schlug seinen Kopf gegen die Wand. „Vestalis' Frau und Tochter hatten dir nichts getan. Ein Mann, der Unschuldige tötet, ist kein Mann."

„Aber römische Soldaten, die durch ein Lager pflügen und kleine Kinder unter ihren Stiefeln zu Tode trampeln, beweisen *virtus*, was?"

Ich konnte kaum bestreiten, dass Soldaten Brutalität walten ließen, denn ich wusste, dass sie das ständig taten. Für sie waren Barbaren Wilde, die es mit allen Mitteln zu unterjochen galt. Herakles und Ajax hatten sich dafür gerächt, und nun rächte man sich an ihnen.

Ich wirbelte Herakles herum und stieß ihn von mir. Bis er das Gleichgewicht wiedergefunden hatte, war ich schon zur Tür hinaus in die kühle Nacht, über den Übungshof und durchs Tor. Von dort aus lenkte ich meine Schritte noch einmal zum Caelischen Hügel.

Bis ich Severinas Haus erreichte, war es völlig dunkel. Hier und da schimmerte Mondlicht durch die Wolkenfetzen, doch ansonsten war die Nacht undurchdringlich.

Der Türsklave antwortete auf mein ungeduldiges Klopfen und starrte mich an, als ich verlangte, Vestalis zu sehen.

„Der Herr ist schon im Bett", sagte er. „Er legt sich zumeist früh schlafen. Die Herrin ist zu Besuch bei ihrer Mutter."

„Es ist sehr wichtig." Ich hatte Mühe, ihn nicht einfach aus dem Weg zu schieben und hineinzustürmen.

Der Pförtner spürte das. „Ich kann seinen Diener fragen."

„Tu das." Ich ging zügig an ihm vorbei in das riesige Atrium. „Ich warte hier."

Wäre ich nicht schon früher ein willkommener Gast gewesen, hätte der Türsklave wahrscheinlich um Hilfe gerufen, aber so schloss und verriegelte er die Tür und verschwand dann in den schummrigen Räumen des Hauses.

Ich studierte die opulenten Wandmalereien im Atrium, Szenen mit Menschen, die auf Sofas oder in Gärten ruhten, während Vögel auf Bäumen posierten und Rehe still grasten. Alles war heiter, friedlich, gepflegt und durch das offene Dach über dem Atrium in Mondlicht getaucht. Das perfekte römische Leben.

Obwohl in mir Wut auf Herakles brannte, weil er mit seinen Taten geprahlt hatte, wusste ich, dass er recht hatte. Die römische Armee war stetig an die Grenzen vorgedrungen und hatte die von ihr kontrollierten Gebiete immer mehr erweitert. Danach kamen die ständigen Heerlager und dann Städte mit ihren Aquädukten, Amphitheatern, Badehäusern und Säulenmärkten. Den Barbaren sagte man, sie sollten demütig und dankbar für die Zivilisation sein, die man ihnen aufzwang, egal wie unbarmherzig. Es überraschte mich nicht, dass Männer wie Herakles versucht hatten, die Eindringlinge zu bestrafen.

Ich hörte Schritte hinter mir und drehte mich schnell um.

„Du hast eine Nachricht für Tertius Vestalis Felix?", fragte eine Stimme aus dem Schatten des Ganges.

Ein Mann trat ins Mondlicht und das schwache Flackern der Öllampe, die neben dem quadratischen Wasserbecken des Atriums stand. Er war groß, hatte ein langes Gesicht, eine große fleischige Nase und einen dichten schwarzen Haarschopf.

Wir betrachteten einander lange. Er musterte mich, und seine Nasenlöcher blähten sich, als er begriff, wer ich war und was ich wusste.

Als er auf mich losging, warf ich mich ihm entgegen. Wir kämpften auf dem Mosaik, auf den unter Bäumen mit weit ausgreifenden Kronen tanzenden Nymphen. Er war groß und stark, aber ich war schnell, gewandt und erfahren.

Bald hatte ich ihn im Schwitzkasten wie zuvor Herakles, bereit, ihm die Beine wegzutreten. Ich würde ihn bewusstlos schlagen und ihn dann zu Vatia oder vielleicht zur Prätorianergarde auf dem Palatin bringen.

Da verspürte ich einen Stich im Arm. Er war nicht tief, doch im nächsten Moment wurde mein Arm taub, und mein Oberkörper und meine Beine folgten schnell. Ich hielt den Mann im Schwitzkasten, bis meine Knie nachgaben und ich zusammenbrach.

Als ich auf dem Rücken landete, stand er über mir und hielt etwas in der Hand, das aussah wie ein Kamm, mit dem Frauen ihr Haar zusammenhielten. Auf den Zinken dieses Gegenstandes, was immer es genau war, musste sich das Gift befunden haben.

Das Atrium verschwamm vor meinen Augen, dann beugte sich der Mann zu mir, sein langes Gesicht und sein dichtes Haar verdeckten das silbrige Mondlicht und die idyllischen Bilder einer Familie, die ihre Freizeit in einem perfekten Garten genoss.

KAPITEL 24

Als ich wieder erwachte, lag ich auf dem Rücken auf einem harten Untergrund, feuchte, kalte Steinwände um mich herum, nirgendwo Licht. Ich befand mich möglicherweise in einer Gruft.

Mein Herz raste, als mich dieser Gedanke packte. Ich hatte lange in Zellen gelebt, doch da hatte ich gewusst, dass irgendwann jemand die Tür öffnen und mich herauslassen würde, auch wenn diese Befreiung zu meinem Tod führen könnte. Es war nicht dasselbe, wie eingemauert zu sein.

Ich musste mich aufrichten und herausfinden, ob ich begraben war oder mich einfach in einem Raum mit fest verschlossenen Fenstern befand.

Also versuchte ich, die Beine über den Rand der Platte zu schwingen, und merkte, dass ich mich nicht bewegen konnte. Ich konnte mit Fingern und Zehen wackeln, den Mund öffnen und schließen und blinzeln, aber sonst nicht viel.

„Hades", murmelte ich. Wenigstens meine Stimme funktionierte. Wenn meine Kehle nicht mehr so trocken war, konnte ich möglicherweise um Hilfe rufen.

„Wer ist da?" Das Krächzen kam von rechts, nicht weit entfernt. Ich spürte eine weitere Person – tatsächlich roch ich sie. Der üble Gestank von Schweiß und Urin stammte nicht nur von mir.

Ich kannte dieses Knurren. „Regulus?"

„Oh, die Götter lächeln mir und schenken mir Glück." Regulus' ironische Stimme durchschnitt die Luft. Sie war heiser und schwach, doch sein Zorn war stark. „Ich verbringe meinen letzten Tag auf Erden eingesperrt mit dem großen Leonidas. Fortuna liebt mich."

„Deinen letzten Tag?"

„Man hat mich hier kaum festgesetzt, um mich mit Girlanden zu schmücken und mit Süßigkeiten und Honig zu füttern. Dieser Dreckskerl Silvanus ... hat mich mit irgendetwas gestochen ... und mich an diesen Ort unter dem Haus seines Herrn geschleppt."

„Silvanus." Ich ordnete meine verwirrten Gedanken. „Der Sklave mit der großen Nase?"

„Sein Herr hat ihn freigelassen, aber er ist bei ihm geblieben, um ihn zu preisen und zu verehren."

„Ja, und um für ihn zu töten", brummte ich.

„Hat der brillante Leonidas das auch schon begriffen, ja? Ich bin das nächste Opfer, es sei denn, sie beschließen, mit dir zu beginnen. Hoffentlich tun sie das. Wenn ich ihnen helfe, dich abzuschlachten, lassen sie mich vielleicht gehen."

Regulus' Stimme klang gepresst, er überspielte seine Angst. Offenbar konnte er sich genauso wenig bewegen wie ich.

Ich roch nicht nur uns beide, sondern auch den unverwechselbaren Gestank des Todes. Gedämpft, als ob er in den letzten Tagen verblasst wäre, aber dennoch unverkennbar. Ich hatte das Gefühl, den Ort gefunden zu haben, an dem Ajax und Rufus gestorben waren, bevor man sie in das Lagerhaus gebracht hatte, um sie in Stücke zu hacken. Silvanus musste sie für den tödlichen Schlag hierhergeschleppt haben, nachdem sie mit Severina geschlemmt hatten, damit die anderen Bediensteten und die Hausherrin nichts davon mitbekamen.

„Sie haben keinen Grund, dich zu ermorden“, sagte ich zu Regulus.

„Da bin ich anderer Meinung. Silvanus hat mich mit seinem vergifteten Kamm gestochen, als ich das Schlafgemach seiner Herrin verließ. Rufus hat es ihr wahrscheinlich ebenfalls besorgt, und du auch, wie wir wissen.“ Regulus lachte auf. „Obwohl, wenn der edle Vestalis jeden Mann ermordet, der sich mit seiner Frau vergnügt, dann muss er halb Rom in Stücke hacken.“

„Rufus war nicht ihr Liebhaber, und ich auch nicht.“

„Spielt keine Rolle“, gab Regulus zurück. „Silvanus ist wahnsinnig, genau wie Tertius Vestalis Felix.“ Er spie den Namen aus.

„Wütend.“ Ich starrte in die Dunkelheit. „Nicht wahnsinnig.“

„Wie meinst du das?“

Obwohl meine Zunge geschwollen in meinem trockenen Mund lag, legte ich Regulus die Theorie dar, die Cassia und ich aufgestellt hatten: dass Ajax und Herakles die Frau und die Tochter von Vestalis vergewaltigt und ermordet hatten und dass Ajax’ Tod Vestalis’ Rache gewesen war.

„Hm“, brummte Regulus, als ich geendet hatte. „Warum haben sie dann Rufus getötet und wollen jetzt uns ermorden?“

„Ich weiß es nicht“, musste ich zugeben. „Es war nur so eine Idee.“

„Du und deine tollen Ideen“, brummte Regulus. „Ganz ehrlich, drauf geschissen.“

„Im Augenblick interessiert mich das Motiv nicht.“ Wieder versuchte ich, die Beine zu bewegen, doch lediglich meine Zehen gehorchten mir. „Mich interessiert mehr, wie wir hier rauskommen.“

„Wenigstens hast du nicht komplett den Verstand verloren. Welche genialen Fluchtpläne hast du?“

„Ich frage mich, welches Gift Silvanus verwendet hat.“ Ich fuhr mit den Fingern über die Steinplatte, auf der ich lag, und stellte fest, dass sie bloß grob behauen war. „Marcianus wüsste das.“

„Ja, der redselige *medicus* würde uns jetzt zupasskommen. Nur, dass sie ihn vermutlich ebenfalls vergiften würden."

„Ich habe vor, ihn zu fragen."

Regulus stöhnte. „Du warst schon immer der Auffassung, dass du der Herr über Leben und Tod bist. Egal, wie sehr jemand sterben will, du verschonst ihn, weil du glaubst, es wäre besser so."

Ein alter Streit. „Willst du jetzt gerade sterben?"

„Nein", zischte Regulus. „Aber ich glaube, uns bleibt keine andere Wahl."

„Man hat immer eine Wahl."

Regulus gab ein knurrendes Geräusch von sich und murmelte wieder vor sich hin.

Er hatte mich immerhin dahingehend beruhigt, dass wir nicht in einer Gruft waren. Wir befanden uns in einem Raum in den Kellern von Vestalis' Haus auf dem Caelius. Das gab mir Hoffnung. Die Wände mochten aus Stein sein, doch Holztüren konnte man eintreten. Regulus und ich waren zwei der stärksten Gladiatoren in ganz Rom, und er war geschickt darin, Schlösser zu knacken. Eine einfache Tür würde uns nicht aufhalten.

Sobald wir uns bewegen konnten.

Regulus war schon länger hier unten, wahrscheinlich seit der vergangenen Nacht, nachdem er aus dem *ludus* entwischt war und seinen Spaß mit Severina gehabt hatte, weswegen die Wirkung des Gifts bei ihm zuerst nachlassen würde. Er war ein ausgezeichneter Kämpfer. Selbst wenn er sich entschließen sollte, nur sich selbst zu retten, würde seine Auseinandersetzung mit den Wachen mir die Möglichkeit geben, mit ihm zu fliehen.

Aber erst, wenn ich meinen Körper wieder spürte.

Lange lagen wir im Dunkeln. Es mochte eine Stunde her sein, dass mich Silvanus erwischt hatte. Vielleicht auch schon zwei. Wenn der Mond unterging, würde es in Rom völlig dunkel sein. Die Laternen der Lieferkarren würden die unteren Straßen beleuchten, doch nach oben auf diesen Hügel in die Nähe der repräsentativen Villen würden keine Karren kommen.

Ich konnte Füße und Hände wieder einigermaßen bewegen, als die Tür sich scharrend öffnete. Eine Öllampe warf Licht in meine empfindlichen Augen, und Regulus stieß einen Fluch aus.

„Ich will Vestalis sehen“, verlangte ich klar und deutlich.

Das pferdeähnliche Gesicht des muskulösen Silvanus schälte sich aus dem Schatten, das Lampenlicht färbte seine Haut gelbgolden.

„Er redet nicht mit Gladiatoren.“

Das stimmte nicht, denn ich hatte schon mehrere Gespräche mit dem Mann geführt.

„Sag ihm, ich möchte mit ihm über Ajax und Herakles sprechen. Die Quaden aus Pannonien.“

Silvanus blieb reglos stehen, die Flamme der Öllampe züngelte unruhig. „Du weißt nichts von Pannonien.“

Sein Latein war perfekt, er hatte einen römischen Akzent. Er war kein Fremder, sondern in Rom geboren und aufgewachsen.

„Ich weiß, was mit Vestalis’ Familie geschehen ist“, fuhr ich fort. „Ich weiß auch, dass er Ajax die Schuld daran gegeben hat, und verstehe seine Beweggründe. Ich hätte ihn an seiner Stelle ebenfalls umbringen wollen.“

Silvanus verstummte. Auf der anderen Liegestatt dicht neben meiner atmete Regulus schwer.

Nach einem langen Zögern wandte sich der massige Silvanus ab und verließ die Zelle. Er schlug die Tür zu und legte von der anderen Seite aus den Riegel vor.

Ich hatte im flackernden Schein der Lampe gesehen, dass es sich um eine einfache Tür handelte, zwei Holzkreuze über senkrechten Brettern. Der Raum war eher mit groben Ziegeln als mit Stein gemauert. Er mochte als Lagerraum gedacht gewesen sein, oder vielleicht hatte derjenige, der dieses Haus ursprünglich gebaut hatte, seine eigenen Zellen für ungehorsame Sklaven haben wollen.

„Die Tür ist nicht besonders stabil“, sagte ich zu Regulus. „Du bist doch gut im Öffnen von Türen.“

„Ja, wenn ich mich bewegen kann“, fuhr er mich an.

Meine Füße waren nun nicht mehr von dem Gift gelähmt, aber das half mir nicht, weil ich die Beine immer noch nicht rühren konnte. Das Gefühl war in meine Hände zurückgekehrt, und meine Handgelenke kribbelten.

„Hast du etwas gegessen oder getrunken, bevor man dich hierhergebracht hat?“, fragte ich.

„Ja, natürlich. Severina hat mich vollgestopft und abgefüllt. Als ich aus ihrem Bett stieg, war mir schwindlig, und ich war betrunken, weshalb ich mich nicht gegen diesen Drecksack Silvanus wehren konnte. Seither bin ich hier unten.“

Sein Essen oder sein Wein waren wohl nicht mit Gift, sondern mit einer Art Schlafmittel versetzt gewesen. Sobald Regulus davon benommen und außerdem nach dem Sex mit Severina lethargisch gewesen war, hatte Silvanus mit dem Gift auf den Zinken des Kammes zugeschlagen, höchstwahrscheinlich Schlangengift. Auch das wiederum hätte Marcianus gewusst.

Ich hatte mit Vestalis nichts gegessen und nur wenig getrunken. Vielleicht hielten beide Gifte zusammen die Männer bewegungsunfähig und unfähig zu kämpfen, während Silvanus sie tötete.

„War etwas von dem Essen vergoldet?“, bohrte ich weiter.

„Was? Ja. Die Kuchen und einige der Früchte. Eine dumme Verschwendung von Gold. Warum?“

Ich antwortete nicht. Ajax hatte seine Henkersmahlzeit hier gegessen, zubereitet von demselben Koch, genau wie Rufus. Rufus musste Severinas Einladung angenommen haben, weil er mit einer reichen Frau zusammen sein wollte, die ihm den Luxus gönnte, den Chryseis ihm versagte. Oder Silvanus hatte ihn mit dem Versprechen auf ein Entgelt zum Essen mit ihr gelockt.

Ich fragte mich, ob Severina wusste, was mit ihnen und mit Regulus geschehen war. Wahrscheinlich nicht. Sie war nicht die aufmerksamste aller Frauen, was die Dinge außerhalb ihrer eigenen Welt betraf. Ich fragte mich auch, warum man mein Essen nicht vergiftet oder vergoldet hatte, warum man mir erlaubt hatte zu gehen. Aber Vestalis hatte sich gerne mit mir unterhalten, hatte er behauptet. Vielleicht hatte er Silvanus befohlen, mich zu verschonen.

Mittlerweile spürte ich auch große Teile meiner Arme wieder. Sobald ich bei Kräften war, würde ich die Tür aus den Angeln reißen, wenn nötig, und einen Weg nach draußen finden.

Bevor ich mich weiter erholen konnte, öffnete sich die Tür erneut. Silvanus trat ein, der gebeugte Vestalis folgte hinter ihm.

„Das ist der andere?“, fragte Vestalis.

„Jawohl, Herr.“ Silvanus leuchtete Regulus, der ihn anstarrte, kurz mit der Lampe an. Ich konnte nicht viel von Regulus erkennen, nur einen Gladiator im Dunkeln.

Vestalis spuckte Regulus an. Regulus knurrte böse, regte sich allerdings nicht.

„Nein“, widersprach ich. „Das ist Regulus. Er war noch nie in Pannonien.“

Vestalis wirbelte zu mir herum und riss verblüfft die dunklen Augen auf. „Leonidas? Warum ist er hier?“, wandte er sich an Silvanus. „Ich habe doch gesagt, wir rühren ihn nicht an. Er ist ein ehrenwerter Mann.“

Regulus schnaubte höhnisch, aber Silvanus verzog keine Miene. „Er ist gekommen, um uns daran zu hindern, das zu tun, was wir tun müssen“, erklärte er. „Eure Ahnen werden erst besänftigt sein, wenn die Mörder eurer Frau und eurer Tochter tot sind.“

„Dann müssen wir es bald tun“, erwiderte Vestalis. „Uns bleiben bloß noch ein paar Tage.“

„Bis wann?“, verlangte Regulus zu wissen, doch ich glaubte, die Antwort zu kennen.

„Bis zu den Feralien“, antwortete ich an Vestalis’ Stelle. „Dem letzten Tag der Parentalia. Am Ende des Festes wollen sie den Tod der beiden Frauen gerächt haben. Als Geschenk an seine Frau und seine Tochter.“

Die Art, wie Silvanus die Leichen von Rufus und Ajax zerstückelt und zur Schau gestellt hatte, ergab jetzt in gewisser Weise mehr Sinn. Es waren Opfergaben, die so angeordnet waren, wie jemand einen Teller mit Orangen und Walnüssen zusammenstellen würde, fein säuberlich geschichtet, damit die Ahnen sie genießen konnten.

Tränen schimmerten auf Vestalis' Wangen. „Genau das."

„Regulus gehört nicht zu ihren Mördern." Ich bemühte mich, ruhig zu sprechen. Vestalis hätte das klar sein müssen – er war mit Herakles vertraut gewesen –, doch er schien jeglichen gesunden Menschenverstand weit hinter sich gelassen zu haben. „Silvanus hat einen schweren Fehler begangen. Auch bei Rufus. Rufus war Römer, kein Quade."

Vestalis runzelte verwirrt die Stirn. „Stimmt das?", fragte er.

„Das war kein Fehler", antwortete Silvanus rasch. „Hätte ich nur die beiden Quaden getötet, hätte man ihren Tod zu dir zurückverfolgen können. Aber wenn zufällig ausgewählte Gladiatoren sterben, wird niemand dich verdächtigen. Man wird glauben, dass es sich um einen Verrückten handelt, der Gladiatoren hasst, vielleicht sogar um einen anderen Gladiator. Du behältst dein Ansehen und hast trotzdem deine Rache."

Vestalis widersprach nicht, was mir einen Schauer über den Rücken jagte. Er kam mit leidgeprüftem Gesichtsausdruck auf mich zu.

„Muss Leonidas auch sterben?", fragte er. „Er ist ein guter Mann."

Wieder schnaubte Regulus, diesmal allerdings weniger schroff.

Vestalis blieb dicht neben mir stehen. Ich hatte inzwischen die Kontrolle über meine Arme wiedererlangt. Ich hätte die Hand ausstrecken und ihn in einem Todesgriff festhalten, ihn als Druckmittel benutzen können, um uns zu befreien.

Aber dann hätte Silvanus Zeit gehabt, eine Waffe zu ziehen. Ich konnte nichts in seinen Händen erkennen, doch vielleicht hatte er noch einen vergifteten Kamm oder etwas anderes bei sich, womit er uns kratzen konnte. Eine weitere Dosis würde uns zweifellos töten.

„Je mehr Gladiatoren man tot auffindet, desto unwahrscheinlicher ist es, dass man dir die Schuld gibt", erklärte Silvanus Vestalis.

Nur dass Silvanus mit seinem markanten Gesicht und seinen Haaren den Leuten aufgefallen war, und es war bloß eine Frage der Zeit, bis ein *vigil* oder ein Mitglied der Stadtkohorte Silvanus mit der Beschreibung, die der Korbmacher Vatia gegeben hatte, in Verbindung bringen würde. Der Lehrling Albus mit dem guten Gedächtnis, Volteius, der Waffenschmied, und die Familie, die gegenüber von Chryseis gewohnt hatte, würden ihn ebenfalls identifizieren.

Ich behielt das für mich, weil ich nicht wollte, dass Silvanus, ein treuer Diener und gnadenloser Mörder, diese Unschuldigen aus dem Weg räumte.

„Hast du sie in Chryseis' Lagerhaus zerstückelt?", fragte ich.

Silvanus zeigte sich überrascht, dass ich das herausgefunden hatte. „Da ist genug Platz."

„Ja, und du hattest Grund, in der Gegend zu sein, da Vestalis dort ein Lagerhaus bauen lässt."

„Meine Frau tut das", krächzte Vestalis.

Ich fragte mich, warum er darauf beharrte, doch das war letztendlich nebensächlich. „Ein Ort, wo man unauffällig Dinge mit einem Karren oder großen Körben hinein- und hinausschleppen kann. Niemand würde so etwas bei einem Lagerhaus hinterfragen. Aber warum hast du Ajax in der Subura abgelegt?"

Silvanus zuckte die Achseln, seine Augen glitzerten im Lampenlicht. „Er hat die Huren dort geliebt. Warum sollte ich ihn dann nicht zu ihnen bringen? Außerdem gibt es am Ende der Gasse, auf der anderen Seite der Mauer, einen Schrein der Juno. Es war eine Opfergabe."

Von dem Schrein hatte ich nichts gewusst, doch in gewisser Weise ergab das Sinn. „Wie hast du Ajax hergelockt? Er stand nicht auf Patrizierinnen."

Silvanus' Miene wurde selbstgefällig. „Er kam anstandslos, als ich ihm erzählt habe, mein Herr habe eine Vorliebe für ihn entwickelt und wolle ihn für seine Leistungen bei den Spielen belohnen."

„Ajax." Vestalis spuckte aus. „Es ist ungeheuerlich, dass er sich diesen Namen zugelegt hat. Silvanus dachte, wenn ich eine reiche Frau heirate, könnte ich meinen Lebensabend in Ruhe verbringen, aber das war kein Trost. Ich bin immer noch allein und trauere um meinen Verlust. Dann, bei den letzten Saturnalien, als Domitiana mich überredet hat, mit ihr zu den Spielen im Circus Gai zu gehen, habe ich sie gesehen. Die Männer, die in mein Haus eingebrochen waren und meine Gemahlin und meine Tochter herausgezerrt hatten. Sie sind durch die Arena stolziert, haben sich als Sieger feiern und bejubeln lassen und trugen die Namen von Helden. Ajax und Herakles. Ungeheuerlich."

„Also hast du deine Rache geplant", stellte ich ruhig fest.

Vestalis war noch näher an mich herangetreten, Silvanus schob sich wachsam hinter ihn. Sie hielten mich für bewegungsunfähig, was zu meinem Vorteil war.

„Silvanus hat mir erklärt, wie es funktionieren könnte", antwortete Vestalis. „Wir würden es für sie tun. Zwei Missetäter, getötet und an den Feralien geopfert, um die Geister meiner armen Frau und meiner schönen Tochter zu besänftigen. Sie hätte nächstes Jahr geheiratet."

Ich verstand seinen Kummer und seine Empörung. Ajax und Herakles waren voller Zorn in den *ludus* gekommen – auf die Römer, weil sie in ihre Heimat eingedrungen waren und sie dann gefangen genommen hatten, auf Aemil, auf uns alle. Dann hatten sie erkannt, dass sie ihre Aggressionen in der Arena ausleben und dafür Jubel ernten konnten, was sie arrogant und überheblich gemacht hatte. Noch immer zeigte Herakles keine Reue für das, was er Vestalis' Gemahlin und seiner Tochter angetan hatte.

Ich richtete meinen Blick auf Silvanus. „Warum hast du für ihn getötet?"

Silvanus erwiderte höhnisch: „Seit meiner Geburt arbeite ich im Haus meines Herrn. Seine Familie hat mich aufgezogen, dann hat er mir die Freiheit geschenkt. Ich werde seine Gemahlin und seine Tochter rächen, so wie ich meine eigene Mutter und meine Schwester rächen würde."

„Ich habe keine Söhne", warf Vestalis ein, als erkläre das alles. Silvanus, der loyale Freigelassene, hatte getan, was ein Sohn tun würde.

„Dann bist du nicht wirklich allein", bemerkte ich. Nach dem Verlust des Mannes und während seiner Trauer war Silvanus an seiner Seite gewesen und hatte sich um ihn gekümmert. Er ging sogar so weit, für ihn zu töten.

Vestalis schüttelte traurig den Kopf. „Das ist nicht dasselbe."

Silvanus würde nie mehr als ein Diener sein, egal, was der Mann für ihn getan hatte.

Der Freigelassene schien nicht verärgert über Vestalis' Worte. Er nickte, als habe sein ehemaliger Besitzer eine große Weisheit von sich gegeben.

Vestalis stand jetzt ganz dicht neben mir. Ich spürte die Berührung seiner Tunika, die aus feinstem Leinen gewebt war, roch die teuren Öle auf seiner Haut.

Dann stürzte ich mich auf ihn. Wie ich gehofft hatte, sprang Silvanus sofort vor. Er stieß Vestalis aus meiner Reichweite, und ich schloss die Hände um Silvanus' Schultern und riss ihn zu mir herunter.

Vestalis stieß einen schwachen Schrei aus und eilte zur Tür, zweifellos, um Hilfe zu holen.

„O nein, alter Mann", rief Regulus. Aus dem Augenwinkel sah ich, wie er Vestalis an der Tunika packte. Seine Hand war selbst halb gelähmt stark genug, um den ehemaligen Prokonsul aufzuhalten.

So musste ich nur mit Silvanus kämpfen. Mit meiner vollen Kraft hätte ich ihn leicht besiegen können, aber obwohl meine Arme größtenteils funktionierten, war ich ansonsten immer noch bewegungsunfähig, während er die Kontrolle über all seine Gliedmaßen hatte.

Ich verdrehte ihm das Handgelenk, als er nach einer Waffe griff, fand das Messer in seinem Gürtel und packte es. Silvanus wand sich wild in meinem Griff, und das Messer fiel aus meinen immer noch ungeschickten Fingern klappernd auf den Boden. Regulus verzog das Gesicht.

Zum Glück bekam ich Silvanus zu fassen, bevor er nach dem Messer greifen konnte. Ich zerrte ihn zu mir herunter und drehte ihn herum, um ihm einen Arm um den Hals zu legen. Er strampelte und schlug um sich, und ich drückte zu.

Silvanus hustete und fluchte, als ich ihm mit der Armbeuge die Luft abschnitt. Ich war nicht sicher, was ich als Nächstes tun sollte, denn ich war noch nicht wieder voll bei Kräften. Silvanus würde möglicherweise das Bewusstsein verlieren, doch ich konnte mich weiter nicht genug bewegen, um von dem Steinblock zu steigen und Regulus hinauszuschleifen. Vestalis schrie heiser, und es war nur eine Frage der Zeit, bis andere Sklaven ihn hören und nachschauen würden.

Silvanus schlug mit einer Faust auf mich ein. Er landete einen Glückstreffer in meinem Oberbauch, und ich atmete stoßhaft aus.

Ich fühlte mich in einen Kampf vor mehr als fünf Jahren zurückversetzt, in eine Zeit, in der meine Fähigkeiten noch ausbaufähig gewesen waren. Ein *myrmillo* hatte mich zu Boden geworfen, wobei sein Fuß mich in den Bauch getroffen und mir die Luft aus den Lungen getrieben hatte. Ich war dort im heißen Sand fast genauso erstarrt gewesen wie jetzt.

Wieder sah ich, wie der *myrmillo* schadenfroh über mir stand, bereit, mich erneut zu treten und sein Schwert zu dem tödlichen Stoß in meine nackte Brust zu heben.

Meine Instinkte hatten die Kontrolle übernommen. Ich war über den Sand gerollt, hatte meine Beine in seine verhakt und ihn von den Füßen gerissen. Der *myrmillo* hatte versucht, das Gleichgewicht zu halten, war aber schwer gestürzt und hatte den Arm ausgestreckt, um sich zu wehren. Ich hatte ihm den Arm gebrochen und den Mann unter dem Jubel der Menge zu Boden geschleudert.

Ich prallte mit der Schulter auf den harten Boden, als ich von der Pritsche fiel, und der Schmerz holte mich in die Gegenwart zurück. Silvanus war mit mir zu Boden gegangen, und ich spürte das Messer kalt unter meiner Seite. Ich rollte ein weiteres Mal herum, und meine Hand und die des keuchenden Silvanus landeten gleichzeitig auf dem Messer.

Ein jähes, gleißendes Licht zeigte mir die bronzene Messerklinge, die er mit beiden Hände umklammerte und hoch erhoben hatte. Sie zielte direkt auf meine Brust.

KAPITEL 25

Es wurde laut in der Zelle. Zwar gelang es mir, den erschrockenen Silvanus abzuwehren, aber die Klinge seines Messers schnitt in meine Haut, und Blut rann aus der Wunde.

Ein Paar großer, schwieliger Hände riss Silvanus von mir weg, begleitet von einem wütenden Knurren.

Diese Pranken und dieses Knurren kannte ich. Aemilianus, der den verurteilten Jungen, der ich vor langer Zeit gewesen war, in Angst und Schrecken versetzt hatte, hielt den hünenhaften Silvanus in seinem festen Griff und schlug den Kopf des Mannes mehrfach gegen die Wand.

Regulus lachte laut. „Höchste Zeit, dass du auftauchst."

Vestalis weinte, umgeben von Männern, die ich nicht erkannte. Eine Gestalt schlüpfte an ihm vorbei und warf sich auf mich.

Ich lag halb auf der Seite eingepfercht auf dem Boden, die Beine in dem engen Raum angewinkelt, den Rücken gegen die steinerne Pritsche gepresst. Plötzlich war eine Frau in einem Wollmantel da, die sich an mich klammerte, ihre Schultern bebten, und ihr Haar fiel mir ins Gesicht.

„Was tust du hier?", brachte ich hervor.

Cassia hob den Kopf, ihre Wangen schimmerten feucht im

Schein von zu viel Lampenlicht. „Du bist nicht heimgekommen. Da bin ich in den *ludus* gegangen ..."

„Allein?", fragte ich bestürzt.

„Nein. Ich habe mir Hilfe geholt. Im *ludus* erzählte Septimius, du hättest Fragen über eine Frau vom Caelius gestellt und zum Aventin gewollt. Daraufhin hab ich Aemil erklärt, du seist in großer Gefahr."

Aemil hatte immer noch nicht damit aufgehört, Silvanus' Kopf gegen die Steine zu rammen, bis der riesige Sklave stöhnend in sich zusammensackte.

„Vorsicht", rief ich. „Er trägt Gift bei sich."

„Hat er euch vergiftet?" Die Stimme von Nonus Marcianus klang eher neugierig als besorgt. Der schmale Mann trat hinter Aemil hervor ins Licht.

„Keine Ahnung." Ich lag nach wie vor auf dem Boden und streichelte Cassia beruhigend übers Haar. Es war weich und warm. „Ich kann nicht aufstehen. Regulus auch nicht."

„Faszinierend." Marcianus beugte sich über mich und berührte mit professionellem Interesse meine Beine. Ich spürte nur ein Kribbeln.

„Faszinierend, ja?" Regulus hielt nach wie vor Vestalis gepackt, der kraftlos in seinem Griff hing. „Wie wäre es mit einem Heilmittel? Hast du nicht irgendeine Phiole mit einem Trank, der mir die Bewegungsfähigkeit zurückgibt?"

„Vorher muss ich wissen, um was für ein Gift es sich handelt. Wie hat man es euch verabreicht?"

Murmelnd berichtete ich es Marcianus. Er hörte aufmerksam zu und nahm auf der steinernen Pritsche Platz, als befänden wir uns in einem bequemen *tablinium* und nicht in einer feuchten Zelle unter dem Haus eines Patriziers.

„Sehr wahrscheinlich Schlangengift, genau wie du vermutest", sagte Marcianus, als ich geendet hatte. „Oder vielleicht auch von einer Spinne. Da du bereits wieder Gefühl in Händen und Füßen hast und atmen kannst, nehme ich an, dass es mit der Zeit abklingen wird. Es muss ein Betäubungsgift sein, kein tödliches, zumindest in kleinen Dosen."

„Wundervoll." Regulus schüttelte Vestalis. „Siehst du, was für ein Mann dein Diener ist?"

„Er wollte mir helfen", krächzte Vestalis. „Ich bin stolz auf ihn."

Ich wies mit einer Geste auf Silvanus, der halb ohnmächtig zu Regulus' Füßen lag, wo Aemil ihn hatte fallen lassen. „Das ist der Mörder von Ajax und Rufus."

Ein Aufschrei erklang. „*Er* hat Rufus getötet?"

Martolia stürmte in die Zelle, ein Messer in der Hand. Sie riss sich von Merope und Gaius los, die versuchten, sie zurückzuhalten, und warf sich auf Silvanus.

„Ich habe ihn geliebt", schrie sie und holte aus.

Aemil fiel ihr im letzten Moment in den Arm und nahm ihr das Messer ab. Martolia wehrte sich, war aber Aemil hoffnungslos unterlegen.

„Helft mir, sie rauszubringen", befahl Aemil, während er Martolia, die sich immer noch aus seinem Griff zu befreien versuchte, aus dem Raum zerrte. Er stieß Silvanus mit dem Fuß an. „Den da schaffen wir zur Stadtkohorte."

Plötzlich waren laute Schritte zu hören, gefolgt von Rufen, die Aemils Anweisungen übertönten. Die meisten Patrizierhaushalte beschäftigten eigene Wachen, von Liktoren bis hin zu ehemaligen Soldaten und Gladiatoren, und ich hatte schon geahnt, dass es bloß eine Frage der Zeit war, bis Vestalis' Leibwächter nach ihm suchen würden.

Die Männer erreichten uns. Einer packte Silvanus, zerrte ihn hoch und warf ihn sich über die Schulter. Aemil wich ein Stück zurück, doch Vestalis stand nur still und resigniert da, während Regulus ihn festhielt.

Ich hatte erwartet, die Hünen zu sehen, die Severina beschützt hatten, aber diese Wachen trugen lederne Brustpanzer und Schwerter, und ich kannte keinen davon aus Severinas Haushalt.

Ein großer Mann beugte sich herunter und hob mich auf seinen Rücken, als wöge ich nichts. Beängstigend.

Cassia blieb in der Nähe und folgte mir aus der Zelle, während ich wie ein Sack Rüben über den Schultern des Mannes hing. Vor meinen Augen waren die grob behauenen Stufen, die er hinaufeilte und die zu polierten Steinstufen wurden und schließlich in die Mosaikfliesenböden von Severinas riesigem Haus übergingen.

Der Mann trug mich hinaus in die Nacht, ehe er mich auf einer Bank neben der Eingangstür der Villa absetzte. Ich befand mich auf der Straße, ein frischer Windhauch wehte mir ins Gesicht. Die Luft roch feucht – es würde bald regnen.

Regulus wurde auf einer Bank neben mir von einem anderen Wächter abgeladen, der ihn getragen hatte. Cassia setzte sich zu mir und zückte ihr unvermeidliches Täfelchen.

Einer der Wächter kam mir vage bekannt vor. Ich konnte ihn nicht recht einordnen, bis ich seinen Herrn entdeckte, der zu mir trat, wobei das Mondlicht auf den goldenen Armbändern glänzte, die er so gerne trug.

„Sextus Livius." Meine Stimme war ein erschöpftes Flüstern.

„Schön zu sehen, dass du noch lebst." Livius blieb vor mir stehen, sein Mantel fiel in perfekten Falten über eine feine Leinentunika. „Als mich die Nachricht erreichte, dass du in großer Gefahr seist, habe ich schon das Schlimmste befürchtet."

„Du hast nach ihm geschickt?", fragte ich Cassia verblüfft.

„Ja, ich habe nach allen möglichen Leuten geschickt." Cassia saß ganz dicht bei mir, ihr Bein berührte meins, und ihre Wärme drang in meinen tauben Körper.

Ich war nicht sicher, was sie mit „alle möglichen Leute" meinte, aber ich war froh, dass sie beschlossen hatte, meinen Befehl, zu Hause zu bleiben, zu missachten. Als sie gesagt hatte, sie hätte sich Hilfe gesucht, hatte ich angenommen, sie meine den Jungen, der für den Weinhändler arbeitete und der die Tänzerinnen und Marcianus geholt hatte.

Ich erkannte das Ausmaß ihres Netzwerks erst, als auf der

Straße vor der Villa erneut Schritte zu hören waren und diesmal Männer der Prätorianergarde aufmarschierten. Bei ihnen war die kleine Gestalt von Hesiodos.

Den Hauptmann der Wache hatte ich schon einmal auf dem Palatin gesehen, und er kannte mich. „Du musst mitkommen", teilte er mir mit. „Umgehend."

Ich war nie zuvor in einer Sänfte gereist und stellte fest, dass es mir nicht gefiel. Das stickige Innere roch viel zu stark nach Parfüm und schwankte mit den unregelmäßigen Schritten der Männer, die mich zum Palatin trugen. Livius hatte beschlossen, dies sei die beste Art, mich zu transportieren, und hatte zu diesem Zweck eine von Severinas Sänften organisiert.

Als man mich in einem marmornen Innenhof absetzte, konnte ich stehen, wenn auch auf wackeligen Beinen. Der Weg den steilen Palatin hinauf war schlimm gewesen, die Träger hatten sich abgemüht und geflucht. Einer war gestolpert, und ich war sicher gewesen, dass wir alle den Hügel hinunterstürzen würden.

Hesiodos, so ordentlich gekleidet und beschuht wie immer, beobachtete kritisch, wie eine Wache meinen Arm nahm und mich in das *domus* führte. Die kräftige Schildwache brachte mich durch offene und geschlossene Höfe, vorbei an Brunnen und Gärten und entlang riesiger Kolonnaden.

Cassia lief neben mir her. Ich hörte ihre leisen Schritte, auch wenn sie vom Geräusch der nagelbeschlagenen Sohlen der Prätorianerstiefel beinahe übertönt wurden, und war froh über ihre Anwesenheit.

Als sie sich an mich geklammert hatte, während ich auf dem Boden lag, hatte ich sie in die Arme geschlossen und mich von ihrer Weichheit trösten lassen. Sie hatte geweint, was mich in Erstaunen versetzt hatte. Sie war mir auf Gedeih und Verderb ausgeliefert, und doch war sie verzweifelt genug gewesen, um von jeder Person, die mir oder ihr einen Gefallen schuldete, Hilfe einzufordern, um mich zu finden. Cassia hatte mir in dieser Nacht das Leben gerettet.

In dem Saal, in dem wir letztlich landeten, war ich noch nie zuvor gewesen. Porphyrsäulen säumten den Raum, ihre vergoldeten Kapitelle passten zu den goldverzierten Friesen an den Wänden. Die Bodenmosaiken zeigten einen üppigen Garten mit Vögeln, die so lebensecht wirkten, dass ich dachte, sie würden jeden Moment auffliegen. Überall flackerten Lampen und brachten das Gold zum Glänzen.

Nero betrat den Raum, kurz nachdem die Wachen Aufstellung genommen waren. Ich hatte den *princeps* schon in einer schlichten Tunika mit purpurner Toga, in der Aufmachung eines Wagenlenkers und in luxuriöser Kleidung erlebt, wenn er mit wichtigen Gästen speiste.

In dieser Nacht trug er die opulentesten Gewänder, die ich bisher gesehen hatte. Eine weiße Seidentunika floss über seinen leicht fülligen Körper, darüber die akkuraten Falten einer purpurnen Toga. Über dieser war ein roter Seidenmantel drapiert, der mit einer goldenen Borte verziert war, die im Lampenlicht schimmerte. Auf seinen hellbraunen Locken thronte ein goldener Lorbeerkranz, aus dem hier und da goldene Zacken herausragten, die Sonnenstrahlen andeuteten. Statt Sandalen hatte er an diesem Abend feine Lederschuhe an den Füßen, die an den Zehen leicht hochgezogen und mit Gold beschlagen waren.

Die Kleidung war für ihn maßgeschneidert, stand ihm aber nicht wirklich und ließ ihn wie einen teuer verpackten Getreidesack aussehen.

Ich versuchte, mich zu verneigen, doch ich schwankte wie ein Schilfrohr im Wind. Die Wache, die mich hergebracht hatte, hielt mich am hinteren Teil meiner Tunika fest.

„Ihr habt den Mörder gefunden?“, fragte Nero. „Wer ist es?“

„Ein Diener namens Silvanus“, antwortete ich.

„Wer?“ Nero warf mir einen verblüfften Blick zu. „Wessen Diener ist das?“

„Der des Tertius Vestalis Felix“, erwiderte Cassia ruhig.

Nero wirkte überrascht, dann kniff er die Augen zusammen. „Vestalis? Der Prokonsul, der für den Senat über jeden Tadel erhaben ist? Sein Diener hat die Gladiatoren ermordet? Warum?“

Cassia erzählte ihm mit gesenktem Kopf alles. Sie war viel besser im Erklären und im Zusammenfassen einer Geschichte als ich, also schwieg ich, während sie sprach.

„All das, um den Tod seiner Ehefrau zu rächen?“, fragte Nero, nachdem Cassia mit ihrem Bericht über mein Abenteuer auf dem Caelius fertig war. „Das ist heroisch. Beinahe schon der Stoff für eine Ballade.“ Seine Stimme wurde bewundernd leiser, doch dann richtete er sich auf, und er schaute wieder mich an. „Aber nicht in meiner Stadt, wenn er meine Gladiatoren tötet und meine Bevölkerung in Angst und Schrecken versetzt.“

Er wartete ungeduldig auf unsere Antwort, und Cassia und ich stimmten ihm beide brav zu.

Nero legte sich nachdenklich eine Hand ans Kinn. „Ich kann Tertius Vestalis Felix nicht einfach hinrichten lassen. Er hat viel zu viele Freunde und genießt zu hohes Ansehen. Ich kann mich noch erinnern, als Kind seine brillante Karriere mitverfolgt zu haben. Nein, ich brauche einen anderen Schuldigen.“

Sein Blick fiel auf mich, und einen Moment lang fürchtete ich schon, er würde vorschlagen, mich an Vestalis’ Stelle hinzurichten.

„Wir werden diesen Diener festnehmen“, entschied Nero. „Schließlich hat er die Morde begangen. Wir werden einen Prozess führen, damit alle von seinen abscheulichen Verbrechen erfahren, und seine Leiche zerstückeln und zur Schau stellen, wie er es mit seinen Opfern getan hat. Ich werde den Bürgerinnen und Bürgern meiner Stadt zeigen, dass sie vor ihm sicher sind.“ Nero hielt inne und holte tief Luft. „Ausgezeichnet. Man schreibe nieder, wie ich die Identität des Mörders herausgefunden habe, und lasse diese Nachricht von den Ausrufern verlesen."

Ich sah verstohlen zu Cassia, doch sie stand völlig reglos da und reagierte nicht auf Neros Worte.

Im Stillen fragte ich mich, ob das wichtig war. Machte es wirklich einen Unterschied, ob Nero sich die Aufklärung des Mordes auf die Fahnen schrieb und Cassia und ich nicht gewürdigt wurden? Wir hatten Silvanus aufgehalten, und die Obrigkeit würde Vestalis im Auge behalten.

Nero konnte Vestalis nicht belangen, ohne mächtige Männer zu verärgern – Männer, die wahrscheinlich der Auffassung waren, dass Vestalis jedes Recht gehabt hatte, gegen die Barbaren vorzugehen, die seine Frau und seine Tochter getötet hatten. Aber der *princeps* konnte dafür sorgen, dass der ehemalige Prokonsul keine Gelegenheit erhielt, noch mehr Ärger zu verursachen, indem er ihm vielleicht befahl, sich aufs Land zurückzuziehen. Ich fragte mich, ob Severina ihn begleiten oder froh sein würde, ihren lästigen Gatten loszuwerden.

Möglicherweise würde Vestalis aber seine Rache doch noch bekommen. Herakles war Gladiator und konnte jederzeit in der Arena den Tod finden. Wenn Aemil ihn in den nächsten Spielen gegen Regulus antreten ließ, der nicht glücklich darüber war, dass man ihn vergiftet und eingesperrt hatte, mochte sein restliches Leben tatsächlich kurz sein.

Nero schlug den Tonfall eines dankbaren Gebieters an. „Ich werde euch für eure Dienste belohnen. Ihr dürft euch zurückziehen."

Er winkte uns mit einer dicklichen Hand, drehte sich um und begab sich in den hinteren Teil des Raums, wo er zwischen Seidenvorhängen verschwand und uns wahrscheinlich sofort vergessen hatte.

Die Wachen umringten uns, sobald wir allein waren, und Cassia ergriff meine Hand.

„Zeit, nach Hause zu gehen", flüsterte sie.

HESIODOS STAND IN DER NÄHE DES PRUNKBRUNNENS IM großen Innenhof und betrachtete mürrisch das plätschernde Wasser. Ich löste mich von Cassia und den Wachen – meine Beine gehorchten mir wieder, auch wenn mein Vorankommen noch sehr mühsam war – und trat zu ihm.

„Hast du meine Frage weitergegeben?“, fragte ich ohne große Vorrede.

Hesiodos sah mich abweisend an. „Ja. Die Antwort lautet leider Nein.“

Wut durchzuckte mich und vertrieb die letzten Reste des Giftes.

„Warum?“, verlangte ich zu wissen. „Welchen Unterschied macht es, ob Cassia mir oder diesem geheimnisvollen Gönner gehört?“

Hesiodos zuckte mit den schmalen Schultern. „Ich habe ihn nicht nach seinen Beweggründen gefragt. Meine Aufgabe ist es, zu gehorchen.“

Er war der perfekte Diener, der keine Fragen stellte und nur das tat, was man ihm auftrug. Meine Wut wuchs.

„Wann wird er uns verraten, was er von uns will?“, verlangte ich mit rauer Stimme zu erfahren. „Und wenn es so weit ist und ich getan habe, was er fordert, sind wir ihm dann vollkommen egal?“

Ein erneutes Achselzucken. „Das kann ich dir nicht sagen, denn ich weiß es nicht.“ Immerhin schwang in Hesiodos’ Worten diesmal ein wenig Mitgefühl mit. „Bis dahin müsst ihr aufeinander aufpassen, Cassia und du.“

Ich schaute zu Cassia hinüber, die in der Nähe eines Säulenbogens auf mich wartete, in ihren Mantel gewickelt und den Blick neugierig auf mich gerichtet. Sie war immer an allem um sich herum interessiert, egal, was sie zuvor erlebt hatte.

„Das werde ich“, versicherte ich Hesiodos. „Dennoch sollte er sich besser bald zu erkennen geben.“

Hesiodos musterte mich streng. „Leg dich nicht mit ihm an, und mach ihn dir nicht zum Feind. Ich warne dich um deinet- und um Cassias willen. Hab Geduld. So ist es besser."

Mühsam bezähmte ich meinen Zorn. Wenn dieser Wohltäter beschloss, mich zu bestrafen, würde die Strafe auch Cassia treffen. Bestenfalls würde er sie weiterverkaufen, und wer wusste schon, bei wem sie dann landen würde.

Ich sah Hesiodos ein letztes Mal finster an, dann wandte ich mich ab und ließ ihn stehen.

KAPITEL 26

Es war uns nicht vergönnt, uns in unserer Wohnung einzuschließen, um uns von den Geschehnissen zu erholen – ich hätte am liebsten einen Krug Wein getrunken und wäre danach sofort eingeschlafen –, denn dort wartete Cassias Tross auf uns.

Nachdem Cassia ihnen über die Geschehnisse auf dem Palatin Bericht erstattet hatte, tanzte Martolia aus Freude darüber, dass der Mörder von Rufus doch noch seine gerechte Strafe finden würde, wobei die Glöckchen an ihren Knöcheln wie wild klingelten. Gaius trommelte begeistert dazu, und Merope wirbelte mit ihrer Schwester fröhlich auf den Balkon hinaus. Ich erinnerte mich, dass Martolia zusammen mit Gaius in einem Haus auf dem Caelius aufgetreten war, was erklärte, weshalb sie so schnell bei Vestalis gewesen war. Sie und Gaius mussten mitbekommen haben, wie Aemil und die anderen zur Villa eilten.

Sextus Livius hatte seine Wachen abgezogen, als die Prätorianer eingetroffen waren, da er nicht in der Nähe von Neros Leuten sein wollte. Er war ebenfalls in unseren Räumlichkeiten erschienen und klopfte mir nun auf die Schulter, in der Hand einen Becher von dem Wein, den er für alle mitgebracht hatte.

„Ich habe euch gerne geholfen, Leonidas“, ließ er mich wissen, als ich ihm dankte. „Wie gesagt, du hast mir einen guten Dienst erwiesen. Ich gebe zu, ich habe mir große Sorgen um dich gemacht, als ich Cassias Nachricht erhielt.“

„Du bist gerade noch rechtzeitig gekommen. Er hätte mich sonst getötet.“

Livius wurde sehr ernst. „Zweifelsohne. Ich kann dir immer Bewachung stellen, wenn du sie brauchst. Meine Männer sind gut ausgebildet und loyal.“

Seine Männer sahen aus wie höchstens halbwegs zivilisierte Räuber, aber das war nicht ungewöhnlich. Viele Söldner übernahmen Leibwächterdienste, wenn es keine Kriege zu führen oder Städte zu plündern gab.

„Das ist sehr freundlich“, dankte ich ihm. „Aber die Bewachung sollte ja eigentlich meine Aufgabe sein.“

Livius lachte. „Das stimmt auch wieder. Doch wenn du weiter Mörder in den Straßen Roms jagst, wirst du Hilfe brauchen. Mein Angebot steht jedenfalls.“

Ich dankte ihm erneut, selbst wenn ich nicht die Absicht hatte, noch mehr Mörder zu verfolgen. Nein, ich würde Gallus’ Angebot annehmen, Baumeister werden und Mord und Totschlag hinter mir lassen.

Livius leerte seinen Becher und ging, umringt von seinen Männern. Ich hörte, wie ihre Schritte verklangen, während sie in die Dunkelheit marschierten. Livius brauchte die römische Nacht nicht zu fürchten.

Marcianus war gekommen, um sich zu vergewissern, dass kein Gift mehr in mir war. Er untersuchte mich gründlich, schaute mir in Mund und Augen und schnupperte an meinem Atem, was Helvius, der ebenfalls da war, fasziniert beobachtete.

Als Marcianus mit mir fertig war, nahm ich Helvius beiseite.

„Danke“, sagte ich. „Dafür, dass du Cassia und mir geholfen hast.“

Helvius zog den Kopf ein. „Ich würde alles für sie tun.“ Er sah zu Cassia hinüber, Resignation im Blick. „Aber ich weiß, dass sie mich nicht will.“ Der Sekretär seufzte. „Wir sind seit Jahren befreundet, und ich werde mich mit Freundschaft begnügen, wenn ich sonst nichts haben kann. Ich werde immer dafür Sorge tragen, dass es ihr gut geht, auch wenn sie mir nicht geben kann, was ich von ihr möchte.“

Ich schlug Helvius mit neuer Hochachtung auf die Schulter. Von allen Akteuren in diesem Drama war er vermutlich der ehrenhafteste.

Aemil war mit Marcianus erschienen, der im *ludus* gewesen war, als die verzweifelte Cassia dort mit Helvius eingetroffen war.

„Ich freue mich immer, wenn ich dich unversehrt vom Palatin zurückerhalte“, verkündete Aemil und prostete mir zu. „Beziehungsweise dieses Mal vom Caelius.“ Der *lanista* runzelte die Stirn. „Aber ich kann nicht glauben, dass ein ehemaliger Prokonsul von Vestalis’ Ansehen sich die Mühe gemacht hat, einen Fluch in Rufus’ Zelle zu schmuggeln. Er hatte doch gar nicht vor, ihn zu ermorden, oder? Das war die Idee seines Dieners.“

„Ich glaube, für den Fluch war Daphnus verantwortlich, Chryseis’ zweiter Ehemann“, mutmaßte ich. „Vielleicht hat er jemanden dafür bezahlt, ihn dort zu verstecken, oder er hat sich als Bewunderer ausgegeben, ihn Rufus selbst überreicht und ihm gesagt, es sei ein Glücksbringer. Wenn ich Daphnus wiedersehe, frage ich ihn.“

Außerdem würde ich ihn gründlich durchschütteln. Hätte Rufus das Pech gehabt, in Silvanus’ Gewalt zu geraten und zu sterben, wenn Daphnus ihn nicht verflucht hätte? Flüche waren vertrackt, man durfte sie keinesfalls auf die leichte Schulter nehmen.

Regulus war der Einzige, der nicht erschienen war. Livius’ Wachen hatten ihn zurück in den *ludus* geschafft, wo er sich von dem Gift und seinem Abenteuer erholte. Gewiss würde er mir die Schuld für die ganze Sache geben.

Aber ich würde ihm verzeihen. Regulus hatte uns gerettet,

indem er Vestalis davon abgehalten hatte, Hilfe zu holen, während ich mit Silvanus gekämpft hatte. Ich würde mich später bei ihm bedanken und darüber lachen, wenn er mich anspuckte.

Als die Morgendämmerung nahte, scheuchte Cassia alle hinaus. Sie gingen gut gelaunt, Merope und Martolia tanzten davon, nachdem sie Cassia und mich zum Abschied umarmt und geküsst hatten. Gaius führte sie weg, und Helvius schloss sich ihnen an, begleitet von Aemil und Marcianus, die sie sicher nach Hause bringen würden. Aemil knurrte die Mädchen an, sie sollten mit dem Herumtollen aufhören und aufpassen, wohin sie traten.

Cassia schloss die Tür, lehnte sich dagegen und seufzte tief.

Wir musterten einander eine Zeit lang. Es gab viel zu erzählen, doch auch vieles, was ich nicht aussprechen sollte. Es war alles gesagt, und Cassia hatte vieles davon aufgeschrieben.

Ich machte mich auf den Weg zu meiner Bettstatt und ließ mich darauf fallen. Kaum hatte ich die Augen geschlossen, riss ich sie wieder auf, denn ich hatte mich augenblicklich in die Zelle zurückversetzt gefühlt, in der ich bewegungsunfähig in der Dunkelheit gelegen hatte.

Cassia zog mir die Sandalen aus, breitete eine Decke über mich und stellte die Öllampe auf die Fensterbank über mir.

„Die lassen wir mal ein Weilchen brennen." Sie strich eine Falte der Decke glatt. „Gute Nacht, Leonidas."

Ich brummte eine Antwort. Cassia entfernte sich, um das Zimmer aufzuräumen, und sang dabei leise vor sich hin.

Ich brauchte das Licht nicht, stellte ich fest, als ich die Augen wieder schloss. Die Lampe würde mit der Zeit erlöschen, aber das war egal. Cassias Stimme würde mich durch jede Dunkelheit tragen.

Am nächsten Morgen frühstückten wir, als sei nichts geschehen, und brachen gemeinsam das Brot, das Cassia beim Bäcker Quintus besorgt hatte.

Danach holte sie wie üblich Tafeln und Schriftrollen hervor, um sich ihre morgendlichen Notizen zu machen.

„Was hast du heute vor, Leonidas?“, fragte sie, den Stift schreibbereit.

„Ich besuche Gnaeus Gallus.“ Ich kaute den letzten Rest meines Brotes und spülte es mit stark verdünntem Wein hinunter. „Um ihm zu sagen, dass ich ihn bei jedem Bauvorhaben, bei dem er meine Hilfe braucht, unterstützen werde.“

„Das dachte ich mir.“ Cassia lächelte zufrieden. „Willst du erst noch ein wenig üben? Ich glaube, du bist jetzt bereit, selbst Buchstaben zu schreiben.“

Ich stellte den Weinkelch ab und spreizte die Finger. „Ich kann ein Schwert führen, aber keinen Stift.“

„Du hast dich mit der Tafel gut angestellt. Jetzt wirst du einfach dieselben Buchstaben ins Wachs ritzen.“

Ich war skeptisch, doch ich ließ zu, dass sie eine unbenutzte Tafel offen vor mich hinlegte, deren Lederscharniere nicht brüchig waren und deren gelbliches Wachs makellos und unversehrt war. Cassia zog ihren Schemel neben mich und legte die Holztafel mit dem Alphabet daneben, damit ich darauf nachschauen konnte.

„Wir fangen mit etwas Simplem an. Du könntest zum Beispiel lernen, *Leonidas* zu schreiben.“

Ich musterte Cassia in ihrer schlichten Tunika, die ordentlich gegürtet war, mit den schwarzen Locken, die im Nacken zusammengebunden waren, jede Haarsträhne an ihrem Platz. Der Schwung ihrer Wange, ihre leicht schiefe Nase und ihre dunklen Augen waren ein schöner Anblick gewesen, als sie letzte Nacht in die Zelle gestürmt war und aufgeschrien hatte, als sie bemerkte, wie mühsam ich mich bewegte.

„Nein“, flüsterte ich.

Überrascht hob sie die Brauen. „Nein?“

„Zeig mir, wie man *Cassia* schreibt.“

Cassia starrte mich an, die Lippen leicht geöffnet, ehe sie sie zu einem kleinen Lächeln verzog. Dann führte sie mir die Hand, um den Buchstaben *C* zu schreiben.

ANMERKUNG DER AUTORIN

Danke, dass Sie „Der Tod des Gladiators“ gelesen haben! Ich hoffe, dieser Streifzug durch das alte Rom und das neue Abenteuer des Gladiators Leonidas haben Ihnen gefallen.

Die Idee zu diesem Buch kam mir beim Schreiben von Buch 1 „Das Blut des Gladiators“. Ich war neugierig auf Aemil und die anderen Gladiatoren des *ludus* und wollte mehr über sie erfahren. Gladiatoren kamen aus allen Gesellschaftsschichten und Ecken des Reiches, ob sie nun Kriegsgefangene waren (wie Ajax, Herakles und Praxus), man sie wegen eines Verbrechens zum *ludus* verurteilt hatte (Leonidas) oder sie dieses Leben freiwillig gewählt hatten, entweder um Schulden zu bezahlen oder auf der Suche nach Ruhm (Rufus). In der Regel verbrachten sie eine fünfjährige Zeit in der Arena, nach der sie auf eigenen Wunsch bleiben oder als Freigelassene gehen konnten. Die meisten zogen es vor, im *ludus* zu bleiben und entweder weitere Kämpfe um Preisgelder zu bestreiten oder als Ausbilder zu arbeiten. Viele eröffneten wie Aemil eine eigene Schule.

Entgegen der landläufigen Meinung, dass Gladiatoren täglich oder wöchentlich bis zum Tod gegeneinander kämpften, fanden in Wirklichkeit nur selten Spiele statt. Ein Gladiator im kaiserlichen Rom kämpfte vielleicht zweimal im Jahr, in der Regel an den Saturnalien und an einem anderen jahreszeitlichen Fest, wie etwa zur Frühlings-Tagundnachtgleiche. Die Spiele waren kostspielige, aufwendige Produktionen, und wenn etwas schiefging, wie bei den Unruhen in Pompeji, die die Gladiatorenspiele für ein Jahrzehnt zum Erliegen brachten, machte man die Ädilen, die sie veranstalteten, dafür verantwortlich.

Außerdem überlebten die meisten Gladiatoren die Kämpfe. Aus Grabsteinen und anderen Inschriften geht hervor, dass die Gladiatoren oft verloren oder bis zum Unentschieden kämpften, aber dabei nicht den Tod fanden. Ein gut ausgebildeter Gladiator war teuer – der Veranstalter der Spiele musste Besitzern der Schulen wie Aemil einen hohen Preis für jeden Gladiator zahlen, der starb. Natürlich verloren einige Gladiatoren bei diesen Kämpfen ihr Leben, aber die durchschnittliche Zahl der Todesfälle wird auf etwa 16 Prozent geschätzt.

Dennoch erwartete man von den Gladiatoren, dass sie hart kämpften und ein Schauspiel lieferten, bei dem sie den Tod riskierten – ein Leben, das Leonidas bereitwillig hinter sich gelassen hat.

Im weiteren Verlauf der Serie werden wir noch mehr von Aemil und den anderen Gladiatoren im *ludus* sehen.

Ich habe beschlossen, dieses Buch im Februar spielen zu lassen, was mich dazu veranlasst hat, Nachforschungen über diesen Monat anzustellen: Das Wort Februar leitet sich von *februum* (Plural *februa*) ab, was wiederum einen Gegenstand bezeichnet, der bei einem Reinigungsritual Verwendung fand. Im Februar gab es viele solcher Reinigungsfeste, da er früher der letzte Monat des Jahres war. (Caesar reformierte den Kalender und ließ das Jahr am 1. Januar beginnen, behielt aber die traditionelle Länge des Februars mit 28 Tagen bei.) Die Lupercalia reinigten die Stadt für das kommende Jahr und brachten Fruchtbarkeit, die Parentalia fanden für verstorbene Familienmitglieder statt, bei den Terminalia wurde der Gott der Grenzen geehrt, und bei den Fornicalia wurden alle Öfen gesegnet, in denen Brot gebacken wurde. Ein sehr vollgepackter Monat für die alten Römer!

BÜCHER VON ASHLEY GARDNER

Die Fälle des Gladiators Leonidas

Das Blut des Gladiators

(OT: Blood of a Gladiator)

Blood Debts

Der Tod des Gladiators

(OT: A Gladiator's Tale)

The Ring that Caesar Wore

Die Bücher der Captain-Lacey-Regency-Krimis

von Ashley Gardner

Mord am Hanover Square

(OT: The Hanover Square Affair)

Mord im Regiment

(OT: A Regimental Murder)

Das Geheimnis des Glashauses

(OT: The Glass House)

Das Rätsel der Sudbury School

(OT: The Sudbury School Murders)

Die Halsbandaffäre und andere Geschichten

(OT: The Necklace Affair and other Stories)

Der Tote vom Berkeley Square

(OT: A Body in Berkeley Square)

Die verschwundenen Mädchen von Covent Garden

(OT: A Covent Garden Mystery)

Tod in Norfolk

(OT: Death in Norfolk)

Die Vermisste aus der Drury Lane

(OT: A Disappearance in Drury Lane)

Das Mordopfer vom Grosvenor Square

(OT: Murder in Grosvenor Square)

The Thames River Murders

The Alexandria Affair

A Mystery at Carleton House

Murder in St. Giles

Death at Brighton Pavilion

The Custom House Murders

Murder in the Eternal City

ÜBER DEN AUTOR

Ashley Gardner ist das Pseudonym der New-York-Times-Bestsellerautorin Jennifer Ashley. Unter beiden Namen – und einem dritten, Allyson James – hat Ashley über einhundert Romane und Novellen in den Bereichen Krimi und Liebesroman veröffentlicht. Ashleys Bücher wurden in über ein Dutzend Sprachen übersetzt. Wenn sie nicht schreibt, geht sie ihrer Passion für Geschichte nach, indem sie recherchiert und Miniaturhäuser und -möbel aus vielen verschiedenen Epochen baut.

Wenn Sie über Neuerscheinungen informiert bleiben wollen, tragen Sie sich auf Ashleys Mailingliste ein: http://eepurl.com/5n7rz

www.gardnermysteries.com

Printed in Poland
by Amazon Fulfillment
Poland Sp. z o.o., Wrocław

13728592R00181